KB127830

문학의 역사

A Little History of Literature by John Sutherland

Copyright © 2013 by John Sutherland
Originally published by Yale University Press
All rights reserved.
This Korean edition was published by SOSO(Ltd.) in 2023 by arrangement with
Yale Representation Limited through Hobak Agency, Seoul.

이 책은 호박 에이전시(Hobak Agency)를 통한 저작권자와의 독점 계약으로
(주)소소에서 출간되었습니다.
저작권법에 의해 한국 내에서 보호를 받는 저작물이므로
무단전재와 무단복제를 금합니다.

A LITTLE HISTORY *of* LITERATURE

울고 웃고,
상상하고
공감하다

문학의 역사

존 서덜랜드 지음 | 강경이 옮김

연대표로 보는 문학의 역사

기원전 20세기경	• 고대 메소포타미아	■ 서사시 「길가메시」
기원전 8세기경	• 고대 그리스	■ 호메로스의 서사시 「일리아스」와 「오디세이아」
기원전 5세기경	• 고대 그리스	■ 그리스 비극의 전성기 - 비극 작가 아이스킬로스와 소포클레스, 에우리피데스
기원전 4세기경	• 고대 그리스	■ 아리스토텔레스의 『시학』
기원전 1세기	• 고대 로마	■ 베르길리우스의 서사시 「아이네이스」
서기 4세기경	• 인도	■ 서사시 「마하바라타」
8세기경	• 영국	■ 영문학 최초의 영웅 서사시 「베오울프」
12세기경	• 프랑스 • 스페인	■ 서사시 「롤랑의 노래」 ■ 서사시 「엘시드의 노래」
13세기경	• 독일	■ 서사시 「니벨룽겐의 노래」
14세기경	• 영국	■ 「가윈 경과 녹색 기사」(작자 미상) ■ 제프리 초서의 「캔터베리 이야기」(미완성)
15세기	• 유럽	■ 중세 신비극의 전성기 ■ 유럽의 인쇄 혁명으로 인쇄본 보급
16세기	• 영국	■ 윌리엄 셰익스피어(1564~1616)의 등장 ■ 에드먼드 스펜서의 『요정 여왕』(1590~1596)
14~17세기	• 이탈리아 • 프랑스 • 스페인 • 영국	■ 소설의 원형으로 여기는 작품 등장 - 조반니 보카치오의 「데카메론」(1351) - 프랑수아 라블레의 『가르강튀아와 팡타그뤼엘』(1532~1564) - 미겔 데 세르반테스의 『돈키호테』(1605~1615) - 존 번연의 『천로역정』(1678~1684) - 애프러 벤의 『오루노코』(1688)
17세기	• 영국	■ 킹 제임스 성경 출간(1611) ■ 존 던과 형이상학파 시인들의 활동 ■ 존 밀턴의 「실낙원」(1667)
18세기	• 영국	■ 최초의 저작권법인 '앤 여왕법'(1710)으로 저자의 저작권 인정 ■ 소설의 출현 - 대니얼 디포, 새뮤얼 리처드슨, 헨리 필딩, 조너선 스위프트, 로렌스 스턴 ■ 비평가 새뮤얼 존슨(1709~1784)의 활약

18세기 말~19세기	• 영국	■ 낭만주의 운동(1789~1832) – 존 키츠, 바이런 경, 윌리엄 워즈워스, 새뮤얼 테일러 콜리지, 로버트 번스, 윌리엄 블레이크
		■ 윌리엄 워즈워스와 새뮤얼 테일러 콜리지가 영국의 낭만주의 운동을 이끈 『서정 민요집』(1798) 발간
19세기	• 영국	■ 도시화와 대출 도서관의 출현으로 독서 대중 확장
		■ 제인 오스틴, 조지 엘리엇, 찰스 디킨스, 브론테 자매, 토머스 하디의 활동
		■ 어린이문학이 뚜렷한 범주로 등장
	• 미국	■ 초월주의 작가의 활동 – 허먼 멜빌, 너새니얼 호손, 헨리 데이비드 소로, 랠프 왈도 에머슨
		■ 해리엇 비처 스토의 노예제 반대 소설 『톰 아저씨의 오두막』(1852)
19세기 말		■ 세기말 댄디즘과 데카당스의 등장
	• 영국	■ 오스카 와일드의 활동과 투옥
	• 프랑스	■ 샤를 보들레르의 『현대 생활의 화가』(1863)
16~20세기	• 영국	■ 유토피아와 디스토피아를 상상한 작품들 – 토머스 모어의 『유토피아』(1516) – 윌리엄 모리스의 『존 볼의 꿈』(1888) – 올더스 헉슬리의 『멋진 신세계』(1932) – H. G. 웰스의 『다가올 세상』(1933) – 조지 오웰의 『1984』(1948)
	• 미국	– 레이 브래드버리의 『화씨 451』(1953)
	• 캐나다	– 마거릿 애트우드의 『시녀 이야기』(1985)
20세기 초반	• 영국	■ 제국주의 문제를 고찰한 문학의 등장 – 조지프 콘래드의 『어둠의 심연』(1899)과 E. M. 포스터의 『인도로 가는 길』(1924)
		■ 제1차 세계대전 참전 시인들의 활동 – 시그프리드 서순, 윌프레드 오언, 아이작 로젠버그
		■ 모더니즘 문학의 성숙기 – 제임스 조이스의 『율리시스』(1922) – T. S. 엘리엇의 「황무지」(1922) – 버지니아 울프의 『댈러웨이 부인』(1925)
		■ 영화 매체의 등장으로 문학 작품의 각색이 활발해짐
20세기 초~중반		■ 부조리 문학 – 프란츠 카프카, 알베르 카뮈, 장 폴 사르트르, 사뮈엘 베케트, 해럴드 핀터
20세기 중반 이후	• 미국	■ 인종 문제를 다룬 문학 – 랠프 왈도 엘리슨의 『보이지 않는 인간』(1952) – 토니 모리슨의 『빌러비드』(1987)
	• 독일 • 아르헨티나 • 콜롬비아 • 인도	■ 마술적 사실주의 – 귄터 그라스의 『양철북』(1959) – 호르헤 루이스 보르헤스의 『미로』(1962) – 가브리엘 가르시아 마르케스의 『백년의 고독』(1967) – 살만 루슈디의 『한밤의 아이들』(1981)
	• 중국 • 일본	■ 국경 없는 문학의 세계화 – 모옌의 『티엔탕 마을 마늘종 노래』(1989) – 무라카미 하루키의 『1Q84』(2009~2010)

| 차례 |

1 문학이란 무엇인가 009

2 전설적인 시작 | 신화 017

3 국가를 위한 문학 | 서사시 026

4 인간의 조건 | 비극 036

5 영어 이야기 | 초서 045

6 길거리 연극 | 신비극 055

7 대시인 | 셰익스피어 064

8 책 중의 책 | 킹 제임스 성경 075

9 속박되지 않은 마음 | 형이상학파 085

10 국가의 출현 | 밀턴과 스펜서 095

11 문학은 누구의 '소유'인가 | 인쇄와 출판, 저작권 105

12 허구의 집 114

13 여행자들의 믿을 수 없는 이야기 | 디포와 스위프트, 그리고 소설의 출현 123

14 어떻게 읽을 것인가 | 존슨 박사 132

15 낭만주의 혁명가들 141

16 가장 명민한 지성 | 오스틴 152

17 당신을 위한 책 | 변화하는 독서 대중 162

18 거인 | 디킨스 170

19 문학 속의 삶 | 브론테 자매 179

20 이불 속에서 | 문학과 어린이 188

21 데카당스의 꽃 | 와일드, 보들레르, 프루스트, 휘트먼 196

22 계관시인 | 테니슨 206

23 새로운 땅 | 미국과 미국적 목소리 215

24 위대한 비관주의자 | 하디 225

25 위험한 책 | 문학과 검열 234

26 제국 | 키플링, 콘래드, 포스터 244

27 불운한 찬가 | 전쟁 시인들 253

28 모든 것을 변화시킨 해 | 1922년과 모더니스트들 263

29 그녀만의 문학 | 울프 272

30 멋진 신세계 | 유토피아와 디스토피아 281

31 트릭 상자 | 뒤얽힌 서사 290

32 페이지 밖으로 | 스크린과 무대 위의 문학 299

33 부조리한 존재 | 카프카, 카뮈, 베케트, 핀터 308

34 우울과 신경쇠약의 시 | 로웰, 플라스, 라킨, 휴스 318

35 색깔 있는 문학 | 문학과 인종 328

36 마술적 사실주의 | 보르헤스, 그라스, 루슈디, 마르케스 338

37 문자 공화국 | 국경 없는 문학 347

38 은밀한 취미 | 베스트셀러와 돈벌이 상품 356

39 누가 최고인가 | 문학상과 축제, 독서 모임 365

40 살아 있는 동안… 그리고 그 너머의 문학 374

옮긴이의 말 384

찾아보기 388

● 일러두기

1. 이 책의 본문에 나오는 각주는 옮긴이가 독자들의 이해를 돕기 위해 달았습니다.
2. 문학 작품을 인용하는 경우 대체로 원문을 병기하지 않았지만, 본문 내용에서 표현을 구체적으로 언급하는 경우에만 원문을 병기했습니다.
3. 본문 중 원어는 괄호 없이 병기하는 것을 원칙으로 삼되 소괄호가 중복되는 경우 대괄호를 사용하여 의미를 분명하게 전달하고자 했습니다.
4. 인명과 지명, 용어 등은 가급적 '찾아보기'에 원어를 병기하고 책명은 한국어판 제목에 원어를 병기했습니다.
5. 일반적인 책명과 장편소설 등에는 '『 』'를, 작품명이나 프로그램명, 연극명, 영화 제목 등에는 '「 」'를, 정기간행물(잡지 등)에는 '〈 〉'를 붙였습니다. 단, 바이블 제목 앞뒤에는 기호를 생략했습니다.

CHAPTER 1

문학이란 무엇인가

로빈슨 크루소처럼 무인도에 고립되어 남은 생을 살아야 한다고 상상해보라. 그런 상황에서 책을 단 한 권만 가져갈 수 있다면 무엇을 고르겠는가? BBC 라디오의 최장수 인기 프로그램이자 BBC 월드 서비스를 통해 전 세계에서 청취할 수 있는 「데저트 아일랜드 디스크Desert Island Disk」에서 출연자들에게 묻는 질문이다.

프로그램이 시작되면 우선 그 주의 초대 손님이 무인도에 가져가려고 고른 음악 여덟 곡을 조금씩 들어본다. 그다음에는 두 가지를 질문한다. 첫째, 사치품 하나를 가져갈 수 있다면 무엇을 선택하겠는가? 초대 손님들의 대답은 대체로 무척 기발하다. 내가 아는 한 최소 두 사람이 청산가리 알약을 선택했고, 한 사람은 뉴욕의 메트로폴리탄 미술관을 통째로 들고 가겠다고 했다. 그다음 질문은 이것이다. 성경(또는 다른 종교 경전) 외에 단 한 권의 책을 가져갈 수 있다면 무엇을 선택하겠는가? 셰익스피어의 작품은 이미 섬에 있다. 아마 먼저 섬에 머물다 청산가리 알약을 선택한 조난자가 놓고 간 듯하다.

나는 (1942년부터 방송된) 이 프로그램을 50년째 듣고 있다. 늘 그렇진 않지만 대개 초대 손님은 외로운 여생의 동반자로 위대한 문학 작품을 선택한다. 흥미롭게도 최근 가장 인기 있는 작가는 제인 오스틴이다(제인 오스틴이나 로빈슨 크루소에 대해서는 나중에 다시 다루겠다). 그리고 수천 회에 이르는 방송분에서 거의 모든 초대 손님은 자신이 이미 읽은 작품을 선택했다.

이런 반응에서 우리는 문학에 대한 몇 가지의 중요한 진실을 알 수 있다. 첫째, 우리는 분명 문학이 삶에서 아주 중요하다고 여긴다. 둘째, 문학을 '소비'한다고들 하지만 접시 위에 놓인 음식과 달리 우리가 소비한 뒤에도 문학은 여전히 그대로 있다. 그리고 대개 처음 읽을 때만큼이나 군침이 돌게 한다. 몇 년 전 「데저트 아일랜드 디스크」에 초대되었을 때 내가 선택한 책은 새커리의 소설 『허영의 시장Vanity Fair』이었다. 나는 그 소설을 100번쯤 읽었다(여러 해 동안 그 책에 관해 쓰고 편집했다). 그래도 좋아하는 음악처럼 그 소설을 다시 읽을 때마다 기쁨을 느낀다. 다시 읽기는 문학이 우리에게 선사하는 큰 기쁨 중 하나다. 위대한 문학 작품은 결코 메마르지 않는다. 그래서 위대하다. 몇 번을 읽어도 늘 새로운 무언가가 샘솟는다.

이 책의 영어 제목은 문학의 '작은 역사little history'이지만, 문학은 작지 않다. 사실 우리가 평생 읽을 수 있는 것보다 훨씬 크다. 그러니 이 책에 담을 수 있는 역사는 기껏해야 똑똑하게 고른 샘플 정도이고, 가장 중요한 결정은 어떻게 선택할 것인가이다. 이 작은 역사는 매뉴얼(이걸 읽어!)이 아니라 조언이다. '아마 당신은 이 책을 소중하게 여기게 될 겁니다. 많은 사람이 그랬으니까요. 하지만 어쨌든 결정은 당신의 몫입니다' 정도에 해당한다.

사색하는 사람의 삶에서 문학은 큰 부분을 차지한다. 집에서나 학교에서나 친구들과 어울릴 때 우리는 우리보다 지혜롭고 똑똑한 사람들로부터 많은 것을 배운다. 하지만 우리가 아는 가장 소중한 것들은 우리가 읽은 문학에서 온다. 문학을 제대로 읽을 때 우리는 현재와 과거의 가장 창조적인 지성과 대화하게 된다. 문학을 읽는 시간은 언제나 가치 있다. 그렇지 않다고 말하는 사람의 말은 귀담아듣지 마시길.

그렇다면 문학이란 무엇인가? 어려운 질문이다. 가장 만족스러운 대답은 바로 문학 속에서 찾을 수 있다. 멀리 갈 필요도 없이, 우리가 인생에서 처음 접하는 출판물을 생각해보자. 바로 '어린이문학'(어린이가 쓴 문학이 아니라 어린이를 위해 쓰인 문학)이다. 우리는 대개 잠자리에서 읽기의 세상으로 아장거리며 첫걸음을 내딛는다. (쓰기는 주로 교실에서 배운다.) 우리가 사랑하는 누군가가 책을 읽어주거나 우리와 함께 읽는다. 그렇게 우리 앞에 놓인 그 모든 페이지 속으로, 평생에 걸친 여정이 시작된다.

자라는 동안 우리는 여전히 책을 읽으며 즐거움을 얻는다. 그런 여가용 독서는 대개 문학 독서를 뜻한다. 많은 사람이 잠자리에서 소설을 읽는다. (또는 BBC의 또 다른 장수 라디오 프로그램인 「북 앳 베드타임Book at Bedtime」을 듣는다.) 얼마나 많은 사람이 어린 시절 부모님 몰래 잠옷 바람으로 이불 속에서 손전등을 켜고 책을 읽곤 했던가? 우리가 바깥세상 – '진짜 세상' – 에 맞설 때 걸치는 옷(어떤 의미에서는 '갑옷')은 침실 구석 옷장에 치워둔 채로.

'나니아 연대기'는 텔레비전 드라마와 영화, 연극으로 수없이 각색되었으므로 많은 어린이와 어른들은 시골집으로 피신한 페벤시 가족의 어린 남매들에 대한 이야기를 알고 있다. 배경은 1940년대, 제2차 세계대전 당시의 영국이다. 친절한 커크Kirke 교수의 보살핌 속에서, 남매들은 런던 대공습 시기의 야간 공습에서 벗어나 안전하게 지낼 수 있었다('커크kirk'는 스코틀랜드어로 '교회'를 뜻한다. 문학에는 언제나 이런 작은 상징적 요소가 들어 있다). 현실의 세상은 어린이에게 매우 위험한 곳이 되었다. 정체불명의 비행기가, 이해할 수 없는 이유로, 사람들을 죽이려 한다. 아이들에게 정치에 대해, 역사에 대해, 그 모든 것의 의미에 대해 설명하기란 힘든 일이다. 그런 때에는 모든 세대와 소통할 수 있는 문학이 도움이 될 수 있다.

어느 비 오는 날, 아이들은 커크 저택을 탐험하다가 위층에서 커다란 옷장이 있는 방을 발견한다. 막내 루시는 혼자 옷장으로 들어간다. '나니아 연대기 : 사자와 마녀와 옷장The Chronicles of Narnia: The Lion, the Witch, and the Wardrobe'을 어떤 버전으로 보았든 루시가 옷장 안에서 무엇을 발견했는지 알 것이다. 루시는 '대체 우주'라 불릴 만한 곳으로 들어선다. 상상의 세계이지만 루시가 떠나온 런던만큼이나 현실적이며, 불타오르는 런던만큼 폭력이 지배하는 곳이었다. 사자나 마녀들이 인간에게 대체로 안전한 놀이 상대가 아닌 것처럼 나니아도 안전한 곳이 아니었다.

나니아 이야기는 루시의 '꿈'이 아니라 루시의 머릿속에 있는 어떤 것, 즉 '환상'이다. 그러나 '거기에' 실제로 있다. 깨어 있는 루시의 바깥에 있는 나무 옷장 같은 물건처럼, 또는 『나니아 연대기 : 사자와 마녀와 옷장』보다 85년 전에 출판된, 루이스 캐럴의 어린이책에서 앨리스가 이상한 나라로 들어가기 위해 통과했던 거울처럼. 그러나 나니아가 현실인 동시에 상상임을 이해하려면, 문학이라는 복잡한 기제를 이해할 줄 알아야 한다. (아이들은 어린 시절에 언어라는 복잡한 기제를 배우는 것만큼 빨리, 직관적으로 이 지식을 터득한다.)

『나니아 연대기 : 사자와 마녀와 옷장』은 '우화'다. 즉 무언가를 다른 무언가로 표현한다는 말이다. 아주 현실적인 무언가를 완전히 비현실적인 무언가로 그린다. 요즘 천문학자들이 추정하는 것처럼 우주가 영원히 팽창할지라도, 이 우주에 나니아는 결코 존재하지 않을 것이다. 나니아는 허구다. 그리고 그곳의 거주민들은(루시조차) 저자 C. S. 루이스의 상상으로 창조한 산물(허구적 창조물)일 뿐이다. 그렇다 해도 우리는 나니아의 명백한 허구 속에 진실의 단단한 알맹이가 들어 있다고 느낀다(그리고 루이스도 분명 독자들이 그렇게 느끼기를 바랐다).

궁극적으로 우리는 『나니아 연대기 : 사자와 마녀와 옷장』의 목적이 신학적 혹은 종교적이라고 말할 수 있을지 모른다. (사실 루이스는 신학자이기도 했다.) 나니아 이야기에서 작가는 자신이 더 큰 진실이라 여기는 것의 관점에서 인간의 조건을 설명하려 한다. 하지만 어떤 면에서 모든 문학 작품은 아무리 보잘것없을지라도 이렇게 묻고 있다. '이게 다 무슨 의미야? 우리는 왜 여기 있는 거야?' 철학자와 성직자와 과학자는 각자의 방식으로 그 질문에 답한다. 문학은 바로 '상상력'을 발휘하여 이 근본적인 문제와 씨름한다.

어린 시절 잠자리에서 읽은 『나니아 연대기 : 사자와 마녀와 옷장』은 옷장(그리고 책장) 너머의 더 큰 깨달음으로 우리를 실어 나른다. 우리가 어디에 있으며, 무엇인지에 대한 깨달음으로. 인간으로서 우리가 부딪히는 끝없는 혼란을 이해하도록 돕는다. 그 과정에서 즐거움과 더 읽고 싶은 소망도 우리에게 덤으로 준다. 나니아 이야기가 어린 우리를 세상과 연결해주었듯이, 어른으로서 우리의 독서는 우리를 다른 어른들의 삶과 연결해준다. 제인 오스틴의 『에마Emma』나 디킨스의 소설을 중년에 다시 읽을 때 우리는 학창 시절에 읽었을 때보다 훨씬 더 많은 것을 발견하며 놀라고 기뻐한다. 좋은 문학 작품은 인생의 어느 시점에서 읽든, 어떤 형태로 접하든 끊임없이 우리에게 무언가를 준다. 이어지는 여러 장에서 우리는 현대의 번역 덕택에 그냥 '문학'이 아니라 '세계문학'을 읽을 수 있는 황금기에 사는 것이 얼마나 큰 특권인지 거듭 깨닫게 될 것이다. 이 책에 등장하는 많은 위대한 작가는 오늘날 우리가 즐기는 풍요와 기회를 몹시 부러워할 것이다. 이 책은 세계의 문학을 폭넓게 살펴보려 하지만, 이 책이 제공하는 만화경에는 공통점이 하나 있다. 모두 영어로 읽을 수 있는 작품이라는 것이다(언젠가 당신이 꼭 읽기를 바란다).

고대 그리스의 철학자 플라톤 이래로 문학과 문학의 파생 장르(플라톤 시대에는 극, 서사시, 서정시)의 매혹이 특히 젊은이들에게 위험하다고 믿는 사람이 줄곧 있었다. 문학은 실제 삶의 문제에 집중하지 못하도록 우리의 주의를 앗아간다. 문학은 거짓을 판다. 물론 아름다운 거짓이긴 하나, 아름답기에 더 위험하다. 이러한 플라톤의 견해에 동의한다면, 위대한 문학이 불러일으키는 감정 때문에 우리의 명료한 사고가 흐려진다고 말할 수 있다. 천사 같은 어린 넬의 죽음을 묘사한 디킨슨의 글을 읽은 뒤, 눈물로 흐릿해진 눈으로 아이들의 교육 문제를 어떻게 명료하게 볼 수 있을까? 그리고 명료하게 생각하지 못하는 사회는 위험에 빠진다고, 플라톤은 믿었다. 그러니 아이가 잠자리에서 읽을 책으로 안드로클레스와 사자에 대한 이솝 우화가 아니라 유클리드의 『기하학Geometry』을 주라는 것이다. 하지만 삶도, 사람들도 플라톤의 말과는 다르다. 이솝 우화는 플라톤 시대에도 이미 200년 전부터 중요한 가르침과 즐거움을 주었다. 그리고 2,500년이 지난 지금도 변함없다.

그렇다면 문학이 무엇인지 어떻게 말하면 좋을까? 가장 기본적인 수준에서 말하자면, 문학은 흰 종이 위에 찍힌 작고 검은 약호들, 곧 '글자들'의 고유한 조합이다. '문학literature'이라는 단어 자체가 글자로 만들어진 것을 뜻한다. 이 글자들의 조합은 마술사가 모자에서 끄집어내는 그 어떤 것보다도 마술적인 힘을 발휘

한다. 그러나 아마도 더 나은 대답은, 문학은 세상을 해석하고 표현하는 능력의 정점에 이른 인간의 지성이라는 답일 것이다. 최고의 문학은 세상을 단순화하지 않는다. 우리의 정신과 감수성을 확장시켜 복잡성을 더 잘 다룰 수 있도록 한다. (흔히 있는 일이지만) 우리가 읽는 내용에 완전히 동의하지 않을 때에도 말이다. 왜 문학을 읽을까? 문학은 그 무엇과도 다른 방식으로 우리의 삶을 풍요롭게 만들어주기 때문이다. 문학은 우리를 더욱 인간답게 만든다. 우리가 문학 읽는 법을 더 잘 배울수록 문학은 문학의 일을 더 잘할 것이다.

CHAPTER 2

전설적인 시작

신화

문학이란 글로 써서 인쇄하는 것으로 여겨지기 오래전에도 (‘오리처럼 걷고, 오리처럼 꽥꽥대면 오리’라는 원칙 아래) 문학이라 부를 만한 것이 있었다. 오랜 옛날부터 현재에 이르기까지 인간을 연구하는 인류학자들은 이를 ‘신화’라고 부른다. 신화는 문학을 쓰지 않고 ‘말하는’ 사회에서 기원한다. 우리는 ‘구술 문학oral literature’(즉 ‘말하여지는 문학’)이라는 어색하고 모순적인 용어를 자주 쓴다. 그보다 더 나은 용어가 없다.

신화에 대해 우선 짚고 넘어가야 할 점은 신화가 ‘원시적’이지 않다는 것이다. 사실 신화는 매우 복잡하다. 두 번째는 긴 관점에서 보면 문자 문학과 인쇄 문학은 비교적 근래에 시작되었다는 것이다. 그러나 신화는 늘 우리와 함께 있었다. 요즘 언어학자들이 우리 인류가 특정 시기에 언어를 습득하는 능력을 유전적으로 타고났다고 주장하듯(그렇지 않다면 아장아장 걷는 아이들이 언어처럼 복잡한 것을 어떻게 배울 수 있을까?), 어쨌든 인류는 신화적 사고방식을 타고났다고 합리적으로 가정할 수 있다. 신화 만들기는 우리의 본성이다. 인간으로서 우리 존재를 구성하는 일부다.

이게 무슨 말인가 하면, 우리는 주변에서 일어나는 모든 일에서 정신적 형상, 패턴을 본능적으로 만들어낸다는 말이다. 어느 철학자의 말에 따르면 아기로서 우리는 '지독하게, 웅성대는 거대한 혼란' 속으로 태어난다. 이 무서운 혼란과 화해하는 것이 인간의 가장 큰 과업 중 하나다. 신화는 우리 인류가 세상을 이해하도록 도왔다. 인류가 글을 쓰기 시작하자 문학이 그 일을 이어받았다.

영국의 비평가 프랭크 커모드가 생각해낸 우아하고 간단한 심리 게임이 있다. 우리가 신화적 사고방식을 '타고났다'는 주장을 뒷받침하는 좋은 사례가 될 만한 놀이다. 손목시계를 귀에 갖다 대면 똑-딱, 똑-딱, 똑-딱 소리가 들린다. '똑'보다 '딱'에 더 강세가 있다. 귀를 통해 신호를 전달받은 우리의 마음은 시곗바늘이 톡톡 움직이는 소리로부터 '똑-딱'이라는 형상을 빚는다. 본질적으로 그것이 바로 신화가 하는 일이다. 신화는 패턴이 존재하지 않는 곳에 패턴을 창조한다. 패턴을 발견하면 이해하기(기억하기도) 쉽다. 그리고 이 작은 '똑-딱' 사례에서 가장 흥미로운 지점은 아무도 그런 형태의 서사를 들으라고 우리에게 가르치지 않았다는 것이다. 우리는 그냥 자연스럽게 그렇게 듣는다.

그렇다면 어떤 면에서 신화는 모든 인간이 태어난 '의미 없음'의 상태로부터 의미를 만들어낸다고 이해할 수 있다. 우리는 왜, 무엇을 '위해' 여기에 있는가? 신화는 대개 이야기(문학의 중추)와 상징(시의 정수)으로 이를 설명한다. 심리 게임을 한번 해보자. 당신이 1만 년 전에 최초로 땅에서 작물을 키우려는 사람이라고 가정해보라. 당신은 땅에서 아무것도 자라지 않는 시기가 있음을 안다. 자연은 죽는다. 그 뒤, 어느 정도 시간이 지나면 땅이 되살아난다. 왜? 어떻게 이 문제를 설명할 수 있을까? 당신에게 설명해 줄 과학자는 없다. 그러나 어쨌든 당신은 그것의 '의미를 만들어야' 한다.

계절의 리듬은 농업 공동체에 지극히 중요하다. 성경의 표현대로 '심을 때가 있고, 심은 것을 뽑을 때'가 있다. '때'를 모르는 농부는 굶주린다. 한 해를 주기로 대지가 죽었다 부활한다. 이 신비로운 순환에서 '생식 신화fertility myths'가 생겨났다. 대개 왕이나 지배자가 죽었다가 부활하는 극적인 형태를 띠는 경우가 많다. 그런 신화는 우리 눈에 보이는 현상이 달라졌더라도 더 큰 관점에서는 여전히 같다는 안도감을 준다.

영문학에서 가장 오래된 (그리고 가장 아름다운) 시에 속하는 「가윈 경과 녹색 기사Sir Gawain and the Green Knight」는 아서 왕의 궁정에서 열린 크리스마스 연회의 생생한 묘사로 시작한다. 크리스마스 무렵은 한 해 중 가장 생명이 없는 시기다. 머리부터 발끝까지 초록색으로 차려입은 이방인이 말을 타고 불쑥 들어온다. 그는 연회에 참석한 사람들에게 어떤 시험을 내리고, 옳은 일이 이루어지지 않으면 나쁜 일이 일어날 것이라고 알린다. 그는 초목의 신 그린맨Green Man*의 한 버전이다. 호랑가시나무 가지를 들고 있는 이 이방인은 별일이 없는 한 봄에 돋아날 초록 새싹을 나타낸다. 그러니까 인간이 주의 깊게 지켜본다면 말이다.

앞에서 말한 작은 시작과 끝의 형상인 똑-딱 패턴을 이번에는 더 문학적인 사례로 살펴보자. 우리에게 친숙한 헤라클레스 신화를 보자. 이 이야기의 초기 버전은 기원전 6세기경 그리스의 장식용 도기에서 볼 수 있고, 최근 버전은 영화 「아이언맨Iron Man」에서 볼 수 있다. 이 신화에서 전설적인 장사 헤라클레스는 그보다 더 힘이 센 거인 안타이오스와 싸워야 한다. 헤라클레스는 거인을 땅바닥으로 내던진다. 그러나 안타이오스는 땅에 닿을 때마다 힘이 더 강해진다. 결국 헤라클레스는 상대를 안아 공중으로 들어올린다. 땅에서 뽑힌 안타이오스는 시들어 죽는다.

여기에서 중요한 점은 이야기가 시작에서 끝으로 매우 만족스럽게 전개된다는 점이다(헤라클레스의 모든 '과업'이 그러하듯). 이 이야기에는 플롯이 있다. 발단(주인공 헤라클레스가 거인 안타이오스를 만난다), 문제(헤라클레스가 안타이오스와 싸우지만 지고 있다), 해결(헤라클라스는 상대를 이기는 법을 깨닫고 결국 이긴다)이 있다. 헤라클레스가 안타이오스를 꾀로 이기듯, 주인공이 자신보다 훨씬 강한 상대를 꾀로 이기는 싸움은 제임스 본드 영화를 사랑하는 모든 사람에게 익숙할 것이다. 본드 영화처럼 신화도 '해피엔딩'으로 끝난다. 우리는 이런 '플

* 숲의 정령이나 풍요의 신을 상징한다고 여겨지며 잎에 둘러싸인 얼굴로 표현된다.

롯'의 단순하고 복잡한 여러 형태를 서사문학 곳곳에서 발견할 수 있다.

신화에는 또 다른 요소가 있다. 신화에는 항상 진실이 있다. 우리가 뚜렷하게 알아차리거나 설명할 수 있기 전부터, 늘 알고 있는 진실을 담고 있다. 이게 무슨 말인지 가장 오래되었고 많은 사람이 가장 고귀하게 여기는 문학 작품에서 살펴보자. 전하는 바에 따르면 3,000년 전쯤 '호메로스'라는 고대 그리스의 작가가 썼다고 알려진 「일리아스Iliad」와 「오디세이아Odyssey」라는 시다.

이 두 시는 강력한 두 세력, 그리스(훗날 '그리스'라고 불린다)와 트로이 사이에 벌어진 오랜 전쟁을 다룬다. 고고학이 밝혀낸 바에 따르면 실제로 그런 전쟁이 있었다. 그러나 호메로스는 '신화'의 틀을 크게 벗어나지 않는 작품을 창작했다. 시의 주인공인 오디세우스(라틴어 이름은 '율리시스'다)는 전쟁에서 집으로 돌아오는 길에 많은 모험을 한다(10년이 걸린 여정이다). 한번은 그의 선원들과 함께 외눈박이 거인 폴리페모스에게 붙잡혀 동굴에 갇힌다. 이 괴물의 외눈은 이마 가운데에 있다. 그는 배가 고프면 동굴에 붙잡힌 포로 한 명을, 주로 아침 식사로 잡아먹는다. 영웅들 중 가장 영리한 오디세우스는 폴리페모스를 술에 취하게 한 뒤, 그의 눈을 찔러 장님으로 만들고 선원들과 함께 탈출한다.

이 신화에는 어떤 '진실'이 감춰져 있을까? 진실은 외눈에 있다. '문제의 양면'을 볼 수 없거나 보지 않으려는 사람과 논쟁을 벌인 적이 있을 것이다. 하나의 관점만 고수하는 사람과의 논쟁은 절망적이다. 당신은 상대의 마음을 절대 바꾸지 못할 것이다.

그저 도망갈 길을 찾는 수밖에 없다. 바라건대 호메로스의 주인공보다 덜 폭력적인 방식으로.

어쩌면 이 모든 것이 조금은 원시적으로(누군가가 얕잡아 말하듯, '야만인의 생각'으로) 들릴지 모른다. 그러나 신화는 그것이 창조된 시대만큼이나 오늘날 우리에게도 의미가 있는 진실의 조각을 항상 품고 있다. 현대 사회와 과학이 신화적 설명을 한심할 정도로 시대에 뒤처진 것으로 여기는 듯한 시대에도 신화적 사고는 살아남아, 심지어 번성하기까지 한다. 단박에 보이지는 않더라도 자세히 들여다보면, 오늘날의 문학에 촘촘히 엮여 있다.

신화가 우리 문화와 어떻게 촘촘히 엮여 있는지를 보여주는 최근의 사례가 있다. 제임스 캐머런 감독의 오스카 수상작 「타이타닉Titanic」(1997년)이 개봉된 뒤부터 이 거대 유람선의 진수 100주년 기념일인 2012년 4월 12일까지, 영국과 미국에서는 이 침몰선의 모든 것에 엄청난 관심이 쏠렸다. 이런 관심은 겉보기에 조금 이상한 일이다. 타이타닉 호가 침몰해 약 1,500명이 죽었다. 끔찍한 사건이었다. 그러나 이 사망자 수는 불과 몇 년 뒤 제1차 세계대전에서 죽거나 다친 수백만 명 앞에서 무색해진다. 그런데 사람들은 왜 타이타닉 호의 침몰을 잊지 못했을까? 그 답은 아마도 배의 이름에 있을 것이다. '타이타닉Titanic'.

고대 신화에서 티탄Titan은 거대 신들의 종족이다. 이들의 부모는 땅과 하늘이고, 이들은 지상에서 최초로 인간의 형상을 한 존재였다. 지상에서 가장 강력한 종의 지위를 오랫동안 누린 티탄은 그들보다 훨씬 높은 진화 단계에 이른 새로운 신들의 종족과 10년간 전쟁을 치르게 된다. 티탄 신족은 어마어마한 힘을 가진 거인들이었지만, 힘 말고는 가진 것이 없었다. 그들에게는 맹목적인 힘만 있었다. 그러나 새 종족인 올림포스 신들에게는 훨씬 더 많은 것이 있었다. 지적 능력과 아름다운 외모와 기술. 본질적으로 자연의 힘보다 인간에 더 가까웠다(아마 우리와 같았을 것이다).

신화에 따르면 티탄 신족은 어마어마한 힘을 가졌는데도 올림포스 신족에 패배한다. 이들의 패배는 존 키츠가 1818년경에 영어로 쓴 위대한 이야기시 중 하나인 「히페리온Hyperion」의 주제다. 시에서 티탄 신족인 오케아노스는 그를 제압하고 바다의 신이 된 후계자 넵튠에 대해 생각하며 이렇게 깨닫는다.

영원한 법이란,
가장 아름다운 자가 가장 큰 힘을 가져야 한다는 것

아름답지 않은 티탄 신족의 시대는 끝났다. 그러나 오케아노스는 이렇게 예언한다.

그렇다, 그 법에 따라, 또 다른 종족이 우리의 정복자들을
우리처럼 한탄하게 만들지 모른다.

1912년 4월 바다 밑으로 가라앉은 화이트스타라인 사의 배에 '타이타닉'이라는 이름을 붙인 것은 대서양을 건너기 위한 배들 중에서 가장 크고 빠르고 강력했기 때문이다(뱃머리에 샴페인 병을

깨뜨리는 의례와 더불어 이름이 붙여졌는데, 이것 역시 '헌주'라고 불리는 신화적 행동이다). 타이타닉 호는 가라앉지 않으리라 여겨졌다. 그러나 어쩌면 이름을 지은 사람들은 어떤 불안감을 느꼈을지 모른다. 배의 이름을 '타이타닉'이라 지으며, 티탄 신족에게 일어난 일을 운명적으로 떠올리지 않을 수 있었을까?

우리가 이 재앙에 그토록 관심을 갖는 것은 타이타닉 호의 침몰이 우리에게 어떤 메시지를 주는 듯한 비합리적 생각 때문이다. (이 침몰선을 탐사하는 데 수백만 달러가 쓰였고, 그것을 '끌어올리는' 일에 관심을 갖는 사람들이 늘 있었다.) 이 사건은 우리에게 무언가를 말하는 듯하다. 우리가 진짜 깨달아야 할 것이 있다고 경고한다. 우리 시대의 신화가 된 이 사건이 전하는 메시지는 '오만하지 마라'일 것이다. 그리스인들은 이 오만에 '휴브리스hubris'라는 이름을 붙였다. 이런 경고는 '오만은 몰락을 부른다'라는 표현으로 반복되며, 문학 전반에서 보편적으로 나타난다.

타이타닉 재난 이후, 특별조사위원회는 느슨한 규제와 불충분한 빙하 탐지 장비, 조악한 선박 건조, 터무니없이 부족한 구명정을 탓했다. 충분히 합리적인 비난이었다. 그 모든 것이 사실이었다. 그러나 가장 위대하지만 가장 비관적인 영국 작가로 손꼽히는 토머스 하디는 유명한 시 「한 쌍의 수렴The Convergence of the Twain」(제24장 참조)에서 더 깊고, 더 우주적이며, 신화적인 힘이 작동한다고 그린다. (그의 시에서 타이타닉 호는 '피조물'이라고 불린다.)

그런데, 파도를 민첩하게 가르며 나아가는 이 피조물이
만들어지는 동안
모든 것을 휘젓고 자극하는 내재 의지가

이 피조물 – 너무나도 화려하고 거대한 – 을 위해
불길한 짝을 준비했다.
멀리, 떨어진 시간에 만날 얼음의 형상을.

영국 해군성은 항해학을 바탕으로 재난의 원인을 판단했다. 시인은 세상에 대한 신화적 이해를 바탕으로 또 다른 판단을 내렸다. 다음 장에서는 문학의 기반인 신화가 어떻게 서사시로 변모하는지 살펴보겠다.

CHAPTER 3

국가를 위한 문학

서사시

요즘은 '서사시epic'라는 말이 널리, 하지만 매우 느슨하게 쓰인다. 예를 들어 내가 방금 읽은 신문은 어느 축구 경기(안타깝게도 영국 팀이 주요 대회에서 선두를 차지하는 몇 안 되는 경기 중 하나)를 '서사시적 분투'라고 묘사한다. 그러나 문학에서 '서사시'라는 단어는 적절하게 쓰는 한 결코 느슨한 표현이 아니다. '영웅적인heroic' 가치를 표현하는, 매우 오래되고 엄선된 텍스트를 가리킨다('영웅적'도 너무 느슨하게 사용되는 경향이 있는 단어다). 서사시는 가장 남자다운manly 순간의 인간을 그린다고 말할 수 있다. (안타깝게도 이 말에 내포된 성 편견은 어쩔 수 없다. '서사시적 여자 영웅'은 거의 언제나 모순되는 용어다.)

서사시에 대해 진지하게 생각하다 보면 흥미로운 질문에 맞닥뜨린다. 서사시가 그렇게나 위대한 문학이라면, 왜 우리는 더 이상 서사시를 쓰지 않을까? 지금까지 몇백 년 동안 왜 우리는 서사시를 (성공적으로) 쓰지 못했을까? 서사시라는 단어는 여전히 우리 곁에 있지만, 어찌된 일인지 서사시 문학은 그렇지가 않다.

역사를 통틀어 살아남은 가장 유서 깊은 서사시는 「길가메시 Gilgamesh」로, 그 유래가 기원전 2000년까지 거슬러 올라간다. 길가메시 이야기는 훗날 메소포타미아라고 불리게 된(지금은 '이라크'라고 불린다) 서양 문명의 요람에서 유래했다. 이 '비옥한 초승달' 지대에서 밀이 최초로 경작되어, 인류는 수렵채집에서 농경으로 생활 방식의 위대한 전환을 이룰 수 있었다. 그로 인해 도시의 토대가 마련되었고, 따라서 우리가 존재할 수 있었다고 말할 수 있다.

다른 여느 서사시처럼, 남아 있는 「길가메시」도 불완전하다. 시는 점토판에 기록되었는데, 모든 점토판이 수천 년에 이르는 세월을 견뎌내지 못했다. 처음에 이 주인공은 우루크의 왕으로 등장한다. 그는 반신반인으로, 자신의 영광을 위해 웅장한 도시를 지어 난폭하게 군림한다. 그는 포악하고 나쁜 통치자다. 신들은 그의 태도를 고치기 위해 '야성의 인간' 엔키두를 창조한다. 엔키두는 길가메시만큼 힘이 세지만 성품은 더 훌륭하다. 두 사람은 싸움을 벌이고 길가메시가 이긴다. 그 뒤 둘은 친구가 되어 일련의 과업과 모험, 시련의 여정에 함께 나선다.

늘 그렇듯 예측 불가능한 신들은 엔키두에게 치명적인 질병을 내린다. 사랑하는 친구가 죽자 길가메시는 비탄에 휩싸인다. 이제 죽음을 두려워하게 된 그는 불멸의 비결을 발견하기 위해 세상을 돌아다닌다. 그의 소망을 들어줄 수 있는 신이 그를 시험한다. 그가 영원히 살고 싶다면, 분명 1주일 동안은 깨어 있을 수 있어야 한다고. 길가메시는 시도하지만 실패하고, 자신이 필멸의 존재임을 받아들인 뒤 우루크로 돌아와 더 선하고 현명한 통치자가 된다. 그리고 때가 되면 죽을 것이다.

이 오래된 이야기의 주제는 '서사시'라 불릴 만한 모든 문학 작품에 공통적으로 나타난다. 바로 영웅적 행위로 문명을 건설하고 인간 본성에 남은 야만적 기질을 길들이는 이야기다.

역사적으로 서사시는 신화에서 진화했다. 이 두 서사 형식의 이음매는 대체로 꽤 뚜렷하다. 예컨대 영국의 위대한 서사시 「베오울프Beowulf」는 '현대'(그러니까 8세기) 전사인 주인공 베오울프가 '괴물'을 죽이는 이야기다. 이 서사시의 괴물인 그렌델과 그 어미는 어두운 늪지 깊숙이 살며, 밤이면 나와 눈에 띄는 사람을 모두 죽인다. 베오울프도 나중에 용에게 살해된다. 그렌델 같은 괴물이 신화적이듯, 용도 신화적 존재다. 베오울프와 그의 동료 전사 같은 사람들은 실제로 존재했다. 베오울프 같은 영웅과 왕들의 마지막 안식처였던 배무덤ship-burial에서 그들의 갑옷과 무기가 서사시가 묘사한 그대로 발견되기도 한다. 가장 유명한 배무덤은 영국 남동부 서퍽 주의 서튼후에서 발굴되었는데, 영국박물관에 전시 중이다. 검과 투구, 쇠사슬 갑옷, 방패들과 함께 묻힌 용의 뼈는 아마 찾아내지 못할 것이다.

영문학은 이 3,182줄로 쓰인 앵글로색슨 시의 토대 위에 쌓아올려졌다. 이 시는 아마 8세기에 지어졌을 테지만, 그보다 훨씬 더 오랜, 아득한 먼 옛날까지 거슬러 올라가는 옛 전설에서 유래했다. 영국을 침략한 유럽인들과 함께 초기 형태의 시가 들어온 뒤, 몇백 년 동안 무수한 변형을 거치며 암송되다가 10세기에 익명의 수도사(그는 몇 가지의 기독교적 내용을 솜씨 좋게 끼워 넣었다)에 의해 기록되었다. 수도원은 영국의 초창기에 쓰인 문헌을 보관하고, 학문과 읽기와 쓰기를 가르친 기관이었다. 우리에게 전해 내려오는 텍스트로서 「베오울프」는 이교도와 기독교, 야만과 문명, 구술 문학과 문자 문학의 교차점에 서 있다. 읽기 쉽지는 않지만, 이 작품의 역사적 의미를 아는 일은 중요하다.

초창기 구술 문학 형태로서 서사시는 역사상 대체로 이런 전환기에 나타난다. 그러니까 우리가 알고 있는 모습의 '사회'가 최초로 '현대적' 형태를 갖추기 시작할 무렵, 즉 우리가 지금 살고 있는 세상의 모습을 두드러지게 갖출 무렵이다. 서사시는 어떤 근본적 이상을 영웅 서사의 형태로 찬양한다. 더 구체적으로 말하자면, '국가의 탄생'을 기록한다.

「베오울프」로 되돌아가서 처음 몇 줄을 살펴보자. 첫 번째는 원래의 고대 영어 버전이고, 두 번째는 현대 영어로 옮긴 버전이다.

Hwæt. We Gardena in gear-dagum,
þeodcyninga, þrym gefrunon,
hu ða æþelingas ellen fremedon.

Lo! we have learned of the glory of the kings

who ruled the Spear-Danes in the olden time, how
those princes wrought mighty deeds.
자, 우리는 옛날 데인족을 통치했던
왕들의 영광에 대하여, 어떻게 그들이
위대한 위업을 이루었는지에 대하여 들은 적 있다.

「베오울프」는 고대 영어로 쓰였고, 여러 세기 동안 영국에 퍼졌지만 배경은 '데인족의 땅'(덴마크)이다. '데인족의 땅'은 '머나먼 나라'를 대신하는 표현이다. 그러나 분명한 것은 이 위대한 시가 은유적으로 한 국가의 깃발을 올리며 시작한다는 점이다. 바로 데인족 왕국의 깃발이다. 시에서 늠름한 영웅 베오울프는 초기 단계의 문명이 그렌델에게 파괴되는 것을 막기 위해 '예아트족의 땅'(지금의 스웨덴)에서 온 사람이다. 그가 무척 비범하고 희생적이며 영웅적 행위로 이 문명을 구하지 못했다면, 앵글로색슨족의 현대적 세상을 비롯해 모든 다른 유럽의 나라가 존재할 수 없었을 것이다. 이런 문명들은 태어나자마자 끔찍한 고대 괴물이 없애버렸을 것이다. 문명은 죽도록 싸운 끝에 탄생한 것이라고 서사시는 우리에게 알려준다.

여기에서 더 중요한 점을 추가로 짚고 넘어갈 필요가 있다. 서사시 문학, 그러니까 몇백 년(때로는 몇천 년)이 지난 뒤에도 여전히 읽히는 서사시는 '아무' 나라의 탄생을 기록하는 게 아니라 후대에 더 작은 나라들을 집어삼키며 위대한 제국으로 성장할 나라의 탄생을 기록한다는 점이다. 훗날 성숙기에 이른 제국은 그 위대함의 증거로 '자신들의' 서사시를 애지중지한다. 서사시는 제국의 위대함을 보증한다. 언어학자들이 좋아하는 재치 있는 문답이 있다. '질문 : 방언과 언어의 차이는? 정답 : 언어는 군대를 뒷배로 가진 방언이다.' 그렇다면 원시 부족이 초창기에 겪은 고난을 그린 긴 시와 서사시의 차이는 무엇일까? 서사시는 큰 나라를 뒷배로 가진, 아니 더 정확히 말해서 앞에 내세운 긴 시다.

가장 유명한 서사시를 떠올려보라. 우리가 요즘 그리스라고 부르는 곳에서 나온 호메로스의 「일리아스」와 「오디세이아」이다. 우리는 호메로스의 삶에 대해 조금도 알지 못하고, 앞으로도 모를 것이다. 전설에 따르면 그는 눈이 멀었다고 한다. 여자였다고 말하는 사람도 있다. 어쨌든 고대 이래로 이 위대한 두 서사시에는 그의 이름이 따라붙었다. 이 시들은 무슨 내용일까? 「일리아스」에서는 아름다운 그리스 여성 헬레네가 젊고 잘생긴 이국의 왕자 파리스의 연인이 된다. 그들의 사랑은 헬레네가 이미 결혼했다는 불편한 사실 때문에 복잡해진다. 두 사람은 파리스의 고국인 트로이(지금은 튀르키예에 속해 있다)로 달아난다. 로맨스라고, 러브스토리라고 할 만한 이야기다. 그러나 객관적으로 보면 두 신생 도시국가의 충돌에 대한 시다. 그리스(라고 불리게 될 국가)와 트로이. 세상은 이 두 해상무역 국가가 공존할 만큼 크지 않았다. 트로이 전쟁에서 둘 중 하나는 잿더미가 되어야 한다. 잿더미가 된 것은 '일리온*의 우뚝 솟은 성탑들'(엘리자베스 시대의 극작가 크리스토퍼 말로의 표현)이다. 그리

* 트로이의 다른 이름. 일리아스는 '일리온의 노래'라는 뜻이다.

스가 잿더미 속에서 위대하게 솟아오를 수 있도록 트로이는 불꽃 속으로 사라져야 한다. 그 반대였다면, 세계사는 아주 달라졌을 것이다. 우리는 그리스 비극을 읽지 못했을 것이다. 누군가는 민주주의democracy(그리스어에서 유래한 단어)도 없었을 것이라고 말할지도 모른다. 우리의 '삶의 철학' 자체가 달라졌을 것이다.

「일리아스」의 속편인 「오디세이아」는 전편보다 더 신화적이다. 제2장에서 보았듯, 그리스의 영웅 오디세우스가 트로이 전쟁에서 그의 작은 왕국 이타카로 돌아오는 10년간의 파란만장한 이야기다. 돌아오는 길에 오디세우스와 선원들은 외눈박이 거인 폴리페모스로부터 탈출한 뒤, 그들에게 주술을 걸려는 아름다운 여자 마법사 키르케의 섬에 좌초하고 바다 괴물 스킬라와 카리브디스에게 위협을 받는다. 마침내 오디세우스는 간신히 이타카로 돌아와 정절을 지킨 아내 페넬로페를 구혼자들로부터 구해낼 수 있었다. (많은 살육 뒤에야) 왕국은 안정을 되찾는다. 이제 문명이 자랄 수 있다. 제국이 일어설 수 있다. 그것이 호메로스의 두 서사시를 채우는 주제다.

「일리아스」와 「오디세이아」는 여전히 읽기에(그리고 영화로 제작하기에) 아주 흥미진진한 이야기다. 그러나 이 두 서사시의 핵심은 우리가 현대 민주주의, 즉 우리가 사는 세상의 요람이라 부르길 좋아하는 고대 그리스의 탄생 과정을 보여주는 것이다. 서사시는 시인 존 밀턴의 말처럼 '뛰어나고 강력한 나라들'의 산물이다. [밀턴은 17세기 중반 영국이 '강력한' 열강으로 성장할 무렵 영문학 최후의 위대한 서사시라고 부를 만한 『실낙원Paradise Lost』을 썼

다(제10장 참조).]

룩셈부르크나 모나코공국 같은 작은 나라에 아무리 재능 있는 작가가 있더라도 서사시를 가질 수 있을까? 다국적인 유럽연합은 어떠할까? 이런 국가도 문학, 그것도 위대한 문학을 창조할 수 있다. 그러나 서사시 문학은 창조할 수 없다. 노벨상을 받은 소설가 솔 벨로가 '줄루족의 톨스토이는 어디에 있습니까, 파푸아섬의 프루스트는 어디에 있습니까?'라는 모욕적인 질문을 던졌을 때, 사실 그는 위대한 문명이 위대한 문학을 낳는다는 주장을 하고 있었다. 그리고 그중에서도 가장 위대한 나라만 서사시를 갖는다. 서사시의 중심에는 강대국이 있다.

다음은 세상에서 가장 유명한 서사시와, 그 시가 탄생한 나라 혹은 제국을 정리한 목록이다.

「길가메시」(메소포타미아)

「오디세이아」(고대 그리스)

「마하바라타」(인도)

「아이네이스」(고대 로마)

「베오울프」(영국)

「롤랑의 노래」(프랑스)

「엘시드의 노래」(스페인)

「니벨룽겐의 노래」(독일)

「신곡」(이탈리아)

「우스 루지아다스」(포르투갈)

솔 벨로의 나라인 미국은 목록에 없다. 포함시켜야 할까? 어떤 나라도 미국만큼 강력한 적은 없었다. 그러나 역사적으로 미국은 어린 나라다. 그리스나 영국(한때 미국의 상당 부분을 소유했다)에 비하면 청소년이다. 현대 미국 문명의 서부 팽창을 위한 몸부림은 서사시적인 몇몇 버전에 영감을 주었다고 할 수 있다. 이를테면 D. W. 그리피스의 영화(「국가의 탄생Birth of a Nation」, 1915년)와 서부극(존 웨인과 클린트 이스트우드는 분명 '영웅적' 카우보이다) 형식이 그러하다. (신화 속 존재 같은) 하얀 고래를 쫓는 선장 에이허브의 불운한 여정을 그린 허먼 멜빌의 소설 『모비 딕Moby-Dick』(1851년)을 단지 '위대한 미국 소설'이 아니라 '미국적 서사시'로 보아야 한다는 사람들도 있다. 근래의 설문조사에서는 조지 루카스 감독의 영화 「스타워즈」 시리즈가 현대의 위대한 서사시로 자주 뽑히곤 한다. 그러나 이런 작품들은 진정한 서사시라기보다는 미국이 서사시, 그러니까 진정한 서사시를 갖기에는 세계무대에 너무 늦게 등장했을지 모른다는 씁쓸한 인식을 보여줄 뿐이다. 어쨌든 미국은 여전히 시도하고 있다.

전통적으로 문학적 서사시에는 네 가지 요소가 있다. 길고, 영웅적이고, 민족주의적이며, (순수한 문학적 형식으로서) 시적이어야 한다. 찬가(긴 버전의 찬사)와 비가(슬픔의 노래)가 주요 구성요소다. 「베오울프」의 전반부는 그렌델과 그 어미를 무찌른 젊은 영웅 베오울프의 무용을 찬미하는 긴 찬가다. 후반부는 나이가 든 뒤, 그의 왕국을 위협하는 용을 무찌르다 치명적 부상을 입은 베오울프의 죽음을 슬퍼하는 비가다. 그는 자신의 목숨을 바쳐 나라의 미래를 지켜냈다. 서사시에서는 대개 영웅의 죽음이 절정의 순간이다.

서사시는 보통 후대가 그리워하며 되돌아볼, 지나가버린 위대한 시대를 배경으로 삼는다. 서사시가 그리는 위대함 덕택에 후대의 우리가 있지만, 이제 우리는 그 위대함이 과거의 일일 뿐이라는 슬픈 느낌으로 그 시대를 되돌아본다. 문학은 이런 복잡한 느낌을 끌어내곤 한다.

지금도 위대한 서사시는 대단히 재미있게 읽을 수 있다. 물론 대부분은 한 다리 건너서 번역본으로 읽어야 할 테지만. 여러 면에서 서사시는 문학계의 공룡이다. 한때 엄청난 크기로 세상을 지배했지만, 이제 문학 박물관에 소장되어 있다. 우리는 조상들이 남긴 다른 위대한 유물에 감탄하듯 여전히 서사시에 감탄할 수는 있지만, 슬프게도 더 이상 서사시를 쓸 수는 없는 듯하다.

CHAPTER 4

인간의 조건

비극

완연한 문학 형식을 갖춘 비극은 신화와 전설, 서사시라는 정제되지 않은 재료를 '형식'으로 빚어내는 문학의 긴 진화 과정에서 새로운 정점에 해당한다(문학사상 최고의 정점이라고 주장하는 사람도 있을 것이다). 우리는 왜 대부분의 사람이 거의 이해하지 못하는 언어로 2,000년 전에 쓰인 비극을 여전히 읽고 관람할까? 우리 사회와 비슷한 점이 있다고는 해도, 거의 다른 별에 있다고 할 만한 사회를 위해 쓰인 극을 말이다. 대답은 간단하다. 아이스킬로스와 소포클레스, 에우리피데스를 비롯한 고대 그리스 극작가들의 시대만큼 비극이 훌륭했던 적이 없기 때문이다.

그렇다면 '비극tragedy'과 '비극적tragic'이라는 말은 실제로 무엇을 뜻할까? 초대형 여객기가 추락했다고 가정해보자. 드물긴

하지만, 안타깝게도 일어나는 일이다. 승객 수백 명이 사망한 이 사건은 신문의 머리기사가 된다. 〈뉴욕 타임스〉는 「비극적 사건, 385명 사망」이라는 기사를 제1면에 싣는다. 〈뉴욕 데일리 뉴스〉의 머리기사는 더 떠들썩하다. 「12킬로미터 상공에서 벌어진 끔찍한 사건, 수백 명이 살해되다!」. 이 두 제목 모두 신문 독자에게 특이하게 느껴지진 않을 것이다.

그런데 끔찍한 사건은 비극적 사건과 같을까? 2,500년 전에 쓰인 한 연극도 이 문제를 무척 엄밀하게 다루었다. 소포클레스가 아테네의 청중을 위해 창작한 연극이다. 아마 낮 시간대에 야외 원형극장에서 상연되었을 것이다. 견고한 돌로 지은 원형극장은 경사진 관람석을 갖추었고, 무대를 '사방에서 볼 수 있는' 극장이었다. 배우들은 가면('페르소나'라고 불린다)을 쓰고 굽 높은 신발('버스킨'이라고 한다)을 신었다. 페르소나는 아마 확성기 역할을 했을 테고, 버스킨 덕분에 맨 뒷좌석의 관객도 배우를 볼 수 있었을 것이다. (이들이 공연했던 극장의 음향 효과는 오늘날의 뉴욕 브로드웨이나 런던 웨스트엔드보다 나았다. 에피다우로스에 가면 아주 잘 보존된 고대 극장들이 있는데, 안내원은 석조 관람석 맨 뒷줄에 방문객을 앉혀놓고 무대 중앙으로 가서 성냥을 긋곤 한다. 맨 뒷줄에서도 어렵지 않게 그 소리를 들을 수 있다.)

소포클레스의 걸작 「오이디푸스 왕Oedipus Rex」(영어로 옮기면 'Oedipus the King'이지만, 라틴어 제목으로 불리는 경우가 더 많다)은 고대 그리스 신화를 바탕으로 한 이야기다. 과거의 일들이 이제 '위기에 이르기' 시작한다. 미래를 예견하는 능력 못지않게 수수께끼 같은 예언을 하기로 유명한 델포이의 여사제가 테베의 왕과 왕비인 라이오스와 이오카스테에게 둘 사이에서 태어난 아들이 아버지를 죽이고 어머니와 결혼하리라 예언한다. 괴물이 될 운명을 지닌 아기다. 부부의 외아들인 이 아기가 없다면 왕위 계승 문제가 복잡해질 테지만, 테베의 앞날을 위해 그 편이 더 나았다. 아기 오이디푸스는 목숨이 꺼져가도록 산비탈에 버려진다. 그러나 아기는 죽지 않는다. 어느 양치기가 아기를 구하고, 이런저런 우연으로 신분이 완전히 감춰진 채 아기는 또 다른 왕 부부에게 입양된다. 코린토스의 왕과 왕비다. 신들이 그를 보살피는 듯하다.

어느덧 어른이 된 오이디푸스는 자신이 아버지의 친자가 아니라고 수군대는 사람들의 이야기를 듣고 델포이의 사제를 찾아간다. 사제는 그에게 아버지를 죽이고 어머니와 근친상간으로 결혼할 운명이라고 경고한다. 오이디푸스는 그 신탁이 말하는 부모가 자신의 양부모인 줄 알고, 코린토스를 떠나 테베로 향한다. 어느 갈림길에서 그는 마주 오는 전차를 만난다. 전차를 모는 사람이 그를 길에서 밀어낸다. 오이디푸스가 그에게 일격을 가하자, 이번에는 전차에 있던 다른 사람이 오이디푸스의 머리를 세게 내리친다. 격렬한 싸움이 벌어지고, 분노한 오이디푸스는 그 사람이 자신의 친부인 라이오스라는 사실을 알지 못한 채 죽이고 만다. 길거리 난동이자 충동적인 살인이다.

오이디푸스는 어떤 일들이 자신을 기다리는지 알지 못한 채 계속 테베로 향한다. 처음에 마주친 것은 스핑크스다. 스핑크스는 산에 살면서 테베를 위협하는 괴물이다. 스핑크스는 테베로 향하는 모든 나그네에게 수수께끼를 낸다. 정답을 말하지 못하면 나그네는 죽는다. 그 수수께끼는 '아침에는 네 발로, 낮에는 두 발로, 저녁에는 세 발로 걷는 것은?'이다. 오이디푸스가 정답을 말한다. 그는 최초로 정답을 말한 사람이다. 정답은 '사람'이다. 아기는 네 발로 걷고, 어른은 두 다리로 걸으며, 노인은 지팡이를 짚고 걷는다. 스핑크스는 스스로 목숨을 끊는다. 테베 시민들은 오이디푸스에게 고마워하며 그를 왕으로 추대한다. 왕위에 오른 오이디푸스는 알 수 없는 이유로 남편을 잃은 왕비 이오카스테와 결혼하여 왕권을 안정시킨다. 두 사람 모두 라이오스에게 무슨 일이 일어났는지, 자신들이 어떤 끔찍한 일을 저지르는지 알지 못한다.

오이디푸스는 좋은 왕이자 좋은 남편이며, 그와 이오카스테 사이에서 태어난 자식들에게 좋은 아버지다. 그러나 여러 해가 흐른 뒤, 원인 모를 끔찍한 역병이 테베를 덮친다. 수천 명이 죽는다. 흉년이 든다. 여자들은 아기를 갖지 못한다. 바로 이 시점에서 소포클레스의 연극이 시작된다. 분명 테베에 또다시 저주가 내린 듯하다. 왜 그런가? 눈먼 예언자 티레시아스가 끔찍한 진실을 밝힌다. 신들이 테베를 벌하는 것은 오이디푸스가 부친 살해와 근친상간(어머니와 결혼한 일)을 저질렀기 때문이다. 끔찍한 일들이 마침내 드러난다. 이오카스테는 목을 맨다. 오이디푸스는 이오카스테의 브로치 핀으로 자신의 눈을 찔러 맹인이 된다. 그는 여생을 거지로 살아간다. 테베의 비천한 자들 중 가장 비천한 자가 된다. 충직한 딸 안티고네는 불행에 빠진 그를 돌본다.

앞서 말한 문제로 돌아가보자. 「오이디푸스 왕」을 단지 끔찍한 이야기가 아니라 비극적 이야기로 만드는 것은 무엇인가? 불구가 되고 영혼이 망가지긴 했지만, 살아남은 한 남자의 이야기가 왜 그 모든 이름 모를 테베 시민의 죽음과 고통보다 더 비극적인가?

이 질문에 답한 사람이 있으니, 바로 위대한 문학비평가이자 또 다른 그리스인 아리스토텔레스다. 비극, 특히 「오이디푸스 왕」에 대한 그의 연구는 '시학Poetics'이라 불린다. 제목은 '시학'이지만 아리스토텔레스가 시에만 관심을 둔 것은 아니다(비록 「오이디푸스 왕」과 많은 번역본이 운문으로 쓰였지만). 그는 문학의 작동 기제라 부를 만한 것에, 곧 문학이 어떻게 작동하는지에 관심을 기울였다. 아리스토텔레스는 「오이디푸스 왕」을 주요 사례로 사용해 그 질문에 답하려 한다.

아리스토텔레스는 이해하기 쉬운 역설로 이야기를 시작한다. 이를테면 이런 상황을 상상해보라. 당신이 셰익스피어의 연극 「리어 왕King Lear」(「오이디푸스 왕」과 아주 비슷하다)을 보고 극장에서 막 나온 친구를 만났다고 하자. '재미있었어?' 당신이 묻는다. '응, 내 평생 이렇게 재미있는 연극은 처음이야.' 친구가 대답한다. 그러자 당신이 나무란다. '냉정한 녀석! 악마 같은 딸들 때문에 죽도록 고통을 겪는 노인과 무대에서 눈이 먼 또 다른 노인을 보는 게? 그걸 재미있다고 말하는 거야? 차라리 다음에는 투우를 보러 가지 그래.'

물론 말도 안 되는 소리다. 아리스토텔레스는 비극이 우리에게 강력한 정서적 호소와 심미적 즐거움을 주는 것은 무엇을 묘사하는지(이야기)가 아니라 어떻게 묘사하는지(플롯)에 있다고 주장한다. 「리어 왕」을 볼 때 우리가 재미있다(이 단어를 사용하는 건 전적으로 옳다)고 느끼는 것은 그 연극의 잔혹함 때문이 아니라 예술, 곧 '재현'(아리스토텔레스는 '미메시스mimesis', 즉 '모방'이라고 불렀다) 때문이다.

아리스토텔레스는 「오이디푸스 왕」 같은 연극이 어떻게 비극의 효과를 내는지 설명한다. '우연accident'이라는 표현을 생각해보자. 비극을 보는 동안 우리는 극의 진행에서 우연은 없다는 것을 깨닫게 된다. 모두 예견된 일이다. 그래서 신탁과 예언자가 극의 행위에 무척 중심적이다. 아귀가 딱 맞아떨어진다. 당시에는 몰랐더라도 나중에는 알게 된다. 아리스토텔레스의 표현에 따르면 비극의 사건은 청중에게 '필연적이고 개연적으로' 느껴지도록 전개되어야 한다. 비극에서 일어나는 일은 '일어나야만' 하기 때문에 일어난다. 그러나 예정된 운명의 경로를 따라가는 사건의 이면에 놓인 것을 실제로 보는 일은 대체로 인간이 감당하기 힘들다. 오이디푸스는 그렇게 일이 벌어져야만 했기 때문에 그렇게 벌어졌다는 사실을 알게 되었을 때 자기 스스로 눈을 멀게 함으로써 또 다른 예언을 현실로 만들었다. 그가 (은유적으로) 눈이 멀었다는 예언자의 말을 실현한 것이다. 인간은 너무 무거운 현실을 감당할 수 없다.

아리스토텔레스의 도움으로 우리는 완벽하게 구성된 소포클레스의 비극을 기계공이 자동차 엔진을 해체하듯 분석할 수 있다. 아리스토텔레스는 비극은 실제로 살았던 고귀한 태생의 남자들의 개인적 삶을 다루어야 한다고 규정한다. 왕족은 이상적인 주제다(비극 「오이디푸스 왕」이 있기 전에, 실제로 오이디푸스라는 왕이 있었다). 노예나 여성이 비극의 주인공이 된다는 생각은 터무니없다고 아리스토텔레스는 말한다. 그의 주장에 따르면 비극은 청중의 관심을 '과정'에 집중시켜야 한다. 다른 곳으로 주의를 돌리게 해서는 안 된다. 어떤 폭력이든 무대 밖에서 벌어져야 하며, 「오이디푸스 왕」에서처럼 비극적 과정의 대단원을 들려주는 것이 이상적이다. 비극은 체스에서 '엔드게임'이라 불리는 것, 곧 과정의 최후 결과와 연관되어 있다.

현대 프랑스의 극작가 장 아누이Jean Anouilh(1910~1987)는 (오이디푸스의 딸 안티고네를 다룬) 소포클레스의 또 다른 비극 「안티고네Antigone」를 각색한 자신의 작품에 대해 말하면서, 이 비극의 플롯을 '기계'라고 불렀다. 스위스 시계의 '작동'처럼 모든 부품이 함께 움직여 최종 효과를 만들어낸다는 말이다. 무엇이 그 기계를 작동시키는가? 아리스토텔레스는 비극의 주인공이 당겨야 하는 어떤 방아쇠가 있다고 말한다. 그는 이 방아쇠를 '하마르티아hamartia'라고 부른다. 하마르티아는 대개 '판단 착오'라고 어색하게 번역된다. 오이디푸스는 흥분한 나머지 갈림길에서 자신을 화나게 한 낯선 이를 죽임으로써, 결국 자신을 파멸로 몰고 갈 비극의 방아쇠를 당긴다. 그는 다혈질이다(아버지 라이오스도 그러한 걸 보면 집안 내력인 모양이다). 그것이 바로 자동차에 시동을 걸듯, 비극 기계에 시동을 건 그의 하마르티아다. 그의 판단 착오다. 이제 차는 치명적인 사고를 향해 출발한다. 이 이야기에 우리의 마음이 서

늘해지는 이유는 우리 모두 일상에서 그런 착오를 저지르기 때문이다.

아리스토텔레스는 (극이 작동해야 하는 대로 작동한다면) 청중이 비극 공연의 온전한 경험에 어떻게 반응하는지도 눈여겨보았다. 그는 비극이 정서적으로 얼마나 강력할 수 있는지 지적한다. 비극의 효과가 너무 압도적이었던 탓에, 청중석에 있던 여인이 조산했다는 이야기를 전한다. 아리스토텔레스는 비극이 불러일으키는 구체적 감정을 '연민과 두려움'이라고 부른다. 비극의 주인공이 겪는 고통에 대한 연민과, 그에게 그런 일이 일어난다면 누구에게든, 심지어 우리에게도 일어날 수 있다는 두려움이다.

아리스토텔레스의 주장 중 가장 논쟁적인 것은 '카타르시스 catharsis' 이론이다. 번역 불가능한 이 단어는(우리는 보통 아리스토텔레스가 쓴 단어를 그대로 쓴다) '감정의 완화'로 이해하는 것이 가장 좋다. 훌륭하게 공연된 「리어 왕」이나 「오이디푸스 왕」 같은 비극을 관람하고 극장을 떠나는 청중에 대한 이야기로 돌아가보자. 이들의 분위기는 차분하고 성찰적이다. 사람들은 무대에서 본 것 때문에 어떤 의미에서 기진맥진한 상태일 것이다. 또한 이상하게도 종교적 체험 같은 것을 한 듯 고양된 상태이다.

우리는 아리스토텔레스가 말한 모든 것을 복음서처럼 받아들일 필요는 없다. 예를 들어 여성이나 노예에 대한 아리스토텔레스의 사회적 관점이라든가 국가의 역사에서 왕과 왕비, 귀족만 중요하다는 정치적 관점에는 조금도 동의할 수 없다. 그냥 그가 우리에게 연장통 하나를 주었다고 가정하자. 그 모든 세월이 흐른 뒤에도「오이디푸스 왕」은 왜 여전히 우리의 마음을 움직이는가?

그럴듯한 답이 두 개 있다. 하나는 그 비극이 너무나 훌륭하게 구성되었다는 것이다.「오이디푸스 왕」은 파르테논이나 타지마할, 레오나르도 다 빈치의 그림처럼 심미적 아름다움을 지닌다. 둘째, 인류가 쌓은 지식이 엄청나게 팽창했을지라도 많은 사람에게 인간의 삶과 조건은 여전히 이해할 수 없는 수수께끼 같다는 것이다. 비극은 그 수수께끼를 대면하고 중요한 질문을 검토한다. 삶의 목적은 무엇인가? 무엇이 우리를 인간으로 만드는가? 비극은 그 목표에 있어서 가장 야심찬 문학 장르다. 아리스토텔레스는 그가 말한 대로 비극이 '가장 고귀하다'고 믿어 의심치 않았다.

CHAPTER 5

영어 이야기

초서

우리가 알고 있는 모습의 영국 문학은 700년 전 제프리 초서 Geoffrey Chaucer(1343?~1400)에게서 출발한다. 그러나 나는 이 문장을 다시 쓰겠다. 초서에게서 출발한 것은 '영국 문학'이 아니라 '영어로 쓰인 문학'이다. 당시는 잉글랜드 주민 전체의 말하기와 쓰기를 통일할 언어가 자리잡기 오래전이었다. 초서는 14세기 무렵 잉글랜드 주민들이 비로소 단일한 언어로 쓰고 말하기 시작한 시점을 표시한다.

다음의 두 인용문을 비교해보자. 지금 영국이라 불리는 곳에서 거의 똑같은 시기인 14세기 말에 쓰인 위대한 시 두 편의 시작 부분이다.

Forþi an aunter in erde I attle to schawe,
Þat a selly in siȝt summe men hit holden…
이런즉 이제 내가 풀어놓으려는 이야기는
어떤 이들에게는 참으로 놀라운 일이라 여겨지는 것이며……

Whan that Aprill, with his shoures soote,
The droghte of March hath perced to the roote…
4월의 달콤한 소나기가 3월의 가뭄을
뿌리까지 깊이 꿰뚫을 때……

첫 번째 인용문은 '가윈 시인Gawain Poet'이라는 이가 쓴 시로, 아서 왕 통치기를 배경으로 신화에 가까운 이야기를 들려주는 「가윈 경과 녹색 기사」(제2장 참조)의 앞부분이다. 두 번째 인용문은 초서의 문장으로, 「캔터베리 이야기Canterbury Tales」의 앞부분 2행이다.

대부분의 독자에게 가윈의 시는 어렵게 느껴진다. 앵글로색슨 시어와 두 개의 강세로 이루어진 리듬, 두 개의 반행half-lines으로 나뉘는 시행*, 가끔은 외계어처럼 느껴지는 낯선 어휘가 익숙지 않기 때문이다. 이 언어가 영어의 일종임을 드러내는 단어는 몇 개뿐이다. 두 번째 발췌문은 ('soote'가 'sweet'를 뜻한다는 정도를 알면) 대부분의 현대 독자가 이해할 만하다. 「캔터베리 이

* 고대 영시의 시행은 중간 휴지caesura를 중심으로, 두운으로 연결되는 두 개의 반행으로 이루어진다.

야기」의 리듬과 운율을 비롯해 시 전체를 이해할 수 있다. 단어 몇 개만 현대어로 옮기면 대부분의 독자는 다양한 초기 필사본 버전의 「캔터베리 이야기」를 읽을 수 있다. 사실 현대어로 옮기지 않은 원본으로 읽어야 더 재미있다. 흔히 표현하는 것처럼, 시가 우리에게 말을 건다.

「가윈 경과 녹색 기사」는 멋진 시이긴 하지만, 고대 영어의 어휘와 표기법을 유지함으로써 문학의 막다른 길에 부딪히고 말았다. 한때 이 시가 말을 걸었던 사람들은 사라진 지 오래되었다. 이런 형태의 글에 미래는 없었다. 오늘날에도 이 시에 쓰인 방언을 힘들게 공부한 사람들에게는 아름다운 시이긴 하지만. 초서의 '새' 영어는 앞으로 등장할 위대한 문학의 경계에 서 있다. 엘리자베스 시대의 위대한 시인 에드먼드 스펜서는 그를 '댄Dan' 초서라고 부르며 추앙했다. '댄'은 '우두머리'를 뜻하는 도미누스Dominus를 줄인 표현이다. 무리의 선도자. 초서는 그런 사람이었다. 스펜서는 그를 '순결한 영어의 원천'이라고 불렀다. 초서는 영국의 문학에 그 언어를 주었다. 그리고 직접 그 언어로 위대한 첫 작품을 씀으로써 다른 사람도 위대한 작품을 쓸 길을 열었다.

우리가 초서가 실제로 누구였는지 알며 「캔터베리 이야기」를 읽는 동안 그를 마음속에 그려볼 수 있다는 사실은 중요하다. 초서 이후로 문학은 '작가'를 갖게 되었다. 우리는 「베오울프」를 누가 지었는지 모른다. 어쩌면 이름 모를 여러 사람의 손과 정신으로 빚어진 작품이었을 것이다. 또한 '가윈 시인'이 누구였는지도 모른다. 어쩌면 '가윈 시인'도 두 사람 이상일 수 있다. 그걸 누가 알겠는가?

「베오울프」와 「캔터베리 이야기」 사이 500년 동안 영국의 지방 왕국과 영지(영주가 다스리는 땅)에서는 많은 변화가 일어났다. 이 시기에 등장한 것은 '영어'만이 아니라 '영국' 자체였다. 1066년 잉글랜드는 노르망디 공 윌리엄에게 정복당했다. '정복자'라 불리는 윌리엄은 우리가 현대 국가로 인정하는 조직을 들여왔다. 노르만인들은 공식 언어와 보통법 체계, 화폐 제도, 계급 제도, 의회를 비롯한 기관을 세우고 런던을 수도로 정비하며 자신들이 침략한 땅을 통일시켜나갔다. 이들이 세운 많은 것이 오늘날의 영국에까지 전해진다. 초서는 이 새로운 영국의 선구적 작가였고, 그의 영어는 런던 방언이었다. 그의 시에서 앵글로색슨 문학의 오랜 리듬과 어휘가 여전히 들리긴 하지만, 땅의 진동을 통해 전해지는 북소리처럼 표면 아래에서 느껴질 뿐이다.

그렇다면 초서는 어떤 사람이었을까? 그는 제프리 드 초서로 태어났다. 그의 성은 '제화공'을 뜻하는 프랑스어 'chausseur'에서 나왔다. 초서 가문은 몇백 년 사이에 노르만-프랑스 출신 제화공 수준을 훌쩍 뛰어넘어 성공했다. 제프리가 살던 시대에 그들은 궁정과 연줄이 있었고 궁정의 총애를 받았다. 다행히 에드워드 3세 치하의 나라는 그럭저럭 평화로웠다. 비록 적이 되어 500년간 갈등을 빚을 프랑스를 이따금 침략했지만. 제프리의 아버지는 포도주 수출입 사업을 했다. 그런 사업을 하려면 유럽 대륙과 밀접하게 접촉해야 했고, 유럽의 문학(당시 영국의 문학보다 훨씬 앞서 있었다)은 훗날 제프리가 해박하게 활용하게 될 터였다.

초서는 아마도 명망 있는 대학을 공식적으로 혹은 비공식적으로 다녔거나, 가정교사들에게 훌륭한 교육을 받았을 것이다. 정확한 사실은 알려지지 않았다. 그가 성인기로 접어들 무렵에는 대단히 박식했고 몇 가지의 언어를 유창하게 구사했다는 것은 분명하다. 젊은 시절 그는 모험을 갈망해서 군인의 길에 들어섰다. (그의 위대한 시 두 편 중 하나인 「트로일러스와 크리세이드Troilus and Criseyde」는 문학사상 가장 큰 전쟁인 그리스와 트로이 사이의 전쟁을 배경으로 한다.) 프랑스에서 젊은 영국 군인 제프리는 포로로 갇혀 있다가 몸값을 지불하고 풀려난다. 훗날 그가 가장 좋아한 사상가는 감옥에서 위대한 저작 『철학의 위안The Consolation of Philosophy』을 쓴 로마 시인 보에티우스였다. 초서는 프랑스어 번역본을 부분적으로 참고하여 이 책의 라틴어 원본을 영어로 옮겼고 보에티우스의 사상, 특히 '운명'이란 불확실하며 삶에는 굴곡이 있다는 생각을 받아들였다.

전장에서 돌아온 뒤 초서는 결혼하고 정착했다. 그의 아내 필리파는 귀족 태생이었고 그에게 지위뿐 아니라 돈도 안겨주었다. 그의 사생활이 어떠했는지는 끊임없는 논쟁의 대상이다. 그러나 그가 외설적인 글을 자주 쓴 걸 보면 천성적으로 청교도적인 인물은 아니었으리라 짐작할 수 있다. '초서주의자Chaucerian'라는 표현은 인생을 최대한 즐기는 사람을 일컫는 말이 되었다.

작가로서 그의 초기 경력은 궁정 친구들의 도움을 받았다. 그 시절에는 성공하려면 후원이 중요했다. 1367년 에드워드 3세는 '우리의 소중한 시종'(조신)으로서 초서의 노고에 대해 20마르크의 후한 종신연금을 지불했다. 요즘이라면 우리는 초서를 공무원이라 불렀을 것이다. 1370년대 초반에 그는 국왕의 외교사절이 된다. 아마 초서는 당시 세계문학의 중심지였던 이탈리아에서 위대한 작가 페트라르카와 보카치오를 만났을 것이다. 두 사람 모두 그의 글에 큰 영향을 미치게 될 터였다.

1370년대 중반에 초서는 런던 항구의 세관 관리자로 임명되었다. 그것이 그가 가장 높이 오른 공직이었다. 그가 계속 더 높은 직위로 승진했다면 「캔터베리 이야기」는 나오지 않았을 것이다. 그러나 1380년대가 되자 그의 운이 기울었다. 그의 친구와 후원자들은 더 이상 그를 도울 수 없었다. 아내를 잃고 궁정의 총애도 잃은 그는 켄트에 틀어박혀 위대한 시 「캔터베리 이야기」를 썼다. 이 무렵 그는 시골에 틀어박혀 삶을 최대한 즐기는 것 말고는 할 일이 없었던 듯하다.

「캔터베리 이야기」와 「트로일러스와 크리세이드」는 대단히 위대한 시다. 둘 다 중요한 혁신을 이루었다. 문학을 바꿔놓았다. 「트로일러스와 크리세이드」에서 초서는 이탈리아어 판본으로 읽었을 호메로스의 위대한 서사시 「일리아스」를 가져다가 전쟁 이야기를 사랑 이야기로, 순전한 로맨스로 바꿔놓았다. 트로이 성벽 밖에서 큰 전투가 벌어지는 동안 트로이 왕자 트로일러스는 과부인 크리세이드와 뜨거운 사랑에 빠진다. 두 사람의 관계는 '궁정풍 사랑'의 규범대로, 사랑의 순수성을 지키기 위해서 비밀이어야 한다. 그러나 크리세이드는 트로일러스를 배신하고, 트로일러스는 무너진다. 마음의 일 앞에서 거대한 전쟁도 하찮을 수 있다고 시인은 넌지시 말하는 듯하다. 이 플롯에서 얼마나 많은 미래의 연극과 시와 소설을 예견할 수 있는가?

현대 독자가 초서의 문학 세계로 들어가기에 가장 좋은 입구는 「캔터베리 이야기」다. 이 작품의 틀은 「트로일러스와 크리세이드」보다 더 현대적인 작품인 보카치오의 「데카메론Decameron」에서 따왔다. 「데카메론」은 전염병으로 황폐해진 피렌체에서 온 열 명의 피난민이 격리되어 있는 동안 지루함을 덜기 위해 서로에게 이야기(자그마치 100편)를 들려주는 구성이다. 「데카메론」은 산문으로 쓰였다. 「캔터베리 이야기」는 대부분 매끄러운 운문으로 쓰이긴 했지만 요즘에는 「데카메론」처럼 초창기 소설(또는 짧은 소설 모음집) 같은 느낌으로 읽을 수 있다. (초창기 소설 같은 작품에 대해서는 제12장을 보라.)

초서의 이야기 하나하나는 나름의 방식으로 재미있고 함께 모여 작은 세상, 즉 '소우주'를 구성한다. 18세기 시인 존 드라이든(잉글랜드 최초의 계관시인이다. 제22장 참조)은 초서의 이야기가 '신의 풍요'를 담고 있다고 말했다. 모든 인생이 그곳에 있다. '기사의 이야기'에 담긴 고결한 궁정풍 사랑의 고뇌부터 하위 계급 순례자들의 외설스럽고 요란한 이야기와 주임신부의 경건한 종교적 조언에 이르기까지. 안타깝게도 우리가 요즘 구할 수 있는 텍스트에는 모든 시가 들어 있지 않다. 초서는 인쇄기가 발명되기 100년 전에 「캔터베리 이야기」를 썼다. 다양한 필사본으로 전해지다 보니 형태가 불완전한데다 초서 자신이 직접 쓴 육필 원고는 없다.

이야기의 시작은 1387년 4월이다. 순례자 29명(주변부에 내내

머무는 초서 자신을 비롯해)이 런던의 템스 강 남안에 있는 타바드 여관에 모인다. 그들은 말을 타고 함께 4일 동안 100여 마일에 이르는 '순례'에 나서, 캔터베리 대성당의 순교자 토머스 베케트의 묘지까지 갈 예정이다. 여관 주인인 해리 베일리는 여행의 안내자 역할을 자처하며, 친교와 화합을 다지기 위해 순례자 한 명씩 켄트로 가는 길에 이야기 둘, 돌아오는 길에 이야기 둘을 들려주자고 제안한다. 그러면 이야기가 116편쯤 된다. 이 계획은 완성되지 못했다. 어쩌면 처음부터 116편을 쓸 생각이 아니었을 수도 있고, 아니면 116편을 쓰기 전에 초서가 죽었을 가능성이 더 높다. 우리에게 전해지는 것은 24편이고, 그중 몇은 조각 글이다. 아쉽지만, 그래도 이 작품의 중요한 성취를 맛보기에는 충분하다.

초서의 순례자들은 당시 사회를 비추는 거울이며, 그 사회는 놀랍게도 많은 면에서 우리 사회와 닮았다. 신앙 행위(순례)가 중심축이지만 '기독교' 시는 아니다. 초서가 말하려는 요지는, 기독교는 유연한 신앙이므로 세속적인 사회의 온갖 사람을 포용할 수 있다는 것이다. 우리는 '세속적'이자 '종교적'일 수 있다. 모든 날이 주일은 아니다. 초서의 시대에 이는 급진적일 만큼 새로운 생각이었을 것이다.

순례자 중에는 많은 남녀 성직자(교회 사람들)가 있다. 탁발수사, 수사, 수녀원장, 소환리, 면죄부 판매자(면죄부를 '판매'한다는 이유로 초서가 특히 경멸하는), 주임신부(초서가 존경하는). 이들 종교인은 대체로 서로 좋아하지 않고, 독자도 이들 모두에게 호감을 느끼지 않는다.

사회 밑바닥 계층으로는 요리사와 청지기(토지 관리인), 방앗간 주인과 뱃사람(일반 선원)이 있다. 그 위에는 상인과 소지주(새로 등장하는 부르주아 계급의 구성원)가 있다. 둘 다 부유하다. 훨씬 더 부유함직한 사람(예루살렘에 세 번이나 갔다 올 만큼)은 '바스의 여장부'다. 자수성가한 그녀는 옷감(데님) 제조로 성공했다. 다섯 번 결혼하고 남편을 잃는 과정에서 남편으로부터 구타와 깨달음을 얻은 노련한 과부인 바스의 여장부는 대담한 여성의 전형이다. 혈기 왕성한 이 여장부는 동료 순례자들(특히 금욕적인 옥스퍼드 서생)과 결혼이라는 주제를 놓고 언쟁을 벌인다. 바스의 여장부는 결혼 제도에 대해 누구보다 더 많이 알며, 옥스퍼드 서생보다는 정확히 다섯 배 더 많이 안다.

상업에 종사하는 이 '중간 계급' 위에는 요즘 전문직이라 부르는 사람들이 있다. 의사, 법률가, 학자(읽고 쓰는 능력으로 생계를 꾸리는 옥스퍼드 서생). 순례자들의 개성은 '전체 서시'와 각 이야기 앞에 붙은 더 짧은 서시에서 뚜렷하게 묘사된다. 이들은 독자의 상상 속에서 생생하게 살아난다. 이야기의 전체 구조에서는 많은 논쟁이 일어난다. 결혼에 대해(아내는 순종적이어야 하는가, 자기주장을 내세워야 하는가?), 운명에 대해(어떻게 운명이라는 이교도적 개념이 기독교와 결합할 수 있는가?), 사랑에 대해(수녀원장의 표현대로 사랑은 '모든 것을 정복'하는가?).

가장 높은 '등급'(사회 계급)이자, 그런 이유로 가장 먼저 이야기를 한 순례자는 기사다. 고대 그리스를 배경으로 한 그의 이야기에는 궁정풍 사랑의 규범과, 보에티우스가 말한 모든 불행을 견디는 인내가 잔뜩 등장하며, 분명 '기사도적'이라 할 만하다. 그 뒤에는 방앗간 주인의 익살맞은 풍자, 또는 외설스러운 이야기가 바로 이어진다. 늙은 목수와 그의 젊은 아내, 몇몇 짓궂은 젊은 남자가 등장하는 그의 사랑 연대기는 궁정풍 사랑과는 거리가 멀다. 「캔터베리 이야기」는 20세기까지도 어린 독자를 위해 검열되곤 했다 (내가 여전히 다소 분하게 회상하는 바에 따르면, 내가 배운 교재도 마찬가지였다).

서로 다른 24편의 이야기가 떠들썩하게 울린 끝에 결국 주임신부의 고결하고 진지한 설교로 적절하게 마무리된다. 속속들이 즐거움을 맛본 독자는 주임신부의 이야기를 끝으로 평화롭게 책장을 덮을 수 있다. 드라이든의 말이 맞다. 모든 인생이 그곳에 있다. 우리의 인생도.

CHAPTER 6

길거리 연극

신비극

15세기 말과 16세기 초, 문학의 세계에 인쇄술과 현대적 형태의 극장이 등장했다. 페이지page와 무대stage라는 이 두 위대한 장치는 이후 400년간 위대한 문학이 펼쳐질 장소가 될 터였다. 이번 장에서는 영국의 초기 극문학이 꿈틀거린 시대를 살펴볼 것이다. 무대가 아니라 영국의 활기찬 소도시 거리에서.

연극은 '정말로' 어디에서 시작하는가? 아리스토텔레스에게 묻는다면, 그는 아이들을 보라고 대답할 것이다. 연극은 인간 자신의 분장이나 연기에서 유래한다. 이는 우리 인간을 인간으로 만들어주는 것 중 하나다. 아리스토텔레스는 자신의 위대한 비평서 『시학』(제4장 참조)에서 이렇게 말한다.

모방은 어린 시절부터 인간의 본성이며, 인간은 세상에서 가장 모방적인 생명체이고 모방을 통해 배운다는 점에서 다른 동물들을 능가한다. 또한 모든 인간에게는 모방의 작품에서 즐거움을 느끼는 본성이 있다.

아리스토텔레스가 말하는 '모방'(미메시스)은 '연기하기'를 뜻한다. 한 배우가 리처드 3세로 무대에 오를 때, 그는 자신이 리처드 3세인 척 연기하는 것이다. 그는 2013년 레스터의 주차장에서 유해가 발굴된 실제 리처드 3세가 아니다. 이런 흉내 내기, 곧 '모방'이 극의 본질이다. 이는 배우로서나 관객으로서나 연극 체험에서 가장 기이한 면에 속한다.

물론 우리는 리처드 3세를 연기해서 호평 받은 이언 맥컬런이나 알 파치노가 그들이 '연기'하는 리처드 3세로 존재하는 동안에도 그들 자신으로 존재한다는(여기에서는 '존재'의 의미를 규정하기 힘들어진다) 사실을 안다. 그 배우가 이언 맥켈런이나 알 파치노라는 사실을 우리도 알고 배우도 안다. 그렇다면 연극을 보는 동안 우리 관객은 '넋을 잃는' 것인가? 시인이자 비평가이자 철학자인 새뮤얼 테일러 콜리지가 멋지게 표현한 대로, '불신을 일시 중지'하는 것인가? 그러니까 속아 넘어가기를 선택하는가? 우리가 알고 있는 것을 '알지 않기'를 의도적으로 선택하는가? 아니면 우리는 극장에 다른 사람들과 함께 앉아, 얼굴을 분장한 채 다른 사람이 쓴 대사를 암송하는 사람을 구경하고 있다는 사실을 여전히 의식하고 있는가? 대답은 우리가 관람하는 연극에 따라 달라진다. 그러나 극을 체험하기 위해서는 관객인 우리에게도 어떤 기술이 필요한 것은 분명하다. 관객으로서 공연에 반응하고, 공연을 감상하며 평가하는 법과 관련된 기술이다. 극장에 자주 갈수록 그런 기술에 점점 능숙해진다.

셰익스피어 시대에는 런던의 템스 강 남안에 글로브Globe와 로즈Rose라는 위엄 있는 이름을 단 거대한 목조 극장이 세워져 최대 1,500명까지 수용했는데, 대부분은 입석이었다. 그러나 극장은 그보다 훨씬 앞서부터 있었다. 이전에 존재한 극장과, 그곳에서 상연된 연극에는 수만 명에 이르는 관객이 있었고, 거리에 서 있거나 걸어 다니는 모든 사람을 위한 것이었다.

중세 시대의 몇몇 유럽 국가에서는 성경 이야기를 묘사한 연극이 거리로 나갔다. 영국에서는 그런 연극을 '신비'극mystery plays이라고 불렀다. 프랑스어로는 'mystère'이다. 그런데 영국에서 'mystery'는 또 다른 의미도 있었다. 프랑스어 'métier'에서 유래한 의미로, 직업이나 직종을 뜻했다. 신비극은 대중적인 종교 의례에서 진화했다. 특히 신도들이 모여 의례의 중요한 부분을 '상연'한 부활절 의식에서 진화했다. 신비극의 인기는 셰익스피어와 그의 동료 극작가들이 연극계에 등장하기 전에 정점에 이르렀다.

신비극을 후원하고 상연한 단체는 길드(초기의 직종별 조합)였다. 신비극은 당시 점점 도시화되는 영국의 번성하는 소읍과 도시에 속속 등장했다. 당시는 모든 신생 유럽 국가가 점점 도시화되는 때였다. 신비극이 상연되는 소읍과 도시는 엄청나게 도시화된 수도 런던의 외부에 있었다. 신비극은 '수도권'이 아닌 '지방'의 문화였다. 문학에서는 이처럼 런던(스스로를 영국 문학과 연극계 그 자체라 여기고 싶어 했다)과 런던 외부(런던 사람들 중 일부는 '촌구석'이라 부르길 좋아했다)에서 창조된 것 사이의 긴장이 오늘날까지 남아 있다. 신비극은 아주 '런던 외부'였다. 그리고 그것을 자랑스럽게 여겼다.

영국의 큰 도시에서는 여러 길드가 해당 직종의 기술(그리고 비법)을 가르쳤다. 회원 자격은 엄격하게 관리되었다. 길드 회원은 대개 기술이 있을 뿐 아니라 글도 아는 사람이었다. 당시 인구의 대다수는 글을 모르거나 기껏해야 조금 아는 정도였다. 길드는 오늘날까지 살아남은 도제 제도로 기술을 전수했다. 또한 업계에서 독점권을 가졌다. 이를테면 올바른 길드에 소속되어 '회비'를 내지 않는다면 건설업자('석수')나 목수로 일할 수 없었다. 그러므로 길드 회원들은 부와 영향력을 가졌다. 그러나 그들에게 부와 영향력을 준 사회의 시민으로서 강한 의무감도 갖고 있었다.

중세 시대에 가장 중요한 책은 성경이었다. 중세 사람들에게 성경이 없는 삶은 무의미했다. 그러나 많은 사람은 일반적인 성경의 라틴어는 고사하고 자신들의 언어조차 읽을 줄 몰랐다. 15세기 말에 인쇄술이 발명되고 나서도 책은 여전히 비쌌다. 길드들은 거리 공연을 통한 전도(복음의 전파) 활동을 자신들의 사명으로 여겼다. 연극은 그 목적에 완벽하게 들어맞았다.

해마다 기독교 달력의 특정 축일(대개 성체 축일)에 '순환극cycles'(창세기부터 최후의 심판에 이르는, 전반적인 성서 이야기)이 상연되곤 했다. 각 길드는 마차 무대나 '수레' 무대를 하나씩 후원했고, 주로 자신들의 직종과 관련된 성경 속 일화를 선택했다. 예를 들어 못을 만드는 이들은 십자가에 못 박힌 예수의 이야기를 상연했고, 바지선 선장과 선원들은 노아와 홍수 이야기를 상연했다. 교회는 이 모든 일에 너그러웠다. 사실 대부분의 주민보다 훨씬 더 문해력이 좋았을 성직자들이 대본 창작을 도왔을 것이다. 길드는 이듬해에 다시 사용하기 위해 많은 의상과 소품, 대본을 보관했다. 몇몇 도시, 특히 요크, 체스터, 웨이크필드에는 순환극 상연에 쓰인 연출용 대본이 더러 남아 있다.

신비극은 대단한 인기를 누렸고, 역사적으로 그 전성기가 200년에 이를 만큼 상당히 길었다. 셰익스피어도 스트랫퍼드에서 보낸 어린 시절에 틀림없이 신비극을 보고 즐겼을 테고, 평생 그에게 영향을 미쳤을 것이다. 그는 자신의 연극에서도 관객도 잘 알고 있는 양 이 극들을 언급할 때가 있다.

신비극 장르에서도 특히 뛰어난 예는 웨이크필드 순환극의 「제2목자극Second Shepherds' Play」이다. 귀가 솔깃해지는 제목은 아니지만, 옛 작품일지라도 위대한 연극이다. 이 극은 1475년경에 창작되어, 이후 수십 년간 5월이나 6월의 성체 축일마다 더욱 정교하게 다듬고 부분적으로 각색하여 공연한 듯하다. 요크셔의 소도시 웨이크필드는 중세 시대에 양모와 가죽 산업으로 부유해졌다. 양떼와 소떼가 소도시 둘레의 초록 언덕에서 풀을 뜯었다. 웨이크필드는 영국의 다른 지역과 교통이 원활해서 큰 도시의 시장으로 상품을 실어갈 수 있었다. 또한 축제를 비롯한 대중 행사를 즐기기로 특히 명성이 높아서 '명랑한 웨이크필드'라는 별명으로 불렀다. 시민들은 유쾌한 웃음거리를 즐겼고, 「제2목자극」은 그런 웃음을 제공했다.

웨이크필드의 전체 신비-순환극은 창세기의 천지창조부터 시작해 신약성서에서 유다가 목을 매어 죽는 이야기까지 30편의 연극을 아우른다. 양치기들의 연극이 두 편 있어서, 마을의 주요 수입원이 된 생산물(양모)을 기렸다. 그중 두 번째인 「제2목자극」은 베들레헴 언덕(팔레스타인이 아니라 분명 요크셔의 언덕일 터이다)에서 양치기 세 명이 밤에 양을 지키는 장면으로 시작한다.

12월은 밖에서 양떼를 돌보기엔 매섭게 추운 때다. 첫 번째 양치기가 화를 내며 날씨를 한탄하고, 살찐 부자들이 침대에서 따뜻하고 안락하게 지내는 동안 자신처럼 가난한 사람들이 짊어져야 하는 세금을 비롯한 온갖 억압에 대해 불평한다. (세금은 시 당국뿐 아니라 길드도 걷어가므로, 동종 업계 종사자들 사이에서 통하는 농담인 셈이다.)

우리는 할 일도, 하면 안 되는 일도 너무 많아,

세금은 많고 일손은 없지.

우리는 이 신사 양반들

손에 길들여졌어.

그렇게 그들은 우리의 휴식을 빼앗으니, 불운이여 그들을 괴롭혀라!

이 사람들, 그들은 쟁기질을 제때 못하게 하고

이자들이 좋다고 하는 것은, 우리가 보기엔 정반대지.

그렇게 농부들은 억눌리지, 비참할 만큼.

살아 있는 동안,

그들은 우리를 손에 쥐고

편안함으로부터 떼어놓는단 말이야.

보기 드문 감정의 분출이다. 그리고 몇 세기가 지났지만 여전히 직설적이고 강렬한 울림으로 우리에게 말을 건다. 요즘 웨이크필드의 일자리센터 밖에 줄을 서 있는 시민에게 말을 건다면, 먼 조상인 첫 번째 양치기와 비슷하게 불평할 것이다. 분명 똑같이 선명한 요크셔 말투로.

그러나 연극은 계속 이렇게 화난 분위기로 이어지지 않는다. 이후에는 떠들썩하게 익살스러운 일화가 이어진다. 또 다른 양치기 맥이 자신의 세 동료가 밤새 바깥에서, 뼛속까지 파고드는 추위에 떨며 지키고 있던 새끼 양 한 마리를 훔쳐간다. 맥은 훔친 양을 집으로 가져가 갓난아기로 위장해 구유에 숨긴다.

다른 양치기들이 (성경의 세 동방박사처럼) 아기에게 은화 한 냥을 – 그들에게 상당히 큰 액수인 – 주기 위해 맥의 오두막을 방문한다. 대단히 우스운 소란 끝에 그들은 구유에 있는 '갓난아기'의 정체를 알게 된다. 양 도둑은 극형에 처해지는 중범죄다(그래서 '새끼 양을 훔쳐 교수형을 당하느니, 다 큰 양을 훔쳐 교수형을 당하는 게 낫다'라는 속담이 있다). 그러나 때는 크리스마스, 죄를 용서하는 시간이다. 바로 그런 자비를 위해 예수가 죽었다는 것이 연극이 말하려는 바다. 양치기들은 그냥 맥을 담요로 싸서 내던지기만 한다.

그다음 장면에서 연극은 익숙한 종교 교리로 되돌아간다. 하느님의 천사가 나타나 선한 세 양치기에게 베들레헴 구유의 두 동물 사이에 누워 있는 진짜 아기를 경배하라고 말한다.

「제2목자극」은 이 새로운 길거리 연극의 정점이다. 그러나 똑같은 활기와 쾌활함, '민중의 목소리'가 모든 순환극에서 생기발랄하게 울린다. 소읍의 삶에 생명력을 불어넣던 이 극들은 1500년대 후반에 다소 불분명한 이유로 사라졌다. 종교 개혁가들이 길거리 연극을 좋아하지 않았다는 것이 한 가지 이유일 듯하다. 이 신비극들은 훨씬 더 위대한 것으로, 셰익스피어가 주름잡게 될 17세기 런던의 극장으로 진화했을까? 아니면 도시화의 압력과 인구 대이동, 길드 제도의 쇠퇴, 소도시에 들어선 ('비를 맞지 않는') 상설 극장, 더 구하기 쉬워진 성경책 때문에 쇠락했을까? 이후 수백 년간 성경은 대중에게 다가갈 다른 방법을 찾아냈다. 신비극은 더 이상 필요치 않았다.

이유가 무엇이건, 이 길거리 연극이 200년이나 번성했다는 사실에서 중요한 결론 하나를 끌어낼 수 있다. 우리는 페이지에 인쇄된 문학과는 다른 방식으로 무대 위의 문학에 반응한다는 것이다. 그 무대가 거리를 차지한 수레의 행렬이건 현대적 극장의 무대건 간에.

책은 언제든 집어 들었다가 원하는 때에 내려놓을 수 있다. 극장에서는 다르다. 정확한 시각에 막이 오르고, 특정 시각에 내려온다. 연극을 보는 동안 관객은 자리에서 일어나지 않는다. 21세기에도 사람들은 극장에 갈 때면 옷을 잘 '차려입는' 경향이 있다.

연극을 관람하면서 텔레비전을 보거나 밥을 먹거나 말을 하지 않는다. 사탕 포장지를 바스락거리거나, 더 심하게는 휴대전화가 울리게 놔두었다간 눈을 흘기는 분노의 시선을 받게 될 것이다. 관객은 곧잘 같은 순간에 웃음을 터뜨리며, 공연이 끝나면 박수를 친다.

장황하게 말하지 않아도, 이 모든 것은 일종의 교회를 연상시킨다. 신도와 관객. 둘의 차이는 무엇인가? '한 권의 책과 함께 틀어박히는' 독서는 가장 사적인 활동에 속하지만 극장에서 우리는 문학을 공적으로, 공동체로 소비한다. 집단으로 경험하고 반응한다. 그것이 연극이 주는 즐거움의 큰 부분이다. 연극을 볼 때 우리는 사람들 속에 있다.

「제2목자극」처럼 우리에게 전해 내려오는 몇몇 신비극은 나름의 방식으로 위대하다. 영국의 연극사에서 그 무엇보다도 위대하다. 그러나 오늘날의 연극 애호가들에게 신비극은 문학이라기보다 역사적으로 흥미로운 자료다. 그렇더라도 신비극은 대단히 큰 의미가 있다. 연극이 어디에서 출발했고, 연극의 영원한 매력이 어디에서 나오는지 기억하게 해주기 때문이다. 연극을 즐기기 위해 거리에 서 있을 필요가 없어진 오늘날에도 연극은 '공동체' 문학이다. 민중의 문학이다.

CHAPTER 7

대시인

셰익스피어

영어로 글을 쓴 가장 위대한 작가가 누구인지를 묻는 설문조사의 결과는 모두 같을 것이다. 경쟁자는 없다. 그런데 셰익스피어는 어떻게 그런 작가가 되었을까? 질문은 간단하지만 대답은 결코 간단하지 않다.

역사상 문학비평계의 최고 지성들이(수 세대에 걸친 연극 애호가들은 말할 것도 없고) 설명하려 했지만 아무도 그럴듯한 답을 내놓지 못했다. 어떻게 스트랫퍼드어폰에이번이라는 소읍에서 상인의 아들로 태어나고 자라, 학교도 일찍 그만두었으며, 주요 관심사라곤 돈을 모아 은퇴하는 것밖에 없었던 듯한 사람이 지금까지 영어권에서 가장 위대하고, 많은 사람의 주장대로, 앞으로도 가장 위대하다고 여겨질 작가가 되었을까.

우리는 셰익스피어를 결코 '설명'하지 못할 것이다. 설명하려는 시도조차 어리석다. 그러나 분명 그의 성취를 제대로 이해할 수는 있다. 답답할 정도로 불완전하지만, 그의 삶이 그린 윤곽을 더듬으면서 무엇이 그를 영어권에서 가장 위대한 작가로 만들었는지 실마리가 될 만한 것을 찾아볼 수 있다.

윌리엄 셰익스피어William Shakespeare(1564~1616)는 엘리자베스 1세의 통치가 6년째로 접어드는 무렵에 태어났다. 그가 성장하는 시기에 영국은 엘리자베스 1세 이전의 군주였고 '피의 메리Bloody Mary'*라고 불린 메리 1세가 남긴 혼란의 와중이었다. 메리 1세 치하에서는 신교도가 위험했고, 엘리자베스 1세 치하에서는 가톨릭교도가 위험했다. 셰익스피어는 다른 가족과 마찬가지로 두 신앙 사이에서 조심스럽게 줄타기를 했다(그가 평생 비밀리에 가톨릭교도였다고 주장하는 사람도 있다). 그는 종교와 관련된 주제를 작품에서 엄격히 배제했다. 종교는 말 그대로 뜨거운 주제였다. 입을 잘못 뻥긋했다가는 화형대로 끌려갈 수 있었다.

이 뜨거운 주제의 중심에 자리한 질문은 누가 왕위를 계승하느냐는 것이었다. 셰익스피어가 연극계에 발을 들여놓을 무렵, 1533년생인 엘리자베스는 늙어가는 군주였다. 결혼을 하지 않은 엘리자베스 1세에게는 예정된 후계자도, 명백한 왕위 계승권자도 없었다. 왕위 계승의 진공 상태는 위험했다. 영국에서 생각을 좀 한다는 사람은 이런 의문을 품지 않을 수 없었다. '엘리자베스

---

* 메리 1세는 재위 기간(1553~1558년)에 로마가톨릭교를 부활하고, 많은 신교도를 무자비하게 처형하여 '피의 메리'라고 불렸다.

여왕 이후에 무슨 일이 일어날까?'

셰익스피어의 많은 극(특히 역사극)에서 가장 중요한 정치적 질문은 이것이다. '왕(클레오파트라의 경우에는 여왕)을 다른 왕으로 교체하는 최선의 방법은 무엇인가?' 다양한 극에서 서로 다른 답안이 검토되었다. 은밀한 암살(「햄릿Hamlet」), 공개적 암살(「줄리어스 시저Julius Caesar」), 내전(「헨리 6세Henry VI」 3부작), 강제 폐위(「리처드 2세Richard II」), 왕위 찬탈(「리처드 3세Richard III」), 적법한 혈통의 계승(「헨리 5세Henry V」). 셰익스피어는 마지막 연극(우리는 그렇게 여긴다) 「헨리 8세Henry VIII」까지 이 문제와 씨름했다. 실제로 영국은 이 문제와 훨씬 더 오래 씨름하며, 해법을 찾기 위해 애쓰는 동안 끔찍한 내전을 겪게 될 터였다.

셰익스피어의 아버지는 장갑을 만들어 파는 사람이자 스트랫퍼드의 시의원으로 그럭저럭 잘사는 편이었다. 그는 아마 셰익스피어보다 더 많이 가톨릭 신앙 쪽으로 기울었을 것이다. 어머니 메리는 남편보다 더 좋은 가문 출신이었다. 똑똑한 아들의 마음에 출세의 욕망을 불어넣은 것도 어머니였으리라 짐작해볼 수 있다. 어린 시절 셰익스피어는 스트랫퍼드 문법학교에 다녔다. 동시대의 극작가(그리고 친구)였던 벤 존슨은 셰익스피어가 '라틴어는 조금, 그리스어는 더 조금' 알았다고 농담했다. 그러나 우리의 기준으로 보면 셰익스피어는 엄청나게 잘 교육받았다.

그는 10대 때 학교를 떠났고 아마 1년이나 2년쯤 아버지 밑에서 일했을 것이다. 밀렵으로 체포된 적도 있었을 것이다. 열여덟 살 때 그 지방 출신의 여성 앤 해서웨이와 결혼했다. 해서웨이는 그보다 여덟 살이 많았고 임신 중이었다. 두 사람은 딸 둘과 아들 하나를 두었다. 어릴 때 세상을 떠난 아들 햄닛Hamnet은 셰익스피어의 가장 유명하고 가장 어두운 연극의 제목으로 남았다.

셰익스피어의 결혼 생활은 불행했다는 주장이 있어왔다. 그의 연극에 맥베스 부인처럼 까다롭고, 차갑고, 위압적인 여성이 거듭 등장하는데다 부부가 당시로서는 적은 수의 자녀(세 명)를 두었다는 사실이 근거로 언급되었다. 그러나 우리는 셰익스피어의 사생활에 대해 거의 알지 못한다. 그보다 훨씬 더 답답한 것은 작가로서 그의 형성기인 1585년부터 1592년까지의 삶에 대해 전혀 모른다는 것이다. 그는 스트랫퍼드를 떠나 시골 학교에서 교사로 일했을 수도 있다. 이른바 '잃어버린 시절'에 대한 또 다른 가설은 그가 잉글랜드 북부의 가톨릭 귀족 가문에서 가정교사로 일하며 그들의 위험한 신앙을 받아들였다는 것이다. 또 다른 가설은 그가 순회극단에 들어갔고, 그의 초창기 연극에서도 뚜렷이 드러나는 극작 기술을 익혔다는 것이다.

셰익스피어는 1590년대 초반에 런던 극장가에 떠오르는 신인으로 등장해 극을 쓰고 연기했다. 그는 자신의 비범한 재능에 맞는 표현 매체를 발견했다. 당시 템스 강 남안에는 불베이팅bull-baiting* 경기장, 주점과 나란히 극장이 왕성하게 성장하고 있었다. 법학원과 세인트폴 성당, 의회, 왕궁이 있는 북안과 비교하면 무법 지대였다.

무엇보다도 셰익스피어가 그의 엄청난 재능으로 길들일 만

---

* 개를 부추겨 묶여 있는 황소를 공격하게 하는 경기로, 12~19세기까지 인기를 끌었다.

한, 흥미진진하지만 아직은 미숙한 문학 장치가 있었다. 선배 작가 크리스토퍼 말로Christopher Marlowe(1564~1593)가 「파우스트 박사Dr Faustus」 같은 연극에서 이른바 '강력한 시행'을 고안했다. 바로 무운시였다. 무운시는 무엇인가? 다음 구절을 살펴보자. 아마 영문학에서 가장 유명한 구절일 것이다. [햄릿은 아버지의 유령이 내린 지시(그의 계부를 죽여라)를 이행할 수 없는 자신의 목숨을 끊을까 생각하는 중이다.]

To be, or not to be, that is the question:
Whether 'tis Nobler in the mind to suffer
The Slings and Arrows of outrageous Fortune,
Or to take Arms against a Sea of troubles,
And by opposing end them…
죽느냐 사느냐, 그것이 문제로다.
난폭한 운명의 돌팔매와 화살을
견디는 것이 더 고귀한가,
시련의 바다에 맞서 무기를 들고
겨루며 그것을 끝내는 것이 더 고귀한가……

이 운문에는 각운이 없다(그래서 '무운'이다). 일상 언어의 유연함을 지니되 시의 위엄('장중함')도 지닌다. '시련의 바다에 맞서 무기를 들고'라는 복잡한 표현을 보라. 또한 이 부분은 셰익스피어가 특히 탁월하게 다루는 요소를 보여준다. 바로 '독백'이다. 홀로,

자신을 상대로 혼잣말을 하는 것이다. 그런데 햄릿은 실제로 말을 하는 것인가, 아니면 생각하는 것인가? 1948년에 자신이 각색한 영화에서 로렌스 올리비에(당대 최고의 셰익스피어 배우)는 이 부분을 보이스오버로 처리한다. 입술을 움직이지 않고, 얼굴 표정도 변함이 없다. 셰익스피어는 독백으로 무대 위 인물의 마음속을 보여주는 방법에 능숙했다. 그의 모든 위대한 연극, 특히 비극은 독백을 중심으로 돌아간다. 인물의 내면에서 벌어지는 일에 극의 진행이 달려 있다.

1594년경 셰익스피어는 런던 연극계의 정상에 올라 있었다. 배우이자 주주이기도 했지만, 무엇보다도 극작가로서 연극이 무엇을 할 수 있는지에 대한 생각 자체를 극적으로 변화시키고 있었다. 이후 여러 해 동안 그는 런던에 살면서(가족은 멀리 스트랫퍼드에 머물렀다) 가끔 무역에도 손을 대어 순자산을 든든하게 늘렸다. 20년 넘게 극작가로 일하는 동안 그는 약 37편의 극(가끔은 공동 집필이었다)뿐 아니라 많은 시를 썼다. 그중 유명한 시는 1590년대에 쓴 소네트 연작이다. 아마 전염병이 돌아서 지붕 없는 극장들이 문을 닫은 시기에 썼을 것이다.

이 소네트는 셰익스피어의 내면을 들여다볼 수 있는 드문 작품이다. 많은 시가 젊은 남자에게 쓴 연시이고, 일부는 결혼한 여성('검은 여인the Dark Lady')에게 쓴 연시인 듯하다. 셰익스피어는 종교적으로 가톨릭교도이자 신교도였던 것처럼, 어쩌면 양성애자였을 것이라는 주장이 가끔 제기된다. 하지만 이는 우리가 셰익스피어에 대해 결코 확실히 알 수 없는 또 다른 문제다.

셰익스피어의 연극은 단계별로 구분할 수 있지만, 한 편 한 편이 언제 창작되고 공연되었는지는 불분명하다. 대본도 마찬가지다. 그가 살아 있을 때 그의 감독 아래 인쇄된 것은 한 편도 없다. 극작가로서 그가 처음 창작한 작품은 역사극으로, 주로 '장미전쟁'이라 불리는 사건과 관련되어 있다. 장미전쟁은 이전 세기에 잉글랜드의 왕권을 두고 벌어진 분쟁으로, 엘리자베스 여왕의 선조인 튜더 가문의 승리로 끝났다.

셰익스피어는 (아직 20대일 때) 탁월한 연극을 만드는 과정에서 역사를 터무니없이 왜곡했다. 이를테면 그가 창조한 위풍당당한 마키아벨리 같은 리처드 3세는 실존 인물과 전혀 달랐다. '좋은 연극, 나쁜 역사'가 셰익스피어적 창작의 금언이다. 또한 그는 왕의 기분을 맞추려고 늘 신경 썼다. 1603년경 엘리자베스 1세가 세상을 떠나고 스코틀랜드의 제임스 6세가 제임스 1세로 잉글랜드 왕위에 올랐다. 이에 셰익스피어는 곧바로 스코틀랜드 왕들을 소재로 했을 뿐 아니라 주술에 관심이 있다는 제임스 1세의 취향에도 맞는 훌륭한 연극 「맥베스Macbeth」를 제작했다.

셰익스피어가 경력 중반기에 쓴 희극의 배경은 모두 잉글랜드 밖이다. 이탈리아와 가공의 장소인 일리리아가 대표적이다. 무엇보다도 이들 희극에는 강한 여성이 등장한다는 점에 주목할 만하다(「헛소동Much Ado About Nothing」의 베아트리체가 떠오른다). 반면에 이처럼 명랑한 희극에서조차 현대의 관객이 받아들이기 힘든 요소도 있다. 혈기 왕성한 베아트리체도 있지만, 「말괄량이 길들이기The Taming of the Shrew」에서의 케이트도 있다. 모욕과 학대를 당하며 순종적인 아내(일단 '길들여지고' 나자, 기꺼이 자신의 손을 남편의 발밑에다 놓겠다고 할 수밖에 없게 된다)가 되는 케이트는, 사실 말 그대로 짓밟힌 여성이다.

「베니스의 상인The Merchant of Venice」의 '해피엔딩' 또한 현대의 관객에게 마냥 편하지만은 않다. 유대인 샤일록은 딸이 납치되고(기독교도 애인에게) 재산이 몰수되어 모든 것을 잃게 될 위협 앞에서 기독교로 개종할 수밖에 없으니 말이다. 이런 결말을 좋은 결말로 여기며 만족할 수 있으려면 정말 훌륭한 시가 필요하다.

셰익스피어는 로마 공화정(왕이나 여왕이 없는 국가)에 매혹되어 있었다. 이 문제(군주제에 대한 그의 끊임없는 관심과 닿아 있는)를 「줄리어스 시저」에서 자세히 다루지만 쉬운 해결책은 없다. 시저가 독재자가 될 것 같다. 브루투스('가장 고귀한 로마인')는 공화정을 지키기 위해 그를 암살하는 것이 도덕적으로 옳은가? 「코리올라누스Coriolanus」도 비슷한 문제를 제기한다. 코리올라누스는 로마를 구하기 위해 로마를 침략하는 것이 옳을까? 반란은 옳은가, 그른가? 셰익스피어는 어느 한쪽 편을 들지 않는다(「리처드 2세」에서는 옳지만, 「헨리 4세Henry IV」에서는 옳지 않다). 「안토니와 클레오파트라Antony and Cleopatra」에서 마크 안토니는 사랑을 위해 세계 제국을 포기한다. '잘 포기한 세상'인가, 아니면 그는 상사병에 걸린 바보인가?

「헛소동」과 「자에는 자로Measure for Measure」 같은 중기와 후기의 연극은 셰익스피어가 창작을 넘어 극을 재규정하는 것처럼 보일 정도로 탁월하다. 그래서 어떻게 10대 초반에 학교(그것도 유명하지 않은 학교)를 떠난 사람이 그런 극을 쓸 수 있었는지 의아해하는 사람도 있다. 셰익스피어에 대해 알려진 많지 않은 사실을 토대로, 이 극들을 실제로 썼음직한 이들이 제시되어왔다. 그러나 '다른 셰익스피어' 중 그 누구도 그럴듯하지 않다. 증거를 종합하면 여전히 스트랫퍼드에서 태어나고 자란, 장갑 제조업자의 아들에게 호의적인 결과가 나온다. 셰익스피어가 성숙기에 연마한 장르 – 희극, 비극, 문제극*, 로마극, 로맨스극 – 를 보면 표현과 플롯이 차츰 정교해졌음을 알 수 있다. 특히 희극에서는 분위기가 갈수록 어두워진다.

1610년 극작가로서 경력의 정점에 이른(아직 40대인) 셰익스피어는 부유해졌고, 런던에서 은퇴해 고향인 스트랫퍼드에서 신사 계급으로 가문의 문장을 뽐내며 살기 위해 내려간다. 그러나 안타깝게도 그는 오래 살지 못했다. 1616년에 발진티푸스로 사망했다고 여겨진다. 그의 때 이른 사망 원인이 술 때문이었을 것이라는 속설(사실 같지는 않은)이 있긴 하다.

셰익스피어가 이룬 위대한 예술적 성취는 네 편의 비극이다. 「맥베스」, 「리어 왕」, 「햄릿」, 「오셀로Othello」. 이 위대한 비극들에도 셰익스피어가 1596년에 외아들 햄닛을 잃은 영향으로, 그의 말년에 점점 짙게 드리운 어둠이 깃들어 있다. 「맥베스」의 마지막 독백을 예로 들어보자. 맥베스가 최후의 전투가 다가왔음을 깨달았을 때의 독백이다.

Life's but a walking shadow, a poor player,

* 셰익스피어의 작품 중 전통적인 희극과 비극의 범주로 분류할 수 없는 극을 일컫는 말로서 「끝이 좋으면 다 좋아」, 「자에는 자로」, 「트로일러스와 크레시다」, 「베니스의 상인」 등이 포함된다.

That struts and frets his hour upon the stage,

And then is heard no more. It is a tale

Told by an idiot, full of sound and fury,

Signifying nothing.

삶은 걸어 다니는 그림자일 뿐, 무대 위에서

으쓱대고 안달하다 시간이 끝나면

더 이상 소식이 없는 가여운 배우. 삶은

바보가 말하는 이야기, 소리와 분노로 가득하나

의미가 없지, 아무 의미도.

대단히 정교하다. 이 독백에서 배우는 (셰익스피어가 다른 곳에서 말한 것처럼) 세상은 곧 무대라고 말한다. 글로브 극장 같다고. 마지막 단어('nothing')의 쓸쓸한 부정적 의미가 쿵 닫히는 문처럼 우리의 귀를 울린다. 이처럼 쓸쓸한 부정어는 셰익스피어의 비극 중 가장 비극적인 「리어 왕」에서도 울린다. 그 자신 역시 죽음의 문턱에 이른, 늙은 리어 왕이 사랑하는 딸 코델리아의 시체를 안고 무대에 등장하는 장면이다.

And my poor fool is hang'd! No, no, no life!

Why should a dog, a horse, a rat, have life,

And thou no breath at all? Thou'lt come no more,

Never, never, never, never, never!

내 가여운 바보가 죽었구나! 생명이 없다, 없다, 없어!

왜 개, 말, 쥐는 살아 있거늘
너는 숨을 쉬지 않는 거냐? 너는 다시 오지 못하겠구나,
다시는, 다시는, 다시는, 다시는, 다시는!

다른 맥락에서라면 다섯 번이나 반복되는 단어는 분명 진부하고, 진부하고, 진부하고, 진부하고, 진부할 것이다. 「리어 왕」의 이 끔찍한 클라이맥스가 얼마나 강렬했던지, 영국의 가장 위대한 셰익스피어 비평가 새뮤얼 존슨은 이 장면을 차마 연극으로 보거나 글로 읽기도 힘들어했다.

셰익스피어는 영어권에서 가장 위대한 작가인가? 물론이다. 그러나 어느 모로 보나, 그는 가장 쉽거나 가장 편안한 작가는 아니다. 물론 그 점이 그 위대함의 일부를 이룬다.

CHAPTER 8

책 중의 책

킹 제임스 성경

킹 제임스 성경King James Bible, KJB은 우리가 당연히 문학으로 여기거나 문학으로 읽지는 않지만, 영문학에서 가장 많이 읽히는 정전이다. (덧붙여 말하자면, 정전canon이라는 단어는 로마가톨릭 교회가 정한 '꼭 읽어야 할 작품' 목록에서 유래했다. 로마가톨릭 교회는 또한 읽지 '말아야' 할 책을 모은 더 엄격한 '금서 목록Index Librorum Prohibitorum'도 만들었다.)

킹 제임스 성경은 여전히 세계적으로 가장 인기 있는 성경 버전이다. 지칠 줄 모르고 성경을 보급하는 기드온 협회 덕택에 미국의 모텔 방마다 침대 곁 서랍에 한 권씩 들어 있다. 그러나 인기의 비결이 쉽게 구할 수 있기 때문만은 아니다. 킹 제임스 성경이 가장 많이 읽히는 성경이 된 이유는 너무나 빼어나게 쓰였기 때문이다. 킹 제임스 성경은 1611년에 처음 출간되었다. 셰익스피어의 위대한 비극들과 거의 같은 시기다. 셰익스피어의 비극처럼 이 성경은 표현력이 가장 뛰어나고, 섬세하고, 아름다운 영어의 사례로 여겨진다. 그 때문에 비종교인이나 무신론자까지도 이 성경에 감탄할 수 있다. 킹 제임스 성경 말고도 성경 번역본은 많다. 인정하건대 킹 제임스 성경보다 더 정확하고, 더 현대적인 어휘를 사용하는 성경도 있다. 그러나 킹 제임스 성경은 무엇보다도 표현력 때문에 보편적으로 높이 평가된다. 이 성경의 표현은 셰익스피어의 작품보다 훨씬 더 깊이 영어에 스며들었다. 심지어 영국식 사고방식에도 스며들어 있다고 말할 수 있다.

킹 제임스 성경의 '문학적 미덕'은 설명하기보다 예를 보여주는 편이 더 쉽다. 다음 구절을 비교해보자. 신약성서에서 가장 잘 알려진 구절로, 마태가 기록한 주기도문 중 일부다. 처음이 킹 제임스 성경이고, 두 번째는 미국에서 가장 최근에 나온 복음서 번역본 중에서 골랐다.

Our Father which art in heaven, Hallowed be thy name.

Thy kingdom come. Thy will be done in earth, as it is in heaven.

Give us this day our daily bread.

And forgive us our debts, as we forgive our debtors.

하늘에 계신 우리 아버지, 그 이름이 거룩히 여김을 받으시오며

아버지의 나라가 임하시오며 뜻이 하늘에서 이루어진 것처럼 땅

에서도 이루어지이다.

오늘 우리에게 일용할 빵을 주시옵고

우리가 우리에게 빚진 자를 용서한 것과 같이, 우리 빚을 용서해 주소서.*

Our Father in heaven, help us to honor your name.

Come and set up your kingdom, so that everyone on earth

will obey you, as you are obeyed in heaven.

Give us our food for today.

Forgive us for doing wrong, as we forgive others.

하늘에 계신 우리 아버지, 우리가 아버지의 이름을 경배하게 하시고

아버지의 나라를 세우시어, 지상의 모든 이가

하늘에서 아버지를 따르듯, 아버지를 따르게 하소서.

오늘 일용할 양식을 우리에게 주시고

우리가 다른 이를 용서하듯, 우리의 잘못함을 용서하소서.

두 번역 사이에는 뚜렷한 의미의 차이가 있다. '잘못함doing wrong'과 '빚debt'은 같은가? 법적으로는 같지 않다. 우리는 잘못을 저지르지 않아도 빚을(이를테면 대출금처럼) 질 수 있다. 물론 어떤 번역이 자신에게 가장 잘 맞는지는 개인이 판단할 문제다. 그러나 문학적 미덕에 예민한 '귀'를 지닌 사람이라면 누구든, 어떤 문학적 기준

---

* 개역개정판 번역을 이 책의 문맥에 맞게 '양식'을 '빵'으로, '죄지은 자'를 '빚진 자'로 수정했다.

으로 보아도 첫 번째 번역이 두 번째보다 아름답다는 것을 부인하지 않을 것이다. 게다가 첫 번째 번역은 이미지를 떠오르게 한다. '우리에게 일용할 빵을 주시옵고'는 '일용할 양식을 우리에게 주시고'와 달리 시각적이다.

우리가 킹 제임스 성경을 문학으로 여기기 어려운 이유 중 하나는 이 성경이 위원회라 불릴 만한 곳에서 만들어졌기 때문이다. 킹 제임스 성경은 '흠정역authorised' 성경으로 불리지만, '저자에 의해 저술되지는authored' 않았다. 그렇긴 해도, 조금만 더 깊이 들어가면 킹 제임스 성경의 뒤에 한 명의 천재가 있음을 알 수 있다. 셰익스피어였다면 그를 '유일한 원천an onlie begetter'*이라 불렀을 것이다. 그리고 그 천재는 제임스 국왕이 아니다. 그가 누구인지는 잠시 뒤에 살펴보겠다.

킹 제임스 영어 성경의 주요 출판 동기는 정치적이었다. 제임스 1세는 이 성경을 출판하여 종교개혁을 공고히 다지길 바랐다. 라틴어로 이루어진 로마가톨릭교회의 성서, 미사와는 확연히 다른 개신교 예배를 위한 핵심 경전을 제공하여 영국을 로마가톨릭교회로부터 확실히 분리할 수 있기를 기대했다. 이 성경은 국가를 안정시키는 한편 교황으로부터의 독립을 주장할 것이다. 그것은 '영어' 성경, 영국 최고의 영어로 쓰인 성경이 될 것이었다.

16세기 이전에 성경은 라틴어로만 읽을 수 있었다. 대부분의 기독교인은 자신들이 들은 것이 사실이라고 믿어야 했다. 1522년

---

* 셰익스피어의 『소네트』(1609년) 맨 앞 장의 헌사인 '다음에 오는 소네트들의 유일한 원천인 W. H. 씨에게……'에 나오는 구절이다.

독일에서 마르틴 루터가 신약성서의 믿을 만한 토착어(독일 사람들의 언어) 버전을 최초로 출판했다. 그는 성경이 모든 사람의 것이어야 한다고 생각했다. 하느님의 '통역자'를 자처하는 사람들이 아니라 하느님을 믿으라고 주장했다. 그것은 혁명적인 일이었다.

루터의 뜻을 이어받아 영어 번역본이 등장했다. 가장 중요하고, 가장 문학적인 버전은 1525년부터 출간된 윌리엄 틴들William Tyndale(1491?~1536)의 성경이었다. '틴들의 성경'은 신약성서와, 구약성서의 첫 다섯 권(이른바 모세오경)으로 이루어졌다. 틴들은 루터처럼 하느님의 말씀을 영국의 모든 사람이 이해할 수 있어야 한다고 믿었다. 독일만큼이나 당시 영국에서도 무척 급진적인 생각이었다.

그렇다면 윌리엄 틴들은 누구인가? 그의 어린 시절에 대해서는 거의 알려진 바가 없다. 그의 성조차 불확실하다. 기록에서 그의 성은 가끔 '히친스Hichens'로 불린다. 그는 옥스퍼드 대학을 다녔고 1512년에 졸업한 후에는 개인 교사로 생계를 꾸리며 종교학을 연구했다. 그런데 젊은 시절부터 윌리엄 틴들에게는 두 가지의 바람이 있었다. 둘 다 당시로서는 목숨을 걸어야 할 만큼 위험한 일이었다. 1520년대에 잉글랜드는 여전히 가톨릭 국가였고, 헨리 8세가 그 수장이었다. 그러나 틴들은 로마 교황청과 이른바 '교황주의papistry'라 불리던 로마가톨릭교회와 관련된 모든 것에 저항했다. 그리고 성경을 자신의 모국어인 영어로 옮기길 바랐다. 쟁기질하는 농부조차 그들의 영어로 하느님의 말씀을 읽을 수 있도록 하는 것이 자신의 목표라고 말했다.

1524년, 틴들은 독일로 갔다. 어쩌면 그곳에서 그의 멘토 루터를 만났을지 모른다. 그랬다고 생각하면 좋다. 이후 몇 년간 그는 플랑드르에서 히브리어와 그리스어 원전을 토대로 성경을 번역하는 작업에 매달렸다. 우선 그가 번역한 신약성경이 영국으로 운송되어, 그것들을 폐기하려는 당국의 시도에도 불구하고 널리 보급되었다. 그는 왕의 이혼 문제를 두고 헨리 8세와 사이가 틀어졌지만, 어쨌든 귀국은 결코 그에게 바람직하지 않았다. 그의 목숨이 위험해질 터였다. 유럽에서는 개신교를 맹렬히 반대하는 신성로마제국의 황제 카를 5세가 그의 활동을 주목했다. 자신에게 편한 길을 택할 줄 몰랐던 그는 플랑드르에서도 지방 당국의 눈밖에 나고 말았다. 그는 배신당했고, 체포되어 이단 행위라는 모호한 혐의로 브뤼셀 북쪽에 있는 빌보르데의 성에 감금되었다. 그의 재판과 죽음에 대한 이야기는 몇십 년 뒤에 나온 선동적인 『폭스의 순교자 열전Foxe's Book of Martyrs』(1563년)에 실려 있다. 어떻게 틴들 같은 저자가 자신의 믿음과 글 때문에 화형대로 끌려갔는지를 대단히 감동적이고 강렬하게 증언한다.

존 폭스가 전하는 바에 따르면 '틴들 선생'은 변호사를 소개받았다. 그러나 그는 스스로, 자기 언어로 변론하겠다며 제안을 거절했다. 그와 대화를 하고 그의 기도를 들은 간수들은 '저 사람이 훌륭한 기독교인이 아니라면, 대체 누가 훌륭한 기독교인이란 말인가'라고 생각했다. 틴들은 간수들뿐 아니라 그들의 아내와 딸도 종교가 무엇이며, 무엇이어야 하는지에 대한 자신의 새로운 생각을 받아들이게 만들었다.

윌리엄 틴들은 공정한 재판을 받지 못했고, 자신을 변론할 기회조차 갖지 못했다. 카를 5세는 그저 그 골치 아픈 작자를 처형하라고, 간단한 명령을 내렸다. 이단자에게 적용하는 잔혹한 방식으로 처형하라고 지시했다. 십자가에서 산 채로 불태우라는 말이었다. 처형은 1536년 10월 빌보르데에서 이루어졌다. 형 집행자들은 (말할 수 없이 잔인한 상황에서) 인도적으로, 황제의 명을 무시하고 그의 몸에 불이 붙기 전에 목을 졸라 고통을 덜어주었다. 지상에서 그가 남긴 마지막 말은 이렇게 전해진다. '주여, 잉글랜드 왕의 눈을 뜨게 해주소서.' 헨리 8세는 결코 눈을 뜨지 않았다. 그는 자신의 이혼과 결혼에 반대하는 사람들을 결코 가만두지 않았다.

한편 헨리 8세는 로마 교황청과 단절한 중대한 시기에 영어로 된 대성경Great Bible을 준비하라고 지시했고, 틴들의 성경을 토대로 삼도록 허락했다. 이 첫 번째 영어 성경과 1611년의 킹 제임스 성경 사이에는 광신적 가톨릭교도 메리 1세의 통치기가 있었다. 메리 1세는 그러한 개신교 성경을 이단으로 여기며 금지했다. 메리 1세가 통치한 5년(1553~1558년)은 새로운 종교 탄압의 시대를 열었다. 엘리자베스 1세가 즉위하며 다시 개신교가 승인되었고, 틴들의 성경을 포함한 영어 성경이 묵인되었다.

엘리자베스 1세의 뒤를 이어 제임스 1세로 잉글랜드를, 제임스 6세로 스코틀랜드를 통치하게 된 제임스 국왕은 새로운 공식 영어 성경을 승인할 수 있기를 오랫동안 바라왔다. 점점 세력을 키워가며, 정치적으로 고분고분하지 않았던 청교도들도 이전 영어 성경의 오류를 바로잡은 번역을 요구했다. 1604년 햄프턴 회의에서 제임스는 자신의 위대한 계획을 발표했다. 최종 승인된 번역은 어떤 종파나 교파, 엘리트, 특정 이익집단(특히 윌리엄 틴들)의 것이 아니라 국교회의 수장인 국왕의 소유물이 될 것임을 처음부터 분명히 밝혔다. 이 성경은 세속 권력과 영적 권력, 곧 정치와 종교를 이어주는 한편 로마 교황청의 권위로부터 영국을 영원히 분리할 터였다. 간단히 말해, 국왕의 권력을 더 공고히 다져줄 것이었다. 요즘도 영국에서 새로 '인가된' 흠정역 성경은 영국 국왕의 허가를 받아야만 인쇄될 수 있다.

흠정역 성경은 여섯 개의 지식인 집단의 작품으로, 50여 명에 이르는 학자들의 전문 지식이 투입된 책이다. 위원회라기보다는 군대라고 부르는 게 나을 만큼 많은 지식인이 참여했지만, 킹제임스 성경의 80퍼센트 정도는 80년 전에 번역된 틴들 성경의 표현을 그대로 갖다 썼다고 추정된다. 창세기의 첫 구절을 비교해보면 분명히 알 수 있다. 처음이 틴들의 번역이고, 두 번째가 킹제임스 성경이다.

In the begynnynge God created heaven and erth.

The erth was voyde and emptie and darcknesse was vpon the depe and the spirite of god moved vpon the water

Than God sayd: let there be lyghte and there was lyghte.

And God sawe the lyghte that it was good: and devyded the lyghte from the darcknesse and called the lyghte daye and the darcknesse nyghte: and so of the evenynge and mornynge was made the fyrst daye

In the beginning God created the heaven and the Earth.

And the earth was without forme, and voyd; and darkenesse was upon the face of the deepe. And the Spirit of God mooved upon the face of the waters.

And God said, Let there be light: and there was light.

And God saw the light, that it was good: and God divided the light from the darkenesse.

And God called the light, Day, and the darkness he called Night. And the evening and the morning were the first day.

태초에 하나님이 천지를 창조하셨다.

땅이 혼돈하고 공허하며, 어둠이 깊음 위에 있고, 하나님의 영은 물 위에 움직이고 계셨다.

하나님이 말씀하시기를 "빛이 생겨라" 하시니, 빛이 생겼다.

그 빛이 하나님 보시기에 좋았다. 하나님이 빛과 어둠을 나누셔서,

빛을 낮이라고 하시고, 어둠을 밤이라고 하셨다. 저녁이 되고 아침이 되니, 하루가 지났다.*

구약성서의 첫 다섯 권이 대체로 이런 식이다. 윌리엄 틴들의

* 대한성서공회, 표준새번역.

결단이 옳았음이 완전히 입증되었다. 오늘날이었다면 그는 여섯 개 집단의 학자들을 반박할 수 없는 표절 - 단어 하나까지 똑같이 모방한 - 혐의로 법정에 고소했을 것이다.

1611년 흠정역 성경의 출간은 틴들의 소망대로 쟁기질하는 농부를 비롯한 모든 사람이 성경을 읽을 수 있도록 했을 뿐 아니라 제임스 1세의 목표도 매우 성공적으로 달성했다. 영국의 국교회 제도를 공고히 다졌고, 국교회는 군주제, 의회와 더불어 현대 영국으로 성장하는 주춧돌이 되었다. 또한 영국 사람들이 적어도 1주일에 한 번씩(제임스 1세는 교회 출석을 의무화했다) 듣는 영어의 한 버전, 곧 '방언'을 창조하는 데 한몫했다. 매주 흠정역 성경에서 발췌해 읽는 성서 일과는 이후 수백 년간 영국의 지적·문화적 뼈대에, 특히 작가들에게 속속들이 스며들었다. 항상 두드러지게 보이거나 들리지 않을지라도 늘 거기에 있었다.

우리는 왕에게 유일하게 감사할 만한, 진정으로 위대한 문학 작품인 흠정역 성경에 경의를 표할 때마다 윌리엄 틴들을 절대 잊지 말아야 한다. 그는 셰익스피어를 비롯해 자신의 언어로 글을 쓴 위대한 이들과 어깨를 나란히 할 만한 저자다.

CHAPTER 9

속박되지 않은 마음

형이상학파

시를 즐겨 읽는 사람들에게 영문학에서 짧은 '서정'시를 가장 훌륭하게 쓴 시인이 누구냐고 물어보면, 아마 존 던John Donne(1572~1631)이라는 이름이 거듭 나올 것이다. 존 던은 '형이상학파Metaphysicals'라고 불리는 시인들을 이끌었다. 그런데 여기서 형이상학파라는 이름은 무시하시라. 왜 이 시인들을 형이상학파라고 불러야 하는지는 아무도 만족스럽게 답하지 못했다. 더 정확한 표현을 원한다면, 많은 문학 역사가처럼 '존 던의 일파'라고 부르는 게 낫다. 그러나 '형이상학파'라는 이름이 더 흥미롭게 들리긴 한다.

존 던은 후대에 좋은 평가를 받기 위해 시를 쓰지는 않았다. 적어도 요즘 우리가 가장 사랑하는 그의 시들, 그가 젊은 시절에 쓴 사랑시는 후대를 염두에 두고 쓰지 않았다. (그의 친구이자 전기 작가 아이작 월튼이 '참회의 시기'라고 부른) 말년에 존경할 만한 성직자가 된 존 던은 방탕했던 젊은 날을 후회하며 초기 작품들을 감추기 위해 애썼다. 그 시들의 '장례식'을 본다면 기쁘리라고 말하기도 했다.

말년에 그는 자신의 종교시로 존경받길 바랐다. 사실 그의 종교시들은 훌륭하다. 특히 '성스러운 소네트Holy Sonnet'라고 불리는 시들이 좋다. 그중 가장 유명한 「죽음이여, 오만하지 말라Death Be Not Proud」에서 시인은 진정한 기독교인은 죽음을 두려워할 필요가 없으며 맞서 싸워 이겨야 할 적으로 대해야 한다고 도전적으로 주장한다. 대부분의 소네트처럼 14행으로 구성된 시는 이렇게 시작한다.

> Death be not proud, though some have called thee
> Mighty and dreadfull, for, thou art not soe,
> For, those, whom thou think'st, thou dost overthrow,
> Die not, poore death, nor yet canst thou kill me.
> 죽음이여, 오만하지 말라. 더러는 너를
> 강력하고 무시무시하다고 말할지라도, 너는 그렇지 않으니
> 네가 쓰러뜨렸다고 생각하는 그 사람들도
> 죽지 않았으니, 가여운 죽음이여, 너는 나도 죽일 수 없다.

'thou'와 'thee'는 요즘에는 구식으로 들리지만, 그 시절에

는 어린아이나 하인처럼 자기보다 지위가 낮은 사람을 부르는 일상적인 표현이었다. 'you'는 더 정중한 표현으로 사용되었다. 이 단어들은 죽음을 무시하는 화자의 태도를 드러낸다. 이 시는 대결의 도전장이다. '네가 그렇게 힘이 세면 와서 덤벼봐.' 그리고 이 도전장은 존 던의 많은 시가 그러하듯, 주로 역설에 의존한다. 역설이란 상충하는 두 가지를 동시에 뜻하는 것이다. 여기에서 역설은 죽음이 죽였다고 생각한 자들이 사실상 영생하는 데 있다. 어쩌면 이렇게 말할 수 있을 것이다. 죽음은 패배자이며, 앞으로도 영원히 패배자일 것이라고.

또한 던은 종교적 주제를 다룬 엄숙한 명상과 설교로 자신이 기억되길 바랐다. 탁월한 글들이고, 요즘도 순수한 문학적 즐거움을 위해 단편적으로 읽히지만, 통째로 읽히지는 않는다. (그러나 던은 우리가 그의 작품을 그런 방식으로 읽는 것을 알면 화를 낼 것이다.) 다음에 나오는 멋지게 휘감아 도는 긴 문장은 그의 「명상 17 Meditation XVII」의 일부로, 어떻게 그가 진정으로 위대한 문학만이 할 수 있는 방식으로 종교적 진리를 인상적으로 표현하는지 잘 보여준다.

> 어떤 사람도 온전히 혼자인 섬이 아니고, 모든 사람은 대륙의 한 조각, 대양의 일부다. 흙 한 덩이가 바다에 씻겨 가면 유럽은 그만큼 줄어들고 곶이 그리되어도, 네 친구나 너 자신의 영지가 그리되어도 마찬가지이듯, 내가 인류에 속해 있는 까닭에 어떤 사람의 죽음이든 나를 작아지게 하니, 누구를 위하여 (장례식) 종

이 울리는지 알아보기 위해 사람을 보내지 말라. 너를 위해 울리는 것이니.

모든 사람은 죽는다. 살아서 이 세상을 빠져나갈 길은 없다. 그러나 우리는 이를 개인적 비극으로 여기기보다 시상의 다른 모든 사람과 우리의 운명을 친밀하게 이어주는 것으로 보아야 한다. 이렇게 내가 쓴 것처럼 쓰면 진부하다. 존 던처럼 표현하면, 멋지다.

존 던이 남긴 종교적 시와 산문이 위대할지라도, 오늘날 문학선집에 자주 포함되는 영향력 있는 작품은 방탕했던 젊은 날에 쓴 「노래와 소네트Songs and Sonnets」다. 원래 이 작품들은 그 자신처럼 영리하고 지적으로 대담한 소수의 친구들 사이에서 원고 형태로 돌려 읽던 것이었다. 존 던의 시는 대단히 정교하다. 읽기가 쉽지는 않다. 가끔은 엄청나게 도전적이다. 현대의 독자는 시를 읽는 게 아니라 어려운 퍼즐을 푸는 듯한 느낌을 받을 수도 있다. 올바른 방식으로 읽으면, 그래서 더 재미있다.

형이상학파 시인들은 대단히 유식하지만, 무엇보다도 '기지'가 넘친다. 기지(영리하다는 뜻이다)야말로 그들이 쓰는 시의 정수다. 그리고 그들 중에서도 가장 기지가 넘치는 사람이 존 던이었다. 이들은 그들 스스로 '기상conceit'이라 부르는 장치를 높이 평가했다. '기상'이란 아무도 떠올린 적 없는 대담한 생각이나 '발상'을 뜻한다. 터무니없는 엉뚱함과 종이 한 장 차이인 경우도 많다. 문학에서는 늘 그렇듯, 기상에 대해서도 설명하기보다는 사례를 드는 편이 더 쉽다. 가장 좋은 예는 던이 젊은 시절에 썼다고 여겨지는 짧은 시 「벼룩The Flea」이다.

> 이 벼룩을 보시오, 이것에게서 잘 보시오,
> 당신이 내게 거절하는 것이 얼마나 하찮은 것인지.
> 이것은 먼저 나를 빨고, 이제는 당신을 빨고 있어요.
> 그리고 이 벼룩 속에서 우리의 두 피가 섞였소.

시인은 무슨 말을 하려는 걸까? 시를 조금 풀어봐야 그 퍼즐을 해결할 수 있다. 시에서 당신이라 불리는, 이름 모를 젊은 여인은 자신에게 몸을 맡기라고 설득하는 시인의 절박한 청을 고집스럽게 거부하고 있다. 시인은 여인의 마음을 사는 수단으로 자신의 시로 할 수 있는 모든 것을 동원하고 있다.

존 던은 그들 두 사람이 하나가 되는 것이 무엇을 뜻할지 묻고, 벼룩의 하찮음을 들어 설명한다. 그러니까 아주 작은 일이라는 말이다. 결코 대단한 대가가 따르지 않을 일이다. 그는 이제 막 발견한(어쩌면 그의 손톱에 눌려 피를 뿜으며 죽었을) 벼룩을 가리키며 자신의 부탁을 들어주길 간청한다. 그는 벼룩이 두 사람의 피를 빨아먹었을 것이라고 가정한다. 그러니 그들의 체액은 벼룩 속에서 이미 결합한 셈이다. 시의 다른 부분에서는 거의 터무니없는 기발함으로 벼룩의 몸속에서 결합한 두 사람의 체액을 국교회의 성찬식과, 예수의 피를 나타내는 성찬식 포도주에 넌지시 빗대기도 한다.

두 사람의 피가 이미 함께 흐르는데, 왜 둘이 결합해서는 안 되는가라고 시는 재치 있게 설득한다. 이 시를 들은 여인이 재치 있는 연인의 설득에 굴복했는지 아닌지 우리는 모른다. 그러나 젊은이의 욕망의 대상 중에서 이보다 더 멋진 문학적 선물을 받은 이는 거의 없었다. 그리고 수백 년 뒤 우리는 이 시를 그냥 시로 즐길 수 있다.

존 던이 죽고 영국 내전(1642~1651년)에서 청교도가 승리한 뒤, '방탕한'(비도덕적) 사랑을 찬미하는 시는 엄격하게 검열되고 억압되었다. 「벼룩」 같은 시도 포함된다. 이 시에 등장하는 젊은 남자와 여자는 분명 결혼하지 않은 사이로 보이니까. 그 뒤를 이은 18세기는 품위 있는 고전(라틴과 그리스) 문학의 전범을 모방하는 풍조 때문에 '아우구스투스 시대Augustan Age'라고 불린다. 이 시대의 사람들은 형이상학파 시인들이 보여준 상상력의 지적인 무모함을 좋아하지 않았다. 이들에게 도덕적 부적절함은 문제되지 않았다. 그냥 문학적인 면에서 형이상학파 시들이 너무 거칠다고 여겼을 뿐이다.

아우구스투스 시대의 가장 권위 있는 목소리였던 새뮤얼 존슨은 존 던의 시에서는 '무척 이질적인 생각들이 폭력적으로 연결된다'라고 불평했다. 벼룩의 피를 종교적 이미지와 연결하는 것을 예로 들 수 있다. 다른 유명한 예로, 존 던은 헤어진 연인을 머리 부분에서 연결된 한 쌍의 컴퍼스에 비유한 적도 있다. 이 비유는 '점잖지 않았다'. 품위가 없었다. 뒤죽박죽이었다. 존슨은 시가 규칙을 조롱하는 게 아니라 따라야 한다고 믿은 사람이었다.

그러한 비판을 받았지만 형이상학파의 명성은 이후 몇 세기 동안 높아졌다. 이들의 시는 영시의 발전사에서 중요한 운동으로 차츰 여겨졌다. 그 자체로 중요할 뿐 아니라 현대의 계승자들에게 미친 영향 때문에 중요하게 여겨지기도 했다. 이 17세기 선배들의 위대함과 중요성을 가장 강력하게 옹호한 사람은 바로 20세기의 위대한 시인 T. S. 엘리엇이었다. 엘리엇은 존 던 같은 시인에게서 '통합된 감수성undissociated sensibility'을 보았다. 매우 이상한 이 용어는 존 던과 그의 학파에는 시로 쓸 수 있는 '시적 주제'와 쓸 수 없는 '시적이지 않은 주제' 같은 것이 없었음을 뜻한다. 시인은 밤꾀꼬리나 산비둘기에 대해 쓸 수 있듯 벼룩에 대해서도 서정적으로 쓸 수 있다. 엘리엇은 형이상학파 시들이 고상함과 저속함을 결합하는 능력 때문에 그 시들을 높이 평가했다. 그들의 시에는 모든 삶이 있다. 아무것도 배제되지 않는다. 그것이 엘리엇 같은 시인들이 마음에 새길 만한 교훈이었다.

존 던이 점잖게 결혼하고, 나중에는 런던 세인트폴 대성당의 주임신부가 된 뒤에도 그의 시 – 방탕하지 않고 종교적 분위기의 – 는 놀랍도록 지적으로 대담했다. 존슨이 비판적으로 언급한 상상력의 '폭력'은 끝까지 그의 시에 남아 있었다. 말 그대로 끝까지. 존 던은 임종이 가까워졌을 때도 다가오는 죽음을 주제로 시를 썼다. 「질병 속에서 하느님, 나의 하느님께 드리는 찬송Hymn to God, My God, in my Sickness」이라는 시였다. 이제 그는 젊은 여인이 아니라 한두 시간 뒤에 직접 만날 그의 창조주에게 시를 쓴다. 이 시는 무엇보다도 그가 하느님의 천사들의 합창대에 합류해 남은 영생

동안 부를 노래의 연습이었다. 시에서 그는 죽음의 침상이 아니라 진짜 성전에 들어갈 준비를 하는 일종의 제의실에 있다. 이 시의 첫 세 연을 살펴보자.

저는 이제 그 성스러운 방으로 들어가므로,
그곳에서 성인들의 합창대와 더불어 영원히 당신의 음악으로 만들어질 테니, 저는 들어가며
문 앞에서 악기를 조율하고,
그때 제가 무엇을 해야 할지, 여기에서 미리 생각합니다.

저의 의사들은 그들의 사랑으로
우주지리학자가 되고, 저는 그들의 지도가 되어 침대에 납작 누워 있고, 그들에 의해
이것이 제 남서 항로임을,
열병의 해협임을, 이 해협들에 의해 죽을 것임을 알게 되고 저는 이 해협들에서 제 서쪽을 보며 기뻐합니다.

그들의 해류는 아무도 돌려보내지 않지만, 제 서쪽이 제게 무슨 해가 되겠습니까? 서쪽과 동쪽이
납작한 지도(저도 그런 지도이며)에서 하나인 것처럼,
죽음은 부활과 맞닿아 있습니다.

이 찬송은 존 던의 다른 어떤 글 못지않게 대담하다. 시에 표

현된 복잡한 생각의 가닥을 따라가려면 독자의 노력이 어느 정도 필요하다. 정어리 통조림처럼, 시 안에 기상이 촘촘히 들어차 있다. 그의 죽음은 탐험하는 항해가 될 것이다. 삶의 이 마지막 여행에서 그는 위대한 항해자들에 합류할 것이다. 곧 부검에 착수할 그의 의사들은 우주지리학자들이 우주를 발견하듯, 그의 죽은 몸이 그가 갈 곳의 지도임을 발견할 것이다.

그는 어디로 가는가? 서쪽으로, 묘지의 차갑고 어두운 밤으로. 그러나 그곳에 이르려면 동쪽과 치명적 열병이라는 뜨거운 해협들을 통과해야 한다. 그의 친구 월튼은 존 던이 '다른 이들이 공포의 제왕으로 여기는 죽음을 전혀 무서워하지 않고, 자신이 소멸할 날을 갈망했다'라고 기록한다. 전능하신 신도 훌륭한 시에 우리만큼이나 탄복하길 바랄 뿐이다.

존 던의 시가 너무 복잡해서 수월하게 삼키기 힘들다면, 그의 동료 형이상학파 시인 조지 허버트George Herbert(1593~1633)의 작품에서 더 단순한 시를 찾을 수 있다. 존 던처럼 허버트도 성직자였지만, 국교회의 고위 성직자는 아니었다. 그는 시골의 교구 사제였고, 그렇게 지위가 낮은 성직자가 어떻게 임무를 수행해야 하는지에 대한 안내서를 썼다. 그는 또한 대단히 빼어나게 '소박한' 시도 썼다. 다음은 그의 시 「덕Virtue」의 첫 연이다.

Sweet day, so cool, so calm, so bright,

The bridall of the earth and skie:

The dew shall weep thy fall to night;

For thou must die.

달콤한 낮이여, 아주 시원하고, 아주 고요하고, 아주 환하다,

땅과 하늘이 맺어지니.

네가 밤으로 떨어지는 것에 이슬은 눈물을 흘린다,

너는 죽어야 하니까.

이 시의 '기상', 곧 주요 발상은 해가 지는 현상에서 우리의 죽음을 미리 본다는 것이다. 두 번째 발상은 밤이 땅과 하늘의 '아이', 곧 자손이라는 생각이다(어둠 속에서 땅과 하늘은 지평선에서 흔적 없이 어우러져 밤을 낳는다). 아름답게 독창적인 발상이다. 그러나 그 언어가 얼마나 단순한지 보라. 'bridall'만 빼고 모든 단어가 단음절어다('bridall'은 언어유희로, 두 마리의 말을 마구에 함께 연결하는 '굴레bridle' 또는 '혼례bridal'를 뜻한다).

이토록 단순한 재료로 복잡한 시가 만들어진 적이 있었던가? 존 던의 경우에는 그토록 저속한 재료로 복잡한 시가 만들어진 적이 있는지 물어야겠다. 엘리엇이 옳았다. 형이상학파의 시는 모든 규칙을 깨뜨린다. 그런 이유로 더 위대하다.

CHAPTER 10

국가의 출현

밀턴과 스펜서

'좋은 여왕 베스good Queen Bess'라고 불린 엘리자베스 1세가 통치한 45년 동안 영국 문학에는 새로운 '분위기'가 생겼다. 국가적 자부심과 자신감이 폭발적으로 성장했다. 영국은 자신에게 '위대함' 같은 것이 있다고 느꼈다. 대담한 사람들은 영국이 로마처럼 위대하다고 생각했을지 모른다. 문학에서 그런 느낌은 두 가지로 표현되었다. 영국에 대해 쓰는 것과, 영어로 쓰는 것이었다. 필요하다면 가장 위대한 국가들의 문학 형식과 그들의 문학을 모방했다. 바꿔 말하자면, 국가의식이 무대의 중심을 차지했다.

영국을 주제로 삼은 최초의 위대한 영시는 에드먼드 스펜서가 1590~1596년에 출판한 『요정 여왕The Faerie Queene』이다. 이 시는 엘리자베스 1세의 원숙기에 창작되어 여왕에게 헌정되었다.

스펜서는 시인이었을 뿐 아니라 조신이자 군인으로, 정치에 명운을 건 사람이었다. 전업 작가는 아니었다. 창작은 스펜서의 주요 수입원이 아니었고(그를 경제적으로 지원하는 후원자들을 얻기는 했지만) 영문학의 위대한 작가가 되는 것이 그의 삶에서 중요한 야심도 아니었다. 그러나 역설적이게도 그것이 그의 운명이었다.

에드먼드 스펜서Edmund Spenser(1552?~1599)는 떠오르는 중산계층인 부유한 직물 제조업자의 아들로 태어나 케임브리지 대학교에서 교육받았다. 그의 초기 직책은 아일랜드의 식민지 행정관이었고 주요 임무는 계엄령을 집행하고, 말썽꾼을 소탕하며, 반란을 진압하는 것이었다. 그는 자신의 임무를 효율적으로, 자주 잔인하게 집행했다. 그 보상으로 엘리자베스 1세는 아일랜드의 영지를 하사했다.

스펜서는 야심가였다. 그는 엘리자베스 1세가 하사한 것보다 더 많은 것을 원했다. 그가 『요정 여왕』을 구상한 것은 여왕에게 아첨하여 출세하기 위해서였다. 『요정 여왕』의 서문은 월터 롤리 경에게 보내는 편지였다. 월터 롤리는 브리타니아*를 바다의 지배자로 만들어, 다른 방식으로 여왕을 기쁘게 한 인물이었다.

『요정 여왕』 덕택에 스펜서는 소액의 연금을 받았지만, 아쉽게도 그가 기대한 만큼 여왕의 총애를 받지는 못했다. 이후 그의 삶은 실망으로 점철되었다. 1597년에는 아일랜드 반란군이 그의 성을 불태웠고, 이때 그는 가족들을 잃은 것으로 보인다. 스펜서

---

* 고대 로마 시대에 브리튼 섬을 가리킨 호칭에서 유래했으며 영국을 상징하는 형상으로, 투구를 쓰고 삼지창을 든 여성 전사의 모습이다.

는 런던으로 돌아왔고, 40대 중반에 곤궁함을 겪으며 죽음을 맞이했다. 그가 왜 무일푼이었는지는 알 수 없다.

정치가로서 스펜서의 경력은 성공적이랄 수 없지만 시인으로서의 성취는 뛰어났다. 그에 걸맞게 그는 웨스트민스터 사원의 시인 묘역에 그의 '멘토' 제프리 초서와 나란히 묻혔다. 그가 세상을 떠났을 때, 당대의 저명한 작가들이(셰익스피어도 그중 한 명이었다고 전해진다) 그를 기리는 시를 무덤 속에 던져 넣었다. 그들은 단지 스펜서의 죽음이 아니라 위대한 영문학의 새벽을 기린 것이었다.

『요정 여왕』의 주제는 잉글랜드 자체 – 영광과 글로리아나(요정 왕궁 여왕의 이름이자 엘리자베스 1세의 별칭이다) – 다. 스펜서는 이 서사시를 원래 열두 권까지 쓸 계획이었지만, 여섯 권만 완성했다. 그래도 여전히 가장 긴 영시에 속하며, 가장 읽기 쉬운 시도 아니다. 스펜서가 완성한 여섯 권의 『요정 여왕』은 각 권마다 국가를 세우는 데 필요한 여섯 가지 덕목을 하나씩 다룬다. 그 덕목은 경건함, 절제, 정절, 우정, 정의, 예절이다. 책마다 하나의 덕목을 구현하는 주인공 기사가 등장하는데, 남자 다섯 명과 여자 한 명이다. 이들 모두 갑옷을 입고서 세상을 바로잡고 기독교를 믿지 않는 원시적인 세상에 문명을 전달하는 원정에 나선다. 시의 제목과 유래를 생각하면, 제3권에 등장하는 여성 기사 브리토마트가 특히 흥미롭다. 시가 공공연히 찬양하는 엘리자베스 1세처럼 브리토마트도 전투적인 순결을 형상화한다. 아무도 그녀를 지배하거나 '소유'할 수 없다. 엘리자베스 1세가 이 시에서 좋아하는 부분이 있었다면, 분명 그런 부분일 것이다.

스펜서의 시는 우리가 요즘 '스펜서 시형Spenserian stanzas'이라고 부르는 압운시로 구성된다. 대단히 복잡한 압운으로 이루어져서, 잘 쓰기가 매우 어려운 형식이다. 그리고 '시어poetic diction'–'고상한' 언어–라고 불리는 것으로 쓰인다. 『요정 여왕』과 함께 영시의 언어는 일상어나 구어체 언어와 달라야 한다는 전통이 출발한다. 『요정 여왕』의 주요한 시적 장치는 알레고리다. 어떤 것을 다른 것으로, 겉보기에 다르게 보이는 것으로 말하는 방법이다. 시어와 알레고리의 주요 사례로 첫 번째 연을 살펴보자.

A Gentle Knight was pricking on the plaine,
Y cladd in mightie armes and siluer shielde,
Wherein old dints of deepe wounds did remaine,
The cruell markes of many' a bloudy fielde;
Yet armes till that time did he neuer wield:
한 숭고한 기사가 들판에서 말에 박차를 가하며 달리고 있다,
막강한 갑옷을 두르고 은빛 방패를 들고서,
갑옷과 방패에는 깊이 파인 오랜 상처들이 남아 있다,
수많은 핏빛 전쟁터의 참혹한 자국들.
그러나 그는 아직 무기를 휘두르지 않았다.

아무리 16세기라 해도 사람들이 실제로 이렇게 고풍스럽게 말하지는 않았다. (첫 행의 'pricking'은 말을 달리게 하려고 기사가 박차spur를 가한다는 의미의 고어다.) 하지만 이런 어조 덕택

에 스펜서가 원한 효과가 만들어진다. 바로 이 세상 같지 않은('요정 세상 같은') 세상의 느낌을 전하는 것이다. 그리고 이 시행은 첫 권에서 다루는 덕목(경건함)과 관련된 의미가 풍부하다. 예를 들어 기사는 왜 '낡은' 갑옷을 걸치고 있는가? 이러한 세부 묘사가 뜻하는 것은 영국의 조상들이 기독교의 위대한 전투에서 이미 승리했다는 사실이다. 우리는 경건한 신앙을 증명하기 위해 순교자가 되거나, 산 채로 불태워질 필요가 없을 것이다. 사실상 시의 모든 행이 이런 알레고리적 의미로 촘촘히 채워졌고, '스펜서풍'의 인위적 언어가 가득하다.

영시는 100년 뒤 존 밀턴John Milton(1608~1674)의 작품으로 또다시 중요한 진전을 이룬다. 엘리자베스 1세가 세상을 떠난 뒤 잉글랜드는 줄곧 종교 갈등을 겪었고, 그 와중에 밀턴은 공화파 편에서 적극적으로 활동했다. 잉글랜드는 여전히 자국의 정체성을 규정하는 과정에 있었다. 그러나 『요정 여왕』에서 무척 두드러졌던 국가적 자부심은 밀턴이 공화정 시기에 쓰기 시작해서 찰스 2세의 재위 기간인 1667년에 출판한 『실낙원』에서도 뚜렷이 나타난다. 밀턴은 스펜서가 자신에게 큰 영향을 주었다며 그를 문학 선배로 솔직하게 인정했다(스펜서가 초서를 인정했듯이). 이제 영문학은 위대한 '전통'을 갖게 되었다. 이들 세 시인은 하나의 사슬로 연결된 고리와 같았다.

『실낙원』에서 밀턴은 아찔할 만큼 야심찬 일을 시도했다. 베르길리우스의 「아이네이스Aeneid」나 호메로스의 「오디세이아」에 필적할 만한 서사시를 쓰는 것과, 그 서사시를 이용해 그의 표현대로 '신의 섭리를 인간에게 정당화'하는 것이었다. 달리 말해 그는 성경의 앞부분이 제기하는 몇 가지의 신학적 문제를 풀기 위해 성경 속 이야기를 재창조하려 한다. 예를 들어 '지식의 사과'를 먹은 것이 정말 잘못인가? 에덴이라는 장소에서 아담과 이브는 아무 일도 하지 않는가? 두 사람이 '결혼'은 했는가? 밀턴의 시는 이런 문제들과 씨름한다. 앞서 살펴본 신비극(그것을 낳은 그 위대한 소읍들에서 사라진 지 오래되었다)과 같은 종류의 임무다. 그러나 밀턴이 창조한 시는 길거리 연극과 거리가 멀었다. 『실낙원』은 대단히 교양 있는 – 라틴어를 알 만한 – 독자를 염두에 둔 시다.

밀턴은 『실낙원』을 일생일대의 작품으로 구상했고, 놀랍게도 실명한 뒤에 썼다. 이 작품을 창작할 때 밀턴은 두 가지의 난제에 부딪혔다. 첫째, 어떤 언어로 쓸 것인가? 밀턴은 학자였다. 수백 년 동안 학문의 언어는 고대 그리스어와 라틴어였다. 밀턴은 둘 다 능통했다. 그는 라틴어로 많은 시를 썼다. 그의 시가 베르길리우스나 호메로스의 시와 진정으로 필적하려면, 그들의 언어를 써야 하지 않는가? 그러나 밀턴은 영어를 쓰기로 결정했다. 하지만 고어의 정취가 많이 깃들어서 라틴어처럼 들리는 영어였다.

그가 부딪힌 또 다른 난제는 어떤 '형식'으로 쓸 것인가였다. 학자로서 그는 아리스토텔레스의 『시학』에 푹 빠져 있었고 그리스의 이 평론가가 비극을 가장 고귀한 문학이라고 불렀다는 것을 기억했다. 밀턴은 한동안 자신의 위대한 작품을 비극으로, 소포클레스의 「오이디푸스 왕」과 비슷하게 쓸까 생각했다. '낙원을 잃은 아담'이라는 제목으로 비극을 쓸 계획을 세우기까지 했다. 그러나 어쩌다 보니 그는 더 느슨한 이야기 형식인 서사시로 마음이 기울었다. 베르길리우스처럼 위대한 국가의 성장을 기릴 문학을 창조하기로 결심했기 때문이다. 밀턴은 이제 영국이 위대한 국가가 되었다고 믿었다. 그것이 바로 『실낙원』과, 밀턴이 내린 두 가지 선택의 바탕에 있는 주요 믿음이었다.

밀턴이 자신의 위대한 사명을 성공적으로 수행했는지는 논쟁의 여지가 있다. 밀턴은 뱀이 아담과 이브를 유혹한 이야기(특히 『실낙원』의 앞부분에서 사탄이 하느님과 벌인 전쟁에 대한 이야기)에서 시인 윌리엄 블레이크의 표현대로 '자신도 모르게 악마의 편'이 되다시피 했다. 밀턴은 자신이 어느 편인지 잘 몰랐다. 사탄은 반역자이고, 밀턴 자신도 반역자였다. 그는 목숨을 걸고 찰스 1세의 통치에 반대한 사람이었다. '천국에서 섬기느니 지옥에서 다스리는' 편이 낫다고 사탄은 말한다. 문맥상 영웅적으로 들리는 말이다. 뿐만 아니라 밀턴은 자신이 '지식의 사과'를 결코 먹지 않을지, 순수하고 결백하고 '텅 빈' 무지의 상태로 항상 남아 있을지 확신하지 못했던 듯하다. 게다가 남녀 관계를 바라보는 밀턴의 관점은 많은 현대 독자를 불편하게 만든다. 아담과 이브가 처음에 어떻게 묘사되는지 살펴보자.

> 곧고 키가 큰, 훨씬 고귀한 두 형상,
> 하느님처럼 곧고, 타고난 영광에 싸여
> 벌거벗은 위엄 속에서 만물의 주인 같다.
> 그는 사색과 용기를 위하여,

그녀는 부드러움과 다정하고 매력적인 우아함을 위하여 만들어
졌으니.
그는 하느님만을 위하여, 그녀는 그 안의 하느님을 위하여
그의 아름다운 넓은 이마와 숭고한 눈은
절대적 통치를 선언하고……

'그는 하느님만을 위하여, 그녀는 그 안의 하느님을 위하여'는 현대의 독자가 가장 역겨워하는 시행이다. 삽화가들은 밀턴의 묘사를 따라 아담은 경건하게 하늘을 우러러보고, 이브는 그런 아담의 얼굴을 흠모하는 눈빛으로 바라보는 모습을 전통적으로 그렸다(무화과 잎도 빼놓지 않고). 그러나 시의 후반부에서 이브는 아내의 '절대적' 순종에 반기를 든다. 이브는 혼자 에덴의 정원을 돌보러 가겠다고 고집을 부린다. 물론 이브는 가정 내 반란을 일으킨 탓에 교활하게 설득하는 사탄(이제 뱀의 형상을 한)의 유혹에 취약하게 노출되었고, 결국 또 다른 독립적인 행동으로 지식의 나무에 달린 금단의 열매를 먹게 된다.

또 다른 논쟁거리는 밀턴이 『실낙원』을 위해 고안한 '영어'다. 이 영어는 심하게, 가끔은 지나칠 정도로 심하게 '라틴화'되었다. 밀턴이 라틴어로 시를 쓰려 했던 생각을 완전히 떨쳐내지 못한 것처럼 보일 정도다. 에덴의 초목을 묘사하는 제7권의 다음 구절은 밀턴의 시어를 보여주는 좋은 사례다.

…up stood the corny reed

Embattled in her field: and the humble shrub,

And bush with frizzled hair implicit: last

Rose as in dance the stately trees, and spread

Their branches hung with copious fruit; or gemmed

Their blossoms…

……곧게 자란 곡식이

그녀의 들판에 진을 쳤다. 곱슬곱슬한 머리카락이

뒤엉킨 보잘것없는 관목과 덤불. 마지막으로

당당한 나무들이 춤을 추듯 일어나, 풍성한 과일이

달리거나 꽃들이 보석처럼 반짝이는

가지들을 펼치니……

BBC 라디오 4의 「정원사를 위한 질의응답Gardener's Question Time」에서 들을 수 있는 표현은 아니다.

시인 T. S. 엘리엇 같은 이들은 『실낙원』에서 밀턴이 쓴 라틴풍 표현이 불쾌한 '만리장성'으로 문학을 에워쌌다고 생각했다. 문학의 언어는 낭만주의 시인 워즈워스가 '사람들의 언어'라고 부른 것에 가까워야지, 라틴어로 생각한 것을 영어로 번역하는 현학자와 학자들의 언어여서는 안 된다(밀턴도 가끔 그리했으리라 여겨진다). 그러나 그의 시에서나 영시 전반에서 정말 중요한 것은 밀턴이 그런 방식으로 쓰기를 선택함으로써 밀턴 같은 위대한 시인의 손에서 영어로도 고대 서사시에 견줄 만한 서사시를 창조할 수 있음을 입증했다는 것이다.

『실낙원』이 제기하는 다른 문제도 많다. 이를테면 시는 정말 성경을 성경보다 더 잘 설명할 수 있는가와 같은 문제다. 대답하기 쉽지는 않다. 위대한 문학은 간단한 답을 주지 않는다. 어려운 질문에 쉬운 답을 주지 않는다. 문학이 하는 일은 우리로 하여금 문제가 어떻게 무한히 복잡한지 보도록 하는 것이다.

밀턴은 열두 권으로 구성된 『실낙원』의 제1권에서 독자를 더 훌륭한 기독교인, 적어도 더 잘 아는 기독교인으로 만들겠다고 선언한다. 누가 알겠는가, 그의 낙관적인 종교적 사명을 잘 따른 독자가 있을지. 그러나 『실낙원』의 주요 성취는 그것과는 매우 다른 문학적인 것이다. 『실낙원』은 영문학과 영어로 시를 쓰는 시인이 나아갈 수 있는 길을 가리켜주었다. 영문학의 토대를 놓았다. 그리고 그 토대 위에서 독자적인 영문학이 성장할 터였다. 주제도, 표현도 영국적인 문학이.

CHAPTER 11

문학은 누구의 '소유'인가

인쇄와 출판, 저작권

지금 당신이 손에 들고 있는 책은 문학 작품이 아니지만, 간편하게 이 책을 예로 들어보자. 내가 이 책을 썼다. 내 이름이 속표지에도 있고 판권 면에도 있다. 그러므로 이 책은 '나(존 서덜랜드)'의 책이다. 그러면 지금 당신의 손에 있는 책을 내가 '소유'한다는 말인가? 아니다. 그렇지 않다. 실물 책은 내 것이 아니다. 당신이 구입했다면, 그 책은 당신 것이다. 그러나 내가 이 책을 쓰고 있는 시기에 누군가가 내 집에 침입해서 내 컴퓨터를 훔쳐갔고, 내가 쓰고 있던 원고를 발견해서 자신의 이름으로 출판했다고 가정해 보자. 무슨 일이 일어날까? 원래 원고가 내 것임을 증명할 수 있다면, 나는 도둑을 저작권 침해로 고소할 수 있을 것이다. 나의 독창적인 작품을 내 허락 없이 복사해서 자신의 작품으로 사용한 죄

('표절'이라고 알려진 범죄)로.

18세기가 시작된 이래, 현대 저작권법은 문학 작품이 점점 새로운 형태로 확장되는 상황에 맞춰 발전했다. 저작권법은 새로운 기술에 끊임없이 적응해야 했다. 20세기에는 영화 각색(제32장 참조)에 적응해야 했고, 오늘날에는 전자책과 인터넷의 도전을 수용해야 한다(제40장 참조). 그러나 '저작권copyright'의 의미는 본질적으로 '복사할 권리'일 뿐이다. 당신이 지금 읽고 있는 책의 저작권 소유자인 나는 예일 대학교 출판부에 이 책을 지금의 형태로 출판할 독점권을 인정했다.

우리가 '문학 작품work of literature'이라고 말하는 이유는 문학이 저자의 노고의 산물이기 때문이다. 그리고 출판사는 자사의 출판물 목록에 실린 작품 하나하나를 '타이틀title'이라고 부른다. 이 단어는 소유권을 뜻한다. 마침내 판매하기 위해 생산된 책은 '복사본'이다. 당신이 손에 쥐고 있는 것은 내 작품의 복사본이다. 출판사와 저자, 독자는 각각 다른 방식으로 문학 작품을 '소유'한다. 애서가들의 파티를 상상해보라. 파티를 연 집주인은 무거운 책으로 삐걱대는 책장을 가리키며 뿌듯하게 외친다. '내 책들을 봐!' 책장을 훑어보던 한 작가가 기뻐하며 말한다. '내 책도 있네, 재미있게 읽었어?' 책을 살펴보면서 출판업자가 말한다. '우리 책이 책장에 아주 많아서 기분이 좋아.' 어떤 의미에서 그들은 모두 옳다. 집주인은 물질적 사물을 소유하고, 출판사는 특정 형태를, 저자는 원래 쓰인 어휘들을 소유한다. 이 이야기는 오늘날 책을 쓰고, 출판하고, 판매하는 일에 여러 다양한 사람과 과정이 연관되어 있음을 보여준다.

이 책의 생명은 내가 예일 대학교 출판부와 맺은 계약에 서명하여, 내가 쓴 글을 책으로 출판할 권리를 승인했을 때 시작되었다. 일단 내 원고가 출판사에 흡족하게 전달되면, 출판사는 원고를 편집하고 디자인하고 조판하고 제본하고, 판매 전에 창고에 보관하는 비용을 지불한다. 출판사는 그 모든 개별 과정의 비용을 지불했고 이제 실물 책을 소유한다. 그 뒤 책은 주로 다양한 소매상 – 오프라인 서점과 온라인 서점 – 과 도서관에 배본된다. 이제 실물 책은 그들의 소유가 된다. 마지막으로, 고객인 당신이 이 책을 사서 집으로 가져온다. (또는 도서관에서 빌렸다면 되돌려줘야 할 것이다.) 요즘 출판사는 대개 인쇄업자, 서적상과 분리되어 있다. 그러나 19세기까지는 서적상이 주로 출판과 인쇄를 겸했다.

역사 시대의 초창기부터 수천 년이 흐르고, 아주 많은 문학이 창조된 뒤에야 비로소 이런 일들을 규제하고, 다양한 당사자의 이익을 보호하기 위한 법이 고안되었다. 그러고 나서야 비로소 일관성 있는 산업 – 문학 창작품을 상업적으로 배급하는 조직과 수단을 갖춘 – 이 발달할 수 있었고, 문학 – 이런저런 잡다한 글과 설화, 민요와는 다른 – 이 충분히, 적절하게 성장할 수 있었다.

당시 문학 창작에 관련된 법과 상업의 틀이 만들어지는 데는 그보다 일찍 일어난 많은 사건이 영향을 미쳤다. 우선 시장이 생기기 위해서는 쓰기와 문해력, 교육기관이 필요했다. 또 다른 중요한 사건은 두루마리(알렉산드리아 도서관 같은 거대한 고대 도서관이 소장했다)에서 '코덱스codex'라고 불리는 것으로의 전환이었다. 코덱스는 우리가 요즘 읽고 있는 책처럼 페이지가 잘리고, 숫자가 매겨진 책이다. ('Caudex'는 라틴어로 나무판을 뜻하며, 코덱스의 복수형은 'codices'라고 쓴다.)

손으로 쓴 필사본 코덱스는 이 단어 자체처럼 고대 로마에서 유래했다. 이런 코덱스가 고안된 이유는 박해받는 기독교인들이 감시의 눈을 피해 숨길 수 있는 경전이 필요했기 때문이라고 여겨진다. 그들의 신앙은 이교도 로마인들의 신앙과 달리 경전(복음서)이 핵심이었다. 코덱스는 큼직한 두루마리보다 더 작고 숨기기 쉬웠다.

초창기에 필사본 코덱스를 만들려면 고도로 숙련된 필경사들의 엄청난 노동이 필요했다. 이들은 숙련공보다 예술가에 가까울 때가 많았다. 경우에 따라 삽화를 그리거나 채색하거나 멋지게 제본하느라 여러 해가 걸렸다. 훌륭한 도서관에 소장된 코덱스 중에는 부유한 가문이나 기관(왕실, 교회, 수도원, 귀족)의 의뢰를 받아 단 하나뿐인 사치품으로 제작된 것이 많다. 그런 코덱스를 만든 작업장을 필사장(필사하는 공장)이라고 불렀다. 15세기까지도 유식한 책벌레가 구할 만한 문학 작품은 통틀어 1,000~2,000권이 되지 않았으리라 추정된다. 예를 들어 초서의 「캔터베리 이야기」를 보면 동료 순례자들이 서기를 대단히 유식한 사람으로 대우하지만, 그는 기껏해야 책 여섯 권을 갖고 있었다.

이렇게 책이 귀하다 보니 대다수의 사람들은 책을 직접 읽거나 소유하기보다 다른 사람이 읽어주는 것을 들어야 했다. 어느 유명한 19세기의 그림은 인쇄기가 등장하기 50년 전에 초서가 강

연대, 곧 '독서대'에서 자신의 위대한 시를 청중에게 읽어주는 모습을 그렸다. (강연대는 요즘도 대학 강의실에 있는데, 원래는 복사본이 단 한 권밖에 없는 텍스트를 큰 소리로 읽기 위해 만들어졌다. '강연lecture'이라는 단어는 라틴어로 '읽는 사람'을 뜻하는 'lector'에서 유래했다.)

대중 시장을 위한 책 생산을 가능케 한 다른 조건 중 하나는 종이 제작법의 발견이다. 종이 제작법은 13세기 무렵 동양에서 잉글랜드로 도입되었다. 그 이전에는 중요한 글을 양피지나 피지(깨끗이 세척해 말린 동물 가죽) 위에 쓰거나 나무판에 새겼다. 값싼 종이는 15세기 말에 중요한 혁명의 길을 닦았다. 바로 인쇄 혁명이었다.

우리는 인쇄술이 유럽에서 시작되었다고 여긴다. 독일의 요하네스 구텐베르크와 잉글랜드의 윌리엄 캑스턴, 이탈리아의 알두스 마누티우스('이탤릭'체를 처음 만들었다) 같은 선구자를 떠올린다. 사실 인쇄술은 중국에서 오랫동안 사용되고 있었다. 그러나 중국에는 큰 문제가 있었다. 중국의 문자는 수많은 상형 '표의문자'가 기본 단위이다. 그런 문자가 하나씩 작은 벽돌 크기의 블록에 새겨져 있었다. 지금 당신이 읽고 있는 이 짧은 단락을 인쇄하려면 수십 개의 블록이 필요한데, 작은 벽 하나 크기나 된다.

서양의 표음문자 알파벳('표음'이란 그림이 아니라 소리가 바탕이 되었음을 뜻한다)은 스물여섯 글자와 열두어 개의 구두점으로만 이루어졌다. 인쇄업자에게 대단히 편리한 문자다. 인쇄업자는 납 용액을 '폰트'라 불리는 것에 부어 필요한 '활자'를 만들고, 그것이 식으면 '활자 용기'에 보관할 수 있었다. (대문자는 위쪽 용기에 보관했다. 그래서 영어에서는 여전히 대문자를 'upper cases'라고 부른다.) 선구적인 인쇄업자들 중 많은 사람이 구텐베르크처럼 금세공인이었으므로, 뜨거운 금속을 능수능란하게 다루었다. 페이지 모양의 조판에 활자를 줄줄이 놓고 잉크를 발랐다. 그러면 '인쇄기press'를 눌러 그 페이지를 필요한 만큼 인쇄할 수 있었다. 인쇄기 자체는 크지 않았다. 현대의 바지 전용 다리미(같은 원리로 작동하는)의 두 배쯤 되는 크기로도 인쇄할 수 있었다.

최초로 인쇄된 책들은 정교한 활자 덕택에 필사본 코덱스와 아주 유사했다. 만약 당신이 15세기의 구텐베르크 성경을 손에 들고 있다면 필사본인지 인쇄본인지 분간하기 힘들 것이다. 차이가 있다면 필사장에서 성경 한 권을 만드는 시간에 독일 마인츠의 구텐베르크 인쇄소에서는 1,000권의 성경을 찍어낼 수 있다는 점이었다.

인쇄술은 획기적인 혁신이었지만 새로운 문제들이 따라왔다. 가장 시급한 문제는 소유권이었다. 잉글랜드에서 처음 인쇄된 책들 중에는 캑스턴이 1476년에 찍어낸 초서의 「캔터베리 이야기」가 있다(좋은 선택이다). 캑스턴은 그 인쇄본을 세인트폴 대성당 밖에 있는 작은 노점에서 팔았다. 당시 위대한 시인 초서는 세상을 떠난 뒤였으므로 판매를 승인할 수 없었지만, 그가 살아 있었더라도 캑스턴은 그 책을 인쇄해서 벌어들인 이윤을 단 한 푼도 제프리 초서에게 지불할 필요가 없었을 것이다.

이후 200년간 출판업은 복제판 천국이었다. 런던에서 소비자, 즉 독서 대중이 팽창하면서 '복제할 권리'를 통제할 법적 장치가 필요했다. 출판업을 규제하는 법을 만들도록 의회에 압력을 행사한 사람들은 런던의 서적상이었다(앞서 언급한 대로 이들은 서점 뒷방에 인쇄 장비를 갖춘 출판업자인 경우가 많았다).

1710년 의회는 대단히 정교한 법률을 고안했다. '앤 여왕법 Statute of Anne'이라고 불리는 이 법은 '학문의 장려'라는 분명한 의도가 있었다. 법의 전문을 살펴보자.

> 근래의 인쇄업자와 서적상을 비롯한 사람들이 저자나 소유주의 승인 없이 무단으로 책을 비롯한 글을 인쇄하고 재판하고 발행하거나 그런 일을 빈번하게 도모하여 저자와 소유주와 그 가족에게 매우 큰 해를 입히고 파산에 이르게 하는 경우가 잦은 까닭에, 장래에 그런 관행을 예방하고 학자들이 유용한 글을 짓고 쓰도록 장려하기 위하여…….

이 법은 저자가 독창적인 것 – 현대의 표현으로는 '고유한 지적 창작물' – 을 만들었으며, 그것이 가치를 갖는다는 점을 최초로 인정했다. 독창적 창작물을 종이에 쓰는(요즘에는 타자기나 컴퓨터로 작성하는) 순간 저자는 저작권을 소유한다. 그렇게 쓴 작품을 요즘은 '지적 재산'이라고 부른다. 그런 작품은 '실물화'될 수 있다. 종이책이나 전자책으로. 연극이나 영화로 각색될 수도 있다. 그러나 중요한 것은 1710년부터 저작권법에 따라 최초의 창작물은 저자가 소유하며, 다른 사람은 저자의 허락을 받아야만 그것을 사용할 수 있다는 점이다.

이 최초의 저작권법은 '영구적 소유권'의 위험을 예견했다. 작품의 창작자나, 창작자로부터 저작권을 사들인 사람은 제한된 기간 동안만 그 권리를 소유할 수 있었다. 그 뒤로는 '공공 영역 public domain'이라 불리는 곳으로 들어가서, 모두의 것이자 그 누구의 것도 아니게 된다. 1710년에 저작권 보호 기간은 상당히 짧았다. 시간이 흐르면서 차츰 연장되었고, 현재 유럽에서는 창작자 사후 70년으로 지정되어 있다.

앤 여왕법의 또 다른 신중한 요소는 '아이디어에는 저작권이 없다'라고 정한 것이다. 저작권법이, 이를테면 특허법과 매우 다른 부분이 이 지점이다. 특허법은 아이디어를 보호한다. 이렇게 설명해보자. 내가 마지막 페이지에서 '집사가 범인이다'라고 폭로하는 탐정소설을 썼고, 나중에 당신이 탐정소설을 썼는데, 아니 글쎄, 마지막 페이지에 똑같은 폭로가 등장해도 괜찮다. 그러나 당신은 내가 쓴 단어들을 고스란히 사용해서는 안 된다. 저작권법의 보호를 받는 것은 표현이지, 표현 뒤에 놓인 아이디어가 아니다.

저자가 '뿌리지 않은 곳에서 거둘' 자유는 문학(특히 서사문학)을 꽃피운 위대하고 통제된 자유다. 자유를 통제하는 다른 법들이 있다. 명예훼손법은 살아 있는 사람에 대해 악의적인 거짓말을 쓰는 것을 불법으로 규정한다. 여러 세기 동안 검열 제도는 (어느 특정 시대에) 음란하거나 불경하다고 여겨지는 것의 출판을 불법화했다. 더 최근의 법률은 인종차별적 선동이나 폭력을 부추기는 특정 견해의 출판을 통제한다. 그러나 오늘날의 문학을 만든 기본적인 자유와 규율은 300년 전에 현명한 의원들이 고안한 것이다.

영국의 저작권법은 해외에서도 채택되었고, 다른 나라들은 나름의 고유한 규칙을 만들기도 했다. 다른 나라에서도 저작권법이 자리를 잡기까지는 어느 정도의 시간이 걸렸다. 미국은 1891년에야 국제저작권협정에 서명했다. 그러니까 그 이전까지 미국은 영국과 다른 나라의 문학 작품을 자유롭게 훔쳐 썼다는 뜻이다. 이 때문에 디킨스가 격노한 일화는 널리 알려져 있다. 그는 결코 가증스러운 양키 해적들을 용서하지 않았다. 이 이야기는 제37장에서 다시 이어가겠다.

종이책은 500년 넘게 살아남았다. 캑스턴이 요즘 번화가의 서점을 방문한다면 자신이 인쇄한 책의 현대판인 초서의 책을 알아볼 것이다. 그런데 21세기에 종이책은 생명을 다해가고 있을까? 코덱스가 파피루스 두루마리를 대체했듯, 전자책이 종이책을 대체할까? 아무도 확실히 알지 못한다. 그러나 공존은 가능해 보인다. 이 오래된 매체에는 물리적인 아름다움 같은 것이 있다. 우리는 다리를 움직여 책장까지 걸어가고, 팔을 뻗어 책을 뽑고, 엄지와 검지로 책장을 넘긴다. 킨들이나 아이패드로는 느낄 수 없는 몸의 감각이다. 나는 종이책의 '느낌'(촉감과, 심지어 냄새까지) 덕택에 앞으로 한동안 종이책이 문학의 세계에서 자리를 지키리라 추측한다. 꼭 1등의 자리는 아니더라도.

CHAPTER 12

허구의 집

인간은 스토리텔링의 동물이다. 우리가 더듬어 올라갈 수 있는 우리 종의 역사 내내 그러했다. '픽션fiction'이라는 말을 들으면 소설novel을 떠올리는가? 그런데 우리가 소설을 읽고 쓰기 시작한 것은 문학의 역사에서 꽤 정확한 어느 순간, 곧 18세기에 이르러서였다. 그 순간에 대해서는 다음 장에서 다룰 것이다. 그 순간이 오기 전까지 픽션은 다른 형태였다. 최초의 소설로 여겨지는 것이 나타나기 전에, 어떤 경우에는 훨씬 전에, 어쩌면 '원류 소설proto-novel'이라 부를 만한 것들이 있었다. 이번 장에서 살펴볼 다섯 편의 유럽 문학 작품이 그러한 사실을 분명히 보여준다. 이 작품들은 소설이 아니지만, 그 서사 속에는 밖으로 나오려고 꿈틀대는 소설이 들어 있다.

「데카메론」(조반니 보카치오, 1351년, 이탈리아)

『가르강튀아와 팡타그뤼엘Gargantua and Pantagruel』(프랑수아 라블레, 1532~1564년, 프랑스)

『돈키호테Don Quixote』(미겔 데 세르반테스, 1605~1615년, 스페인)

『천로역정The Pilgrim's Progress』(존 번연, 1678~1684년, 잉글랜드)

『오루노코Oroonoko』(애프러 벤, 1688년, 잉글랜드)

조반니 보카치오Giovanni Boccaccio(1313~1375)의 「데카메론」은 유럽 곳곳에서 대단한 인기와 영향력을 누렸다(초서에게도 영감을 주었다). 특히 1470년에 인쇄본이 출간된 뒤 영향력이 더욱 커졌다. 이 이야기 묶음은 이후 문학의 곳곳에서 재등장한다. 「데카메론」의 액자 구조는 단순하고 강렬하다. 14세기에 주기적으로 발생한 흑사병이 피렌체를 초토화시켰다. (이 책의 제6장에서 언급한 소도시 웨이크필드에서는 흑사병이 인구의 3분의 1을 쓸어갔다.) 흑사병은 치료할 수 없었으므로, 전염병에 붙들리지 않기를 바라며 달아나는 수밖에 없었다. 부유한 명문가의 젊은이 열 명 – 남자 셋과 여자 일곱 – 이 전염병의 불씨가 꺼질 때까지 열흘 동안 시골의 한 저택으로 피신한다(제목의 '데카'는 그리스어로 '10'을 뜻한다). 지루한 시간을 보내기 위해 이 브리가타brigata(저자가 그들을 부르는 표현으로, '부대'를 뜻한다)는 매일 한 사람씩 이야기 하나를 한다. 그래서 책에는 100개의 이야기가 실려 있다. 당대 이탈리아의 가장 유명한 문인 보카치오는 이 이야기들을 '노벨라novella'라는 흥미로운 이름으로 불렀다. 이탈리아어로 '작고 새로운 것'을 뜻한다. 열 명의 젊은이는 매미가 나지막이 울어대는 따스한 저녁, 올리브나무 아래에서 다과를 옆에 두고 이야기를 한다.

이야기의 주제는 우화(거의 동화)에 가까운 것과 (고대 문학에 기댄) 신고전주의적인 것부터 외설적인 것과 익살스러운 것까지 폭넓으며, 실제 삶의 끝없는 다양성을 강조한다. 이야기의 플롯은 교묘하게 짜였고, 어조는 엄청나게 전복적이다. 많은 이야기가 교회와 권력기관을 풍자한다 – 젊은이들의 문학이다. 이 '새로운 것', 노벨라는 문학 규칙을 제멋대로 깨뜨리고 전통을 비웃는다. 그것이 노벨라가 새로운 이유 중 하나다.

라블레의 『가르강튀아와 팡타그뤼엘』은 원래 다섯 권의 책으로 출판되었고, 「데카메론」만큼 체계적이지 않다. 세상에 있음직하지 않은 두 거인, 아버지[가르강튀아Gargantua라는 그의 이름에서 영어 형용사 'gargantuan(거대한)'이 나왔다]와 아들을 둘러싼 연결성 없는 수많은 일화와 반복적으로 등장하는 농담이 느슨하게 모여 있다. 「데카메론」보다 훨씬 더 짓궂어서(즉 '외설적이어서') 여러 세기 동안 금지된 적이 많았다. '라블레풍Rabelaisian'이라는 형용사는 그런 출판물을 가리키는 말이 되었다. 가끔 엄격한 도덕적 분위기에서는 출판이 금지되거나, 불에 태워버릴 만한 것이 되기도 했다.

오랫동안 금서가 되기도 했지만 『가르강튀아와 팡타그뤼엘』의 흥겹게 외설적인 이야기들은 조금도 지저분하지 않다. 프랑스 사람들이 '에스프리esprit'라고 부르는 것이 흘러넘친다. 영어로는 '기지wit'에 가까운 말이긴 하지만 정확히 옮길 만한 단어가 없다. 「데카메론」과 달리 길거리 문화와 야한 민담, 통속적인(평범한) 언어에서 나온 활기가 넘친다. 그 모든 것이 200년 뒤에 등장할 소설의 재료가 될 터였다. 정작 프랑수아 라블레François Rabelais(1494?~1553?)는 거리의 남자가 아니었다. 그는 엄청나게 많은 책을 읽은 전직 수도사였고, 그 모든 고전 문학과 '점잖은 문학'을 그의 환상 속으로 가져와 그 자신만의 놀이터로 만들어버렸다. 그는 웃기는 것이 문학의 사명이라고 서문에서 선언한다. 그는 그 사명에서 눈부신 성공을 거두었다.

원류 소설 목록의 세 번째 작품인 『돈키호테』는 모든 이가 대강의 줄거리를 알지만 요즘에는 처음부터 끝까지 읽은 사람이 거의 없다. 미겔 데 세르반테스Miguel de Cervantes(1547~1616)는 외교관의 비서이자 군인으로 보기 드물게 파란만장한 삶을 살았다. 그는 스페인에서 감옥에 갇힌 지루한 시기에 이 위대한 작품을 구상했다고 여겨진다. 『돈키호테』는 사람들이 지금보다 더 시간이 많았던 시대를 위해 쓰인 작품이다. 플롯은 간단하다. 사실 플롯이랄 것도 없다. 『돈키호테』는 '피카레스크picaresque'라고 불리는 종류의 이야기를 유행시켰다. '피카레스크'는 주인공이 여기저기 방랑하는 이야기가 특징이다. 주인공(영웅보다는 반영웅anti-hero에 가까운)은 라만차라는 조용한 시골에 사는 중년의 향사 알론소 키하노다. 그러나 그의 삶은 평온하지 않다. 그의 머릿속에는 방랑하는 기사와 기사도에 관한 옛 모험담이 가득하다. 그는 자신이 기사('라만차의 돈키호테')라는 망상에 사로잡혀 집에서 만든 마분지 투구를 쓰고 '원정'에 나선다. 산초 판사라는 뚱뚱한 농부를 수행 종자로, 말라빠진 늙은 말 로시난테를 '군마'로 삼는다.

그렇게 해서 일련의 희극적인 모험, '돌격'이 시작된다. 그중 가장 유명한 일화는 망상에 빠진 그가 거인이라고 여기는 풍차와 벌이는 전투다. 비슷한 재앙을 줄줄이 겪은 뒤, 그는 고향으로 돌아간다. 낙담했으나, 드디어 제정신을 차린 상태로. 그는 다시 알론소 키하노가 된다. 임종을 앞두고 유언장을 작성하며, 그의 정신을 해치고 삶을 망친 그 모든 기사 로맨스를 거부한다.

그럼에도 망상에 빠진 허약한 늙은 남자와 늙은 말, 뚱뚱하고 겁 많은 수행 '종자'가 풍차와 용감하게 대결하는 이야기에는 왠지 모르게 감동적인, 심지어 감탄할 만한 구석이 있다. 모든 훌륭한 소설이 그러하듯, 『돈키호테』는 우리를 두 갈래 길에 남겨둔다. 그는 바보인가, 사랑스러운 이상주의자인가? 돈키호테 이야기에서 유래하여 통용어가 된 'quixotic(돈키호테 같은, 엉뚱한)'에는 이처럼 반신반의하는 느낌이 들어 있다.

네 번째 원류 소설 『천로역정』은 300년 전에 출간된 이래로 독보적인 베스트셀러였고, 이후 영국 소설에 엄청난 영향을 미쳤다. 저자 존 번연John Bunyan(1628~1688)은 노동계급의 아들로 모든 공부를 독학했고, '이단적인'(즉 공인되지 않은) 교리를 설교한 탓에 투옥되어 있는 동안 『천로역정』의 많은 부분을 썼다. 번연의 아버지는 행상인이었는데 등짐을 지고, 손에는 지팡이를 짚고 전국 곳곳을 터벅터벅 돌아다녔다. 번연에게는 그것이 삶의 이미지였다. 한편 존 번연을 움직이는 또 다른 이미지가 있었다. 성경이 약속한 대로 의로운 사람들이 누릴 영원한 지복의 이미지였다. 그러나 의로움에 대한 그의 생각은 당국의 생각과 달랐다. 그래서 그는 투옥되었고, 우리에게는 다행스럽게도 『천로역정』이 탄생했다.

번연도 세르반테스처럼 삶을 평생에 걸친 원정으로 여긴다. 번연에게 이는 무언가로 향하는 원정이었다. 바로 언덕 위의 빛나는 도시, 구원을 향한 원정이었다. 그리고 그곳에 이르는 길에서 우리가 정복해야 하는 것은 적이 아니라 신앙인을 괴롭히는 장애물이다. 낙심('낙심의 늪'), 의심('의심의 성'), 타협('두 얼굴 씨'), 그리고 무엇보다도 위험한 도시의 유혹('허영의 시장').

이야기는 극적으로 시작된다. 주인공 크리스천이 책을 읽고 있다(성경이라고 추론할 수 있다. 틀림없이 영어 성경이다. '영어 성경'은 제8장 참조). 그는 책을 읽으며 어려운 질문을 품게 된다. 우리는 구원받기 위해 무엇을 할 것인가? 갑자기 그는 소리를 지르며 달려 나간다. '생명, 생명, 영원한 생명.' 그는 무엇을 해야 할지 깨닫는다. 아내와 아이들이 막으려 하지만, 그는 손으로 귀를 틀어막고 집에서 뛰쳐나간다. 왜 이리 매정한가? 왜냐하면 모든 사람은 스스로 자신을 구원해야 하기 때문이다. 다음 장에서 설명하겠지만, 개인주의는 소설이라는 문학 형식의 핵심 요소가 된다. 그래서 소설 제목에는 개인의 이름이 무척 많다. '톰 존스의 일대기The History of Tom Jones', '에마Emma', '사일러스 마너Silas Marner' 등.

『천로역정』에는 이후 수백 년간 소설에 영향을 미친 다른 요소도 많다. 20세기의 작가 D. H. 로렌스는 이 소설을 '찬란한 생명의 책'이라고 불렀다. 『천로역정』은 전통적인 성경이 생명을 다한 시대를 위한 현대의 성경이었다. (제인 오스틴과 조지 엘리엇, 조지프 콘래드를 비롯한 많은 작가처럼) 로렌스가 쓴 소설은 구체적인 역사적·개인적 상황 속에서 충만함을 찾기 위해 어떻게 살아야 옳은지를 다룬다. 번연은 그런 충만함을 '구원'이라고 불렀다. 이런 흐름은 영국 소설의 '위대한 전통'이고, 그 위대한 전통은『천로역정』에서부터 시작된다.

목록의 마지막 원류 소설은 여성이 썼다는 점에서 더욱 흥미롭다. 그 이름도 찬란한 애프러 벤Aphra Behn(1640~1689)이다. 여성이 남성과 동등한 사회적 지위를 누려야 한다고 주장하게 되기 200년도 더 전이었다. 이 사실만으로도 흥미로운 작가일 것이다. 하지만 훨씬 더 흥미로운 점은 벤이 왕정복고시대라는 격동의 시대에 맞춰 자신의 뛰어난 문학 재능을 영리하게 사용한 방식이다.

몇 가지의 역사적 배경을 알아두면 벤의 비범한 성취를 이해하는 데 도움이 된다. 영국 내전과 찰스 1세 처형 이후, 승리를 거둔 올리버 크롬웰은 결국 의회를 해산하고 공화정을 세웠다. 그는 강력한 ('원두파'*) 군대의 지지를 기반으로 철통같은 청교도 독재를 시행했다. 내전과 공화정의 시대에 찰스 1세의 아들이자 훗날의 찰스 2세는 조신들과 함께 유럽 대륙에서, 특히 프랑스의 세련된 오락을 즐기며 피신 생활을 했다.

크롬웰과 그의 정권은 지독하게 도덕적이었다. 많은 술집이 문을 닫았고 경마장과 투계장, 매음굴, 가장 치명적이게는 극장

---

* 왕당파와 의회파가 벌인 영국 내전에서 의회파를 일컫는 말로, 짧게 깎은 머리 때문에 생긴 이름이다.

까지 폐쇄되었다. 인쇄물은 엄격한 검열을 받았다. 문학에는 힘든 시기였고, 극문학은 불가능한 시기였다.

결국 더 많은 자유(그리고 셰익스피어의 「십이야」에서 토비 벨치 경이 삶의 낙이라고 부른 '케이크와 술')를 요구하는 아래로부터의 압력 때문에 왕정복고가 일어났다. 1660년 찰스 왕자가 네덜란드에서 돌아왔고 이듬해 왕위에 올랐다. 종교적 관용의 문제에 대한 타협이 이루어졌고 웨스트민스터 사원에 묻힌 크롬웰의 주검이 꺼내져 부관참시를 당했다. 극장과 매음굴, 술집이 귀족의 후원과 관용 아래 다시 문을 열었다. 찰스 2세는 극장을(특히 극장의 여성들을, 그중에서도 극장에서 오렌지를 팔다 배우가 된 넬 그윈을) 사랑했고 국왕으로서 후원했다.

에프리 존슨Eaffrey Johnson(스스로 '애프러'로 이름을 바꾼)은 영국 내전 시기에 성장기를 보냈다. 이발사인 아버지가 유력한 고객들 덕택에 1663년 남아메리카의 영국 식민지인 수리남 부총독으로 임명되었을 때 애프러는 아버지를 따라갔다. 그곳에서는 노예들이 농장에서 가혹한 대우를 받으며 사탕수수를 재배하고 있었다. 아버지가 세상을 떠난 뒤 애프러는 영국으로 돌아왔다. 그녀의 머릿속에는 수리남과, 그곳 노예들이 겪는 잔인한 시련, 기독교도 노예주들의 위선에 대한 인상이 가득했다. 1670년대 초반에 애프러는 결혼했고 곧 남편을 잃었다. 그는 극장에서 상연될 극을 쓰기 시작했다. 극작가로 일한 최초의 여성이었다. 그러나 1688년에 출판된 『오루노코, 또는 왕족 노예의 역사Oroonoko, or the History of the Royal Slave』를 벤의 걸작으로 보는 것이 합당하다. 나중에 애프러 벤은 웨스트민스터 성당에 묻혔다. 그런 영광을 누린 최초의 여성이었다. 버지니아 울프는 애프러 벤의 무덤에 '여성 모두 꽃을 놓아야 한다. (……) 여성들에게 스스로를 표현할 권리를 갖도록 한 사람이 바로 그녀이기 때문이다'라고 말한다.

제목에서 '실화'임을 암시하는 이 이야기는 수리남의 농장에 노예로 끌려온 아프리카 왕자 오루노코와 그의 아내 이모인다에 대한 분명 실화가 아닌 이야기다. 오루노코의 이야기를 '기록한' 사람은 이름 없는 젊은 영국 여성으로, 새로 임명되었으나 막 사망한 부총독의 딸이다. 오루노코가 호랑이 둘을 죽이고, 전기뱀장어(사람을 '마비시키는')와 싸우는 장면이 자세히 묘사된다. 그는 봉기를 이끌고, 막 승리를 거두려는 순간 속임수에 넘어가 항복하고 만다. 그는 붙잡혀, 백인 군중의 즐거움을 위해 가혹하게 처형된다. 『오루노코』는 짧다(80쪽에 걸쳐 2만 8,000단어 정도다). 그리고 30년쯤 뒤 대니얼 디포의 『로빈슨 크루소Robinson Crusoe』를 처음 읽은 독자를 그토록 흥분케 했던 노련한 긴장감과 세련된 기교는 부족하다. 그러나 비범한 역작이다. 거의 소설이되 딱히 소설은 아닌 픽션의 선구자로 애프러 벤을 꼽기에 충분한 작품이다.

헨리 제임스는 소설을 '허구의 집'이라고 불렀다. 허구의 집은 이 다섯 작가의 기초공사 위에 세워졌다. 그리고 다음 장에서 다루는 『로빈슨 크루소』라는 작품으로 우뚝 솟아오를 것이다.

CHAPTER 13

여행자들의 믿을 수 없는 이야기

디포와 스위프트, 그리고 소설의 출현

앞 장에서 우리는 현대 소설의 뿌리를 추적했다. 이번 장에서는 뿌리에서 자란 식물에 열려 처음으로 익은 열매라 할 만한 것을 다룬다. 보통 대니얼 디포Daniel Defoe(1660~1731)의 『로빈슨 크루소』를 영국 문학에서 소설 장르의 출발점으로 본다. 18세기 초반과 중반에 디포를 비롯해 새뮤얼 리처드슨, 헨리 필딩, 조너선 스위프트, 로렌스 스턴의 작품에서 우리는 인류가 좋아했던 여러 종류의 스토리텔링이 뒤섞인 원시 수프로부터 현대 소설이 탄생하는 모습을 볼 수 있다.

이 모든 것에는 자극제가 필요했다. 우리가(그 시대 사람들이 아니라) '새로운 것'이라는 의미로 '소설novel'이라고 부르는 것이 왜 이 특정 시기와 이 특정 장소(런던)에서 발생했을까? 소설은 자본주의가 등장한 것과 같은 시대, 장소에서 등장했다. 소설과 자본주의는 서로 다른 것처럼 보이지만 밀접하게 연결되어 있다.

이렇게 설명해보자. 섬에 고립된 채 자신의 노력으로 재산을 일군 로빈슨 크루소는 새로운novel 종류의 경제체제에 적합한 새로운novel 인류다. 경제학자들은 그를 '호모 이코노미쿠스homo economicus'라고 부르는 것의 사례로 곧잘 사용한다. 주의 깊게 살펴보면 디포의 소설은 같은 시기에 런던의 금융 분야 – 회계사무소와 은행, 가게, 창고, 사무실, 런던 부두 – 에서 일어난 일을 반영한다. 당시는 무역상과 자본주의, 기업가 정신의 시대였다. 자수성가의 시대, 딕 휘팅턴처럼 무일푼으로 런던에 와서 벼락부자가 될 수도 있는 시대였다. 아니면 못 될 수도 있고. 중세 시대에는 어떤 농부도 기사가 되길 바랄 수 없었다. 사회 이동은 자본주의라는 이 복잡한 인간사에서 중요했다. 하급 사무직이 업계의 수장이 되길 꿈꿀 수 있었다. 아니면 딕 휘팅턴처럼 런던의 시장이 되기를 꿈꿀 수도 있었다.

로빈슨 크루소와 그의 섬 이야기는 아마 실제로 이 소설을 읽은 적이 없는 사람도 익숙할 것이다. 요약하자면 이렇다. 한 젊은이가 상인인 아버지와 사이가 틀어져 무일푼으로 바다로 떠난다. 그는 다양한 모험을 거친 뒤에 무역상이 된다. 그가 거래한 물건으로는 노예와 커피를 비롯해 유럽과 신대륙을 오가며 운반할 가치가 있는 것들이다. 크루소는 상당히 '새로운 인간', 당대를 위한 인간이었다.

브라질에서 물품을 싣고 돌아오는 항해 도중 지독한 폭풍에 크루소의 상선이 난파된다. 승무원은 모두 죽고 크루소는 결국 무인도에 28년간 고립된다. 그는 섬을 식민화하고, 걸치고 있는 옷 외에 아무것도 없이 도착한 섬에서 부자가 되어 떠난다. 그는 어떻게 이런 일을 이루었을까? 기업가 정신이 그 답이다. 섬의 자연자원을 착취하여 재산을 (말 그대로) 일구었다. 그리고 그 모든 시련을 겪는 내내 하느님에 대한 믿음을 결코 잃지 않는다. 오히려 조물주가 그 모든 일을 자신에게 일어나게 했고, 자신(로빈슨 크루소)이 섬에서 하는 일을 인정한다고 믿는다. 그가 섬에서 이룬 일은 하느님이 이룬 일이기도 했다.

우리는 '로빈슨 크루소의 삶과 이상하고 놀라운 모험The Life and strange and surprising Adventures of Robinson Crusoe'이라는 제목으로 (적절하게도 금융 중심지인 시티오브런던 근교에서) 처음 출판된 이 책의 속표지에서 하나의 '장르'이자 뚜렷한 형식으로서 소설이 어떻게 작동하는지 실마리를 얻을 수 있다. 1719년에 최초의 구매자들이 이 책을 샀을 때, 그들의 눈에 들어온 것은 로빈슨 크루소라는 이름과 '자신이 직접 쓴'이라는 문구다. 디포의 이름은 보이지 않는다. 그러니까 크루소라는 사람이 쓴 진짜 여행담과 모험담이라고 주장했다는 말이다. 최초의 독자 중 많은 사람은 남아메리카의 오로노크 강 하구 앞바다의 섬에 완전히 고립된 채 28년을 보내며 재산을 일군 로빈슨 크루소라는 사람이 진짜 있었다고 속을 수밖에 없었다.

『로빈슨 크루소』에서 우리는 '사실주의'라고 불리는 본격 서사 전통을 대면하게 된다. 사실을 말하는 것이 아니라 너무나 사실 같아서 두 번은 봐야 차이를 알 만한 이야기를 하는 것이다. 『로빈슨 크루소』의 경우 4년 전, 섬에 고립된 한 선원에 대한 아주 비슷한 이야기가 (『로빈슨 크루소』가 그러했듯) 베스트셀러가 된 적이 있기 때문에 이 책이 '사실'인지 아니면 '사실적'일 뿐인지 알기 힘든 혼란이 더욱 컸다. 디포는 분명 그 선원의 이야기를 읽었을 테고 작품에 이용했다. 어쩌다 보니 그 선원은 섬에서 부자가 되지 못했고 매우 비참한 시간을 보냈다. 하지만 그것은 실제 삶이지, 허구가 아니었다. 1719년의 순진한 독자는 『로빈슨 크루소』의 속표지를 보면서 이 책이 또 다른 '진짜' 여행기가 아니라는 사실을 알 길이 없었다.

진상을 모르는 상태로 『로빈슨 크루소』의 진솔한 첫 단락을 읽으면 이 책이 진짜 자전적 이야기가 아니라고 알아차릴 실마리가 전혀 없다. 아래 단락을 읽으면서, 이 글이 의심할 여지 없는 사실이 아니라는 것을 어떻게 알 수 있을까?

> 나는 1632년 요크의 괜찮은 집안에서 태어났다. 그 지방 토박이 가문은 아니었고, 아버지는 브레멘 태생의 외국인으로, 처음에는 헐에 정착했다. 아버지는 장사로 재산을 일군 뒤, 장사를 그만두고 이후 요크에서 살았는데, 그곳에서 어머니를 만나 결혼했다. 어머니 집안은 그 지방에서 꽤 괜찮은 로빈슨 가문으로, 그래서 나는 로빈슨 크로이츠네라 불리게 되었다. 하지만 잉글랜드에서 흔히 그렇듯 발음이 변질되어, 우리는 이제 크루소라 불리고, 우리도 이름을 그렇게 쓰고 말하게 되었다. 내 동료들도 나를

늘 그렇게 불렀다.

이 글은 '진짜'처럼 읽힌다. 예전에 크로이츠네라 불렸고 지금은 크루소라 불리는 한 남자의 이야기 같다.

이야기가 전개되면서 크루소는 짜릿한 모험을 줄줄이 겪는다. 어린 독자들이 이 책을 좋아하는 이유 중 하나다. 그는 거의 물에 빠져 죽을 뻔하고, 해적에게 잡히고, 아랍인의 노예가 된다. 그리고 그 모든 고난을 딛고서 결국 남아메리카에서 부유한 농장(그리고 노예) 소유주가 된다. 그러나 훨씬 더 큰돈을 벌기 위해 항해를 하던 중 모든 것을 잃고 섬에 혼자 남겨진다. 겉으로 드러난 서사의 차원에서 보면 그의 이야기는 흡인력이 강하고 흥미진진하다. 우리의 주인공은 그 어떤 보급품도, 도와줄 사람도 없이 어떻게 악천후와 야생동물, 식인종에 맞서 살아남을 것인가? 우리는 궁금하다. 아마 살아남을 수 있을 거라고 생각한다. 그러나 겉으로 드러난 서사의 이면을 보면 크루소는 호모 이코노미쿠스다. 그의 이야기는 재산과, 재산을 불리는 방법에 관한 것이다. 그것이 이야기의 주제이며, 플롯과 그 모든 모험만큼이나 흥미롭다.

난파 직후 크루소는 배가 부서져 내용물이 영원히 사라져버리기 전에 몇 차례 힘들게 배로 돌아간다. 그는 임시변통으로 만든 뗏목에 쓸모 있을 만한 물건을 모두 싣고 온다. 주워온 물건의 목록을 정확하고 꼼꼼하게 알려준다. 그는 선장의 금고에서 36파운드를 발견한다. 섬에서는 돈이 쓸모가 없고, 그것을 가져오는 것이 도둑질임을 인정하면서도 어쨌든 돈을 가져온다. 이 사건은 인상적이다. 가장 중요한 것은 무엇인가? 돈이다. 디포는 우리에게 그 점을 상기시키기 위해 이 사건을 끼워 넣은 것 같다.

이후 28년간 크루소는 배에서 들고 온 것들을 이용하여 생존하며 차츰 섬을 경작한다. 섬에 있는 모든 것은 그의 소유다. 그는 스스로를 섬의 '군주'(왕)라고 부른다. 이런 면에서 보면 『로빈슨 크루소』를 제국에 대한 알레고리로, 그리고 그 무렵 지구의 많은 지역을 제국의 재산으로 점령하기 시작한 영국에 대한 알레고리로 볼 수 있다.

여러 해 뒤 크루소는 동료를 얻는다. 이웃 섬의 식인종에게서 간신히 도망쳐온 원주민이다. 크루소는 그의 이름을 '프라이데이'(그를 발견한 요일)라 짓고 하인으로 삼는다. 무엇보다도 프라이데이는 그의 재산이다. 그의 노예라는 말이다. 제국은 항상 노예가 필요하다.

대니얼 디포는 영문학 전체에서 무척 흥미로운 작가다. 그리고 다방면에 무척 재주가 있는 편이었다. (당시로서는) 장수한 편인 그는 살아가는 동안 팸플릿 집필자, 사업가, 그 무렵에 막 생겨난 증권거래소의 투기꾼, 정부 스파이, 그리고 인정받는 '영국 저널리즘의 아버지'로서 수백 권의 책과 팸플릿, 논픽션을 썼다. 그는 결코 부유하지 않았고, 가끔은 법을 위반했으며, 말년에는 아주 쪼들렸다. 그러나 그 말년이 바로 우리에게 영국 소설이라고 알려진 것을 그가 창조한 때였다. 버지니아 울프가 애프러 벤의 무덤에 꽃을 던지라고 여성들에게 말해도 된다면, 우리는 호모 이코노미쿠스의 기록자인 대니얼 디포의 무덤에 파운드 주화와 달러 지폐를 던져야 할 것이다.

소설은 디포의 엄격한 사실주의에 매여 있지 않을 운명이었다. 소설은 '환상'을 펼치기도 한다. 외적 구조는 사실적이되 내용은 여느 동화만큼이나 실재하지 않는 것을 담을 수 있다. 이른바 '판타지 소설fantasy novel'의 위대한 선구자는 조너선 스위프트Jonathan Swift(1667~1745)다.

아일랜드 출신인 스위프트는 '지배층'이라 불리는 계층에 속했다. 잉글랜드 지배자들의 총애를 받으며, 일반적인 아일랜드인이 누리지 못하는 특권을 지닌 상류층이었다. 그는 주로 아일랜드에서 살았고, 최초의 위대한 아일랜드 작가로 여겨진다. 더블린의 트리니티 칼리지에서 고등교육을 받았고, 학문에서 두각을 나타냈다. 그는 야심만만했고, 출세하기 위해 잉글랜드로 가서 한 귀족의 비서관이 되었다. 당시에는 출세하려면 후원이 필요했다. 혼자 출세할 수 있는 세상이 아니었다.

그의 후원자는 궁정에 그를 소개했고, 그에게 토리당(보수당)의 이념을 불어넣었다. 그런 이념은 평생 동안 스위프트에게 남아 있었다. 그는 결국 신학 박사학위를 받았고(그래서 보통 '스위프트 박사'라고 불린다) 아일랜드 교회(신교회)의 성직자로 임명되었다. 박사이자 목사인 스위프트는 이후 일련의 교구를 거쳐 마침내 더블린의 국교회 성당인 세인트패트릭 대성당의 주임신부가 되었다. 그러나 영국 궁정과 정부로부터 기대했던 큰 호의는 받지 못했다. 그의 노여움은 거의 흉포함에 이르렀다. 그는 자신이 '쥐구멍 속의 쥐 같다'고 느꼈다.

1720년대에 『로빈슨 크루소』가 베스트셀러의 정점에 이르렀을 때 스위프트는 자신의 명성을 드높인 책 『걸리버 여행기Gulliver's Travels』를 쓰기 시작했다. 『걸리버 여행기』도 1726년에 출판되었을 때 디포의 이야기처럼 진짜 '여행담'으로 포장되었다(『로빈슨 크루소』처럼 당대 사람들은 더러 이런 선전에 속아 넘어갔다). 『걸리버 여행기』에는 네 번의 항해가 담겨 있다. 첫 번째 도착지는 릴리퍼트로, 아주 작은 사람들이 스스로를 대단히 중요하다고 착각하는 곳이다. 스위프트는 앤 여왕의 궁정과 측근을 풍자하고 있었다. 두 번째 항해에서 레뮤얼 걸리버는 브롭딩낵에 도착한다. 브롭딩낵의 주민들은 시골 거인이고, 이번에는 그들 틈에서 걸리버가 인형처럼 작아진다. 브롭딩낵은 스위프트가 창조한 네 나라 중에서 가장 유쾌한 곳이다. 구식이고 전통적이며 어느 모로 보나 '비근대적'이기 때문이다. 스위프트는 발전을 혐오했다.

그런 혐오는 세 번째 항해 이야기에 분명히 드러난다. 걸리버는 과학적 유토피아인 라퓨타(스페인어로 '매춘부')에 간다. 스위프트는 과학을 경멸했다. 과학은 불필요하고 종교를 거스른다고 생각했다. 라퓨타 이야기에서 그는 당대의 앞서가는 과학자들을 괴짜로 그린다. 이를테면 오이에서 태양 광선을 추출하기 위해 쓸모없이 애쓰는 사람들로 그린다. 이 세 번째 이야기에는 스트럴드브럭 사람도 나온다. 그들은 영원히 살지만, 끊임없이 노쇠하며 영원한 고통과 정신적 질병을 겪는다. 그들은 모든 기능이 허물어질지언정 결코 죽지는 않는다. 걸리버의 여행은 갈수록 끔찍해진다.

제4권이 가장 당황스럽다. 걸리버는 후이넘 나라에 도착한다. 후이넘은 발음상 말 울음소리를 나타낸다. 이 나라에서 지배자는 말이고, 인간은 배설물을 뿌려대는 생각 없고 지저분한 원숭이로 '야후'라고 불린다. 말은 곡식과 풀을 먹고 살기 때문에 배설물이 야후만큼 역하지 않다. 조지 오웰은 에세이 「정치 대 문학 : 걸리버 여행기」에서 무엇이 참을 만하고 참을 만하지 않은지에 대한 스위프트의 이상한 관점 이면에 이런 배설물에 대한 생각이 있지 않았나 하고 설득력 있게 제안한 바 있다. 물론 말에게는 기술도, 제도도, '문화'도, 문학도 없다. 후이넘 나라의 말도 마찬가지다. 하지만 후이넘은 분명 스위프트가 우리에게 보여주려는 '유토피아'에 가장 가까운 세상일 것이다. 그는 인간에게 별로 희망을 걸지 않았다.

현실과 환상을 혁신적으로 뒤섞은 『걸리버 여행기』는 로빈슨의 여행담처럼 이후 몇 세기 동안 등장할 수많은 소설을 위한 길을 열었다. 누구에게든 이 두 소설은 경이로운 허구의 세계를 발견하는 항해를 시작하기에 가장 좋은 출발점이다.

CHAPTER 14

어떻게 읽을 것인가

존슨 박사

대체로 우리가 처음 접하는 문학비평가는 문학 수업 시간에 만나는 선생님이다. 문학 교사는 문학의 어렵고 세세한 부분을 제대로 이해하거나 더 잘 감상하도록 돕는다. 문학을 만드는 사람은 '저자author'다. 문학비평은 저자와 관련되어 있되 다른 것을 필요로 한다. 바로 '권위자authority', 곧 '우리보다 더 잘 아는 사람'이다.

이번 장에서는 새뮤얼 존슨Samuel Johnson(1709~1784)을 다룬다. 우리는 그를 추앙한 친구들과 동시대인이 불렀던 호칭을 따라 일반적으로 그를 '존슨 박사Dr Johnson'라고 부른다. 왜 우리도 그를 존슨 박사라고 부를까? 이를테면 우리는 셰익스피어를 '미스터 셰익스피어'라고 부르거나 제인 오스틴을 '미스 제인 오스틴'이라고 부르지 않는다. 새뮤얼 존슨을 '존슨 박사'라고 부르는 이유는 학교에서 학생들이 교사를 부를 때 'Miss'나 'Sir'라는 호칭을 붙이는 이유와 같다. 그들이 책임을 지는 자리에 있기 때문이다. 그들에게는 권위가 있다. 그들은 우리가 (아직) 알지 못하는 것을 안다. '박사'는 말 그대로 지식이 많은 사람이다. 흥미롭게도 실제로 존슨 박사의 첫 번째 직업도 한 손에는 분필을, 다른 손에는 회초리를 든 교사였다. 어떤 의미에서 그는 교사다운 수업을 그만둔 적이 없다. 나쁜 문학이나, 문학에 대한 나쁜 생각에 회초리를 들길 주저하지 않았다. 그의 공격적 태도는 사람들이 그를 사랑하는 이유 중 하나다.

앞에서 본 것처럼 문학은 (서사시와 신화를 거쳐) 멀리 인류의 역사만큼이나 거슬러 올라간다. 새뮤얼 존슨은 영문학 최초의 위대한 비평가이고, 그가 대표하는 '학문 분과'인 문학비평처럼 문학 생산 장치가 진보한 단계에 이르렀을 때 등장했다. 존슨 박사는 사실상 18세기의 산물이었다. 18세기의 영국 사회는 '품위'와 세련됨을 뽐내는 시대였다. 18세기에 문학인들은 스스로를 '아우구스투스인'이라 여기길 좋아했다. 로마의 고전 문학이 '황금기'를 구가한 아우구스투스 황제 시대를 따라 지은 이름이었다. 이들은 그 시대의 성취를 모방하려 했다. 영국의 위대한 제도(의회, 군주제, 대학, 산업, 언론)가 현대적 형태를 갖추게 된 시기도 바로 18세기였다. 그리고 무엇보다도 우리가 지금 '출판계'라고 부르는 것이 생겨났다. 존슨은 전성기에 이 출판계를 다스렸다. 그의 또 다른 별칭 중에는 '대왕the Great Cham'(cham은 '칸'이나 '왕'을 뜻하는 단어다)도 있다.

우리는 존슨의 인간적인 면모를 매우 잘 안다. 그의 젊은 친구이자 제자인 제임스 보스웰James Boswell(1740~1795)이 그의 전기를 썼으니 말이다. 보스웰이 쓴 전기에서 우리는 존슨의 사랑스럽고 생생한 초상을 볼 수 있다. 한 예로 보스웰이 이 위대한 남자를 처음 만났을 때를 회상하는 장면을 보자. 존슨은 야생동물처럼 허겁지겁 저녁 식사를 입속으로 밀어 넣고 있었다.

> 그의 표정으로 보건대 그는 접시에 온 신경을 집중한 듯했다. 또한 지위가 매우 높은 사람들과 함께 있지 않을 때는 식욕을 채우기 전까지 한마디도 하지 않았고, 심지어 다른 사람들의 말에 조금도 관심을 기울이지 않았는데 그의 식욕이라는 것이 워낙 왕성하고, 워낙 맹렬해서 먹고 있는 동안에는 이마의 정맥이 부풀어 오르고, 대체로 심하게 땀을 흘렸다.

이 두 사람은 첫 만남에서 포트와인 두 병을 비웠다. 그 흥겨운 순간부터 평생에 걸친 우정이 이어졌다.

새뮤얼 존슨은 시골 소읍 리치필드에서 서적상(육아의 시련을 감당하기엔 다소 나이 많은)의 아이로 태어났다. 어린 시절 존슨은 연주창이라는 병을 앓았고, 그로 인해 시력이 아주 나빠졌다. 그러나 머리카락이 탈 정도로 촛불 가까이에 몸을 기울여야 했는데도 감탄할 만큼 책을 많이 읽었다.

주로 독학한 존슨은 세 살 때 신약성서를 암송했고, 여섯 살 때는 고전을 번역했다. 아홉 살 때는 지하의 부엌에 앉아 있다가 아버지의 책장에서 『햄릿』을 뽑아 들었다. 책 속의 단어를 읽어가는 동안 엘시노어 성과 유령들에 대한 환각에 빠졌다. 그는 겁에 질렸다. 책을 집어던지고, '주변 사람들을 보기 위해' 집 밖 거리로 달려 나왔다. 문학과의 기나긴 사랑이 시작된 순간이었다. 그때부터 문학은 그의 삶에서 가장 중요해졌다.

어린 시절 그의 가족은 파산 위기에 처해 있었다. 그러나 뜻밖의 유산을 받은 덕에 새뮤얼은 옥스퍼드 대학에 다닐 수 있었다. 그러나 돈이 바닥나고, 그는 학위를 받지 못한 채 대학을 떠나야 했다(50년 뒤 대중적 존경의 표시로 박사학위를 받았다). 리치필드로 돌아온 새뮤얼은 돈 많은 연상의 과부와 결혼했다. 그는 좋은 남편이었고 아내 테티의 재산 덕택에 학교를 설립할 수 있었다. 학생은 세 명밖에 오지 않았다. 아내가 죽은 뒤 존슨은 제자(나중에 유명 배우가 된 데이비드 개릭)와 함께 그가 인생 '최고의 길'이라 부르길 좋아했던 길을 나섰다. 바로 런던으로 가는 길이었다. 런던에서 그는 당시 글로 밥벌이를 하는 글쟁이가 '구더기처럼' 모여 사는 가난한 무어필드 구역의 거리 이름을 따서 '그럽 스트리트'라고 불린 문학의 세계에 자리를 잡았다. 존슨은 후원자(그가 경멸했던)의 도움이나 사적인 수입 없이 문학계에 길을 냈다. 그는 독립성을 자부하는 전문 작가였다. 스스로 생계를 유지했다.

존슨은 신고전주의적 양식으로 훌륭한 시를 썼다. 그는 뛰어난 산문 문장가였다. 게다가 소설 『라셀라스Rasselas』도 썼다. 어머니의 장례식을 준비하기 위해 며칠 만에 급히 써낸 소설이었다.

(그렇게 슬픈 상황에서 썼는데도 놀라울 만큼 훌륭하다.) 존슨이 인간의 조건을 바라보는 관점은 늘 대단히 비관적이었다. 그는 인간의 삶을 '견뎌야 할 것은 많고, 즐길 것은 거의 없는' 상황이라고 믿었다. 그의 비관적 관점은 장시 「인간의 헛된 욕망The Vanity of Human Wishes」(제목이 모든 것을 말해준다)에서 격조 높게 표현되었다. 그러나 그는 용감하게 살아야 한다고 생각했고, 자신의 삶도 그러했다.

존슨은 많은 것을 성취했지만, 문학비평가로 가장 존경받았다. 비평가로서 그는 문학을 이해하고 감상하는 두 가지 요소를 소개했다. 하나는 '질서'이고 다른 하나는 '상식'이다. 그의 상식은 전설적이다. 그가 말하는 상식이 무엇인지는 보스웰과 산책하면서 나눈 대화에서 생생하게 볼 수 있다. 두 사람은 당시 유행한 (철학자 버클리 경이 퍼뜨린) 의견에 대해 대화하고 있었다. 물질은 존재하지 않으며 우주의 모든 것은 '관념적일' 뿐이라는 생각이었다. 그러니까 모든 것이 실재하지 않는다는 말이다. 보스웰은 그 이론을 논리적으로 반박할 수 없다고 말했다. 이에 존슨은 길에 놓인 큼직한 돌을 거칠게 걷어차며 마찬가지로 거칠게 말했다. '나는 이렇게 반박하오.'

그는 문학을 평가할 때도 상식적인 태도를 취했다. 자신은 '평범한 독자들의 의견에 동의'하길 좋아한다고 말했다. 독자를 절대 무시하지 않는 그의 태도는 결코 작은 매력이 아니다. 또한 그가 자신보다 어린 사람들을 대단히 존중했다는 점도 주목할 만하다. 문학비평가로서는 흔치 않은 태도다. 또 다른 대화에서 보스웰은 (학교 선생이었던) 존슨에게 아이들에게 처음 가르치기에 가장 좋은 주제가 무엇이냐고 물었다. 존슨은 그건 중요한 문제가 아니라고 대답했다. '선생, 선생이 둘 중 무엇을 선생의 아이에게 먼저 가르쳐야 하나 고민하는 동안, 다른 아이는 그 둘을 모두 배울 겁니다.'

존슨이 남긴 불멸의 업적은 문학 감상에 질서와 다루기 쉬운 형태를 도입했다는 것이다. 이 업적은 방대한 기념비적 두 작품으로 남았다. 『영어 사전A Dictionary of the English Language』과 『영국 시인전Lives of the Most Eminent English Poets』이다. 한 서적상 집단의 제안으로 존슨은 1745년에 『사전』을 편찬하기 위한 조사를 시작했다. 여전히 후원자의 도움 없이 혼자 작업한 그는 책을 완성하기까지 10년이 걸렸고, 그나마 남아 있던 시력마저 망가졌다. 『사전』을 완성했을 때 그는 정부로부터 연간 300파운드의 연금을 받았다. 그의 『사전』이 영국과 영국민을 위한 것이니 적절한 대우였다.

두 권으로 출간된 『사전』은 작은 커피 탁자만 했다. 이 책은 기발하고 재치 있는 여러 정의로 유명하다(예를 들어 '후원자patron'는 오만한 태도로 지원하고, 아첨으로 보상받는 대체로 불쌍한 인간이라고 정의한다). 그러나 기본적인 원칙은 더 야심차다. 속표지의 설명을 보면 알 수 있다.

> 영어 사전 : 단어의 원형까지 추적하며 최고의 작가가 쓴 예문으로 다양한 의미를 보여준다. 그리고 영어의 역사와 문법을 앞부분에 덧붙인다.
>
> 문학 석사 새뮤얼 존슨

존슨은 단순히 '정의'만 제시하지 않고 단어의 의미가 시간이 흐르면서 어떻게 변화했는지, 언제 어디에서 어떻게 쓰이는지에 따라 품게 된 온갖 종류의 모호성과 다수의 의미를 추적했다. 그는 약 15만 개의 역사적 사례로 그러한 복합성을 보여주었다.

'최고'의 작가가 썼으며, 아홉 살 시절의 새뮤얼에게 너무나 큰 충격을 준 작품에서 예를 들어보자. 「햄릿」에서 익사한 오필리아가 묻힐 때, 거트루드 왕비는 무덤 속으로 무언가를 던져 넣으며 '달콤한 아이에게 달콤한 것을 뿌린다. 안녕!Sweets to the sweet. Farewell!'이라고 말한다. 그런데 거트루드가 뿌린 것은 무엇일까? 초콜릿? 비스킷? 각설탕? 아니다. 꽃이다. 엘리자베스 시대 사람들에게 '달콤한sweet'이라는 형용사는 코로 냄새를 맡을 수 있는 것이지, 요즘처럼 혀로 맛볼 수 있는 것을 뜻하지 않았다. 이런 옛 사용법이 바로 존슨이 기록해둔 종류 중 하나다. 『사전』에 드러난 존슨의 주요 주장은 언어, 특히 언어 사용자들의 언어는 돌에 새길 수 없다는 것이다. 언어는 끊임없이 변화하는, 살아 있는 유기체 같은 존재다.

존슨의 또 다른 위대한 작품은 1779~1781년에 출간된 『영국 시인전』이다. 여기에서도 속표지가 책에 대한 중요한 정보를 알려준다.

> 가장 뛰어난 영국 시인들의 삶과 그들의 작품에 대한 새뮤얼 존슨의 비평적 견해.

존슨이 '가장 뛰어난 시인' 52명을 선정하는 데서 드러난 의견은 문학 감상에는 가치 있는 것과 그에 못 미치는 것을 구분하는 과정이 필요하다는 것이다. 영국과 미국의 대형 국립도서관 서고에는 '문학'으로 분류된 수백만 권의 책이 있다. 인간으로서 우리에게 주어진 제한된 시간에 읽을 만한 가치가 있는 책을 어떻게 선택해야 할까? 비평의 도움으로 '커리큘럼'(학교에서 우리가 읽어야 할 책으로 규정된 것)과 '정전'(최고 중의 최고)을 선정할 수 있다.

그러나 그렇다고 해서 우리가 항상 문학비평가의 의견에 동의해야 한다는 말인가? 그들의 말을 온순하게 따라야 할까? 물론 아니다. 학생 30명이 수학 문제 하나를 놓고 씨름 중인 교실을 상상해보라. 문제가 얼마나 어렵든 간에 정답은 하나다. 하지만 '연극 「햄릿」은 무엇에 관한 이야기인가?'라고 묻는 수업을 상상해보라. '왕을 뽑는 최선의 방법'부터 '어떤 상황에서 자살을 해야 적절한가?'에 이르기까지 정말 다양한 답이 있을 수밖에 없다. 만약 모든 학생이 다른 사람이 했던 말이나 생각을 앵무새처럼 반복한다면 재앙이 될 것이다.

문학비평을 살펴보고, 평가하고, 그러고는 자신의 의견을 형성하는 과정에는 복잡한 면이 있다. 존슨은 그 점을 이해했다. 문학 작품은 배드민턴 경기의 셔틀콕처럼 이리저리 쳐봐야 한다고 말하기도 했다. 의견의 일치야말로 가장 바람직하지 않은 것이다. 우리는 존슨의 의견에 동의하지 않을 수도 있다. 그는 셰익스피어를 존경했고 셰익스피어 희곡을 편집했다(편집은 문학비평가가 할 수 있는 무척 유용한 일 중 하나다). 존슨은 셰익스피어가 천재라고 믿었다. 셰익스피어가 영국의 가장 위대한 작가로 자리매김하게 된 것은 존슨이 편집하고 주석을 단 판본 곳곳에 표현된 감탄 덕택이었다. 그러나 존슨은 「햄릿」의 작가가 교양과 세련미가 부족할 때가 많다고도 믿었다. 가끔은 '촌스럽고', 심지어 미개하다고 생각했다. 셰익스피어에게는 존슨과 그의 동시대인이 무엇보다 높이 평가한 것, 바로 '품위'가 부족했다. 셰익스피어의 작품은 그가 살았던 미개한 시대의 산물이라고 존슨은 생각했다. 많은 사람이 그의 의견에 강력히 반대할 것이다. 그것이 바로 가장 관대하고 개방적인 문학비평가였던 존슨이 우리에게 허락한 특권이다. 그는 우리에게 마음을 결정할 도구를 주었다.

CHAPTER 15

낭만주의 혁명가들

문학을 하는 사람들의 삶은 대개 흥미로운 영화가 되지 못하는 편이다. 대부분의 작가가 매일같이 하는 일이란 글을 쓰는 것인데, 거기에는 극적인 구석이 조금도 없다. 존 키츠John Keats(1795~1821)는 예외다. 그의 짧은 삶은 2010년에 「브라이트 스타Bright Star」라는 훌륭한 영화로 만들어졌다. 영화의 제목은 1819년 키츠가 사랑하는 여인 패니 브라운에게 쓴 소네트 「빛나는 별이여, 나 또한 그대처럼 한결같다면」에서 따왔다. 시에서 키츠는 이렇게 갈망한다.

내 아름다운 사랑의 성숙해져가는 가슴에 기대어
부드러운 오르내림을 느끼며
달콤한 불안 속에 영원히 깨어

여전히, 여전히 내 사랑의 부드러운 숨소리를 들으며
그렇게 영원히 살기를, 그게 아니라면 스러져 죽기를.

슬픈 이야기이지만, 그는 결코 그토록 행복하게 연인의 가슴에 '기댄' 적이 없었다. 패니의 어머니는 딸이 결혼하기엔 너무 어리다고 생각했다(키츠는 스물다섯 살, 패니는 열아홉 살이었다). 패니는 존 키츠보다 조금 높은 계급 출신이었으므로, 그와 과감히 결혼한다면 신분이 '낮아질' 터였다. 키츠는 가난했다. 그는 마부의 아들이었고, 실패한 의학도였고, 아직 유명하지 않았을 뿐 아니라 무엇보다도 위험한 정치적 견해를 가진 '급진적' 친구들과 어울리는 시인이라는 점이 우려되었다. 패니의 어머니는 과부로, 딸에게 그를 조심하라고 신신당부했다. 게다가 키츠에게는 '폐결핵' 증상도 있었으니, 그럴 만했다. 그의 동생 톰이 얼마 전 결핵으로 죽었고, 어머니는 그보다 앞서 결핵으로 세상을 떠났다. 키츠는 병을 치유하길 바라며 로마로 갔지만, 영원의 도시 로마에서 그가 사랑하는 여인을 마음속에 품은 채 시에서 예언한 대로 '스러져 죽었다'. 키츠는 왜 '빛나는 별'(북극성)을 두고 패니를 향한 사랑을 노래했는가? 그는 '불길한 별 아래 한 쌍의 연인star-crossed lovers', 로미오와 줄리엣을 상기시키고 있었다. 어찌된 일인지 그는 자신의 사랑도 그렇게 비극적으로 끝나리라 예상하고 있었던 것이다.

키츠의 삶은 대단히 '낭만적인' 이야기이자 한 편의 낭만적인 영화이기에 간략히 요약해보았다. 여전히 우리를 감동시킬 만한 이야기다. 그러나 우리가 키츠나 워즈워스, 바이런, 콜리지, 셸리를 '낭만주의자Romantic'(영어로는 첫 글자를 대문자 'R'로 표기해야 한다)라고 부를 때 떠올리는 것은 그들의 연애사(대체로 혼돈에 가까울 만큼 얽히고설킨)와는 다른 것이다. 우리가 떠올리는 것은 매우 개성적인 특징을 지녔으며, 서양 문학의 발달에서 어느 한순간을 대표하는 시파다.

아주 단순하게 말하면, '낭만주의'는 1789~1832년에 쓰인 문학을 일컫는 편리한 개념이다. 이를테면 제인 오스틴은 흔히 낭만주의 시기의 다른 작가들과 한 묶음으로 엮인다. 『오만과 편견Pride and Prejudice』을 쓴 이 작가가, 이를테면 임신한 아내(나중에 자살한다)를 버리고 두어 해 뒤 『프랑켄슈타인Frankenstein』을 쓰는 메리 셸리와 달아난 퍼시 셸리와는 문학적으로 아주 다른 별에 있었을지라도 말이다.

그렇다면 왜 1789년을 출발점으로 여기는 것일까? 왜냐하면 낭만주의는 세계사적 사건인 프랑스 혁명과 동시에 일어났기 때문이다. 낭만주의는 '이데올로기'를 중심에 둔 최초의 문학 운동이었다. 이데올로기란 한 무리나 여러 무리의 사람들의 삶에서 기준이 되는 신념의 집합을 말한다. 물론 정치적인 문학은 언제나 존재했다. 이를테면 존 드라이든은 '국가적 사태'에 대한 시들을 썼고 조너선 스위프트는 『걸리버 여행기』에서 휘그당을 저격했다. 셰익스피어의 「코리올라누스」도 정치적 연극으로 읽힌다. 정치는 국정 운영과 관련되어 있다(정치politics라는 단어는 고대 그리스어로 '도시국가'를 뜻하는 '폴리스polis'에서 유래한다). 이데올로기는 세상을 바꾸는 것을 목표로 삼는다. 낭만주의의 심장에는 세상을 바꾸려는 충동이 있다.

'정치적인' 것과 '이데올로기적인' 것이 어떻게 다른지는 전쟁에서 목숨을 잃은 두 명의 위대한 시인, 필립 시드니 경과 바이런 경의 죽음을 비교해보면 뚜렷이 드러난다. 시드니는 1586년 네덜란드에서 스페인군과 싸우다가 부상을 입어 죽었다. 죽어가면서 그는 다른 부상병에게 '나보다 당신에게 더 필요하오'라고 말하며 물병을 건넨 이야기로 유명하다. 이 행동은 전설이 되었다. 당시 그는 서른두 살이었다. 필립 시드니는 무엇을 위해 그렇게 젊은 나이에, 그렇게 아름답게 죽었을까? '여왕과 국가'를 위하여, 라고 그는 대답했을 것이다. 곧 '영국'을 위해 죽었다는 말이다.

바이런 경Lord Byron(1788~1824)은 오스만 튀르크 제국의 점령군에 저항하는 그리스 독립 전쟁에서 그리스인들을 위해 싸우다가 그리스의 메솔롱기온에서 죽었다. 그는 서른여섯 살이었다. 바이런은 무엇을 위해 죽었을까? '대의'를 위해서 죽었다. 그것은 바로 '해방'이었다. 그는 고국을 위해 목숨을 버린 것이 아니다. 바이런의 관점에서 그런 죽음은 끔찍할 만큼 해방적이지 않다. 해방은 미국인들이 1776년에 「독립선언서」를 만들 때 싸웠던 대의였고, 1789년에 파리의 군중이 바스티유 감옥을 습격하고, 1824년에 그리스인들이 오스만 튀르크 제국과 싸운 대의였다. 그리고 바이런이 자신의 목숨을 바친 대의였다.

바이런은 시드니처럼 '영국을 위해' 죽지 않았다. 당시 바이런은 그의 가장 길고 훌륭한 시 「돈 주앙Don Juan」에서 찬양한 성적 해방의 신념을 아주 수치스럽게 여긴 고국을 떠나 망명 중이었다. 바이런의 관점에서 돈 주앙은 전설(그리고 모차르트의 오페라 「돈 조반니Don Giovanni」)에 묘사된 성적 포식자가 아니라 성적으로 해방된 남자였다. 바이런은 자신도 그런 남자라고 믿었다. 그리스에서는 영웅으로 찬양되지만(그리스에는 그의 이름을 딴 거리와 조각상이 없는 도시가 없다), 영국은 한 세기 넘게 '바이런 문제'로 골치가 아팠다. 1969년에서야 비로소 당국은 웨스트민스터 사원의 시인 묘역에 그를 기리는 비석을 세우는 것이 적절하다고 결정했다. 바이런의 입장을 상상해 보면, 그는 아마 그런 비석보다 1960년대 젊은이들의 문화 혁명을 더 좋아했을 것이다.

아주 단순하게 말하자면, 시드니의 희생은 애국심이라는 동기에서 나왔고 바이런의 희생은 이데올로기에서 나왔다. 우리가 바이런을 비롯한 낭만주의자의 작품을 읽을 때는 그들이 선택하거나 옹호하거나 실험하거나 반대하거나 의문을 품은 이데올로기적 입장(곧 '대의')이 무엇인지에 귀 기울여야 한다. 흔히 표현하는 대로, 그들의 글이 어디에서 나왔는지 생각해야 한다.

예를 들어 스코틀랜드의 주요 낭만주의자는 로버트 번스Robert Burns(1759~1796)와 월터 스콧 경Sir Walter Scott(1771~1832)이다. 번스의 잘 알려진 시 중에는 「쥐에게To a Mouse」가 있다. 시는 이렇게 시작한다.

> Wee, sleekit, cow'rin, tim'rous beastie,
>
> O, what panic's in thy breastie!

웅크리고 있는, 조그맣고, 매끈한, 겁에 질린 작은 짐승,

오, 너의 가슴에 그 얼마나 큰 두려움이 있을까!

농부인 번스는 쟁기질을 하다가 들쥐의 집을 부수고 말았다. 자신이 파괴한 삶을 내려다보며 그는 생각한다.

I'm truly sorry Man's dominion

Has broken Nature's social union…

정말 슬프게도 인간의 지배가

자연의 사회적 결합을 부수었구나……

이 '작은 짐승'은 단지 작은 설치류가 아니라 번스 자신처럼 '사회적' 부당함을 겪는 동료 희생자다. '나, 인간으로 태어난, 너의 가여운 동료 / 그리고 너와 같은 필멸의 존재!'라고 그는 쓴다. 또한 번스는 로우랜드 스코틀랜드 방언을 사용함으로써 '왕의 영어'가 아니라 민중의 언어가 스코틀랜드 사람들의 마음을 표현한다는 것도 보여주었다.

월터 스콧의 첫 소설이자 가장 영향력 있는 소설은 『웨이벌리Waverley』(1814년)다. 이 소설의 중심에는 1745년에 하이랜드 반란군이 일으킨 봉기가 있다. 이들은 영국의 왕위를 되찾으려는 '젊은 왕위 요구자' 찰스 에드워드 스튜어트를 내세워, 스코틀랜드 전역에서 승승장구하며 잉글랜드 북부까지 내려갔다. 그들이 성공했다면 영국 역사를 완전히 바꿔놓았을 것이다. 스콧 자신은

확고한 통합론자로, 스코틀랜드와 잉글랜드의 통합을 지지했으며 '보니 프린스 찰리Bonnie Prince Charlie'라고 불린 찰스 에드워드 스튜어트에 대해서는 복잡한 감정을 느꼈다. 스콧은 자신이 머리로는 (잉글랜드 왕 조지 2세의) 하노버 왕가를 지지했지만, 가슴으로는 (스코틀랜드의 왕위 요구자를 지지하는) 재커바이트라고 말했다. 그러나 『웨이벌리』에서 중요한 점은 스콧이 '1745년의 봉기'를 엇비슷한 두 강국 사이의 실패한 정복 전쟁보다는 실패한 혁명으로 그렸다는 것이다. 다르게 말하자면, 이데올로기의 충돌로 그렸다는 말이다.

영국 낭만주의자들에게서 나온 가장 혁명적인 선언은 워즈워스와 콜리지의 『서정 민요집Lyrical Ballads』(1798년)으로, 나중에는 워즈워스의 길고 논쟁적인 서문이 추가되었다. 서문에서 워즈워스는 이렇게 선언한다.

> 그러므로 이 시들에서 제안하는 주요 목적은 평범한 삶의 사건과 상황을 선택해서 할 수 있는 한, 사람들이 실제로 사용하는 언어로 들려주거나 묘사하는 것이다.

이 시집에 수록된 시들은 작가 개인이 아니라 공동체에서 입에서 입으로 전해지는 시들을 기려 '민요ballad'라고 불렀다. 전통적인 민요는 일종의 문학적 유대감togetherness을 대표한다. 워즈워스였다면 '유대감'보다는 말 그대로 근원으로 돌아가는 것을 뜻하는 '근본주의radicalism'나, 프랑스인들이 외친 '우애fraternity'라는 단어를 사용했을 것이다.

새뮤얼 테일러 콜리지Samuel Taylor Coleridge(1772~1834)는 이 시집에 중세풍 시어로 쓴 긴 민요인 「늙은 수부의 노래The Rime of the Ancyent Marinere」로 참여했다. 이 시에서 그는 삶과 죽음이라는 복잡한 문제(그것의 모든 의미)를 소박한 전승 동요만큼 단순한 문학적 형식으로 표현할 수 있음을 보여주려 했다. 그것이 민요였다.

그렇다고 이데올로기가 전부는 아니었다. 낭만주의자들은 우리의 삶을 규정하는 감정과 심리에 매혹되었다. 워즈워스는 그가 '예기치 않은 기쁨surprised joy'이라고 표현한 것을 사랑했다. 기쁨은 그가 쓴 주요 시에서 중요한 단어다. 그러나 동시에 낭만주의자들은 기쁨과 상반된 감정인 '멜랑콜리melancholy'에도 매혹되었다. 키츠는 멜랑콜리에 바치는 훌륭한 송시를 한 편 썼다. 다른 낭만주의자들, 특히 콜리지와 토머스 드 퀸시(『어느 영국인 아편 중독자의 고백Confessions of an English Opium Eater』의 저자)는 약의 도움을 받아 이런저런 감정을 탐색해본 것으로 유명하다. 아편과 아편유사제(훗날 시인들에게는 모르핀)로 늙은 선원의 항해만큼 대담한 항해를 자신의 내면으로 떠날 수 있었다. 약을 구하는 데는 대단한 탐험이 필요치 않았다. 몇 페니만 주면 어느 약재상에서나, 심지어 책방에서도 살 수 있었다. 그 시대에 살았다면 책방에서 『서정 민요집』 한 권과 함께 아편팅크(알코올에 용해시킨 모르핀으로, 진통제로 사용한다) 1파인트를 구입할 수 있었을 것이다.

이런 일에는 위험이 따른다. 드 퀸시가 가장 극적으로 보여준 것처럼 그 길을 따라간다면, '낭만적 고뇌'라고 불리는 영역으로 들어서게 된다. 아편을 시험 삼아 사용한 작가들은 창조력과 삶이 위험해질 수 있었다. 일반적으로 콜리지는 세 편의 뛰어난 시를 썼다고 여겨진다. 그중 두 편은 감질나게 미완성인 작품이다. 가장 실망스러운 것은 그의 걸작이 될 만했던 「쿠블라 칸Kubla Khan」이다. 그에 따르면 아편에 취해 꿈을 꾸는 동안 시 전체가 그의 머릿속에서 쓰이고 있었다. 그러는 중에 문 두드리는 소리가 들렸다. 그는 꿈에서 깨어났고, 시는 사라졌다. 아주 작은 조각만 남았다.

윌리엄 워즈워스William Wordsworth(1770~1850)는 시인의 자기 수련에 대해 많은 생각을 했다. 그는 그럴 시간이 많았다. 다른 주요 낭만주의 시인과 달리 그는 레이크 디스트릭트에서 금욕적이고 절제된 삶을 살았고 장수했다. 그는 낭만주의 운동의 가장 저명한 저자였다. 누군가는 그가 나이 들어 빅토리아 여왕의 계관 시인(제22장 참조)이 된 것을 보고 변절했다고 말할지도 모른다. 대체로 그는 젊은 시절에 최고의 작품들을 써냈다는 것이 일반적인 평가다. 젊었을 때 그는 혁명기의 프랑스에 있었다. 그 시절을 돌아보며 그는 「서곡The Prelude」에서 격동의 순간들에 대해 썼다.

그 새벽에 살아 있음은 축복이었으나
젊다는 것은 바로 천국이었네!

젊은 낭만주의자들에게는 왠지 모르게 '매혹적인' 무언가가 있다. 사람의 진정한 삶은 젊은 시절뿐이라고들 한다. 셸리는 스물아홉 살 때 항해 도중 느닷없는 폭풍으로 목숨을 잃었다. 그가 1819년에 자신의 유명한 시 「서풍에 바치는 송가Ode to the West Wind」에서 노래한 바로 그 바람에 휩쓸렸다. 키츠는 스물다섯 살 때 로마에서 죽기 전에 자신의 이름을 비석에 새기지 말라고 말했다. 단지 '어느 젊은 영국 시인'이라고만 새겨달라고. '늙은 낭만주의자'는 모순어법처럼 들린다. 운동선수처럼 최고의 낭만주의 시인은 경력이 짧거나, 젊은 시절에 최고의 작품을 썼다.

우리는 낭만주의 시파가 하나의 집단인 것처럼 말한다. 집단적으로 문학적 노력을 함께한 동지인 것처럼 말이다. 그렇지 않았다. 물론 서로 협력하기도 했다. 그러나 이를테면 바이런은 워즈워스와 콜리지, 사우디와 그 제자들을 '호수파Lakers'라고 부르며 경멸하고 풍자했다. 잉글랜드 북부의 축축한 언덕에 황홀해하는 일은 그에게 맞지 않았다. 월터 스콧과 그의 에든버러 무리는 '런던 토박이 시인' 키츠와 그의 후원자 리 헌트를 싫어했다. 그리고 당대의 시인 중 그 누구도 (요즘 보기에는) 당시 가장 위대한 시인으로 꼽을 만한 윌리엄 블레이크William Blake(1757~1827)의 존재를 의식하지 못했던 것 같다. 블레이크가 직접 글을 쓰고 아름다운 삽화를 그린 책들 중에는 생전에 판매량이 가까스로 두 자릿수에 이른 것도 있었다. 삶과 종교에 대한 블레이크의 독특한 관점이 담긴 『순수와 경험의 노래Songs of Innocence and of Experience』는 요즘 어디에서나 읽고 공부하고 즐기는 책이 되었다. 시각적 요소와 텍스트를 그처럼 효과적으로 결합한 작가는 어느 시대에도 없었다. 블레이크의 시는 (「호랑이The Tyger」처럼) 읽는 시일 뿐 아니라 '보는' 시다.

이처럼 개인적 차이와 경쟁, 무관심이 있긴 했지만 낭만주의자들은 문학이란 무엇이고, 문학이 문학적 환경을 넘어 무엇을 할 수 있는지를 광범위하게 재정의하는 일에 그들의 창조력을 모았다. 즉 어떻게 문학이 사회를, 또는 낭만주의자들 중에서도 더 낙관적인 부류가 생각했던 것처럼, 세상을 바꿀 수 있는지를 재정의하려 했다. '혁명'이라고 불러도 과장이 아니다. 낭만주의 운동은 오래 지속되기엔 너무 뜨겁게 타올랐다. 1832년에 스콧이 죽고 영국의 '조용한' 정치 혁명인 제1차 개혁법이 통과될 무렵 낭만주의는 영국에서 사실상 소진되고 말았다. 그러나 낭만주의는 문학을 쓰고 읽는 방법을 영원히 바꾸어놓았다. 후세의 작가들이 기꺼이 쓰고자 한다면 쓸 수 있는 새로운 힘을 물려주었다. 낭만주의는 빛나는 별이 아니라 타오르는 별이었다.

CHAPTER 16

가장 명민한 지성

오스틴

제인 오스틴Jane Austen(1775~1817)이 영문학의 위대한 소설가로 인식되기까지는 오랜 시간이 걸렸다. 우리가 오스틴을 주목하지 못한 데는 그녀가 창조한 세상이 작은 탓도 있다(이렇게 표현할 수밖에 없다). 게다가 피상적으로 보면 오스틴의 소설 여섯 권 하나하나가 제기하는 문제는 '여주인공이 누구와 결혼할까?'이다. 이 문제도 소설 속 세상처럼 작지는 않을지라도, 세상을 뒤흔들 만큼 중요해 보이지는 않는다. 오스틴의 소설 속 세상은 분명 톨스토이의 『전쟁과 평화War and Peace』와 같은 세상이 아니다(오스틴의 거의 모든 작품이 사실상 전쟁 중에, 근대 영국이 참전한 가장 긴 전쟁 중에 쓰이긴 했지만).

1816년에 쓴 편지에서 오스틴은 특유의 반어법으로 자신의 소설을 세밀화에 비유했다. '내가 아주 가는 붓으로 작업하는 작은[2인치(약 5센티미터) 크기] 상아 조각'이라고 자신의 소설을 표현했다. 샬럿 브론테도 오스틴을 평가하며 같은 이미지를 끌어왔지만 훨씬 더 비판적이었다.

> 그 그림에는 중국인의 충실함, 세밀화의 섬세함이 있다. 그녀는 결코 열광으로 독자를 흔들지 않고, 심오함으로 독자의 마음을 어지럽히지도 않는다. 열정은 그녀에게 전적으로 낯선 것이다. 그 맹렬한 자매와는 말을 섞으려고도 하지 않는다.

가혹한 말이지만, 흔한 평가다. 『제인 에어Jane Eyre』의 작가(남성의 필명 뒤에 숨어 소설을 쓴)가 하려는 말은 오스틴은 남자들의 세상에서 혼자 버틸 수 있는 작가가 아니라는 것이다. 그리고 더 요구가 많은 여성 독자가 보기에도 지나치게 길들여져 있다(브론테의 표현으로는 '맹렬하지 않다').

오스틴이 그리는 2인치 크기의 상아 위 세밀화에 문학적 위대함이 담길 수 있을까? 주로 여성의 경험이며, 그것도 중산층 여성의 경험에만 한정된 좁은 범위에 말이다. 현대 독자라면 '물론이지'라고 대답할 것이다. 그 이유를 설명하기란 대답만큼 쉽지 않다. 그러나 '물론'이라는 확신에 찬 대답은 좋은 출발점이다.

제인 오스틴은 그럭저럭 부유하고 대단히 존경할 만한 시골 교구 목사의 딸로 태어나 형제자매와 함께 행복한 가정에서 자랐다. 특히 언니 카산드라와 아주 가깝게 지냈는데 여러 해 동안 침대를 같이 썼다. 안타깝게도 제인 오스틴의 삶에 대해 조금이나

마 알려주는 자료는 오스틴의 이른 죽음 이후에, 그녀가 좋아한 오빠 헨리의 애정 어린 회고와, 오스틴이 언니 카산드라에게 보낸 편지(대부분은 의도적으로 없애버렸다) 중 남아 있는 것들밖에 없다. 그런 자료로 보건대, 오스틴의 삶에서 두드러지게 극적인 사건은 거의 없었다고 추측해볼 수 있다.

오스틴은 무엇보다도 그녀 자신의 즐거움을 위해 소설을 썼다. 오스틴이 즐겁게 회상하기를, 누군가가 방에 들어온다는 신호인 삐걱대는 문소리가 들리면 작업 중인 원고를 서랍의 압지 밑에 숨기곤 했다. 오스틴은 문을 고치지 말라고 고집을 부렸다. 가족들은 원고를 들여다보진 못했지만 귀로 들을 수는 있었다. 오스틴이 가족들에게 시험 삼아 읽어주었기 때문이다. 똑똑하고 귀여운 제인이 읽어주는 이야기 「첫인상First Impressions」을 들은 것도 바로 그들이었다. 이 소설은 1813년에 『오만과 편견』으로 출판되었다. (가족들에게 처음 읽어준 후 15년이 지나서야 출판되었다.) 조지 오스틴 목사 부부는 딸의 이야기 속에서 호의적으로 그려지지만은 않는 베넷 부부에 대해 어떻게 생각했을까? 아마 키득키득 웃었을 것이다. 어쩌면 조금은 불편한 웃음이었을지도 모른다.

오스틴은 거의 여행을 하지 않았다. 오스틴의 소설 속 여주인공들도 그다지 여행을 하지 않는다. 오스틴 가족은 섭정 시대의 온천 도시이자 결혼 시장이었던 바스에서 잠시 지냈지만 그녀는 그곳을 싫어했던 듯하다. 런던도 방문했지만 그곳에서 살지는 않았고, 오스틴의 글에도 런던은 거의 나오지 않는다. 나오더라도, 『이성과 감성Sense and Sensibility』에서처럼 도망쳐야 할 곳으로 그려진다. 런던 인근을 둘러싼 여러 주를 일컫는 '홈카운티home counties' 중에서도 특히 햄프셔가 오스틴의 주 무대였다. 오스틴이 지역의 크리켓 팀 '햄프셔 신사들'의 팬이었다는 색다른 정보도 있다.

추측컨대(믿을 만한 초상화가 남아 있지는 않지만) 매력적인 여성이었던 오스틴은 청혼을 받았던 것으로 알려져 있다. 그녀는 청혼을 받아들였지만, 이튿날 취소했다. 오스틴의 모든 소설에서는 여주인공의 결혼 문제가 주요 관심사이지만, 정작 오스틴은 결혼하지 않았다. 오스틴이 왜 결혼하지 않았는지는 추측만 할 뿐이다. 그 이유가 무엇이었건, 오스틴의 소설을 사랑하는 독자들은 1802년의 그 운명적인 밤에 그녀가 마음을 바꾼 것에 감사할 것이다. 아내이자 어머니가 되었다면 그녀의 명성을 드높인 여섯 권의 소설을 써낼 시간이 충분하지 않았을 테니까. 오스틴은 자신의 작품에서 가장 측은한 존재로 그려지는 나이 든 처녀로 삶을 마감했다.

그러나 '나이 들었다'는 옳은 표현이 아니다. 오스틴은 고작 마흔한 살에 죽었다. 우리는 오스틴의 삶에 대한 많은 것을 모르듯, 그녀를 죽음에 이르게 한 병이 무엇인지도 모른다. 그러나 갑작스러운 죽음은 아니었다. 죽기 전에 쓴 소설들은 병으로 점점 쇠약해지는 상황에서 마무리되었다. 마지막 완성작인 『설득Persuasion』에 어둠이 감도는 것은 이해할 만한 일이다. 이 소설의 결말에 이르면, 기진맥진하여 쓰러지는 펜이 느껴질 정도다. 오스틴은 스스로 만족할 만큼 『설득』을 수정할 때까지 살지 못했다.

오스틴의 여주인공에게는 어울리는 구혼자와 어울리지 않는 구혼자가 늘 있다. 에마 우드하우스는 프랭크 처칠과 결혼할 것인가, 아니면 더 나이 들고 매력 없는 나이틀리 씨의 청혼을 받아들일 것인가? 엘리자베스 베넷은 콜린스 목사의 청혼을 받아들여 가족의 재정 상황을 회복할까, 아니면 소신을 굽히지 않고 (캐서린 드 버그 부인의 집중포화에도) 다시와 결혼할까? 메리앤은 낭만적이고 근사한 윌러비에게 마음을 줄까, 아니면 플란넬 조끼를 입고 다니는(중년이라서 추위를 타는) 재미없지만 훌륭한 브랜든 대령의 매력을 발견할까? 모든 소설에서 옳은 선택이 내려지고, 결혼을 축하하는 교회 종소리와 함께 이야기가 끝난다.

제인 오스틴은 품위 있는 '숙녀'가 알 만한 것 이상을 다루지 않은 것으로 유명하다. (익명으로 출간된 첫 소설 『이성과 감성』의 제목 밑에는 '어느 숙녀가 쓴'이라는 문구가 붙어 있었다.) 오스틴의 소설에는 남자가 많이 나오지만, 그들의 대화를 들을 만한 숙녀가 없는 자리에서 남자들끼리 나누는 대화는 한 번도 나오지 않는다. 고위 귀족은 거의 나오지 않는다. 『맨스필드 파크 Mansfield Park』의 토머스 버트럼 경과 『설득』의 월터 엘리엇 경 정도가 예외이지만, 둘 다 작위가 그리 높지 않다. 마찬가지로 노동계급 인물이 소설 전면에 등장하지도 않는다. 제인 오스틴의 세상에서는 하층 젠트리 정도가 가장 낮은 사회 계급이다. 물론 하인은 곳곳에 있다. 그들의 이름(이를테면 『에마』에 등장하는 마부 제임스)도 더러 나온다. 그러나 하인들의 삶은 오스틴의 소설이 다루지 않는 또 다른 세상이다.

그러나 가끔 우리는 오스틴의 소설이 그리려 한 것보다 더 힘든 삶을 어렴풋이 보게 된다. 『에마』에서 제인 페어팩스는 잔인한 딜레마에 빠지고 만다. 무일푼이지만 재능 있는 제인은 혼자 힘으로 살아가야 한다. 결혼이 해결책이 될 수 있지만 제인이 사랑하는(그리고 그녀를 잔인하게 이용한 듯한) 남자는 부유한 에마 우드하우스에게 더 관심이 있는 것 같다. 제인이 살 길은 가정교사가 되는 수밖에 없다. 쥐꼬리만 한 보수를 받으며 '고급 하인'이라는 모욕적인 처지를 견뎌야 한다. 제인은 가정교사 자리에 지원하는 일이 경매대의 노예가 되는 느낌이라고 묘사한다. 샬럿 브론테라면 이런 시나리오로 소설『제인 에어』를 쓸 것이다. 제인 오스틴에게는 줄거리의 곁가지에 불과할 뿐이어서, 제인의 곤경을 독자에게 보여주는 것 이상으로 깊이 파고들지 않는다.

제인 오스틴의 소설이 다루지 않은 것이 무엇인지는 끝없이 늘어놓을 수 있다. 오스틴은 세계사적으로 거대한 역사적 격변기 – 미국 독립 전쟁과 프랑스 혁명, 나폴레옹 전쟁 – 에 살았고 글을 썼다. 군인(오스틴의 남자 형제들은 해군이었다)과 장교들(『이성과 감성』의 브랜든 대령과『설득』의 해군 영웅인 프레더릭 웬트워스)이 이야기에 등장하지만, 여주인공에게 어울리거나 어울리지 않는 구혼자로 나올 뿐이다. 호레이쇼 넬슨 제독이 오스틴의 소설에 등장하더라도, 소설의 유일한 관심은 그가 여주인공에게 '알맞은 남편감'인지 아닌지일 것이다.

맨스필드 파크 같은 근사한 사유지를 재정적으로 유지하려면 서인도제도의 사탕수수 농장이 필요하고, 사탕수수 농장에는 노예들이 필요하다. 그런 사실이 넌지시 암시되지만, 그 이상으로 상세하게 다루거나 깊게 들어가지는 않는다. 그러기는커녕 서

인도제도의 농장에서 무슨 일이 벌어지는지 독자에게 조금도 보여주지 않는다. 오스틴의 정치적·종교적 관점은 그녀가 속한 영국 중산층의 것이고, 후기 소설에 이르면 다소 완고해지는 경향이 있다. 오스틴은 독실한 성공회 신자였고, 소설에는 사제들이 두드러지게 등장한다. 그러나 교회 안으로 우리를 이끌거나 신학적 문제를 다루지는 않는다. 그런 일은 소설이 아니라 일요일에 하는 일로 남겨둘 뿐이다.

1960년대에 부상한 페미니즘 운동은 오스틴의 소설을 강력하게 옹호했다. 오스틴은 이 후대의 옹호자들을 미심쩍은 시선으로 보았을지 모른다. 오스틴의 소설은 우월한 성으로서 남성의 지위를 문제 삼지 않는다. 아버지나 남자 형제가 출판 계약을 대신 협상해야 하는 사실에 오스틴이 분노했는지 아닌지 우리는 모른다. 당시 여성은 재산권이 없었으므로 자기 두뇌의 산물도 자기 것이 아니었다. 여주인공 중 가장 부유한 에마는 스물한 살의 나이에 3만 파운드(요즘의 화폐 가치로 환산하면 훨씬 더 많은 액수다)를 소유하고 있었다. 에마가 나이틀리 씨와 결혼하면, 그 재산은 그의 것이 될 터였다. 소설은 그런 사실을 덤덤하게 받아들인다.

문학에 대한 오스틴의 관점도 사회적 신념만큼 보수적이었다. 오스틴의 활동 시기는 낭만주의 운동과 겹치고 오스틴도 낭만주의자로 자주 분류되지만, 사실 오스틴은 그보다 앞선, 더 안정적인 시대의 산물이다. 그리고 그녀의 모든 소설이 옹호하는 가치도 그런 시대의 것이다. 오스틴은 동시대의 많은 소설, 특히 '공포담'을 적절한 문학으로 여기지 않았다. 『노생거 사원Northanger Abbey』의 여주인공 캐서린 몰랜드는 당시의 소설에 중독되어 도덕적으로 망가지지만, 다행스럽게도 일시적 중독에 그친다.

앞에서 쓴 모든 내용은 제인 오스틴이 다루는 폭이 매우 제한적인 작가라고, 심지어 사소한 것을 다루는 작가라고 주장하려는 것처럼 보일 것이다. 그렇다면 그 소설들이 그토록 뛰어난 이유는 무엇일까? 답은 두 가지다. 하나는 오스틴이 자신이 쓰는 방식의 소설을 능숙하게 잘 다루었다는 점이다. 특히 반어법을 솜씨 있게 사용한다. 두 번째는 도덕적 진지함이다. 오스틴에게는 우리가 온갖 복잡한 문제 속에서도 어떻게 살아야 하는가를 명료하게 표현하는 능력이 있다. 오스틴의 재치, 인간의 결점에 대한 관용, 공감하는 태도 또한 이유로 꼽을 수 있다.

오스틴만큼 플롯을 잘 만드는 작가도 드물다. 오스틴의 팬들은 그 소설들을 너무 잘 알기 때문에 처음 읽었을 때의 경험을 잘 기억하지 못한다. '제이나이트Janeite'라고 불리는 팬들은 성경을 읽듯 오스틴의 소설 여섯 권을 해마다 기꺼이 다시 읽는다. 그러나 처음 읽는 독자에게 제인 오스틴의 소설은 노련하게 긴장감을 고조시키는, 흥미진진한 이야기다. 에마(또는 엘리자베스나 캐서린이나 엘리너)는 옳은 선택을 할까? 독자는 거의 마지막 장까지 긴장의 끈을 놓지 못한다.

산문이라는 도구를 오스틴보다 더 능숙하게 다루는 작가는 없다. 게다가 오스틴은 독자도 최대한, 평소보다 더 많이 능력을 발휘하게끔 만드는 교묘한 재주가 있다. 『에마』의 첫 부분을 예로 들어보자.

Emma Woodhouse, handsome, clever, and rich, with a comfortable home and happy disposition, seemed to unite some of the best blessings of existence; and had lived nearly twenty-one years in the world with very little to distress or vex her.

잘생기고, 영리하고, 부유하며, 편안한 집과 행복한 성정을 가진 에마 우드하우스는 삶에 주어지는 최고의 축복 몇 가지를 결합한 것처럼 보였고, 그녀를 슬프게 하거나 성가시게 하는 것이 거의 없는 세상에서 거의 21년을 살았다.

이 문장에서 두 단어가 흥미롭게 귀에 걸린다. 하나는 '잘생긴handsome'이다. 남자에게 더 어울리는 단어가 아닌가? '예쁜'이나 '아름다운'이 더 적절하지 않은가? 다른 하나는 '에마 우드하우스'(눈치챘겠지만, '양Miss'이 함께 쓰이지 않았다)이다. 에마는 아마도 독립적인 여성이고, 순응주의자는 아닐 것 같다고 우리는 짐작한다. 이 문장에서 여운이 남는 또 다른 단어는 '처럼 보였고seemed'이다. '삶에 주어지는 최고의 축복'을 받았다는 확신이 시험에 들 것이라고, 우리에게 경고하는 듯하다. 그리고 사실 거의 파멸에 가까운 시험이 뒤따른다. '성가시게 하다vex'('걱정하게 하다upset'가 아니라)라는 단어를 보라. 이 단어에는 거만한 태도, 추락할 날을 기다리는 오만함이 암시되어 있다. 이 한 문장 안에 역설과 암시가 촘촘히 들어차 있다.

자유자재로 구사하는 산문체와 서사 기법에 오스틴의 고결한 도덕적 진지함이 더해진다. 오스틴의 소설은 몇 차례의 실수를 거치며 불안하게 결혼의 제단에 이르는 여성의 이야기보다 훨씬 더 많은 것을 담고 있다. 여주인공은 언제나 옳은 일을 하려고 마음먹은 젊고 선한 여성으로 삶을 출발한다. 미숙함과 순진함 – 가끔은 더 심각한 문제를 일으키는 경솔함이나 고집 – 때문에 그들은 삶의 어려움과 위험을 겪는다. 달리 표현하자면 실수하고, 실수의 대가를 치른다. 그로 인한 시련과 고통을 겪으며 '어른'으로, 도덕적으로 성숙한 존재로 성장한다. 오스틴의 소설이 우리에게 말하는 것은, 제대로 살려면 우선 살아봐야 한다는 것이다. 삶이 삶을 가르친다. 그런 면에서도 (위에서 언급한 창작 기법에서와 마찬가지로) 제인 오스틴은 비평가 F. R. 리비스가 영국 소설의 '위대한 전통'이라고 부른 것의 선구자로 여길 수 있다. 조지 엘리엇과 조지프 콘래드, 찰스 디킨스, 헨리 제임스, D. H. 로렌스를 관통하는 이 전통은 세상이 인정했던 것보다 세상을 더 많이 이해했고 햄프셔의 목사관에서 글을 쓴 겸손한 여성에게서 출발한다.

오스틴의 소설은 문학 작품이 위대해지기 위해서 그 품이 넓어야 할 필요는 없다는 점을 너무나 빼어나게 보여준다. 2인치 크기의 상아 조각에 무엇을 담을 수 있을까? 글로 쓸 가치가 있는 모든 것을 담을 수 있다. 붓과 상아가 천재의 손안에 있기만 하다면.

CHAPTER 17

당신을 위한 책

변화하는 독서 대중

독서는 언제나 지극히 사적인 행위다. 독서 모임에서 회원들은 자신의 개인적 느낌을 표현하고 '공유'하지만 독서 행위 자체를 공유하지는 않는다. 그럼에도 독자 집단이 구입하거나 이런저런 방식으로 구해 읽은 책들은 문학의 긴 진화 과정에서 아주 중요한 요소다. 시장이 상품을 결정한다. 넓은 의미에서 그 시장(무수히 많은 개인 독자로 이루어진)은 '독서 대중'이라고 불린다. 독서 대중의 선택은 투표 대중의 선택만큼이나 예측하기 힘들지만, 투표 대중처럼 시장을 좌우한다. 여느 산업 분야에서처럼 소비자(독자)는 언제나 옳다. 독자는 수요를 창출하고, 저자는 제작자, 서적상과 함께 그 수요에 응답해 공급한다. 수요에 반응하지 않는다면 출판 산업은 빠르게 파산할 것이다.

18세기에 도시화가 진행되고 부가 쌓이면서 독서 대중이 문학에 영향력을 지니게 되었다. 그와 동시에 흥미로운 특징이 나타났다. 전체 독서 대중 안에 더 작고 새로운 집단이 등장한 것이다. 여가 시간이 있는 중산층 여성이 늘어나고 있었다. 글을 능숙하게 쓰지 못하거나, 글쓰기를 격려받지는 않을지라도 글을 읽을 수는 있었다. 이 여성들은 바깥세상에서 능력을 발휘할 기회가 거의 없었다. 당시까지는 비교적 미개척지로 남아 있는 독서 대중이었다. 당대 여성 독자의 마음을 사로잡는 읽을거리는 소설 형식으로 등장했다. 18세기 중반의 베스트셀러 새뮤얼 리처드슨의 『파멜라Pamela』(1740년)와 『클라리사Clarissa』(1747~1748년)는 분명 여주인공 같은 여성 독자를 노렸다. 젊고, 교양 있고, 정숙하고, 결혼을 기다리거나 이미 결혼한 중산층 여성이었다. 리처드슨의 막강한 적수이자 그의 소설을 풍자한 헨리 필딩은 『톰 존스』(1749년)라는 음란한 이야기로 분명 젊은 남성을 노렸다. 그들 특유의 취향과 기호를 지닌 젊은 남성은 다양해지는 독서 대중의 또 다른 부분이었다.

여성을 위해, 여성에 대해, 여성이 쓴 소설은 이 시기에 뿌리를 둔다. 이런 현상은 모든 면에서 의미심장했다. 현대의 비평가 일레인 쇼월터는 이 시기와 이후에 쓰인 소설을 '그들 자신의 문학a literature of their own'이라고 부른다. 이것은 여성이 외부 세상과 접촉하고 함께 모이는 기회(종교 활동 외에)가 제한된 시기에 세상과 소통하는 방법이었다. 이런 소설을 주춧돌 삼아 훗날 페미니즘으로 진화하는 사상이 나타난다. (이에 관해서는 제29장에서 다룬다.)

그러나 여성에게는 크게 불리한 점이 있었다. 교육 기회의 부족이었다. 여성에게 제한된 문해력 수준을 넘어서려면 보기 드물게 잘 갖추어진 서재가 있거나, 여성의 지적 성장에 관심 있는 부모나 보호자가 필요했다. 브론테 자매(제19장 참조)와 제인 오스틴(제16장 참조)은 그런 행운을 누렸고, 당시 문학을 읽는 많지 않은 여성 독자도 그러했다. 대부분의 여성은 그러지 못했다. 20세기에도 여성의 지적 해방을 주장한 버지니아 울프의 소책자 『자기만의 방A Room of One's Own』(1929년)은 울프 자신이 케임브리지 도서관 출입을 거부당했던 경험을 서술하는 것으로 시작된다. 그녀는 연구원이 아니므로 도서관에 들어갈 수 없다고 한 연구원이 알려주었다. 상징적인 장면이다. 그녀는 책 읽는 남자들의 세상에 속하지 않은('아직'이라고 덧붙여야겠다) 것이다. 케임브리지에서는 19세기 후반에야 두 개의 여자대학이 최초로 문을 열었고, 울프의 출입을 막은 대학이 여학생을 받아들인 것은 울프가 죽고 나서도 한참이 지난 뒤였다.

조지 엘리엇(진짜 이름은 '메리 앤 에번스'다)은 어린 시절에 아버지가 관리인으로 일한 시골 저택의 서재를 마음껏 이용할 수 있었다. 정상적인 학교 교육은 받지 못했다. 초인적인 독학과 친구들의 도움으로 독일어를 배웠고, 복잡한 신학과 철학책을 번역하며 글을 쓰기 시작했다. 엘리엇은 당대 여성으로는 처음으로 '최고의 저널리스트'가 되었다. 여성이든 남성이든 엘리엇보다 뛰어난 사람은 없었다. 30대 후반에 『애덤 비드Adam Bede』(1859년)로 (남성 필명을 사용해) 소설가의 길에 들어섰을 때, 엘리엇은 이미 자수성가한 여성이었다. 정규 교육을 받지 않고 혼자 공부한 '독학자'이자 여성이었고, 당대에 이런 사람들은 '블루스타킹blue stocking'이라 불렀다. 엘리엇 같은 사람은 흔치 않았다. 엘리엇은 자신과 같은 여성 대다수가 소비하는 소설이 조금도 마음에 들지 않았다. '여성 소설가들이 쓴 한심한 소설'이라고 표현했다. 물론 남성들을 위한 한심한 소설도 있었다. 그러나 남자들은 한심하지 않은 문학의 보고를 여자들보다 더 자유롭게 들락거릴 수 있었다. 상황은 차츰 달라졌다. 현대에 들어서는 아이리스 머독, 마거릿 애트우드, 조이스 캐롤 오츠, 토니 모리슨, A. S. 바이어트 같은 여성 작가가 모두 대학 교수였고 아주 똑똑했다. 이들의 작품을 읽는 독서 대중도 교육 수준이 높았고, 여성 독자가 남성 독자만큼 되거나, 더 많아졌다. 이런 면에서 보면 독서 대중은 균등해졌다.

그러나 역사의 어느 시점에서든, 어느 각도에서 보든 '독서 대중'은 축구 관중처럼 균일하지 않다. 요즘도 독서 대중은 모자이크와 비슷하다. 많은 소집단이 느슨하게 연결되어 있다. 어느 큰 서점이든 들러보면 그러한 점을 잘 알 수 있다. 서점을 어슬렁대다 보면 서로 다른 책들이 놓인 서로 다른 '분야'(장르)를 발견하게 된다. 소비자는 자신이 무엇을 좋아하는지 알고 있다. 청소년소설 분야에서 책을 고르고 싶은지, 아니면 고전소설이나 퀴어소설, 에로틱 소설, 로맨스 소설, 공포 또는 범죄소설, 어린이문학을 원하는지.

서점 어디엔가, 보통은 발길이 드문 구석에 시집도 있을 것이다. 그곳은 분명 서점 앞쪽 진열대에 산처럼 쌓인 베스트셀러

주변을 기웃대는 잠재적 소비자의 관심을 끌지 못할 것이다. 시는 늘 문학의 가난한 자매였다. '수는 적더라도 적합한 청중'이라고 밀턴은 자신의 독서 대중을 묘사했다. 밀턴은 책 판매에 얼마나 관심이 없었는지 『실낙원』 원고를 10파운드에 넘겼다. 17세기의 기준으로도 푼돈이었다. 역설적이게도, 그리고 고등교육 덕택에 밀턴은 이제 방대한 독자를 거느리고 있다. 『실낙원』은 해마다 베스트셀러 자리를 지키고 있으며 학교 교재로 쓰이는 한, 앞으로도 그러할 것이다. 오스카 와일드는 현명하게 자신의 첫사랑인 시를 떠나 대단히 대중적인 희곡으로 마음을 돌렸다. 그는 돈을 따라갔다. '내가 왜 후대를 위해 글을 써야 하나?'라고 빈정거렸다. '후대가 내게 뭘 해줬다고?' 많은 시인은 '수는 적더라도 적합한 청중' 곁을 떠나지 않는다. 베스트셀러 시집이라니, 그건 모순어법이다. 밥 딜런이나 데이비드 보위 같은 대중 가수까지 시인으로 치지 않는 한.

출판 산업은 '독자의 취향'을 최대한 알아내기 위해 정밀한 시장조사에 많은 비용을 들인다. 일반적으로 과학소설의 주요 소비층은 대학 교육을 받은 젊은 남성이다. 이들은 많은 책을 사고 특정 유형을 고집하는 '브랜드 중독자'다. 온라인 팬진fanzine을 통해 자신이 좋아하는 장르와, 같은 장르를 좋아하는 팬들의 소식을 얻는다.

그래픽 소설(만화책의 현대적 형식) 주위에는 이들과 조금 다른 유형의 독자가 모여 있을 것이다. 이들 역시 압도적으로 젊다. 과학소설의 가장자리인 판타지(좀비와 뱀파이어가 돌아다니는) 장르에서는 스테프니 메이어 같은 신진 작가가 여성 독자들의 사랑을 받고 있다. 또 다른 비주류 영역인 공포소설 독자는 과학소설, 그래픽 소설 독자와 부분적으로 겹친다. 남성 액션 소설(과거에는 서부극이 많았지만, 요즘은 전쟁 이야기가 많다)은 대개 군 복무 연령이 지났으며, 말을 타본 적이 없는 남성 독자들을 매료시킨다. 추리소설도 나이 많은 독자들, 여성과 남성 독자들 모두의 관심이 쏠리는 분야인데, 애거사 크리스티 같은 추리소설의 여왕들은 요즘 더욱 하드보일드한 퍼트리샤 콘웰 같은 작가들에게 밀려났다.

로맨스 소설은 중년 여성과 중년을 지난 여성들이 대개 소비한다. 특이하게도 최근 전자책의 성장을 이끈 주역이 바로 로맨스 소설 독자들이다. 이유는 짐작할 만하다. 엄마들은 집에 매여 있는 경우가 많고, 서점은 (슈퍼마켓과 달리) 유아차를 환영하지 않는다.

요즘 서점은 전자판매시점관리EPoS 시스템으로 구매 자료를 분석하고 재고 출하로 응답한다. 특정 책이 빠른 속도로 팔리고 있다면, 판매대의 빈 공간을 채우기 위해 더 많이 공급해야 한다. 장갑은 손에 맞게 만들어진다. 인터넷 서점을 사용하는 손도 마찬가지다. 당신이 아마존에서 꾸준히 책을 구입하거나 검색한다면, 아마존 사이트는 당신과 관련된 정보를 추적하고 평가한다. 당신의 취향에 맞는 광고가 화면에 뜰 것이다. 사람마다 지문이 다르듯 취향이 다르다. 독서 대중은 문학사상 그 어느 때보다도 더 자세하고 정밀하게 출판 산업에 의해 '분석'되고 있다. 그렇다고 독자가 무엇을 원하는지 예측할 수 있다는 말은 아니다. 일단 표출된 욕구만 더 신속하고 효율적으로 만족시킬 수 있을 뿐이다.

전반적으로 독서 대중은 쉽게 구할 수 있는 것보다 더 많은 읽을거리를 항상 원해왔다. 책의 형식을 띤 문학은 역사상 대체로 값비싼 사치품이었다. 두 가지의 혁신 덕택에 책값이 더 적당해졌고, 대중이 더 많은 책을 접하게 되면서 보통 사람도 문학도서에 접근할 수 있었다. 제인 오스틴의 소설 『노생거 사원』(1818년)에 등장하는 두 명의 열혈 독자인 캐서린 몰랜드와 이사벨라 소프는 '무시무시한' 고딕 소설을 바스의 '유료 대출 도서관circulating library'에서 구해다 읽는다. 유료 대출 도서관은 책 한 권을 많은 고객이 돌려가며 볼 수 있는 곳이다. 요즘 사서들의 추산에 따르면 하드커버 소설은 150회 대출이 적당하다. 책 한 권을 여러 사람이 돌려보면 그만큼 대출 비용을 줄일 수 있었다. 19세기 중반에는 도시에 거대한 유료 대출 도서관('리바이어던'이라고 불렸다)이 생겨 빅토리아 시대의 독서 대중에게 책을 공급했다. 20세기 전반기에는 소읍과 도시마다 길모퉁이에 '2페니' 도서 대출점이 생겨나 대중소설이 담배와 간식, 신문 옆에 나란히 진열되었다. 1950년대에 이르자 영국의 모든 시의회는 '종합' 공공도서관 서비스를 통해 지역 주민에게 책을 공급해야 하는 법적 의무가 있었다. 공공도서관 서비스는 무료였다.

다른 혁신은 저렴한 책값이다. 인쇄 기술의 개선과, 19세기에 식물을 재료로 하여 종이 생산 비용이 절감되어 책값이 저렴해졌다. 현대에 가장 큰 영향을 미친 것은 1960년대 미국에서 인기를 얻은 페이퍼백 혁명이다. 21세기에는 전자책이 등장했고, 인터넷과 연결된 모든 화면이 알라딘의 동굴로 들어가는 문을 열었다.

오늘날 독서 대중은 선택지가 훨씬 많아졌고, 원하는 책을 훨씬 많이 얻을 수 있다. 과연 좋은 일인가? 모든 사람이 그렇게 생각하지는 않는다. '많을수록 나쁘다'라고 주장하는 사람도 있다. 반면에 양에서 질이 나온다고 생각하는 사람도 있다. 나도 그렇게 생각한다. 독서 대중이 많아질수록 더 건강해진다. 푸딩이 클수록 자두가 더 많이 들어 있다.

CHAPTER 18

거인

디킨스

찰스 디킨스Charles Dickens(1812~1870)가 영국의 가장 훌륭한 소설가라는 데 동의하지 않을 사람은 거의 없을 것이다. '물으나마나 한 소리'라고 말할지 모른다. 스스로를 '비길 데 없는' 작가라고 칭한('그 자신조차' 자신이 비할 데 없이 뛰어나다고 생각했다) 디킨스라면 그런 질문을 하는 것은 고사하고, 그런 질문을 생각하는 것조차 무례하다며 인상을 구겼을지 모른다.

지폐와 우표 모두에 초상이 찍힌 소설가가 디킨스 말고 누가 있을까? 영화와 텔레비전 드라마로 그토록 자주 각색되는 작품을 쓴 소설가가 또 누가 있을까? 여전히 매년 100만 권씩 소설이 팔리는 빅토리아 시대의 소설가가 그 말고 또 있을까? 디킨스 탄생 200주년인 2012년에는 영국 총리와 캔터베리 대주교 모두 디킨스가 셰익스피어의 위상을 지닌 작가라고 선언했다. 누가 그들을 반박하겠는가?

그렇다면 디킨스의 소설은 정확히 어떤 점 때문에 그렇게 널리 최고라는 호평을 받는 것일까? 아주 다양한 답변이 요구되는 어려운 질문이다. 그리고 세월과 함께 답변도 달라진다. 예컨대 디킨스와 같은 시대를 살면서 『픽윅 클럽 여행기The Pickwick Papers』를 방금 다 읽은 사람에게 '보즈(디킨스가 초기 소설을 쓸 때 사용한 필명)가 왜 위대하다고 생각합니까?'라고 물었다면, 그 사람은 이렇게 대답했을 것이다. '이 사람만큼 웃게 하는 작가는 없었어요.' 그리고 8년 뒤, 디킨스의 동시대인에게 '『오래된 골동품 상점The Old Curiosity Shop』이 어떻기에 그 저자가 위대하다고 생각합니까?'라고 물었다면, 그 사람은 슬프기로 유명한 어린 넬의 죽음을 떠올리며 이렇게 대답할 것이다. '나는 소설을 읽으면서 그렇게 많이 운 적이 없어요. 디킨스만큼 사람을 울컥하게 만드는 작가는 없습니다.'

19세기의 독자들은 대개 우리와 다르게 반응했다. 그들에게는 감정을 억눌러야 한다는 생각이 조금도 없었다. 우리는 자신이 더 근엄한 사람이거나, 더 세련된 문학 독자라고 생각하길 좋아한다. 자주 인용되는 오스카 와일드의 신랄한 풍자도 그런 맥락에서 나온 것이다. '어린 넬의 죽음에 웃지 않으려면 돌로 된 심장이 필요할 것이다.' 어쩌면 우리는 디킨스 소설의 우스운 장면(이를테면 『데이비드 코퍼필드』에서 미코버 씨가 대부업자와 끊임없이 실랑이하는 장면)에 키득거리고, 슬픈 장면(이를테면 『돔비와 아들』에서 질질 끄는 폴 돔비의 사망 장면)에는 눈가가 촉촉해지겠지만 대체로 감정을 억제하는 편이다. 그래야 더 객관적이고 이성적으로 문학적 판단을 내릴 수 있다고 생각한다. 그러면 우리는 더 나은 독자가 되는가? 그렇다고는 할 수 없을 듯하다.

빅토리아 시대 사람이 아닌 요즘 독자도 디킨스를 역대 가장 위대한 소설가로 여기는 이유 다섯 가지를 제시하겠다.

첫째, 디킨스는 오랜 작가 경력 내내 유달리 창의적이었다. 아직 20대 초반이었을 때 그는 첫 번째 소설『픽윅 클럽 여행기』로 엄청난 성공을 거두었다. 그의 모든 소설처럼 처음에 이 작품도 연재물로 나왔다. 1836년 4월부터 '픽윅 클럽 사후 보고서The Posthumous Papers of the Pickwick Club'라는 제목으로 매달 연재물이 실리기 시작했다. 다른 작가였다면 '픽윅' 같은 유형의 소설을 줄줄이 썼겠지만, 끊임없이 변화를 추구한 디킨스는 즉각 방향을 틀어, 매우 다른 소설인『올리버 트위스트Oliver Twist』(1837~1838년)를 썼다. 이 소설은 분노가 담긴 어두운 정치적 작품으로, 새뮤얼 픽윅의 희극적인 여행과는 상당히 달랐다. 작품 속 분노는 영국의 독서 대중과 정부 모두를 향한 것이었다. 소매치기에서 강도가 된 구빈원 소년의 이야기는 그가 당대의 폐해를 공격한 첫 번째 '사회 문제' 소설이었다. 디킨스는 다른 종류의 소설도 개척했다. 이를테면『황폐한 집Bleak House』에는 영국 소설 최초로 탐정이 등장하고, 그로부터 탐정소설이 탄생했다.

디킨스는『데이비드 코퍼필드David Copperfield』(1849~1850년)와『위대한 유산Great Expectations』(1860~1861년)에서 작가 자신을 소재로 삼는 '자전소설'을 개척했다. 그를 다룬 80여 권의 전기물보다 이 두 권의 소설에서 디킨스에 대해 더 많이 알게 된다.

소설을 한 권씩 발표할 때마다 그의 작법이 더 나아졌음을 알 수 있다. 특히 플롯을 다루는 기술이 능숙해졌다. 연재물 작가의 좌우명은 (디킨스의 동료 소설가 윌키 콜린스의 표현대로) '사람들을 웃게 하라. 사람들을 울게 하라. 사람들을 기다리게 하라'이다. 작가 경력 중반에 이르러 소설 구성에 엄청나게 공을 들일 무렵, 디킨스는 서스펜스의 대가가 되었다. 그는 독자들이 다음에 무슨 일이 일어날지 알고 싶어서 다음 주나 다음 달에 발표될 이야기를 간절히 기다리고, 열성적으로 구매하도록 만드는 방법을 정확히 알았다. 『작은 도릿Little Dorrit』(1855~1857년) 같은 후기 소설에 이르면 디킨스는 독자를 능숙하게 '갖고 놀고', 독자는 그의 손안에서 놀아나기를 즐긴다. 뉴욕 항의 부두 노동자들이 『오래된 골동품 상점』의 다음 호를 운송하는 배에 대고 '그녀(작은 넬)가 죽었나요?'라고 소리쳤다는 이야기가 있다.

세월이 흐르는 동안 디킨스의 소설은 여러 분위기를 거치며, 대체로 희극적인 면이 줄어든다. 당대의 독자들은 그런 변화에 대해 투덜거렸다. 그들은 픽윅 같은 즐거운 이야기를 원했다. 그러나 소설이 어두워질수록 디킨스는 상징주의의 힘에 점점 끌렸고 그의 작품은 더욱 '시적'으로 변했다. 이를테면 후기 소설 『우리 모두의 친구Our Mutual Friend』(1864~1865년)는 템스 강이 작품을 지배하는 상징이 된다. (그의 모든 후기 소설에는 이런 상징이 있다.) 템스 강은 밀물로 들어와 런던을 정화하고 썰물로 빠져나가며 런던의 오물(도시의 죄악을 암시한다)을 실어간다. 소설의 주인공은 강에 빠졌다가 (다른 정체성으로) '재탄생'한다. 후기 소설의 시적 차원은 디킨스의 작품을 풍요롭게 만들었다. 하지만 더 큰 의미는 다른 소설가들이 뒤따르고 탐구할 만한 길을 열었다는 데 있다. 문학의 모든 위대한 작가처럼, 디킨스는 위대한 소설을 쓰기만 한 것이 아니라 다른 작가들이 위대한 소설을 창작할 수 있는 길을 열었다.

디킨스가 위대한 두 번째 이유는 그가 (『올리버 트위스트』에서처럼) 어린이를 소설의 주인공으로 만들었을 뿐 아니라 독자로 하여금 어린이가 얼마나 쉽게 상처받고 멍드는지, 어른과 달리 어린이가 어떻게 세상을 보는지 제대로 깨닫게 했다는 것이다. 디킨스는 아직 젊은 시절에 자신이 오래 살지 못할 거라고 생각하며(실제로 그러했다) 가까운 친구 존 포스터를 자신의 전기 작가로 선택했다. 스스로 '내 영혼의 은밀한 고통'이라고 부르며 포스터에게 종이 몇 장을 남겼다. 어린 시절 디킨스가 겪은 모진 고통을 묘사한 글이었다. 해군의 하급 군무원이었던 그의 아버지는 돈을 관리할 줄 몰랐고 결국 채무자 감옥인 마셜시Marshalsea에 갇히게 되었다. 『작은 도릿』의 배경이기도 한 이 감옥은 열한 살 소년인 디킨스에게 익숙한 장소였다. 아버지가 철창에 갇혀 있는 동안 디킨스는 일을 해야 했다. 그는 고작 주급 6실링을 벌기 위해 템스 강변의 쥐가 들끓는 공장에서 구두약통에 상표 붙이는 일을 했다. 모진 대우를 받았지만, 무엇보다도 수치심 때문에 힘들었다. 그 상처는 결코 아물지 않았다. 디킨스는 무척 똑똑한 소년이었지만, 그에 걸맞은 교육을 받지 못했다. 그의 교육을 가로막는 많은 장애물이 있었고, 그마저도 열다섯 살 때 중단되었다. 교육받지 못한 부끄러움도 그에게는 무거운 짐이었다. 동시대 사람들은 그를 '저급'하고 '저속'하다고 줄기차게 무시했고, 심지어 〈타임스〉에 실린 그의 부고 기사에도 그런 표현이 나온다. 어린이에 대한 디킨스의 관심에는 어린이가 작은 어른일 뿐 아니라 어린이에게 모든 어른이 되찾고 싶어 하는 것이 있다는 믿음이 깔려 있었다. (자신의 아이들을 위해 『예수 그리스도의 생애Life of Christ』를 썼던) 디킨스는 '너희가 돌이켜 어린아이와 같이 되지 아니하면 결코 천국에 들어가지 못하리라'라는 예수의 금언을 확고히 믿었다.

사실 디킨스의 어린 시절은 영웅적인 독학과 자기 수련의 시간이었다. 그는 사무원으로 일자리를 구했고, 속기를 배웠으며, 하원 의사 보고서를 보도하는 기자로 뽑혔다. 그는 변화하는 시대의 거울이 될 터였다. 그것이 그가 위대한 작가로 여겨지는 세 번째 이유다. 디킨스만큼 자신이 살았던 시대에 민감하게 반응한 소설가는 없었다. 역사적으로 그의 시대는 런던이 폭발적으로 성장하던 때였다. 10년마다 인구가 두 배로 늘어나 엄청난 발전이 이루어졌지만 시 행정의 엄청난 위기도 초래했다. 디킨스의 주요 소설 열네 편 중 열세 편의 배경이 런던이다. 『어려운 시절Hard Times』(1854년)만 맨체스터('세계의 공장'이라고 불렸다) 주변 지역을 배경으로 파업과 고난의 이야기를 그린다. 디킨스는 영국의 맥박을 확실히 짚었다. 그는 1840년대에 전국적으로 뻗어가며 승합마차(디킨스에게는 낭만적인)를 대체한 철도망이 불러올 거대한 변화를 알았다. 『돔비와 아들Dombey and Son』(1848년)이 주로 다룬 것은 철도 교통으로 탄생될, 지독히 파괴적이지만 놀랍도록 서로 연결된 새로운 세상이었다.

이제, 디킨스의 소설이 위대한 네 번째 이유를 말하겠다. 디킨스의 소설은 사회 변화를 '반영'할 뿐 아니라 그는 소설이 세상을 '변화'시킬 수 있음을 제대로 이해한 최초의 소설가였다. 소설은 사람들을 계몽하고, 진실을 폭로하고, 대의를 옹호할 수 있다. 디킨스의 개혁가다운 면모를 보여주는 다소 놀라운 사례는 『마틴 처즐위트Martin Chuzzlewit』의 서문이다. 서문에서 그는 자신이 모든 소설에서 '공중위생 개선'의 필요성을 보여주려 애썼다고 말한다. 막 소설을 읽으려는 독자에게 할 만한 이야기는 아닌 것처럼 들린다. 이를테면 『황폐한 집』 같은 소설을 읽기 시작하려는 독자에게는 말이다. 그렇다면 『황폐한 집』의 유명한 첫 부분을 잠시 들여다보자.

> 런던. 가을 학기가 얼마 전에 끝났고, 대법관은 링컨스 인 법학원 홀에 앉아 있다. 무자비한 11월의 날씨다. 홍수가 방금 물러간 것처럼 진창이 도로에 가득해서, 홀본힐을 거대한 도마뱀처럼 뒤뚱거리며 올라가는 40피트쯤 되는 메갈로사우루스와 마주친다 해도 놀랍지 않을 것이다. 굴뚝에서 나온 연기가 실한 눈송이만큼 큼직한 숯 조각을 품은 검정 보슬비로 내리는 모습이 태양의 죽음을 애도하는 상복을 입은 듯하다고 상상할 만했다.

한마디로, '오물'이 곳곳에 있다. (여기에서 묘사된 거리의

'진창'은 주로 말과 인간의 배설물이다.) 공기 중에는 오염물질이 너무 많아서 해가 보이지 않는다. 오물은 질병을 데리고 다닐 수밖에 없다. 이 소설에는 질병이 도처에 있다. 질병 때문에 가난한 거리 청소부인 소년 조가 죽고 여주인공은 얼굴에 흉이 진다. 『황폐한 집』의 1회분이 발표된 것은 1852년이었다. 6년 뒤 토목기사 조지프 배절제트가 런던 거리 아래에 하수구 시스템을 건설하기 시작했다. '진창'이 사라질 터였다. 디킨스는 삽을 들고 런던의 땅을 파거나, 판석을 들거나, 쇠 파이프를 납땜하지는 않았지만 빅토리아 시대의 위대한 위생 개혁에 한몫했다고 해도 터무니없는 소리는 아니다. 요즘도 우리는 『황폐한 집』을 읽는다. 런던의 모든 서점에서 이 소설을 판매한다. 그리고 런던 사람들은 빅토리아 시대의 선조들이 우리 발밑에 설치한 하수구 시스템 위를, 대개는 전혀 의식하지 않은 채 걸어 다닌다.

마지막으로, 그리고 가장 중요하게, 디킨스의 소설이 영원한 매력을 내뿜는 이유는 사람은 본질적으로 선하다는 그의 정직한 믿음 때문이다. 악한도 있지만(『올리버 트위스트』의 흉악한 빌 사익스를 옹호하기란 어려울 것이다) 일반적으로 디킨스는 사람에 대한 믿음이 대단히 컸다. 그는 항상 사람은 마음속으로는 착하다고 생각했다. 인간의 선함에 대한 믿음은 그의 가장 유명한 작품인 『크리스마스 캐럴A Christmas Carol』(1843년)의 주요 특징이다. 에버네저 스크루지는 집 밖에서 가난한 사람이 죽어도 눈 하나 깜짝하지 않는 냉정한 구두쇠다. 구빈원이 있지 않느냐고 묻는 사람이다. 그런 스크루지마저 감동받으면 인정 많은 사람이 될 수 있다. 다리가 불편한 꼬맹이 팀의 양부가 되고, 팀의 아버지 밥 크래칫에게는 관대한 고용주가 된다. 그러한 '마음의 변화'는 디킨스의 이야기 대부분에서 없어서는 안 되는 순간이다. 만약 누군가가 디킨스에게 글을 쓰는 목적이 무엇이냐고 묻고, 그가 솔직히 답할 마음이 있다면, 그는 소설이든 기사든 자신은 사람들의 마음을 변화시키거나, 적어도 '부드럽게' 해주기 위해 글을 쓴다고 답했을 것이다. 그리고 그는 대부분의 작가보다 그 일을 더 잘해낸다. 오늘날까지도.

찰스 디킨스는 자신이 어느 모로 보나 완벽한 사람은 아니라고 누구보다 먼저 인정했을 것이다. 그의 소설은 대부분 행복한 결혼으로 끝나지만, 그는 최고의 남편도, 최고의 아버지도 아니었다. 20년간 결혼 생활을 하면서 열 명의 자녀를 낳은 아내를 쫓아낸 뒤 자신보다 스무 살 어리고, 자신과 더 잘 어울리는 사람을 선택했다. 빅토리아 시대의 기준으로도 디킨스는 이따금 완고한 사회관과 태도, 편견을 드러냈다. 그러나 그런 완고함보다는 더 나은 세상을 만들어갈 인간의 능력과 진보에 대한 믿음이 더 컸다. 그는 인간이 더 나은 세상을 만들려고 '마음'먹는다면 그렇게 할 수 있다고 생각했다. 지금 우리가 사는 세상은 과거보다 더 나아졌고, 그것은 부분적으로 찰스 디킨스의 덕택이기도 하다. 결국, 그것이야말로 그의 소설이 위대한 이유다. '그렇고말고'라고, 비길 데 없는 디킨스라면 말했을 것이다(감히 그 점을 조금이라도 의심했다는 것에 대해 투덜거리면서).

CHAPTER 19

문학 속의 삶

브론테 자매

샬럿Charlotte(1816~1855)과 에밀리Emily(1818~1848), 앤Anne(1820~1849) 브론테 자매의 삶은 세상의 이목을 끄는 소설의 플롯이 될 만하다. 이들의 아버지는 주목할 만하게 자수성가한 사람이었다. 그는 아주 가난한 아일랜드 농부의 10남매 중 한 명으로 태어났고, 원래 이름은 패트릭 프룬티였다. 타고난 영특함과 노력, 많은 운에 힘입어 패트릭은 케임브리지 대학교에 들어갔다. 학교를 졸업하자 그는 국교회 사제로 임명되었고 신중하게 이름을 브론테로 바꾸었다. 브론테는 넬슨 제독에게 하사된 작위 중 하나였다. 당시에는 아일랜드인을 싫어하는 사람들이 있었다. 주기적으로 봉기와 살육이 일어났다. 브론테 목사는 결혼을 잘 했고 1820년에 요크셔 지방에서, 섬유를 생산하는 공장 도시 카일리에서 멀지 않은 페나인 무어에 성직자로서 삶의 터전을 꾸렸다. 가족은 한쪽에는 야생의 자연을, 반대쪽에는 산업혁명을 끼고 살았다.

'삶'의 터전은 어울리지 않는 표현이다. 멋진 하워스 목사관은 죽음의 터전이었다. 패트릭의 아내는 여섯 번의 임신으로 쇠약해졌고 30대 중반에, 앤이 아기였을 때 죽었다. 위로 두 딸은 어렸을 때 죽었다. 살아남은 세 딸 중 누구도 마흔 살을 넘기지 못했다. 샬럿이 가장 오래 살았지만, 서른아홉 번째 생일이 되기 전에 죽었다. 가족의 큰 희망이었던 아들 브랜웰은 나쁜 길로 빠졌고, 술과 마약에 빠져 서른한 살에 울부짖으며 죽었다. 아이들 모두 '폐결핵'으로 죽거나, 치명적으로 몸이 쇠약해졌다. 역설적이게도 가여운 아버지는 자식들보다 오래 살았다. 이런 삶을 위해 그는 그렇게나 힘들게 자수성가했던가?

브론테 가족이 또 다른 목사의 유명한 딸 제인 오스틴(마흔한 살에 죽었다)만큼 건강하고 행복하고 풍요롭게 오래 살았다면, 그들에게 주어지지 않은 10년 동안, 그들이 쓰지 못한 소설이 어떻게 달라졌을까? 아주 달랐을 것이다. 그것만큼은 부인할 수 없을 듯하다. 짧은 삶에서도 그들은 거의 마지막 순간까지 예술가로서 놀라운 속도로 발전하고 있었으니까.

목사관과 교회, 인근 묘지를 포함한 하워스는 브론테 자매가 쓴 소설 속의 작은 세상과 환경을 형성했다. 셋 중 누구도 그곳을 벗어나지 못했고, 아버지가 책임진 교구 경계 안에서 거의 평생을 보냈다. 그들이 더 큰 세상을 아주 조금밖에 보지 못했다는 사실은 소설에서도 드러난다. 에밀리 브론테의 『폭풍의 언덕Wuthering Heights』

(1847년)에서는 소설 제목이 된 오래된 집의 반경 16킬로미터 안에서 모든 행위가 일어난다. 소설에서 다루는 지리적 범위가 좁다 보니 서사에 구멍이 생긴다. 이야기의 앞부분에서 언쇼 씨는 리버풀('편도 약 100킬로미터 거리')까지 걸어가서 집 없는 아이를 데리고 돌아온다. 이때 데려온 아이가 자신을 키워준 집안을 뒤집어엎는 히스클리프다. 다른 소설가였다면 이 기이한 아이의 '배경'을 들추어내거나, 적어도 언쇼가 (믿을 수 없게도) 리버풀의 하수구에서 이 아이를 발견하는 장면을 보여주었을 것이다. 아이는 집시 어머니에게서 태어난, 인정받지 못한 사생아였을까? 에밀리는 설명될 만한 장면을 전혀 제시하지 않는다. 왜 그럴까?

가장 그럴듯한 이유는 에밀리가 리버풀을 잘 몰랐고, 자신이 모르는 장소에서의 이야기를 풀고 싶지 않았다는 것이다. 『폭풍의 언덕』의 플롯에서 가장 큰 구멍은 히스클리프의 '사라진 세월'에 관한 것이다. 캐시가 넬리(소설의 많은 화자 중 한 명)에게 린튼과 결혼할 생각이라고 말하는 것을 엿듣고 나서 히스클리프는 짐도 거의 챙기지 않고, 주머니에 돈 한 푼 없이 달아난다. 그로부터 3년 뒤 그는 돈 많고 단정한 차림새에 교양 있는 모습으로, 즉 '신사'가 되어 돌아온다. 어떻게 이런 일이 일어났을까? 그는 어디에 있었기에 이렇게 변했을까? 소설은 말하지 않는다.

내가 '플롯의 구멍'이라고 부르는 이런 특성은 예술적 기교로 볼 수도 있다. 소설을 구상할 때 의도적으로 그런 구멍을 만들었다고. 그러나 한편으로는 저자가 세상 경험이 많지 않고, 지방에 사는 여성으로서 히스클리프처럼 무지한 시골뜨기 가출 소년이 그토록 놀랍게 다른 사람으로 변할 만한 장소와 상황을 경험해보지 못했다는 사실도 보여준다.

앤은 딱 한 번 런던에 가서 이틀 정도 머물렀다(자신의 첫 소설을 직접 썼다는 사실을 밝히기 위해서 갔다). 앤은 자신이 쓴 두 소설(과소평가되곤 한다)에서 매우 제한된 삶의 경험을 최대한으로 알뜰하게 사용한다. 『아그네스 그레이Agnes Grey』(1847년)에서는 요크 근처에 사는 어느 가족의 가정교사로 보낸 2년간의 경험을 활용해 중산층 가정에서 '고급 하인' 신분이 겪는 수모와 좌절을 묘사한 최고의 빅토리아 소설을 창조했다. 그리고 대부분의 여성보다 앤은 알코올중독에 대해 잘 알았다. 앤은 천식이 있었기 때문에 자매들보다 더 많은 시간을 집에서 보냈고 더 유순했다(어린 시절 앤은 '방정한 품행'으로 상을 받았는데, 샬럿이나 에밀리가 그런 상을 받는 일은 상상하기 힘들다). 그러므로 브랜웰이 폭음과 끔찍한 금단 증상을 오갈 때 가까이서 돌본 사람은 앤이었다. 이 경험으로 앤은 소설 『와일드펠 홀의 거주자The Tenant of Wildfell Hall』(1848년)의 플롯을 구성했다. 이 소설은 빅토리아 문학에서 '음주광dipsomania'(당시 알코올중독자를 부른 명칭)을 가장 정확하게 묘사한 작품이다.

우리는 브론테 자매가 목사의 딸들이라는 사실을 곧잘 잊어버린다. 이들의 성장 환경은 글 속에, 가끔은 눈에 띄지 않게 녹아 있다. 『제인 에어』(1847년)의 많은 독자는 첫 문장('그날은 산책을 할 수 없었다')과 '붉은 방'과 밉살스러운 리드 부인을 기억할 것이다. 그러나 이 소설의 마지막 말인 '아멘, 오소서, 주 예수여!'를 기억해내기는 대개 힘들어한다.

브론테 자매의 소설을 읽을 때는 이들이 제도권 교육을 거의 받지 않았다는 사실을 기억하는 것이 중요하다. 성직자의 딸들을 위한 코완 브리지 기숙학교에서의 짧은 경험은 재앙에 가까웠고, 손위 언니들의 죽음으로 이어졌다. 샬럿은 이 끔찍한 학교를 『제인 에어』의 로우드 기숙학교로 영원히 남김으로써 복수했다. 15년이 흐른 뒤에도 샬럿은 그 가학적인 학교가 자신과 자매들에게 가한 육체적 고통을 여전히 느끼고 있었다.

> 우리는 장화가 없어서, 눈이 신발 안으로 들어와 녹았다. 장갑을 끼지 않은 손은 감각이 없어지고 발처럼 동상으로 뒤덮여 있었다. 나는 저녁마다 발이 염증으로 달아오를 때 견뎠던 신경 쓰이는 통증과 아침마다 붓고, 살갗이 벗겨지고, 뻣뻣해진 발을 신발에 쑤셔 넣을 때 느꼈던 고통을 잘 기억한다.

장티푸스가 휩쓸고 지나간 뒤 학교는 문을 닫았고, 아버지는 살아남은 세 딸의 교육을 맡아 집에서 보기 드물게 잘 가르쳤다. 아마 그들의 삶에서 가장 행복한 시간이었을 이 5년 동안 자매들은 장서를 잘 갖춘 목사관의 서재를 마음대로 뒤지며 지냈다. 그들은 그곳에서 발견한 책, 특히 스콧의 로맨스 소설과 바이런의 시로부터 자극을 받았다.

1826년경, 어린 세 딸은 브랜웰과 함께 가상의 세계에 대한 긴 연작을 거의 알아볼 수 없는 작은 글씨로 몰래 쓰기 시작했다. 이 '어린 시절의 거미줄 짜기'는 처음에 브랜웰과 함께했던 장난감 병정놀이에서 영감을 얻었다. 이야기는 저 멀리 아프리카까지 뻗어나갔으며, 나폴레옹과 웰링턴을 닮은 영웅들이 등장했다. 가상의 세계인 앙그리아와 곤달에서 활약하는 슈퍼히어로 같은 인물들의 특성은 훗날 자매들이 쓴 소설 속의 에드워드 로체스터와 가장 매력적인 히스클리프 같은 인물로 스며들었다. 히스클리프Heathcliff는 황야heath와 벼랑cliff으로 구성된 이름처럼(이름인가, 성인가?), 에밀리 브론테가 사랑했던 황무지의 풍경에서 가장 냉혹하고, 가장 덜 인간적인 요소로 이루어진 주인공이다.

브론테 자매처럼 보기 드물게 영리한 젊은 여성들은 자라서 무엇을 해야 하는가? 물론, 결혼을 해야 한다. 아버지가 세상을 떠나고 나면 그들은 무일푼이 될 것이다. 전해지는 몇 안 되는 초상화와 유일한 사진 한 장(샬럿)을 보면 그들이 매력적이었다는 사실을 알 수 있다. 그들이 선택할 만한 적합한 젊은 성직자는 많았다. 그러나 자매들은 결혼 이상의 것을 원했다. 샬럿은 젊은 시절에 여러 차례 구혼을 거절했다고 알려져 있다. 그들은 아버지가 집에서 가르쳐준 것들을 다른 사람들에게 전수하는 일을 하기로 했다. 세 딸 모두 가정교사가 되었다. 에밀리와 샬럿은 가정교사로 짧고 불행한 시간을 보냈다. 앤은 더 오래, 더 고통스러운 시간을 보냈다.

1842년, 에밀리와 샬럿은 브뤼셀로 떠났다. 여자기숙학교에서 교생으로 일하며 프랑스어를 터득할 생각이었다. 언젠가 그들만의 학교를 세우는 데 도움이 될 것이라고 믿었다. 브뤼셀에서 에밀리는 요크셔와 황무지를 떠나 있었기에 늘 불행했다. 히스클리프와 캐시처럼 에밀리도 '황야'를 사랑했다. 『폭풍의 언덕』에서 가장 흥미로운 장면 중 하나는 어린 캐시와 히스클리프가 좋아하는 여름날을 서로 비교하는 장면이다. 캐시는 구름이 바람에 실려 하늘을 재빠르게 지나가며 땅에 그림자를 드리우는 날을 좋아한다. 히스클리프는 적막하고, 찌는 듯 더운, 구름 없는 날을 좋아한다. 이런 일화가 샬럿의 소설에서는 나오지 않는다.

에밀리는 적당한 순간이 오자마자 브뤼셀을 떠나 하워스로 돌아왔다. 브뤼셀에는 에밀리를 위한 것이 없었다. 샬럿은 1년을 더 머물렀다. 샬럿에게는 몹시 힘들었지만, 문학에는 다행스러운 시간이었다. 그녀는 기숙학교의 교장 콘스탄틴 에제와 미친 듯이 사랑에 빠졌다. 그는 잘 처신했다. 열정에 휩싸인 샬럿은 나쁘게 처신하진 않았지만 다소 무모했다. 에제는 샬럿에게 일생일대의 사랑이었다. 이루어질 사랑은 아니었지만, 그 비참한 경험이 훗날 소설의 소재가 되었다. 이를테면 『제인 에어』에서 로체스터가 밀고 당기며 그의 가정교사를 애태우게 하는 장면에 쓰였다. 『빌레트Villette』(1853년)에서 에제는 현실의 모습과 더욱 가까운 인물로 등장한다. 루시 스노가 브뤼셀의 기숙학교에서 교생으로 일하는 동안 사랑하는 남자로 나온다. 두 소설 모두 여주인공의 1인칭 서사('나'의 서사)로 쓰였으므로, 자전적 요소가 한층 두드러진다. 불행한 연애가 그보다 더 위대한 소설을 창조한 예는 드물다. 이 소설들의 뒷이야기를 알게 되면 독자들은 그 위대함을 더 잘 음미할 수 있다.

브뤼셀 이후에 세 딸은 다시 하워스에 모였다. 가정교사 일도, 브뤼셀도 신통치 않았다. 그러나 그들은 여전히 결혼 시장에 나서는 일이 내키지 않았고, 함께 돈을 벌기로 마음먹은 듯했다. 초기 빅토리아 시대의 여성에게는 결코 쉽지 않은 일이었다.

자매는 글을 쓰기로 결심했다. 책을 팔아 벌어들인 수익으로 언젠가 학교를 세우려 했다. 저자든 출판업자든, 모두 남자가 장악한 저술업의 세상으로 비집고 들어가기 위해 그들은 남성 필명(커러, 엘리스, 액턴 벨 형제)을 선택했다. 필명으로 시집을 자비 출판했고 반응을 기대했다. 시집은 두 권이 팔렸다. 후세 사람들은 특히 에밀리를 중요한 시인으로 인정함으로써 이런 무관심을 더러 보상했다.

위대한 브론테 소설 세 권이 모두 출간된 1847년은 경이로운 한 해였다. 그러나 이 소설들이 곧바로 성공하지는 않았다. 에밀리와 앤의 첫 소설인 『폭풍의 언덕』과 『아그네스 그레이』(이번에도 남성 필명으로 출판되었다)를 출판한 곳은 런던에서 가장 불성실한 출판사였다. 출판업자의 소홀함 때문에 소설들은 흔적도 보상도 없이 묻히고 말았다. 자매가 죽고 한참 지난 뒤에야 빅토리아 시대의 걸작으로 인정받게 되었다. 그러나 저자들에겐 너무 늦은 일이었다.

샬럿은 좀 더 나은 편이었다. 샬럿이 보낸 첫 소설은 퇴짜를 맞았지만, 출판사에서 다음 작품을 무척 보고 싶다는 논평을 보내왔다. 이에 샬럿은 몇 주 만에 『제인 에어』를 썼다. 『제인 에어』는 베스트셀러가 되었고 '커러 벨'(샬럿은 이 필명을 오래 쓰지 않았다)은 주목받는 소설가가 되었다. 다른 많은 이들처럼 소설가 윌리엄 메이크피스 새커리도 자그맣고 평범한 가정교사가 세상을 헤쳐

나가며, 사랑하는 남자가 다락방의 미친 여자(첫 아내)를 편리하게 버리고, 시력과 한 손을 잃어 삼손처럼 '길들여진' 뒤에 그 남자를 얻는 이야기를 밤새워 읽었다.

에밀리는 몇 달 뒤, 가까스로 서른 살을 넘긴 후 그녀가 당시에 쓰고 있었으리라 여겨지는 두 번째 소설을 끝내지 못한 채 죽었다. 앤은 에밀리가 죽고 다섯 달 뒤 스물여덟 살에 죽었다. 출판업자는 괘씸하게도 앤의 두 번째 소설 『와일드펠 홀의 거주자』도 첫 소설처럼 소홀하게 관리했다. 둘 다 결핵으로 죽었다.

샬럿은 6년을 더 살았다. 아버지의 부목사의 청혼을 받아들여 자식들 중에서 유일하게 결혼하게 되었다. 그로부터 얼마 지나지 않아, 서른여덟 살에 임신 합병증으로 그녀 또한 세상을 떠났다. 샬럿은 영원히 살아남을 소설들을 남긴 브론테 자매 중 한 명으로 하워스의 가족 납골묘에 묻혔다.

CHAPTER 20

이불 속에서

문학과 어린이

문학 숨바꼭질을 해보자. 「햄릿」에서 어린이는 어디에 숨어 있을까? 「베오울프」에서 아이들은 어디에 있을까? 2012년 설문조사 결과, 영어로 쓰인 가장 영향력 있는 소설은 『오만과 편견』이었다. 베넷 가족에 대한 오스틴의 이야기에서 어린이는 어디에 있을까? 나와라, 나와라, 어디 있니! 찾아봐야 헛수고일 것이다.

전통적인 부모에게 이상적인 아이란 '보이되 들리지 않는' 아이라면, 문학의 오랜 역사에서 여러 세기 동안 어린이는 보이지도 들리지도 않았다. 물론 어린이는 '그곳에' 있지만 보이지 않았다.

어린이를 위한 책과 어린이에 관한 책이라는 두 가지 의미의 어린이문학은 19세기에 뚜렷한 범주로 등장했다. 쓸 만한 가치가 있는 소재로 '어린이'에 대한 관심이 생긴 현상은 낭만주의 운동을 이끈 두 사람, 즉 장 자크 루소와 윌리엄 워즈워스 덕택이었다. 이상적인 어린이 교육을 위한 안내서인 루소의 『에밀Émile』(1762년)과 다음 세기에 발표된 워즈워스의 자전적인 긴 시 「서곡」에서 어린 시절은 우리를 '만드는' 기간이다. 워즈워스가 표현한 대로, '어린이는 어른의 아버지다'. 인간 조건의 변두리가 아니라 중심에 자리한다.

어린이에 대한 워즈워스의 숭배에는 두 가지 면이 있다. 하나는 어린 시절의 경험이 우리를 '형성'한다는 것이다(또는 트라우마가 되어 우리를 '손상'시킬 수도 있다). 「서곡」(어린 시절은 성인기의 서곡이기도 하다)에서 워즈워스는 우리를 둘러싼 세상과의 관계가 정립되는 때가 어린 시절이라고 말한다. 워즈워스의 경우 자연과 친밀한 관계가 형성된 시기가 바로 어린 시절이었다.

또 다른 면은 어린이는 가장 가까운 시간까지 하느님과 함께 있었으므로 어른보다 '더 순수한' 존재라는 워즈워스의 종교적 믿음이다. 이런 믿음은 「송가 : 불멸성의 자취Ode: Intimations of Immortality」에서 분명히 드러난다. 시는 우리가 '영광의 구름을 끌며' 세상으로 들어오지만, 그 구름은 세월이 흐를수록 흩어져버린다고 말한다. 보통 '성장'이라는 표현은 덧셈을 의미한다. 우리는 힘이 더 세지고, 지식이 더 많아지고, 기술이 더 능숙해진다. 영국에서든 미국에서든 우리는 특정 나이에 이르러 충분히 '성숙'해야 어떤 영화를 보거나, 술을 마시거나, 차를 운전하거나, 결혼하거나, 투표할 수 있다. 워즈워스는 성장을 달리 보았다. 성장은 무언가를 '얻는' 것이 아니라 훨씬 더 중요한 무언가를 '잃는' 것이다.

제18장에서 보았듯, 인간의 삶에서 어린 시절이 가장 중요하다는 믿음을 이어받은 사람이 또 있다. 바로 찰스 디킨스다. 그의 두 번째 소설 『올리버 트위스트』(20대 중반인 1837~1838년에 썼다)에서 디킨스는 빈민층이 공공지원을 받는 일을 더 힘들게 만든 신구빈법을 비판한다. 신구빈법의 목적은 사회의 '나태한' 구성원들이 유용한 일자리를 찾도록 자극을 주어 정부지원금을 받지 않도록 만드는 데 있었다. 이 문제는 '복지국가'를 둘러싼 정치적 논쟁에서 되풀이되는 것들 중 하나다.

그렇다면 디킨스는 잔인한 영국에 대한 비판을 어떻게 표현했을까? 어린아이가 고아에서 '구빈원 소년'으로, 미성년 굴뚝청소부로, 결국 범죄자의 견습생으로 '발전'해가는 모습을 추적하는 방법을 썼다. 당신이 사는 사회가 왜 그런지 알고 싶은가? 그러면 그 사회가 어린이를 어떻게 대하는지 보라. '어린 가지가 구부러진 모양대로 나무가 자란다'라고들 말한다. 디킨스는 남자로서, 예술가로서 자신의 인격이 열세 살 전에 자신에게 일어난 일의 영향으로 형성되었다고 믿었고, 자신의 전기 작가에게도 그 점을 분명히 밝히라고 일러두었다.

어린 시절의 경험에 따라 그 사람의 인생이 형성된다는 워즈워스의 주제는 『올리버 트위스트』 이후에 샬럿 브론테(특히 1847년의 『제인 에어』)와 토머스 하디(특히 1895년의 『이름 없는 주드Jude the Obscure』), D. H. 로렌스(1913년의 『아들과 연인Sons and Lovers』)를 거쳐 윌리엄 골딩의 『파리 대왕Lord of the Flies』(1954년)과 라이오넬 슈라이버의 『케빈에 대하여We Need to Talk About Kevin』(2003년) 같은 작품까지 이어진다.

간단히 말해 문학은 19세기에 어린이를 '발견'했고, 그 뒤로 어린이에 대한 관심을 결코 잃지 않았다.

지금까지 우리는 어른이, 어른을 위해, 어린이에 대해 쓴 책들을 다루었다. 그러나 처음부터 어른 독자를 염두에 두고 쓰지는 않았지만 어린이 독자나 어른 독자 모두에게 좋은 책들도 있다. 예를 들어 루이스 캐럴의 『이상한 나라의 앨리스Alice's Adventures in Wonderland』(1865년), 마크 트웨인의 『허클베리 핀Huckleberry Finn』(1884년), J. R. R. 톨킨의 『반지의 제왕The Lord of the Rings』(1954~1955년) 같은 책이다. 이런 작품들은 어린이 독자들에게 읽어줄 수도 있고, 어린이 독자들이 읽을 수도 있다. 여기에서 '어린이'가 매우 넓은 개념임을 상기할 만하다. 다섯 살인 어린아이의 읽기와 듣기, 이해는 10대 초반인 아이와 매우 다르고, 서점도 그에 맞는 분야로 나눈다. 하지만 생일 케이크에 초를 몇 개 꽂든, 우리 모두의 내면에는 어린아이가 있고 위에서 언급한 세 작품은 일곱 살부터 일흔 살까지 읽는 사람(또는 듣는 사람)에게 만족감을 준다.

옥스퍼드 대학교의 교수이자 언어학자였던 루이스 캐럴은 동료 교수의 영리한 딸들을 위해 '앨리스 책들'을 썼다. 그가 어느 여름날 오후에 강에서 보트를 타며 아이들을 즐겁게 해주기 위해 풀어놓은 것은 흰 토끼를 따라 땅속 구멍으로 들어간 한 소녀의 이야기다. 앨리스는 자신이 떨어진 기이한 지하 복도에서 몸을 줄어들게 만드는 약을 마시고, 거대하게 만들어주는 케이크를 먹고, 괴상하고 가끔은 폭력적인 어른으로 가득한 세상을 여행한다. 캐럴의 이야기는 분명 '성장'의 시련과 고난에 대한 이야기였고, 성장기를 거치는 어린 독자를 늘 사로잡았다. 그러나 그 이야기의 곳곳에는 캐럴의 대학 동료들도 흥미롭고 재미있게 여길 만한 것이 무수히 많다. 이를테면 시의 패러디(나이 듦에 대한 로버트 사우디의 시를 재미있게 패러디한 것을 포함해서)와 다양한 철학적 난제가 들어 있다.

마크 트웨인의 『허클베리 핀』은 어린이를 위해, 어린이에 대해 쓴 가장 존경받는 책이다. 이야기는 단순하다. 이전 이야기 『톰 소여의 모험』에서 톰 소여의 친구인 허크가 흑인 노예 짐과 함께 도망친다. 그들은 임시변통으로 만든 뗏목을 타고 미시시피 강을 따라, 바라건대 짐이 자유를 찾을 만한 곳으로 향한다. 그들이 모험을 하는 동안 허크는 짐을 자신과 동등한 인간으로 존중하는 법을 배운다. 대단히 희극적인 마지막 몇 장에는 톰 소여도 등장한다. 마크 트웨인은 '톰과 허크'에 대한 어린 독자의 편지를 엄청나게 많이 받았다. 아홉 살밖에 되지 않은 어린 독자도 있었고, 대부분은 열두 살 정도였다. 그들은 톰과 허크가 벌이는 소동을 좋아했다. 사실 『허클베리 핀』이 어린 독자들에게 너무나 인기 있어서, '어린이들'이 허크를 흉내 내어 어법에 어긋나는 말투와 거짓말을 따라할까봐 미국 도서관에서 이 책이 금지되기도 했다. 그러나 세월이 흐르면서, 특히 1964년에 민권법이 제정된 이래로 성인 독자들이 허크와 흑인 짐의 관계, 그리고 어린 주인공 허크의 인종주의적 편견이 차츰 교정되는 과정의 섬세한 묘사에 매료

되었다. 이는 어른의 주제다. 그럼에도 이 책이 연령대를 불문하고 모든 독자에게 줄 수 있는 즐거움과 공존한다.

성인 독자층을 확보하고 있는 필립 풀먼과 테리 프래쳇의 최근 작품처럼 『반지의 제왕』은 선과 악의 영원한 투쟁을 깊이 탐구한다. 그러나 중간계를 장악하려는 암흑의 군주 사우론과 그곳의 요정과 난쟁이, 인간 종족 간의 서사시적 투쟁 이야기에는 또 다른 차원이 있다. 톨킨은 고대와 중세 영어를 연구한, 당대에 가장 존경받는 문학비평가이자 「베오울프」(제3장 참조) 전문가였다. 『반지의 제왕』은 매일 밤마다 불이 꺼진 한참 뒤까지도 아이들을 잠 못 이루게 했을 뿐 아니라 톨킨의 동료 학자들까지 머리를 쥐어짜게 만들었다. 톨킨이 처음으로 자신의 창작 계획을 이야기한 것도 옥스퍼드의 어느 흥겨운 주점에서 한 무리의 동료 학자와 함께 있을 때였다.

'어린이문학'이 무엇을 뜻하는지 파고들다 보면 몇 가지의 흥미로운 질문이 나온다. 그중 세 가지를 들여다보자. 첫 번째 질문은 이것이다. 어린 시절 우리는 문학을 '흡수'하는 데 필요한 기본 기술을 어떻게 얻는 것일까? 우리는 글을 모르는 상태로 태어난다. 보통 두 살 무렵에 귀를 통해 잠자리에서 듣는 이야기와 자장가로 처음 문학을 경험한다. 『잭과 콩나무Jack and the Beanstalk』 같은 이야기와 「세 마리의 눈먼 쥐Three Blind Mice」 같은 동요로. 그림은 어린이가 책장에 집중하게 한다. 한 달, 두 달이 지나면서 이야기와 짧은 노래는 더 복잡해지고 그림은 덜 중요해진다. 로알드 달의 이야기가 좋아하는 잠자리 이야기가 된다. 닥터 수스가 자장가를 대신한다.

많은 사람은 집에서 문학을 읽고 사랑하는 법을 배운다. 잠자리 이야기는 하루의 특별한 즐거움이다. 아이들은 자라면서 부모가 읽어주는 책을 '듣기'보다 부모(때로는 손위 형제)와 '함께' 읽게 된다. 많은 아이가 독서 발달 과정에서 거치는 세 번째 단계가 있다. 불이 꺼진 뒤 이불 밑에서 손전등을 켜고 책을 읽는 것이다. 어린 시절에 읽은 책은 우리가 평생 아끼는 문학으로 함께하곤 한다.

어린이문학에는 어른을 위한 문학과 구별되는 또 다른 측면이 있다. 책은 비싸고 아이들은 쓸 돈이 거의 없다. 지난 수백 년간 새로운 소설을 사려면 보통 사람이 한 주에 버는 소득에서 적지 않은 돈을 써야 했다. 예로부터 아이들은 빈털터리였다. 그러므로 어린이문학은 어린이가 직접 구매하는 것이 아니라 어린이를 위해 구매하게 되는 경향이 있다. 빅토리아 시대 사람들은 칭찬받을 만한 행동을 했을 때 '보상'으로 책(주일학교에서 자주 주는)을 선물하곤 했다. 어린이들의 경제력이 미미하다 보니 어린이문학은 어린이에게 '선한 행동'을 가르치는 것이 관심사인 어른들의 통제와 검열에 늘 영향을 받게 마련이다.

아이들은 당연히 몸에 좋은 약보다 달콤한 것을 더 좋아한다. 디킨스는 여섯 살 때 변변찮은 용돈을 긁어모아 당시에 '페니 블러드penny blood'라고 불린 것을 덥석 사들이곤 했다. 범죄와 폭력을 다룬, 섬뜩한 그림이 실린 이야기들이었다. 쥐들에 관한 어느 이야기는 평생 잊히지 않았다고 한다.

이 모든 것이 요즘 어린이문학에서 가장 흥미로운 현상인 J.

K. 롤링에게로 이어진다. 롤링의 『해리 포터』는 일곱 권으로 구성된 시리즈가 완결될 무렵 5억 권이 판매되었다. 성공 비결은 롤링이 자신을 울타리 안에 가두지 않았기 때문이기도 하다. 롤링은 소년들, 아니면 소녀들을 위한 작가로 '낙인'찍히지 않으려고 자신의 이름을 'J. K. 롤링'이라고 표기했다. 게다가 이 시리즈는 해리에 대한 이야기이지만 헤르미온느에 대한 이야기이기도 하다. 세월이 흐르는 동안, 롤링은 '연령 집단'의 덫을 교묘하게 피했다. 제1권 『해리 포터와 철학자의 돌Harry Potter and the Philosopher's Stone』(1997년)에서 주인공은 계단 밑 벽장에서 살며 괴롭힘을 당하는 열한 살짜리였다. 시리즈의 마지막인 제7권 『해리 포터와 죽음의 성물Harry Potter and the Deathly Hallows』에서 주인공과 호그와트 동지들은 막 열일곱 살이 되려 한다. 플뢰르는 해리에게 '마법 면도기'를 준다('이걸 쓰면 여느 때보다 부드럽게 면도할 수 있을 거야.' 세상을 잘 아는 플뢰르가 그에게 말한다). 해리의 첫 빗자루가 마법의 세계로 들어서는 것을 나타내듯, 이 면도기는 해리가 어른의 세계로 들어감을 상징한다.

150년 전에는 존재하지 않았던 어린이문학은 이제 롤링이 잘 보여주었듯이, 엄청난 수익을 올리는 사업일 뿐만 아니라 모든 연령대의 독자에게 가장 흥미로운 일이 일어나는 곳이 되었다. 어린이문학은 흥미진진하게 진화하고 있다. 계속 읽기를.

CHAPTER 21

데카당스의 꽃

와일드, 보들레르, 프루스트, 휘트먼

19세기 말경 영국과 프랑스에서는 작가의 새로운 이미지가 무대의 중심을 차지하기 시작했다. 바로 '댄디dandy로서의 저자'다. 갑자기 작가는 그냥 작가가 아닌 '유명 인사'가 되었다. 사람들은 그들이 어떻게 옷을 입고, 어떻게 행동하는지 자세히 관찰하고 따라했으며, 그들의 기지 넘치는 발언을 되풀이했다. 작가의 글만이 아니라 작가라는 인물에 감탄했다. 작가들도 나름대로 자신의 명성에 장단을 맞추었다. 오스카 와일드는 『도리언 그레이의 초상The Picture of Dorian Gray』에서 '세상에서 남의 입에 오르내리는 것보다 나쁜 것이 딱 하나 있는데, 그건 남의 입에 전혀 오르내리지 않는 것이다'라고 재치 있게 표현했다.

역사적으로는 시로 존경받은 만큼이나 라이프 스타일과 이미지로 악명이 높았던 최초의 작가로 바이런 경('미치고, 나쁘고, 알고 지내기 위험한', 제15장 참조)을 꼽을 수 있다. 그는 특유의 셔츠 칼라와 오만한 태도로 유명했다. 바이런주의Byronism는 빅토리아 시대가 저물어가고 새로운 문학과 문화, 예술의 영향, 특히 프랑스의 영향으로 영국 중산층의 신념이 약화되는 무렵인 세기말에 새 생명을 얻었다.

세기말 영국에서 문학적 댄디즘을 누구보다 완벽하게 보여준 작가가 있었으니, 바로 오스카 핑걸 오플래허티 윌스 와일드Oscar Fingal O'Flahertie Wills Wilde(1854~1900)였다. 와일드의 이력은 화려했다. 유명 인사로서 와일드만큼 자신을 성공적으로 홍보한 작가는 없었다. 그러나 그 유명세가 결국 그를 어디로 데려갔는지를 보면, 당대에 '점잖다'라고 여기는 기준과 너무나 다른 생활 방식으로 악명 높아지는 것이 작가에게 얼마나 위험한지 잘 알 수 있다. 대중의 마음속에서 댄디즘과 퇴폐, 타락은 하나가 되기 쉬웠다. 와일드는 선을 넘었다. 그러나 그에 앞서 이미 화려하게 타올랐다.

와일드의 문학적 성취는 객관적으로 보면 압도적일 만큼 인상적이지는 않다. 누가 봐도 걸작이라고 인정하는 작품은 하나 있다. 희곡「진지함의 중요성The Importance of Being Earnest」(1895년)이다. 그리고 고딕 소설『도리언 그레이의 초상』(1891년)을 발표했다. 오늘날에는 주로 화려한 동성애적 서브텍스트 때문에 흥미롭게 여겨지는 소설이다. 이 소설은 주인공 도리언('도르d'or'는 프랑스어로 '금으로 만들어진'을 뜻한다)이 영원히 '황금기 청년'으로 남아 있는 동안 다락방에 있는 그의 초상화('머리가 희끗해지는grey' 자아)는 활기를 잃고 쇠약해지는, 악마와의 '파우스트적 거래'를 그린다. 이 주제를 더 잘 다룬 작가들이 있지만, 와일드만큼 도발적으로 다룬 작가는 없다.

와일드는 더블린의 아주 교양 있는 집안에서 태어났다. 아버지는 유명한 외과 의사였고, 어머니는 글을 쓰는 여성이었다. 가족은 영국계 아일랜드인으로 '지배층'에 속했다. 신교도 식민지 지배계급이었다. (종교적 입장이 늘 모호했던 와일드는 임종 때 가톨릭으로 개종했다고 여겨진다.) 그는 더블린의 트리니티 칼리지에서 고전학을 공부한 뒤, 옥스퍼드의 모들린 칼리지에서 학업을 마쳤다. 이곳에서 그는 유미주의('미의 숭배')의 주창자인 월터 페이터의 영향을 받았다. 페이터는 어린 제자들에게 '보석 같은 맹렬한 불꽃으로 항상 타올라야' 한다고 가르쳤다. 젊은 와일드보다 더 보석처럼 타오른 사람은 없었다. '예술을 위한 예술'이라는 페이터의 교리는 훗날 와일드의 재치 있는 경구에서 극단적으로 표현된다. '내가 지적하고 싶은 것은 예술이 삶을 모방하는 것보다 삶이 예술을 훨씬 더 많이 모방한다는 일반 원칙일 뿐이다.'

그에게 종교는 예술보다 부차적이었다. '나는 예수 그리스도를 시인으로 꼽겠다'라고 주장했다. 엄격한 기독교인이 좋아할 만한 말은 아니었다. 다른 곳에서는 훨씬 더 도발적인 주장을 했다. '궁극적 계시는 거짓말, 곧 아름다운 거짓을 말하는 것이 예술의 적절한 목적이라는 것이다.' 변호사들이 좋아할 말은 아니다. 이런 대담한 진술을 보면 와일드는 훗날 '현상학'(이름만큼 어렵지 않은 이론)이라고 불리는 것과 비슷한 말을 했다. 현상학은 우리가 예술 형식을 통해 우리를 둘러싼 세상의 무형성을 이해하고 형상을 빚는다고 말한다. 와일드의 경솔한 언행에는 매슈 아널드(와일드가 대단히 존경한 시인)가 '고도의 진지함high seriousness'이라고 부른 것이 늘 핵심에 있다. 그는 댄디를 연기했지만 결코 바보는 아니었다.

와일드는 옥스퍼드를 졸업할 무렵 어마어마하게 박식하고 대단히 교양 있었다. 그는 자신의 학식을 (그가 입고 다닌 섬세한 맞춤옷처럼) 가볍게 걸치고 으스대며 다녔다. 런던의 문학계에서 활동했고 파리와 뉴욕에 갔을 때는 환대를 받았다. 모두가 오스카를 보고 싶어 했고, 그의 도발적인 최신 경구를 듣고 싶어 했다. 이를테면 인기 있는 신혼여행지인 나이아가라 폭포를 보고 '분명 미국 신부들이 두 번째로 크게 실망하겠군요'라고 했다는 말 같은 것이다.

무엇보다도 그는 명성, 가십 잡지, 신문, 사진의 세계 한복판에 있었다. 당대에 그의 이미지는 빅토리아 여왕만큼 친숙했다. (짐작컨대 여왕은 그의 팬이 아니었을 것이다. 여왕의 취향에는 앨프레드 테니슨 경이 더 잘 맞았다.) 단춧구멍에 꽂은 '부자연스러운' 초록색 카네이션, '여성스러운' 벨벳 재킷, 물결치는 머리카락, 몸단장이 모두 와일드에 의해 신헬레니즘으로 정당화되었다. 헬레니즘이란 그와 페이터가 찬양한 고대 아테네인들과 플라토닉 러브의 시대였다. 그는 나르키소스와 '귀공자'의 화신이었고, 나이를 먹자 귀공자의 후원자가 되었다.

『도리언 그레이의 초상』 이후 몇 년간은 와일드의 경력에서 정점이었다. 그는 런던의 연극계를 위해 희곡을 썼다. 극은 와일드의 기지에 어울리는 완벽한 매체였다. 그의 마지막 작품인 「진지함의 중요성」은 교묘한 제목이 암시하듯 빅토리아 시대의 윤리를 유쾌하게 풍자한다. (이 연극 때문에 한동안 '어니스트Earnest'가 인기 없는 이름이 되기도 했다.) 플롯은 능란하게 익살스럽고 거의 모든 장면마다 현란한 역설이 등장한다. 이를테면 이런 역설이다.

> 당신이 이중생활을 해온 것이 아니길 바라요. 사실은 내내 선한 사람이었는데 겉으로는 사악한 척하면서 말이지요. 그건 위선일 거예요.

그의 연극이 런던의 헤이마켓 극장을 관객으로 가득 채우는 동안, 와일드는 루시퍼처럼 추락했다. 그의 젊은 연인 앨프레드 더글러스 경의 아버지가 그를 '남색男色'으로 고소했다. 와일드는 명예훼손 소송을 걸었고, 소송에서 패했으며, 즉시 '풍기 문란'으로 기소되었다. 유죄 판결을 받고 2년의 중노동형으로 투옥되어 죄수 'C.3.3.'이 되었다. 출소 뒤, 와일드는 「레딩 감옥의 노래The Ballad of Reading Gaol」(1898년)를 썼다. 이 시에는 희미하게라도 댄디 같은 분위기가 전혀 없다. 시는 자신을 배반한 연인을 신랄하게 비판하며 쓸쓸하게 끝난다.

> 그리고 모두 자신의 사랑을 죽인다,

모두에게 이 말을 들려주라,

누군가는 냉혹한 표정으로,

누군가는 아첨하는 말로,

비겁한 자는 키스로,

용감한 사람은 칼로!

감옥에서 와일드는 자신의 인생에 대한 변론인 「심연으로부터De Profundis」를 썼다. 이 원고의 한 버전이 1905년에 출판되었지만 완전한 텍스트는 아니었다. 불명예스러운 세부 내용이 포함되었다고 여겨진 탓에 완전한 텍스트는 1960년대가 되어서야 출판되었다.

석방된 뒤 와일드는 아내와 아이들 없이 프랑스로 도피했다. 아내와 아이들은 그의 공적인 삶에서 중요하게 여겨진 적이 한 번도 없었다. 그는 자신이 그토록 공격하고 조롱하려 했던 빅토리아 시대가 저물어가는 1900년에 세상을 떠났다. 말년에 그는 이렇게 말했다. '살아가는 것은 세상에서 가장 드문 일이다. 대부분의 사람은 그냥 존재할 뿐이다.' 오스카 와일드는 자신의 삶을 인상적인 예술 작품으로 만들었고, 그에 못지않게 우리가 관심을 기울일 만한 문학 작품을 몇 편 남긴 작가로 문학의 역사에 남았다. 2012년 오스카 와일드의 사후 사면을 요구하는 청원서가 제출되었고, 2017년에 이르러 사면이 승인되었다.

프랑스에서 댄디즘은 시인 샤를 보들레르Charles Baudelaire(1821~1867)의 『현대 생활의 화가The Painter of Modern Life』(1863년)에 실린 에세

이에서 하나의 선언으로 올라섰다. (흥미롭게도 보들레르는 제28장의 주제인 '모더니즘'을 처음으로 정의한 작가다.) 댄디즘은 '일종의 종교'라고, 모든 것에서 예술을 찾는 유미주의라고 보들레르는 주장한다. 보들레르도 와일드처럼 예수 그리스도를 시인으로 보았을 것이다. 댄디즘은 유행하는 패션을 넘어 훨씬 많은 것을 뜻한다.

> 생각 없는 많은 사람이 믿는 듯한 것과는 반대로 댄디즘은 옷과 물질적 우아함에 대한 과도한 쾌락 같은 것이 아니다. 완벽한 댄디에게 그런 것들은 그의 정신이 지닌 귀족적 우월성의 상징일 뿐이다.

그리고 댄디의 '우월한' 정신에는 슬픔의 정수가 있다고 보들레르는 밝힌다.

> 댄디즘은 저물어가는 해다. 쇠퇴하는 별처럼 화려하지만, 열기가 없고 우울로 가득하다.

우울한 이유는 모든 것이 '퇴폐하며' 끝나갈 때 댄디즘이 꽃을 피우기 때문이다. 우리는 '시체의 시간'을 살고 있다. 그러나 퇴폐 속에서도 아름다움은 발견될 수 있다. '퇴폐'의 숭배를 선택한 작가는 프랑스에 많았다. 그러나 보들레르의 경우처럼, 그것은 대단히 위험한 삶을 뜻했다. 온갖 무절제한 탐닉과 당국의 박해, 가난으로 인한 때 이른 죽음을 뜻했다. 자기 파괴로 이어진다 해도 무절제가 유일한 길이었다. '취하라!'라고 보들레르는 지시했다. '시간의 노예로 순교하지 않기 위해, 취하라. 멈춤 없이 취하라! 포도주로, 시로, 또는 덕으로, 네가 바라는 대로.'

보들레르가 시인의 태도('기본 설정'이라고 부를 만한)로 옹호한 것은 '앙뉘ennui(권태)'다. 영어의 '따분함boredom'으로는 이 단어의 맛을 정확히 옮길 수 없다. 다른 글에서 보들레르는 시인은 플라뇌르flâneur여야 한다고 말한다. 이 표현도 영어로 쉽게 옮겨지지 않는다. 스쳐 지나가는 거리의 삶을 관찰하는 '산책자saunterer' 정도가 가장 가까운 표현이다. 보들레르는 플라뇌르를 '열정적 관찰자'라고 묘사한다.

> 공기가 새의 영역이고 물이 물고기의 영역이듯, 군중은 그의 영역이다. 그의 열정과 그의 직업은 군중과 한 몸이 되는 일이다.

이 시기의 미국 시인 중에 보들레르가 묘사한 현대적인 시인에 맞아떨어지는 사람은 월트 휘트먼Walt Whitman(1819~1892년)이다. 그의 시 「나는 생각에 잠겨, 맨해튼 거리를 산책했네Manhattan Streets I Saunter'd, Pondering」는 도시만 바꾸면 보들레르의 시가 될 수 있을 것이다. '산책하는' 중에 '시간, 공간, 현실'에 대해 생각했다고 휘트먼은 쓴다. 이 묵직한 추상적 개념의 의미를 웅성거리는 도시의 혼란스러운 거리에서 찾으려 했다. 휘트먼과 보들레르는 서로를 몰랐거나, 서로의 작품을 몰랐다. 그러나 두 사람은 분명 같은 문학 운동의 협력자였다. 그 운동은 문학을 19세기로부터 끌어내어 20세기로 데려가는 것, 완연한 모더니즘(제28장 참조)으로 전환하는 것이었다.

휘트먼은 자신의 시를 '나 자신의 노래'라고 불렀다. 자신의 삶이 자신의 가장 완벽한 예술 작품이라는 와일드의 믿음과 잘 들어맞는다. 이런 생각을 예술적으로 끝까지 밀고 간 작가는 대작 『잃어버린 시간을 찾아서À la recherche du temps perdu』(1913~1927년, 영어로는 『지나간 일들의 기억Remembrance of Things Past』으로 1922년부터 출간되었다)를 쓴 마르셀 프루스트Marcel Proust(1871~1922)였다. 프루스트는 삶은 앞으로 나아가며 살지만, 뒤로 되돌아가며 이해된다는 의견으로 이 작품을 출발한다. 그리고 우리 삶의 어느 지점에 이르면 앞에 있는 것보다 뒤에 놓인 것이 더 흥미로워진다. 완성하는 데 15년이 걸렸고, 제7권까지 이어진 이 소설은 무엇보다도 마들렌 맛에 의해 떠오른 모든 것이다. '어느 겨울날'이라고 화자(분명 프루스트 자신이다)는 시작한다.

어머니는 추워하는 나를 보고 내가 평소에 마시지 않는 홍차를 좀 마시겠느냐고 제안했다. 처음에 나는 거절했지만, 왠지 모르게 마음이 달라졌다. 어머니는 조가비 모양으로 홈이 새겨진 틀에 넣어 만든 것처럼 보이는 '프티트 마들렌'이라는 펑퍼짐하고 통통한 작은 과자를 가져오게 했다. 이윽고 울적한 하루와 우울한 내일의 전망으로 풀이 죽은 나는 아무런 생각 없이 과자 조각을 적신 홍차 한 스푼을 입술로 가져갔다. 과자 부스러기와 섞인 따뜻한 홍차가 내 입천장에 닿자마자 내 몸에 전율이 흘렀고, 나는 내게 일어나는 특별한 일에 가만히 주의를 집중했다.

이때 일어난 일이란 마들렌 맛의 자극으로 그의 삶 전체가 그에게로 다시 밀려든 것이다. 이제 중요한 일은 그것을 종이에 옮기는 것뿐이다.

프루스트의 소설은 한 생애의 작품이다. 이 소설이 기록하는 삶에는 위대한 순간이라곤 하나도 일어나지 않지만(앞의 단락이 암시하듯) 프루스트의 예술은 '그 자신'으로부터 세계문학의 위대한 기념비에 해당하는 것을 창조한다. 프루스트와 와일드는 서로를 알고 지냈으며, 와일드가 프랑스에 망명 중일 때 프루스트는 몰락한 이 동료 작가에게 친절을 베풀기 위해 애썼다. 『잃어버린 시간을 찾아서』는 와일드가 감옥에 가지 않고, 죄수 'C.3.3.'이 아니라 '오스카'로 계속 살았더라면 썼음직한 종류의 소설이다(그리고 「심연으로부터」에서 간략히 쓴 것과 비슷하다). 데카당스 운동은 나타났다 사라졌으며, 퇴폐뿐 아니라 꽃도 남겼다.

CHAPTER 22

계관시인

테니슨

시인. 이 단어는 어떤 이미지를 떠오르게 하는가? 나처럼 당신도 어쩌면 형형한 눈빛과 생각에 잠긴 표정, 굽이치는 머리카락, 헐렁한 옷차림의 남자를 떠올릴지 모른다. 아니면 바위나 높은 곳에 서서 구름과 바다, 바람, 폭풍을 배경으로 먼 곳을 지그시 바라보는 여자를. 둘 다 외로운 형상이다. 워즈워스가 표현했듯이, '구름처럼' '외로운' 모습이다.

어쩌면 광기의 기운이 감돌지 모른다. 로마인들은 그것을 '시적 광기furor poeticus'라고 불렀다. 실제로 위대한 시인들 중 많은 사람(가장 위대한 시인 둘을 꼽자면 존 클레어와 에즈라 파운드다)이 삶의 몇몇 시기를 정신병원에서 보냈다. 현대의 많은 작가도 문학 대리인의 사무실보다 정신분석가의 소파에서 더 많은 시간을 보낸다.

비평가 에드먼드 윌슨은 고대의 이미지를 빌려와 시인을 묘사했다. 시인은 「일리아스」의 필록테테스 같다고 했다. 필록테테스는 세상에서 가장 위대한 궁수였다. 그의 활이 있다면 전쟁에서 이길 수 있었다. 트로이를 포위했을 때 전세가 그리스인들에게 불리하게 돌아갔다. 그들은 필록테테스가 필요했다. 그러나 그들은 그를 섬으로 추방해버린 뒤였다. 왜? 그의 상처에서 나는 악취가 너무 고약해서 아무도 그와 함께 있는 것을 참을 수 없었다. 그를 데려오기 위해 오디세우스가 파견된다. 그리스인들이 그의 활을 원한다면 악취도 참아야 했다. 윌슨은 그것이 바로 시인의 이미지라고 생각한다. 우리에게 필요하지만, 함께 살기는 불가능한 존재다.

우리는 시인을 그냥 외로운 존재만이 아니라 근본적으로 국외자로, 황야의 목소리로 여기는 경향이 있다. 철학자 존 스튜어트 밀(워즈워스의 시를 읽고 삶이 달라졌다)은 우리는 시인의 목소리를 '듣는' 게 아니라 '엿듣는' 것이라고 말한다. 시인에게 가장 중요한 관계는 우리 독자와의 관계가 아니라 그들의 '뮤즈'와의 관계다. 뮤즈는 못된 고용주다. 시인에게 영감('신성한 숨'이라는 의미를 지닌)을 불어넣지만 현금은 주지 않는다. 시를 짓는 사람만큼 가난한 삶이 확실히 약속된 사람은 없다. 그래서 '시인의 골방'(지저분한 다락방)이라는 표현이 생겼다. '의사의 골방'이나 '변호사의 골방' 같은 소리를 하는 사람이 있는가?

시인 필립 라킨은 시인은 전설 속 개똥지빠귀처럼 날카로운 가시가 가슴을 찌를 때 가장 감미롭게 노래한다고 말한 적이 있다. 그러나 문제는 시인에게 돈을 더 많이 준다거나, 가슴에 박힌 많은 가시를 제거하는 것이 아니다. 조지 오웰이 그린 이미지는 시인의 형상을 더 생생하게 전한다. 오웰은 사회를 고래로 상상하려 했다. 이 사회라는 괴물은 성경 속 고래가 요나를 산 채로 집어삼키듯 사람을 집어삼킬 수밖에 없다. 요나는 성경 속 괴물 리바이어던에게 씹히지 않고 삼켜져서 이 '짐승의 배 속'에 갇힌다. 오웰은 '고래의 바깥'에 남는 것이 예술가의 책무라고 표현한다. 고래를 볼 수 있을 만큼(또는 『동물 농장』에서처럼 풍자의 '작살'을 꽂을 만큼) 가까이 있되 요나처럼 잡아먹혀서는 안 된다. 시인은 사태나 사물로부터 거리를 유지해야 하는 예술가다.

시는 글로 쓰이거나 인쇄된 문학보다 훨씬 오래되었다. 역사적·지리적으로 우리가 아는 모든 사회에는 시인이 있다. 그들을 무엇이라고 부르든 – 고대 켈트족의 음유시인이든, 고대 북유럽의 음유시인이든, 중세 유럽의 방랑 가인이든, 노래하는 사람이든, 운문을 짓는 사람이든 – 시인은 항상 사회에서 '외부자이자 내부자'인 어려운 자리에 있다.

봉건사회의 귀족들은 자신과 손님들의 여흥을 위해 가인을(어릿광대와 함께) 궁정에 두길 좋아했다. 월터 스콧은 이를 주제로 「마지막 음유시인의 노래The Lay of the Last Minstrel」(1805년)라는 훌륭한 시를 썼다. 17세기 이래로 영국에는 계관시인이 있었다. 계관시인은 왕이 임명한 시 창작자이자 왕실의 구성원이다. 근래에는 미국에서도 계관시인을 지명하기 시작했다. 1986년 이전에 미국의 계관시인은 '의회도서관의 시 고문관Consultant in Poetry to the

Library of Congress'이라는 어색한 이름으로 불렸다. '계관laureate'이라는 표현은 고대 그리스와 로마 시대로 거슬러 올라가며 '월계수관을 쓴crowned with laurel leaves'을 뜻한다. 계관시인은 다른 시인들과 언어를 사용한 검술 시합으로 그의(항상 남성이었다) 월계수관을 얻은 사람이다. (우리 시대의 음유시인에 해당하는 래퍼들은 프리스타일 배틀로 여전히 이런 시합을 벌인다.) 잉글랜드 최초의 계관시인은 존 드라이든으로, 찰스 2세 치하에서 1668년부터 1689년까지 계관시인 자리에 있었지만, 자신의 책임을 아주 성실하게 수행한 것 같지는 않다. 이후 여러 세기 동안 계관시인은 웃음거리 같은 존재였다. 예를 들어 헨리 파이도 계관시인(1790~1813년)이었다. 나는 내가 기억하고 싶은 것보다 더 오랫동안 문학을 연구해왔지만, 헨리 제임스 파이의 시는 단 한 줄도 기억해낼 수 없다. 그리고 그것이 부끄럽지 않다.

대체로 명예인지 아닌지 모를 모호한 칭호, 얼마 안 되는 보수(옛날에는 금화 몇 닢과 '담뱃대' 또는 포트와인 한 통)와 함께 조롱이 계관시인이 기대할 만한 것이었다. 로버트 사우디(1813~1843년의 계관시인)가 세상을 떠난 지 얼마 안 된 조지 3세를 성 베드로가 천국에서 굽실대며 환영하는 「심판의 상상A Vision of Judgement」(1821년)이라는 시를 썼을 때, 바이런은 「심판의 계시The Vision of Judgment」(제목의 아주 미세한 차이가 보이는가?)라는 시를 써서 그를 호되게 비판했다. 바이런의 이 시는 영어로 쓰인, 가장 위대한 풍자시로 꼽힌다. 바이런은 이른바 부도덕한 품행 때문에 잉글랜드에서 쫓겨나 이탈리아에 망명 중일 때 이 시를 썼다. 오늘날 우리는 둘 중 어느 시인을 더 많이 기억하는가? 내부자인가, 외부자인가? 월터 스콧(제15장 참조)은 계관시인의 영예를 정중히 거절했다(사우디에게 양보했다). 그러면서 계관시인이라는 칭호가 손가락에 끈끈한 테이프처럼 달라붙어서 자유롭게 글을 쓸 수 없을 것이라고 말했다. 스콧은 시적 자유를 누리고 싶어 했다.

계관시인이라는 지위와 '제도권 시인'(오웰의 고래 배 속 깊숙이 자리한 시인)의 역할을 성공적으로 수행하면서 위대한 시를 써낸 시인은 앨프레드 테니슨Alfred Tennyson(1809~1892)이었다. 당시로서는 드물게 테니슨은 여든 살 넘게 살았다. 디킨스보다 20년을, 키츠보다 50년을 더 살았다. 그 작가들이 테니슨만큼 살았다면 무엇을 이루어냈을까?

테니슨은 고작 스물두 살 때 첫 시집을 냈다. 그 시집에는 「마리아나Mariana」처럼 요즘도 잘 알려진 많은 시가 들어 있다. 이 시기에 테니슨은 스스로를 상당히 낭만주의적인 시인으로, 키츠의 계승자로 여겼다. 그러나 생기 넘치는 문학 운동으로서의 낭만주의는 1830년대 무렵에 빛을 잃었다. 키츠의 재탕을 원하는 사람은 아무도 없었다. 그 뒤 그의 경력에서 긴 침묵이 이어졌다. 비평가들이 '잃어버린 10년'이라고 부르는 시기다. 그것은 황야의 시간이었다. 그는 마흔한 살이 된 1850년에 오랜 침묵을 깨고 빅토리아 시대의 가장 유명한 시 「A. H. H.를 추모하며In Memoriam A. H. H.」를 발표했다. 그의 가까운 친구 아서 헨리 핼럼의 죽음에서 영감을 받은 시였다. 핼럼과 그의 관계는 어쩌면 성적이었을 만큼 아주 격정적이었으리라고 추측된다. 그렇지 않을 수도 있다. 하지만 빅토리아 시대가 허락하는 '남자다운' 방식의 관계였다고 하더라도 격정적이었던 건 분명하다.

시는 17년에 걸친 애도를 기록하는 짧은 시구로 이루어졌다. 빅토리아 시대 사람들은 사랑하는 사람의 죽음을 1년 동안 애도했다. 어두운 색깔의 옷과 검은색 테두리를 두른 편지지를 썼다. 여성은 베일을 썼고, 아주 수수한 장신구를 걸쳤다. 이 애도의 시에서 테니슨은 당시를 가장 괴롭힌 문제에 대해 숙고했다. 종교적 의심이 도덕적 질병처럼 19세기 후반을 괴롭히고 있었다. 테니슨은 대부분의 사람보다 훨씬 더 괴로워했다. 만약 천국이 있다면, 왜 우리는 사랑하는 사람이 죽어서 그곳에 갈 때 기뻐하지 않는가? 더 좋은 곳으로 갈 텐데. 그러나 「A. H. H.를 추모하며」는 근본적으로 개인적 슬픔에 관한 시다. 그리고 결국 그 모든 고통에도 '결코 한 번도 사랑하지 않았던 것보다 / 사랑하고 사랑을 잃은 것이 더 낫다'는 결론을 내린다. 사랑하는 사람을 잃은 뒤, 그 사람이 결코 존재하지 않았더라면 하고 바랄 사람이 누가 있겠는가?

빅토리아 여왕은 1861년에 사랑하는 배우자 앨버트를 장티푸스로 잃었다. 여왕은 40년 뒤 세상을 떠날 때까지 상복을 입었다. 빅토리아 여왕은 죽은 친구를 기리는 테니슨의 비가에서 큰 위안을 받았다고 털어놓았고, 이런 인연에 힘입어 두 사람, 시인과 여왕은 서로의 팬이 되었다. 테니슨은 빅토리아 시대의 시인이자 빅토리아 여왕의 시인이었다. 1850년 빅토리아 여왕의 계관시인으로 지명된 테니슨은 42년 뒤 세상을 떠날 때까지 계관시인 자리에 있었다.

테니슨이 노년기에 쓴 위대한 작품은 이상적인 영국의 군주제를 그린 묵직한 시 「국왕 목가Idylls of the King」로, 아서 왕과 원탁의 기사들의 통치를 운문으로 쓴 연대기이다. 분명 영국의 군주제에 바치는 간접적인 헌시였다. 테니슨은 모든 계관시인이 그러하듯(심지어 역동적인 테드 휴스조차 계관시인이 된 1984년부터 그러했듯) 아주 지루한 작품도 더러 썼다. 그러나 그는 계관시인으로서 영어로 아주 빼어난 공적인 시를 썼다. 그중 가장 유명한 것은 「경기병대의 돌격The Charge of the Light Brigade」(1854년)이다. 이 시는 크림 전쟁에서 약 600명의 영국 기병대가 승리의 가망도 없이 러시아군의 화포를 향해 처절하게 돌격한 사건을 기린다. 사상자 수는 엄청났다. 이 돌격을 지켜본 프랑스 장군은 이렇게 말했다. '그 모습은 장엄하나, 그것은 전쟁이 아니다.' 〈타임스〉에서 그 기사를 읽은 테니슨은 시를 한 편 떠올렸고, 우레 같은 말발굽 소리와 피, 그 '장엄한 광기' 모두를 엄청난 속도로 써내려갔다.

그들 오른쪽으로 대포가,
그들 왼쪽으로 대포가,
그들 뒤로 대포가
일제히 날아가고 으르렁거린다.
탄환과 파편이 폭풍처럼 쏟아지고
말과 영웅이 쓰러진다.
너무나 잘 싸운 그들이
죽음의 입을 통과해

지옥의 입구로부터 되돌아오니,

그것이 남은 전부,

600명에서 남은 전부다.

노년기에 테니슨은 굽이치는 머리카락과 풍성한 콧수염과 구레나룻, 소매 없는 망토와 모자로 시인의 역할을 위엄 있게 연기했다. 그러나 그러한 의상과 겉모습 아래에서 테니슨은 가장 철두철미한 작가로, 돈과 지위에 대해 누구 못지않게 예민했다. 그는 미끄러지기 쉬운 문학 사다리의 꼭대기까지 올라가 앨프레드 테니슨 경으로 죽었고, 시를 써서 영국 문학사의 그 어느 시인보다도 부유해졌다.

그것은 변절인가, 아니면 섬세하게 계산된 균형인가? 시를 좋아하는 많은 사람은 그와 함께 빅토리아 시대를 살았던 제라드 맨리 홉킨스Gerard Manley Hopkins(1844~1889)를 '더 진정한' 시인으로 여긴다. 예수회 신부였던 홉킨스는 흔치 않은 여가 시간에 시를 썼다. 그가 빅토리아 시대의 영국과 관계있다면, 단지 그곳에서 숨을 쉬었을 뿐이라고 말할 정도다. 홉킨스는 테니슨을 존경했지만, 그의 시를 '파르나소스적Parnassian'*('파르나소스'는 고대 그리스에서 시인들의 산이라고 여겨졌다)이라고 생각했다. 솔직히 홉킨스는 테니슨이 '공적인' 시인이 됨으로써 너무 많은 것을 포기했다고 느꼈다. 홉킨스 자신은 「A. H. H.를 추모하며」 같은 시를 발표해 길거리의

* 홉킨스가 친구인 로버트 브리지스에게 쓴 편지에 나오는 말로, 표현력은 빼어나지만 영감이 깃들지 않은 시인의 언어를 가리킨다.

누구든 그의 슬픔을 들여다볼 수 있게 하느니 차라리 죽고 싶었을 것이다.

홉킨스는 자신이 쓴 무척 실험적인 시들 중 많은 것을 불태워 버렸다. 그가 종교적 의심으로 허우적대는 모습이 담긴, 이른바 '끔찍한 소네트들'은 대단히 개인적인 내용이다. 그는 가장 친한 친구인 로버트 브리지스 외에는 그 시들을 보여줄 생각이 결코 없었을 것이다. 브리지스(역설적이게도 1913년에 계관시인이 되었다)는 홉킨스가 맡긴 시들을 출판하기로, 거의 30년이 지나서 결정했다. 홉킨스의 시들은 그가 죽고 몇 년 뒤 모더니즘이라고 불린 시들의 선구적 작품으로 여겨지며 영시의 경로를 바꿔놓았다.

그렇다면 누가 더 진정한 시인인가? '공적인' 테니슨인가, '사적인' 홉킨스인가? 시에는 늘 이 두 부류의 시인들을 위한 자리가 있어왔다.

CHAPTER 23

새로운 땅

미국과 미국적 목소리

미국인이 아닌 사람이 미국 문학을 모욕할 때 쓰는 말 중 하나는 미국 문학이란 없다는 것이다. 그러니까 미국에서 쓴 영문학이 있을 뿐이라는 말이다. 모욕적일 뿐 아니라 무식한 소리이고, 한마디로 완전히 틀린 말이다. 조지 버나드 쇼는 '영국과 미국은 공통 언어를 쓰는 두 개의 분리된 국가'라고 말했다. 다른 모든 영어권 국가의 문학에도 적용되는 말이지만, 미국 문학의 경우에는 특히 맞는 말이다. 그 모호한 경계가 어떻든 미국 문학은 여느 곳의 문학만큼이나, 역사상 어느 시대만큼이나 풍요롭고 위대하다. 미국 문학의 긴 역사를 들여다보고 몇몇 걸작을 살펴보면 그 특성을 이해하는 데 도움이 될 것이다.

미국 문학의 출발점은 앤 브래드스트리트Anne Bradstreet(1612~

1672)이다. 모든 미국문학선집을 펼쳐보면 이 사실을 알 수 있다. 현대 시인 존 베리먼은 모든 미국 문학은 '브래드스트리트 선생님에게 경의를' 표한다고 했다. 신대륙 문학의 창시자가 여성이라는 점은 영국 문학과 미국 문학의 차이를 드러낸다. 영국 문학이 애프러 벤에게서 출발했다고 말하는 사람은 아무도 없다.

앤 브래드스트리트는 잉글랜드에서 태어나고 교육받았다. 가족은 종교 박해 속에서 청교도 '대이동'에 합류해, 그들이 '뉴잉글랜드'라고 부르는 미국의 동부 해안으로 떠났다. 앤은 열여섯 살 때 결혼했고 2년 뒤 뉴잉글랜드로 가는, 돌아오지 않을 항해에 나섰다. 그녀의 아버지와 남편 모두 매사추세츠의 총독이 될 터였다. 집안 남자들이 밖에서 통치하는 동안 앤은 가족 농장을 경영했다. 그녀는 분명 그 일을 잘한 듯하다. 그러나 앤은 유능한 농부의 아내이자 많은 아이들의 어머니만은 아니었다.

계몽한 청교도들은 딸도 아들만큼 잘 교육받아야 한다고 믿었다. 앤은 총명했고 책을 아주 많이 읽었다. 같은 시대를 살았던 형이상학파 시인들(제9장 참조)에게 특히 관심이 있었고, 그녀 자신도 야심만만한 작가였다. 청교도 공동체에서는 눈살을 찌푸릴 만한 일이 아니었다. 영국이었다면 그랬을 수도 있다. 그녀는 방대한 양의 시를 썼지만 당대나 사후의 명성을 위해서라기보다 종교적 수련으로, 신앙 행위의 일환으로 썼다. 그녀가 쓴 최고의 시들은 짧다. 긴 작품을 쓰기엔 삶이 너무 바빴다. 앤의 재능과 독창성을 알아본 한 남자 형제가 그녀의 시를 영국으로 가져가 출판하기 위해 초인적인 노력을 기울였다. 당시 아메리카 식민지에는 아직 '출판업'이 생기지 않았다.

청교도들은 스스로 망명을 선택했지만 옛 조국과 여전히 끊을 수 없는 유대감을 느꼈다. 그래서 '뉴'잉글랜드나 '뉴'욕 같은 지명이 생겼다. 하지만 종교적으로는 영원히 분리되었다는 느낌이 강했다. 앤 브래드스트리트의 시들은 본질적으로 신대륙의 시였다. 청교도들이 보는 아메리카와 그곳에서 자신들의 자리를 표현한다. 브래드스트리트의 인상적인 시 「1666년 7월 10일 우리 집이 불타버린 것에 대한 시Verses upon the Burning of Our House July 10th, 1666」를 살펴보자.

> 주었다가 앗아가신 그분의 이름을 찬양합니다,
> 내 소유물을 잿더미로 만드신 그분을.
> 그렇지요, 참으로 공정한 일입니다.
> 그것은 그분의 것이지, 나의 것이 아닙니다……

시의 결말은 절절하다.

> 제게 더는 이 세상을 사랑하게 하지 마세요,
> 제 희망과 보물은 저 위에 있습니다.

전형적인 청교도 감성이다. 이 세상은 정말 중요하지 않다. 중요한 것은 앞으로 올 세상이다. 그러나 우리가 브래드스트리트의 시에서 듣는 것은 완전히 새로운 목소리다. 미국적 목소리, 더

구나 새로운 나라를 '만들어가는' 미국인의 목소리다. 잿더미가 된 그 집은 앤과 남편이 함께 지었다. 물론 그들은 다시 지을 것이다. 미국은 끊임없이 스스로를 다시 짓는다.

청교도주의는 미국 문학의 주춧돌이다. 19세기에는 청교도주의가 뉴잉글랜드에서 이른바 초월주의자들의 작품을 통해 문학으로 피어났다. 허먼 멜빌, 너새니얼 호손, 헨리 데이비드 소로, 랠프 왈도 에머슨 같은 작가이다. 초월주의는 사실상 초기 식민지 개척자들의 믿음이었던 것을 거창하게 일컫는 단어다. 삶의 진실은 일상적인 세상에서 보이는 것들보다 '위'에 있다는 믿음이다. 에이허브 선장의 거대한 흰고래 사냥을 기록한 멜빌의 『모비 딕』은 미국 소설의 전형으로 언급되곤 한다. 『모비 딕』을 미국 소설의 전형으로 만드는 것은 무엇인가? 끝없는 탐색과 자연의 평정(그것이 파괴를 뜻할지라도), 그리고 끊임없이 성장하고, 끊임없이 재생 중인 이 새 나라에 연료를 보급할 자연자원을 향한 탐욕. 고래를 왜 사냥하는가? 취미 활동이 아니다. 식량을 구하기 위해서도 아니다. 고래의 지방층에서 추출되는 기름이 전등과 기계와 아주 많은 제조 활동에 필요하기 때문에 고래가 멸종 위기에 이를 때까지 사냥했다.

스스로를 에머슨의 제자라고 선언한 월트 휘트먼(제21장 참조)은 초월주의 전통의 또 다른 면을 구현한다. '자유'야말로 그 모든 다양한 면면에서 시를 포함한 미국적인 모든 이념의 본질이라는 의식이다. 휘트먼에게서 그러한 자유는 '자유시'로 구현된다. 1775~1783년에 걸쳐 영국과 맞선 독립 전쟁에서 미국이 식민의 사슬을 벗어던진 것처럼, 자유시란 압운을 벗어던진 시를 말한다.

미국에서 자유는 글을 읽고 쓰는 능력을 전제로 한다. 미국은 영국보다 늘 문해력이 높은 나라였다. 미국의 정체성도 「독립선언서」라는 문서에서 출발한다. 19세기에 미국은 세계에서 문학적 소양이 가장 뛰어난 독서 대중이 있는 곳이었다. 그러나 1891년까지 국제저작권협정에 서명하기를 거부하다 보니('자유무역'의 명목으로) 미국 문학은 성장 속도가 느려졌다. 국제저작권협정에 서명하기 전까지 미국에서는 저자에게 저작권료를 지불하지 않아도 영국의 출판물을 출판할 수 있었다. 월터 스콧과 찰스 디킨스 같은 작가의 저렴한 '해적'판이 대량으로 유통되었다. 그런 해적판이 미국의 독자를 키웠지만 미국의 작가에게는 불리했다. 『픽윅 클럽 여행기』를 공짜로 출판할 수 있는데 왜 유망한 젊은 작가에게 투자하겠는가? (디킨스는 미국인들이 자신의 작품을 약탈하는 것에 분노했고, 소설 『마틴 처즐위트』에서 미국인들을 풍자하여 복수했다.)

그렇다고 이 시기에 미국에서 자체적으로 성장한 문학이 없었다는 말은 아니다. 해리엇 비처 스토의 노예제 반대 소설 『톰 아저씨의 오두막Uncle Tom's Cabin』(1852년)으로 '위대한 전쟁'이 시작되었다 – 이 소설의 팬이었던 에이브러햄 링컨의 말이다. 이 책은 혼란스러운 19세기 중반에 100만 권이나 팔렸다. 이 책으로 인해 전쟁이 시작되지는 않았다 해도, 분명 대중의 마음을 바꾸긴 했다.

19세기와 20세기의 미국 문학에 나타나는 강렬하고 독특한 자기 규정적 동기는 '프런티어 논지frontier thesis'다. 미국다움의 본질적 특성과 가치가 문명을 서부로, '대서양에서 태평양으로' 확장하는 투쟁에서 가장 뚜렷이 드러난다는 생각이다. 『모히칸족의 최후The Last of the Mohicans』(1826년)의 저자 제임스 페니모어 쿠퍼는 서부 팽창을 기록한 초기 작가에 속한다. 사실상 거의 모든 카우보이 소설과 영화가 '프런티어 논지'라는 뿌리에서 나온다. 문명이 야만을(노골적인 표현으로는, 백인이 인디언을) 만나는 곳에서 진정한 미국적 근성이 펼쳐진다. 뭐, 프런티어 신화에 따르면 그렇다.

서부극은 에드거 앨런 포의 작품에서 볼 수 없는 몇 안 되는 장르 중 하나다. 그는 과학소설과 '공포'소설, 탐정소설[「모르그 가의 살인The Murders in the Rue Morgue」(범인은 오랑우탄이다)]의 아버지로 여겨진다. '장르'라는 개념과 더불어 베스트셀러 목록이 최초로 등장한 것도 1891년 미국에서였다. 모두 소설로 구성된 최초의 베스트셀러 목록에서 10위권에 영국인이 쓴 소설 여덟 권이 들어 있었다. 그러나 미국이 국제저작권협정을 받아들인 뒤에는 미국 작가들의 작품이 점차 두각을 나타냈다.

미국의 동전에는 '에 플루리부스 우눔E pluribus unum(여럿이 모여 하나)'이라는 문구가 새겨져 있다. 이 문구는 미국의 인구 구성만큼이나 문학에도 적용된다. 미국 문학은 개성이 뚜렷한 도시 문학과 지역 문학으로 구성된 태피스트리다. 남부 문학(윌리엄 포크너와 캐서린 앤 포터)이 있고, 뉴욕의 유대인 문학(필립 로스와 버나드 맬러머드)과 서부 해안 문학(비트족)이 있다. 미국 문학을 두루 읽는 일은 광활한 대륙을 가로지르는 자동차 여행과도 같다.

'새롭게 쓰라'고 에즈라 파운드는 동료 미국 시인들에게 말했다. 그들은 그렇게 했다. 영국의 시인들보다 더 열정적으로 과감하게 모더니즘과 포스트모더니즘을 받아들였다. 이는 어느 선집을 펼치든 알 수 있다. 에즈라 파운드 자신부터 로버트 로웰의 『인생 연구Life Studies』(제34장 참조)를 거쳐, 그 이름에서 알 수 있듯 언어를 오렌지처럼 여러 조각으로 쪼갠 L=A=N=G=U=A=G=E 시파의 시인들에 이르기까지. 새로움에 대한 집착은 뒤집어보면 낡음을 참지 못하는 태도이기도 하다. 미국을 자주 방문하는 사람은 알겠지만, 미국은 새 고층 건물을 무너뜨려 더 새로운 건물을 짓는 나라다. 문학도 그러하다.

에즈라 파운드Ezra Pound(1885~1972)는 특히 영국 예찬자였다. 미국 작가들은 '옛 조국'의 문학도 사소하지만 중요한 면에서 새롭게 만들었다. 미국에서 태어나고 자란 헨리 제임스와 T. S. 엘리엇, 그리고 실비아 플라스 같은 작가는 영국에서 살고 일하고 죽었으며, 영국 문학에 새롭고 활기찬, 본질적으로 '미국적인' 글쓰기와 세계관을 집어넣었다. '거장'이라고 불린 헨리 제임스는 영국 소설을 '바로잡았다'. 그는 영국 소설이 모양새가 없고, (그의 표현을 빌리자면) 축 늘어졌다고 생각했다. 그는 엄격한 거장이었다. T. S. 엘리엇은 모더니즘을 영국 시의 주된 목소리로 정착시켰다. 플라스의 시가 지닌 통제된 격정은 한 비평가가 영국 시를 질식시키는 '고상함의 원칙'이라고 부른 것을 깨부수었다. 영국 문학은 미국 문학에 많은 것을 주었고, 그 보답으로 많은 것을 받았다.

파운드가 미국 소설가들에게 조언했다면, '새롭게 쓰라' 대신에 '크게 쓰라'고 했을 것이다. '위대한 미국 소설'이라는 칭호에 어울릴 만한 소설이 아주 많고, 해마다 더 늘어나고 있다. 큰 주제는 늘 영국보다 미국의 소설가들을 더 매료시켰다. 사실 많은 영국 소설가는 제인 오스틴의 '2인치의 상아'로도 충분할 것이다.

또한 미국 문학에는 거의 공격성에 가까운 에너지가 있다. 이것 역시 미국 문학만의 고유한 특징이라고 할 수 있다. 예를 들어 존 스타인벡의 『분노의 포도The Grapes of Wrath』(1939년)보다 더 분노하는(또는 사회 변화를 일으키는 측면에서 더 효율적으로 분노하는) 소설은 거의 없다. 『분노의 포도』는 1930년대에 거대한 '더스트 보울Dust Bowl'* 재앙이 일어난 시기의 조드 가족 이야기다. 가뭄으로 농장이 메마르자 가족은 오클라호마를 떠나 약속의 땅 캘리포니아로 향하는 길에 오르지만, 캘리포니아에 도착했을 때 그곳이 거짓 낙원이었음을 깨닫게 될 뿐이다. 서부의 푸르른 농장과 과수원에서 그들은 200년 전 아프리카에서 아메리카로 실려 온 노예들처럼 착취당한다. 시련 속에서 가족은 해체된다.

『분노의 포도』를 탄생시킨 상황은 오래전에 사라졌지만 이 소설은 여전히 널리 읽히고 찬사를 받는다. 소설에 담긴 것은 농장 노동자를 가혹하게 착취하는 것에 대한 사회적 항의만은 아니다. 『분노의 포도』를 관통하는 것은 조드 가족에게 일어난 일이 미국이라는 나라가 상징하는 가치를 배반한다는 의식이다. 미국의 토대를 이루는 원칙, 수백 년 전에 앤 브래드스트리트 같은 사

---

* 1930년대 대초원 지대에 닥친 극심한 장기 가뭄과 모래 폭풍, 그리고 그 피해를 입은 건조 지대를 가리키는 말이다.

람들이 신대륙에서 이루려 했던, 더 나은 삶에 대한 기대가 배신 당했다는 생각이다. 물론 어느 문학에든 분노하는 소설이 있다(예를 들어 프랑스에는 에밀 졸라의 작품이 있고, 영국에는 당연히 디킨스의 소설이 있다). 그러나 『분노의 포도』에는 특별히 미국적인 분노가 있다.

그러므로 요약하자면, 미국 문학을 특별히 미국적으로 만드는 것은 무엇인가? 청교도의 유산인가? '프런티어'를 확장하려는 끊임없는 투쟁인가? 지리적·민족적 다양성인가? '새로움'과 '위대함'을 이루려는 열망인가? 끊임없는 혁신인가? 스타인벡의 소설처럼 미국을 고발할 때조차 그 기저에 놓인 미국적 가치에 대한 믿음인가?

맞다. 이 모두가 답이다. 하지만 다른 것, 훨씬 더 중요한 것이 있다. 어니스트 헤밍웨이Ernest Hemingway(1899~1961)는 '현대 미국 문학은 모두 마크 트웨인의 『허클베리 핀』이라는 책 한 권에서 나온다'라는 말로 정확히 표현했다. 헤밍웨이의 주장에 따르면 결정적인 것은 '목소리'로, 트웨인 자신은 '방언'이라 불렀던 것이다. 허크의 첫 문장에서 그 목소리를 들을 수 있다.

> You don't know about me without you have read a book by the name of *The Adventures of Tom Sawyer*, but that ain't no matter.
>
> 당신이 『톰 소여의 모험』이라는 책을 읽지 않고는 나를 모르겠지만, 그건 아무래도 상관없다.

미국 문학만이 제대로 포착해내는 미국적 어법이 있다. 그런 어법은 (시인 윌리엄 카를로스 윌리엄스가 말한) '미국적인 결'에 있어서 '말씨' 이상의 어떤 감각을 전달한다. 탐정소설 작가 레이먼드 챈들러는 이 주제를 대단히 깊이 생각했고, 이를 '억양'이라고 불렀다. 헤밍웨이의 소설은 그 자신이 말한 미국적 목소리를 잘 보여주지만, 내가 보기에 현대 미국의 뚜렷한 목소리를 완벽하게 담아낸 소설은 J. D. 샐린저의 『호밀밭의 파수꾼The Catcher in the Rye』(1951년)이다. 소설을 펴서 '당신이 정말로 알고 싶다면' 하고 도전장을 던지는 그 멋진 첫 문장을 읽고(그리고 '듣고') 내 말이 맞는지 확인해보라.

CHAPTER 24

위대한 비관주의자

하디

'문학 행복 척도'라는 것을 만들어낼 수 있다고 상상해보라. 척도의 맨 위에는 가장 낙관적인 작가들이 일광욕을 즐기고 있고, 밑바닥에는 가장 비관적인 작가들이 풀썩 주저앉아 있다. 그렇다면 셰익스피어와 존슨 박사, 조지 엘리엇, 초서, 디킨스는 척도의 어디에 넣겠는가?

초서는 아주 행복한 삶의 비전을 보여준다는 데 대부분 동의할 것이다. 캔터베리로 말을 타고 가는 순례자 무리는 흥겨운 집단이고, 그들이 늘어놓는 이야기의 분위기도 희극적이다. 초서라면 분명 척도의 꼭대기에 있을 것이다. 셰익스피어도 상당히 낙관적이다. 외아들인 어린 햄닛을 잃은 끔찍한 슬픔 속에서 쓴 듯한 몇 안 되는 비극(특히 「리어 왕」)을 제외한다면, 셰익스피어의 연극에서 선한 인물과 악한 인물의 수를 집계한 한 비평가는 7 대 3이라는 비율을 얻었다. 셰익스피어의 세상은 살기에 대체로 나쁘지 않다. 열 명 중 일곱 명은 알고 지내도 좋은 사람이니까.

조지 엘리엇은 작품에 드러난 것처럼 세상이 나아지고 있지만(엘리엇은 '개량'이라고 표현했다) 굉장히 덜컹대는 방식으로 나아지고 있다고 믿었다. 그 과정에는 대가가 치러지며, 때로는 『미들마치 Middlemarch』의 도로시아의 경우처럼 꽤 큰 대가를 치를 수도 있다. 하지만 전반적으로 엘리엇은 미래를 과거보다 더 밝게 본다. 엘리엇의 세상은 어느 정도 희망적인 장소다. 햇빛이 비집고 들어온다. 엘리엇의 소설은 시작이 아무리 어두울지라도 모두 해피엔딩이다. 인류가 화창한 고지에 도달할 때까지 오랜 시간이 걸리겠지만, 그곳으로 가고 있는 중이라고 말하는 듯하다.

디킨스는 행복 척도에서 자리를 정해주기 힘들다. 초기 작품(예컨대 『픽윅 클럽 여행기』)은 그의 '암흑기'라 불리는 시기에 나온 소설에 비해 너무나 쾌활하다. 암흑기에 나온 몇몇 소설은 정말 암울한 관점에서 쓰였다. 『우리 모두의 친구』 같은 소설의 책장을 덮으며 즐거워하기란 힘들다. 행복 척도에서 서로 다른 눈금을 차지하는 두 명의 디킨스가 있다고 말할 수 있다.

존슨 박사는 비관적이지만 금욕적이다. 그가 탐구한 바에 따르면 '인간의 삶'은 '인내해야 할 것은 많고, 즐겨야 할 것은 적은 상황'이다. 그러나 운이 좋다면 삶에는 '감미료'라 할 만한 것이 있다고 믿었다. 친구, 유익한 대화, 풍부한 차, 좋은 음식, 그리고 무엇보다도 책을 읽으며 과거의 위대한 지성들과 나누는 친교의 즐거움. (존슨은 연극을 별로 즐기지 않았고 미술을 감상할 만큼 눈이 좋지 않았다.) 존슨의 세상은 구름 사이로 햇빛이 흐릿하게 보이는 곳이다.

행복 척도의 맨 아래 칸, 아마도 눈금 '0'보다 아래에는 토머스 하디Thomas Hardy(1840~1928)가 있을 것이다. 하디는 자신이 시골인 도싯 지방의 작은 집에 있는 부엌 탁자에서 태어난 이야기를 하길 좋아했다. 도싯은 하디가 나중에 소설 속에 창조한 '웨섹스' 지역의 모습으로 영원히 남은 곳이다. 하디가 세상에 나왔을 때 의사는 쭈글쭈글한 작은 물체를 한 번 들여다보고는 사산아라고 진단했다. 살아보기도 전에 죽었다고. 하디는 기독교식 장례를 위해 한쪽으로 치워졌다. 그때 그가 울었다. 그 울음 덕택에 하디는 목숨을 구했고, 사실상 남은 평생 동안 울음을 그친 적이 없었다.

파이에 엄지를 푹 찔러 자두를 끄집어내는, 동요 속의 꼬마 잭 호너처럼 독자는 하디의 소설과 시에서 아무 곳에나 엄지를 푹 찔러 비관적인 자두를 끄집어낼 수 있다. 그의 시 「아, 네가 지금 내 무덤을 파는 거니?Ah, Are You Digging on My Grave?」를 예로 들어보자. 이 질문을 던진 것은 관 속에 누운 여성의 시체다. '유쾌한 이야기는 아니군'이라고 생각할 것이다. 시는 갈수록 유쾌함과는 거리가 멀어진다. 관 속에 누운 시체는 흙 긁는 소리를 듣는다. 연인인가? 아니다. 그녀가 키우던 작은 개다. '개의 의리가 사람보다 훨씬 더 고귀하군'이라고 그녀는 생각한다. 바로 그때 개가 설명한다.

주인님, 제가 당신의 무덤을 팠어요,
빼다귀를 묻으려고요. 혹시
제가 매일 달려 지나치다가
이 근처에서 배가 고플까 봐서요.
죄송하지만, 저는 까맣게 잊고 있었어요,
이곳이 주인님의 안식처라는 것을요.

하디의 주요 소설 중 무엇을 요약하든 우울의 연대기이다. 그의 소설마다 목을 긋는 면도칼을 달아야 한다고 말한 사람도 있다. 『더버빌 가의 테스Tess of the d'Urbervilles』(1891년)를 생각해보라. 이 소설의 고귀한 젊은 여성은 스톤헨지의 제단에 누워 경찰이 자신을 체포하러 오기를, 그리고 법정에서 유죄를 선고받고, 교수형 집행인에게 처형당하고, 무덤 파는 사람에 의해 비석 없는 무덤 속으로 자신의 시체가 던져지기를 기다린다. 분별없이 사랑한 잘못밖에 없는 테스의 운명을 생각하면 누군들 하늘에다 원망을 퍼붓고 싶지 않겠는가?

하디의 시와 소설에 표현된 비관주의는 그가 유독 자신의 삶에서 느낀 불행을 반영했을 뿐이라고 봐야 할까? 아니면 더 깊은 무엇이라고 봐야 할까? 그의 소설과 시가 평생에 걸친 투덜거림에 불과하다면 누가 애써 읽을까? 그리고 그토록 어둡게 세상을 보는데도 우리는 왜 그를 영문학의 거장으로 꼽을까?

대답은 간단하다. 하디가 자신의 작품에서 표현한 것은 단지 개인적 의견이 아니라 '세계관'(문학비평가는 더 철학적으로 들리는

'Weltanschauung'이라는 독일어를 자주 쓴다)이라는 대답이다. 하디는 세상이 '진보'하고 있다는 세계관이 지배적인 시대와 장소에 태어났다. 삶은 나아지고 있었다. 빅토리아 시대인 1840년에 태어난 사람은 자신의 부모와 조부모보다 더 나은 삶을 기대할 수 있었다. 실제로 이 시기에 태어난 많은 사람은 이전보다 더 나은 삶을 누렸다. 하디의 아버지는 석공이었고 자수성가한 사람이었다. 어머니는 대단한 독서가였다. 한두 세대 전에는 소작농 집안 출신이었던 두 사람 모두 하나뿐인 아이가 자신들보다 잘살기를 바랐다. 사실 하디는 자신이 태어났을 때의 사회계층보다 훨씬 높이 비상했다. 세상을 떠날 즈음에는 영국 문학의 명예로운 '원로'가 되었고, 그의 유골은 웨스트민스터 사원의 시인 묘역에 위대한 작가들과 나란히 묻혔다. 그의 심장은 그가 사랑한 도싯에, 그가 글로 묘사했던 농부들의 무덤 옆에 따로 묻혔다.

하디만큼 경력이 찬란하지 않더라도, 당시 사람들은 성공하여 부모보다 더 편안한 삶을 기대할 수 있었다. 하디의 성장기였던 빅토리아 시대 중반에는 깨끗한 수도와 (타르) 포장도로, 새로운 철도망이 설치되었고 학교 교육이 개선되었다. 1870년대에는 열두 살, 스코틀랜드에서는 열세 살까지 모든 아동의 교육을 보장하는 교육법이 제정되기에 이르렀다. 사회적 이동이 활발한 시대였다. 디킨스도 무일푼에서 부자가 되고 영원한 명성을 얻은 사례다. 100년 전이었다면 꿈도 꾸지 못했을 일이다. 후세에 알려지지 않은 채로 가난하게 죽었을 것이다.

그러나 빅토리아 시대에도 결점이 있었다. 하디의 소설에서

'웨섹스'로 그려진 영국 남서부 지방은 1800년대 초반 영국의 '곡창 지대'였고 전국에 곡물을 공급하며 번창했다. 그러다가 1846년에 이른바 곡물법이 폐지되면서 국제적인 자유무역을 하게 되었다. 밀과 다른 곡물을 해외에서 더 값싸게 수입할 수 있었다. 하디가 태어나고 사랑했던 지역은 기나긴 경제 침체의 길로 들어섰고 결코 완전히 회복되지 못했다. 그러한 암울함은 하디와 그가 쓰는 모든 단어에 영향을 미쳤다.

또 다른 결점도 있었다. 하디가 열아홉 살 때 출간된 책 한 권으로 인해 '그의' 세상은 큰 타격을 입었다. 진화론을 정교하게 주장한 다윈의 『종의 기원On the Origin of Species』(1859년)이었다. 영국인들은 항상 영국이 '하느님의 섭리를 따르는 나라'라고 믿었는데, 저 위에 하느님이 없다면 어찌할 것인가? 또는 하느님이 창세기에 묘사된 자비로운 신이 아니라 인간에게 별 관심이 없는, 이해할 수 없는 '생명력'이라면? 영국인의 삶의 토대였던 신앙 체계가 한마디로 사실이 아니라면 어찌할 것인가?

하디는 다윈의 이론에 설득되었지만, 그래서 상처를 입었다. 그는 자신의 상처를 아름답게 그렸다. 일찍이 건축기사로 훈련받은 그는 오래된 교회를 사랑했지만, 교회 밖에서 찬송가(역시 그가 사랑했던)를 들을 수밖에 없었다. 다윈의 이론이 그의 신앙을 파괴했으므로, 그는 훌륭한 신앙인으로 교회에 들어갈 수 없었다. 그는 포근한 교회 안에 모여 있는 '활달한 믿음의 무리'에 낄 수 없어서, 영원히 밖에서 노래하는 한 마리 새라고 자신을 표현했다.

빅토리아 시대 사람들이 그들의 깊숙한 신앙과 상충하는 다윈의 이론을 받아들이기가 얼마나 고통스러웠을지 150년 뒤의 우리가 상상하기란 힘들다. 하디의 문학(그리고 그 문학을 지탱하는 세계관)은 빅토리아 시대의 그러한 고통을 아름다운 산문과 운문으로 새긴 것이다.

하디는 또한 '진보', 특히 산업혁명이 일으킨 발전을 미심쩍게 바라보았다. 철도망과 도로망, (1840년대 이후에는) 전신망으로 영국을 연결하면 모든 지역에서 모든 것이 더 나아질까? 하디는 그런 낙관적인 역사관을 의심했다. 영국 섬들의 놀랄 만큼 다양한 지역 특성이, 그들의 말투와 의례·신화·관습이, 곧 '삶의 방식'을 만들어내는 모든 것이 몰개성적인 국가적 단일성으로 서서히 녹아들고 있었다. 하디가 소설 속 가상의 지역을 '웨섹스'(앵글로색슨어에서 유래한)라고 부른 것은 일종의 항의였다. 그는 자신이 자라난 그 지역을 '잉글랜드 남서부'라고 부르고 싶지 않았다. 웨섹스는 고유했다. 하나의 왕국이었다.

웨섹스를 배경으로 한 하디의 첫 소설 『녹음 아래에서Under the Greenwood Tree』(1872년)는 흔히 '개선'으로 여기는 것을 비판하는 작품이다. 소설은 지역 교구민이 모여 악기를 연주하는 교회 오케스트라가 소형 오르간 하모늄으로 대체되는 상황을 묘사한다(아직도 오래된 교회 건물에는 오케스트라석이 남아 있다). 하모늄은 품위가 없지만, 당시 새롭게 유행하는 악기였다. 그러니 이는 발전이다. 정말 그런가?

산업 발전의 이면은 『더버빌 가의 테스』에서 가장 생생하게 묘사된다. 소설의 앞부분에서는 낙농장에서 젖을 짜는 주인공이

들판에 자라는 풀만큼이나 자연의 일부로 그려진다. 그때 증기 콤바인이 들어온다. 콤바인이 칙칙대며 작물을 수확하고, 테스는 이제 기계를 구성하는 인간 톱니바퀴에 지나지 않아 보인다. '발전'은 파괴할 수도 있다고 하디는 주장한다. 소설에서 그려지는 것처럼, 테스는 차츰 터전을 잃고 겉보기에는 세상을 더 나은 장소로 만드는 듯한 힘, 웨섹스를 19세기의 세상으로 끌고 가는 힘에 의해 대체된다.

산업혁명은 정말 놀라운 일이다. 그러나 하디는 인류가 그런 진보에 너무 안심해서는 안 된다고 믿었다. 자연이 복수할 것이라고. 이런 경고는 그의 시 「한 쌍의 수렴」에서도 표현된다. (하디는 거창한 표현을 좋아하기도 했지만, '둘의 충돌'은 그다지 인상적인 제목이 되지 못했을 것이다.) 제2장에서 본 것처럼 여객선 타이타닉은 산업혁명의 가장 자랑스러운 성취이자 20세기 최대의 재앙이었다. 시는 이렇게 표현한다.

그리고 그 멋진 배가
풍채와 우아함, 색조에서 자라는 동안
어둡고 고요한 먼 곳에서 빙산 또한 자랐다.

이 시를 읽다 보면, 우리가 사는 세상에서 우리를 위협하며 자라고 있는 빙산이 무엇인지 생각하게 된다. 하디가 살아 있다면, 분명 기후변화와 인구 과잉, 문명의 충돌을 '비관적' 시선으로 바라볼 것이다. 우리가 타고난 낙관주의로 머릿속에서 지우고 싶은 것들을.

하디의 '비관주의'는 우리에게 모든 각도에서 상황을 봐야 한다고 말한다. 또한 겉으로는 무서워 보일지라도 움츠러들지 말라고 말한다. 우리의 구원이 어쩌면 거기에 달려 있을지 모르니까. 하디는 자신의 시 한 편에서 그 점을 매우 잘 표현했다.

> 더 나은 곳으로 가는 길이 있다면
> 최악을 충분히 살펴보아야 한다.

어쩌면 더 나은 세상이 올지도 모른다. 그러나 우리가 지금 어디에 있는지 정직하게 평가하지 않으면(그 일이 아무리 괴로울지라도) 우리는 결코 그런 세상에 이를 수 없다. 이것을 비관적이라고 할 수 있는가? 아니다. 현실적이라고 할 수 있는가? 그렇다.

우리가 진보라고 생각하는 것이 진보가 아닐지도 모른다. 더 효율적인 세상이라고 여기는 것이 어쩌면 자기 파멸로 나아가는 세상일지도 모른다. 하디의 비관적인 세계관은 우리 자신의 세계관을 다시 생각해보라고 가르친다. 그리고 그것이야말로 우리가 그를 위대한 작가로 소중히 여기는 이유다. 그리고 그가 자신의 비관주의를 글로 너무나 아름답게, 너무나 잘 썼다는 사실도.

CHAPTER 25

위험한 책

문학과 검열

권력자들은 어디에서나, 역사상 어느 시기에나 늘 책에 신경을 곤두세웠다. 책은 당연히 불온하고, 국가에 잠재적 위협이 된다고 여겼다. 플라톤이 이상적 국가에서 시인을 모두 내쫓아 안정을 꾀하려 했다는 것은 널리 알려진 이야기다.

그렇게 여러 시대가 이어졌다. 위대한 작가의 창조적 작업에는 권력자의 분노를 자극하는 직업적 고충이 늘 있다. 우리는 문학적 대의에 삶을 바친 순교자들의 감동적인 명단을 만들어볼 수 있다. 제12장에서 보았듯, 존 번연은 위대한 작품 『천로역정』의 대부분을 베드퍼드 감옥에서 썼다. 세르반테스 역시 감옥에서 괴롭게 지내는 동안 『돈키호테』를 구상했다. 대니얼 디포(제13장 참조)는 풍자시를 쓴 탓에 형틀에 묶여 있어야 했다(전해오는 이야기에 따르면 그에게 공감한 구경꾼들이 썩은 달걀 대신 꽃을 던졌다고 한다). 우리 시대에는 살만 루슈디(제36장 참조)가 용감하게 썼던 풍자소설 때문에 10년간 숨어 지내야 했다. 알렉산드르 솔제니친은 1945년에 체포된 뒤 소련의 강제노동수용소 굴라크에서 8년을 썩는 동안 머릿속으로 위대한 작품을 구상했다. 1660년 왕정복고 이후 존 밀턴(제10장 참조)은 도망쳐야 했고, 당국은 그의 글을 불태우라고 명령했다. 밀턴 자신은 물론 표현의 자유를 논한 위대한 작품 『아레오파기티카 Areopagitica』(1644년)에서 다음과 같이 선언했다.

> 사람을 죽이듯 좋은 책도 죽일 수 있다. 사람을 죽이는 자는 신의 형상인 이성적 피조물을 죽이는 것이지만, 좋은 책을 죽이는 자는 이성 자체를 죽이는 것이다.

'책이 불태워지는 곳에서는 사람도 불태워진다'라고 흔히 표현된다.

다양한 사회가 '위험한' 책을 다양한 방식으로 억압했다. 프랑스, 러시아, 미국, 독일, 그리고 영국을 비교해보면 나라마다 각각의 방식으로 문학과 전쟁을 벌이거나, 문학의 자유를 제한했음을 알 수 있다.

프랑스는 1789년에 일어난 역사적 사건인 프랑스 혁명의 영향을 받았다. 혁명 전 정부(앙시앵 레짐)는 출판을 철통같이 장악했다. 어떤 책이든 존재하려면 '왕의 윤허'(국가의 허락)가 필요했다. 볼테르의 『캉디드 Candide』(1759년)처럼 윤허되지 않은, '은밀한' 작품들은 혁명가의 무기였다. 『캉디드』가 그랬듯, 계몽주의(즉 자유사상) 작가들이 나라 밖에서 써서 프랑스 국경 안으로 이데올로기 수류탄처럼 던진 책이라면 더더욱 그러했다. 영어로는 전체 제목이 '캉디드 혹은 만사형통Candide: or, All for the Best'*라고 옮겨진 이 소설은 다른 사람의 말을 모두 믿도록 – 바로 권력자가 원하는 종류의 시민으로 – 키워진 순진한 청년의 이야기다. 볼테르의 생각은 달랐다.

프랑스 혁명과 함께 「인간과 시민의 권리 선언」(1789년)에서 의견과 표현의 자유를 누릴 권리가 천명되었다. 프랑스 혁명의 대의에 큰 도움을 준 권리였다. 나폴레옹 집권 이후 프랑스는 문학을 더욱 구속했지만, 그래도 이웃 나라이자 막강한 적수인 영국보다는 늘 더 자유로웠다.

1857년 프랑스에서 두 작품이 출간되자마자 저자들이 재판에 회부되었다. 이후 세계문학에 거대한 영향을 미치게 된 재판이었다. 귀스타브 플로베르의 소설 『마담 보바리Madame Bovary』와 샤를 보들레르의 시집 『악의 꽃Les Fleurs du mal』이 '공공질서 침해'로 기소되었다. 플로베르의 소설은 간통을 용인한다는 혐의를 받았다. 보들레르의 죄는 책의 도발적인 제목으로 압축되었다. 물론 도발이야말로 보들레르의 의도였다. 프랑스어 표현으로는 'épater le bourgeois', 즉 '부르주아를 경악케 하라'였다. 플

---

* 프랑스어 원제로는 '캉디드 혹은 낙관주의Candide, ou l'Optimisme'인 이 소설은 1759년에 '캉디드 혹은 만사형통'이라는 제목으로 첫 영어 번역본이 출간되었고, 이후 '캉디드 혹은 낙관주의자Candide: or the Optimist'(1762년), '캉디드 혹은 낙관주의Candide: Optimism'(1947년)이라는 제목으로 다시 번역되었다.

로베르는 무죄 판결을 받았다. 보들레르는 소액의 벌금형을 받았고, 여섯 편의 시가 금지되었다. 그것 말고는 무사했다.

이런 작품(이제는 프랑스 문학의 고매한 고전이 되었다)의 시련으로 프랑스 문학을 위한 자유 지대가 생겼다. 그 덕택에 에밀 졸라 같은 작가들이 문학을 새로운 영역으로 데려갈 자유를 얻었다(영어권에서 에밀 졸라 소설의 번역본은 징역형에 처해질 정도로 엄격하게 금지되었다). 그리고 그들은 그 자유를 활용했다.

프랑스 작가만 그 자유를 누린 건 아니었다. 제1차 세계대전과 제2차 세계대전 사이에 영국과 미국의 많은 작가(D. H. 로렌스, 어니스트 헤밍웨이, 거트루드 스타인)가 본국에서는 결코 출판할 수 없는 작품을 파리에서 출판했다. 제임스 조이스의 『율리시스Ulysses』가 대표적인 사례다. 『율리시스』는 1922년 파리에서 책 형태로 처음 출판되었고, 미국에서는 11년 뒤인 1933년에 재판을 거치고 나서('구역질을 유발'하지만 '성욕을 자극'하진 않는다는 희한한 판결에 따라) 처음으로 출판되었다. 영국에서는 몇 년 뒤인 1936년에야 『율리시스』에 대한 출판 금지가 해제되었다. 아일랜드에서는 사실상 금지된 적이 없었다. 단지 책을 구할 수 없었을 뿐이다.

제2차 세계대전 중에는 장 폴 사르트르, 알베르 카뮈, 시몬 드 보부아르, 장 주네 같은 위대한 프랑스 작가들이 모국을 점령한 독일을 알레고리적으로 비판하는 작품을 시도했다. 특히 카뮈의 『이방인L'Étranger』(1942년, 영어 제목은 '국외자The Outsider')과 사르트르의 「닫힌 방Huis Clos」(1945년, 영어 제목은 '출구는 없다No Exit')을 꼽을 수 있다. '이방인', 즉 '외국인'을 뜻하는 단어를 제목으로 삼은 카뮈의 소설은 프랑스를 점령한 미움받는 외국인들을 나타내는 것으로 볼 수 있다. 사르트르의 희곡에는 죽은 뒤 영원히 함께 갇히게 된 세 인물이 등장한다. 그들은 지옥이 '타인'임을 깨닫는다. 이 작품은 독일 점령이라는, 또 다른 종류의 감옥에서 쓰였다.

프랑스의 유서 깊은 자유는 제2차 세계대전 후에 자리잡았다. 영어권은 1959년과 1960년에 어느 소설과 관련된 재판 이후에야 해방되었다. 역설적이게도 그 소설은 30년 전 파리에서 어떠한 항의나 소동도 없이 출판된 『채털리 부인의 연인 Lady Chatterley's Lover』이었다.

혁명은 러시아에 뒤늦게 당도했다. 그러나 차르의 검열관들에 의한 관료적 억압 아래서 세계문학의 몇몇 위대한 작품이 착상되고 출판되었다. 니콜라이 고골의 희곡 「감찰관 The Inspector-General」(1836년)이 익살맞게 풍자한 인물 같은 어설픈 검열관들을 따돌리기 위해 역설적으로 작가들은 더 공들여 작품을 창작했다. 문학의 역사에서 자주 눈에 띄는 역설이다. 러시아 작가들은 사회를 비판할 때 미묘하게, 에둘러서, 한마디로 교묘하게 비판했다. 예를 들어 표도르 도스토옙스키의 소설 『카라마조프 가의 형제들 The Brothers Karamazov』(1880년)에서 세 형제는 혐오스러운 아버지를 살해하기로 공모한다. 차르는 러시아인들에게 무엇이라고 불렸는가? '작은 아버지'였다. 안톤 체호프의 희곡도 노스탤지어적인 시선이긴 하지만, 지배계급 내부의 부패를 기록한다. 「벚꽃 동산 The Cherry Orchard」(1904년)에서 벚나무는 아름다운 무용함의 상징이지만, 더 좋은 것을 위해서가 아니라 새롭고 추한 세상을 위한 공간을 내주기 위해 베어진다. 체호프는 문학적 '파토스'의 대가다. 물론 세상은 변화할 수밖에 없다. 역사가 변화를 요구한다. 하지만 더 나쁜 쪽으로의 변화여야 할까?

체호프의 선동적인 희극들은 몇 가지를 수정한 뒤 차르의 검열을 슬쩍 통과해 무대에 올랐다. 그러나 1917년 혁명 직후, 러시아(이제는 '소련') 작가들에게는 차르의 검열 제도가 또 다른, 훨씬 더 억압적인 스탈린의 검열 제도로 대체되었다. 이 검열 제도는 대체로 엄격하게, 이따금 해빙기를 두며 1989년까지 지속되었다. 시인 안나 아흐마토바와 예브게니 옙투셴코, 소설가 보리스 파스테르나크와 알렉산드르 솔제니친 같은 반체제 작가들은 선배 작가들의 교묘한 기술을 사용해 위대한 작품을 창조하고 (이따금) 검열관의 코앞에서 출판도 했다. 솔제니친의 『암 병동Cancer Ward』(1968년에 발표된 이 소설은 스탈린주의를 러시아 깊숙이 박힌 종양으로 통렬하게 풍자한다) 같은 작품은 '사미즈다트samizdat'(타자기를 사용한 지하 출판물)로 유포될 때가 많았다. 로마 시대에 초기 기독교인들이 선동적인 필사본을 몰래 숨기고 다녔던 역사를 떠오르게 한다. 파스테르나크와 솔제니친은 각각 1958년과 1970년에 노벨 문학상을 받았다. 이런 검열 제도가 없어도 러시아는 위대한 문학을 창조할 수 있을까? 우리 눈앞에서 일어나고 있는 이 위대한 문학 실험을 흥미롭게 지켜볼 만하다.

미국을 세운 청교도들은 자유로운 표현과 교양을 존중했다. 그런 태도는 1787년에 표현의 자유를 수정 1조로 소중히 새긴 헌법 제정으로 더욱 공고해졌다. 그러나 표현의 자유가 절대적·보편적으로 보장된 적은 없었다. 의견이 다른 여러 주로 구성된 연방인 미국에서는 표현의 자유에 대한 관용과 억압이 혼재한다. '보스턴에서는 금지된' 문학 작품이 뉴욕에서는 불티나게 팔릴 수 있었다. 특히 공공도서관과 지방 교육과정에 관한 한, '지역 기준'의 혼재는 여전히 미국의 문학 환경을 구성하는 미국만의 특성이다.

역사적으로 독일 작가들은 비교적 관대한 정권 아래에 있었다. 특히 1919~1933년의 바이마르 공화국이 그러했다. 이때가 바로 베르톨트 브레히트 같은 극작가가 「서푼짜리 오페라The Threepenny Opera」(여전히 인기 있는 노래 「맥 더 나이프Mack the Knife」가 유래한)를 써서 독특한 정치적·혁명적 연극을 창조할 수 있었던 시기다. 그의 연극은 전 세계에 지워지지 않는 자국을 남겼다. 1933년 나치가 정권을 장악하면서 폭압이 시작되었다. 뉘른베르크 전당대회 같은 나치 행사에서 분서焚書는 중요한 일부였다. 책을 불태우는 목적은 당이 승인하지 않은 마음의 양식을 배척함으로써 국민의 '마음'을 통제하는 것이었다. 이는 너무나 효과적이었다. 조금이라도 역사적 가치가 있는 문학 작품이 12년간 나오지 않았다. 더군다나 1945년에 히틀러 정권이 무너지면서 독이 든 유산까지 남겼다. 전쟁 이후 귄터 그라스 같은 작가들에게 남겨진 유산은 폭격으로 무너진 도시의 문학적 등가물(그라스의 표현대로)이었다.

영국에서는 18세기까지 문학 통제가 정치적이었으며, 국가 소관이었다. 왕의 심기를 불편하게 한 작가는 적법한 절차 없이 런던 탑에 갇히거나 (디포처럼) 치안판사에 의해 형틀로 보내졌다.

작가들은 현명하게 그런 위험을 피해갔다. 예를 들어 셰익스피어는 당대 잉글랜드가 배경인 작품을 한 편도 쓰지 않았다. 왜냐고? 그는 단순한 천재가 아니라 조심성 있는 천재였기 때문이다.

특히 연극 검열은 영국에서 오랫동안 유지되었다. 그 이유는 무엇일까? 연극 관객은 '집단'이며 '폭도'로 쉽게 돌변할 수 있다. 연극 검열 제도는 1960년대까지 유지되었다. 조지 버나드 쇼는 궁내부(모든 연극은 궁내부의 허가를 얻어야 상연할 수 있었다)의 장관과 끊임없이 싸웠다. 조직 매춘업을 합법적 사업으로 장난기 있게 묘사한 「워렌 부인의 직업Mrs Warren's Profession」(1895년) 같은 재치 있는 '버나드 쇼풍'의 희곡은 무대에 올리기가 쉽지 않았다. 쇼는 노르웨이 극작가 헨리크 입센의 지지자임을 자처했다. 입센의 「유령Ghosts」(성병이라는 아주 위험한 주제를 건드렸다)을 상연하려는 그의 시도는 물의를 일으켰고, 상연 금지를 피할 수 없었다. 1950년대에도 사뮈엘 베케트의 「고도를 기다리며Waiting for Godot」(제33장 참조) 같은 연극을 처음 상연하려면 궁내부 장관의 허가가 필요했다. 작품에 작은 수정이 요구되었고, 지체 없이 수정되었다.

영국은 1857년(파리에서 『마담 보바리』가 재판에 회부된 해다)에 이르러서야 법으로 검열을 공식화했다. 그해에 의회가 줄줄이 통과시킨 외설출판법 중 첫 번째는 순전히 영국식 헛소리였다. 어떤 문학 작품이 '비도덕적 영향에 마음이 열린 사람을 타락시키고 오염시키는' 경향이 있다면 '외설적'이라고 간주되었다. 디킨스는 이 구절을 '젊은이의 얼굴이 빨개지게' 하는 모든 것이 범죄라고 풍자했다. 헨리 제임스는 '젊은 독자의 횡포'라고 표현했다. 법정에서든, 단순히 '시대정신'으로든 도덕성이 세상을 지배하는 시기였다. 토머스 하디는 1895년에 웨이크필드의 주교가 (늘 그렇듯 간통을 묵인한다는 이유로) 그의 소설 『이름 없는 주드』를 불태웠을 때 소설 쓰기를 완전히 포기했고, 30년의 여생 동안 사람들의 심기를 거스르지 않는 시만 발표했다. '타락과 오염' 규정 때문에 그는 쓰고 싶은 소설을 쓸 수 없었다.

하디의 추종자 D. H. 로렌스는 1915년에 소설 『무지개The Rainbow』의 초판본 전부가 법원의 명령에 따라 불태워지는 일을 겪었다. 이 소설에는 대단히 시적으로 묘사되었고 (우리가 보기에는) 조금도 불쾌하지 않으며 비속어를 하나도 사용하지 않은 섹스 장면이 포함되어 있다. 제1차 세계대전 이후 로렌스는 영국을 떠났고, 다시 돌아오지 않았다. 영국에 남은 작가들은 조심스럽게 행동했다. E. M. 포스터는 많은 위대한 소설을 쓰고 출판한 작가였다(제26장 참조). 그가 1913년경에 써서 출판하지 않고 은밀하게 개인적으로 돌려본 소설로 『모리스Maurice』가 있다. 자신의 동성애를 솔직하게 다룬 이 소설은 그가 죽은 뒤 1971년이 되어서야, 역사적 의미만 남았을 때가 되어서야 출간되었다.

영국의 신중한 작가와 출판사들은 포스터처럼 '자기 검열'을 했다. 1944년 조지 오웰은 『동물 농장Animal Farm』을 출판하려 할 때, 영국의 전시동맹 소련을 비판하는 이 우화적 소설을 기꺼이 받아주는 출판사를 찾을 수 없었다. 이에 오웰은 문학계 전체가 '배짱이 없다'라고 결론 내렸다. 출판을 회피한 출판사들은 아마 '신중하다'라는 단어를 썼을 것이다.

이런 분위기는 1960년 『채털리 부인의 연인』 재판으로 급격히 달라졌다. 1959년에 새로운 외설출판법이 시행되었다. 이 법에 따르면 공익에 도움이 된다면 본질적으로 외설적인 문학 작품도 '과학이나 문학, 예술, 학문의 이익을 위하여' 출판할 수 있었다. D. H. 로렌스는 1930년에 죽었지만, 펭귄 출판사는 시험 삼아 그의 소설을 출간해보기로 결정했다. 로렌스의 표현에 따르면 『채털리 부인의 연인』은 문학을 '건강하게 만들기' 위해 쓰였다. 소설은 이렇게 묻는다. 우리는 왜 개인적 삶에서 가장 중요한 행위에 라틴어의 완곡한 어구 대신 친숙한 앵글로색슨 어휘를 쓰면 안 되는가? 검찰 당국은 플로베르를 법정에 세웠던 프랑스 당국과 똑같은 이유를 골랐다. 사냥터지기와 사랑에 빠진 귀족 부인을 다룬 로렌스의 이야기가 간통을 지지한다는 주장이었다. 존경받는 저자들을 비롯해 다양한 '전문가 증인'이 소설의 출판을 변호했고, 피고 측이 승리했다.

런던의 비영리단체 '인덱스 온 센서십'이 발행하는 잡지 〈인덱스 온 센서십Index on Censorship〉의 매호가 증언하듯, 문학 검열에 저항하는 싸움은 여전히 계속되고 있다. 이는 끊임없는 투쟁이다. 문학의 역사가 보여주듯, 문학은 압제 아래에서든, 사슬에 묶여 있든, 망명 중이든 위대한 일을 해낼 수 있다. 심지어 불사조처럼 자신을 파괴한 불꽃에서 날아오를 수도 있다. 그럴 수 있다는 것이 인간 정신의 위대함을 장엄하게 입증한다.

CHAPTER 26

제국

키플링, 콘래드, 포스터

앞에서 영향력 있는 문학은 영향력 있는 국가의 산물인 경우가 많다는 주장을 밝혔다. 그러니까 정복이나 침략, 어떤 경우에는 노골적인 강탈로 영토를 넓힌 국가들 말이다. 문학에서 '제국'과 '제국주의'만큼 골치 아픈 문제는 없다. 제국주의란 무엇보다도 한 나라가 다른 나라를 소유·지배·약탈하며 어떤 경우에는 파괴할 권리, 또는 제국 열강들의 주장에 따르면 '문명을 가져다주는' 권리를 갖는 것이다.

제국주의의 옳고 그름이라는 주제에 대한 문학의 개입은 복잡하고 다난하며, 가끔은 도전적이다. 지난 200년간 세계의 상황이 달라지면서 이런 개입의 성격도 달라졌다. 한 시기에 적절했던 문학이 다른 시기에는 완전히 낡은 것이 된다. 그런 유형의 문학일수록 언제, 누구를 위해 썼는지를 알아야 한다.

역사의 큰 그림을 대략 그려보면 도움이 된다. 북유럽 연안의 작은 제도인 영국은 빅토리아 시대의 전성기인 19세기와 20세기에 그리니치 자오선부터 아프리카의 광활한 대지를 지나 팔레스타인과 인도아대륙, 오스트레일리아, 캐나다까지 팽창했다. 18세기에는 훗날 미합중국이 되는 열세 개의 식민지까지 그 목록에 포함시켰다. 고대 로마조차 영국보다 광활하게 지구를 '소유'했다고 뽐내지는 못했을 것이다.

20세기 후반이 되자 광활했던 대영제국은 놀랍게도 거의 사라져버렸다. 나라들은 하나씩 하나씩 독립을 요구했고 쟁취했다. 영국이 해외 영토를 지키기 위해 벌인 마지막 전쟁은 1982년의 일이었다. 인구가 영국의 한 마을보다 크나마나 한, 남대서양의 아주 작은 포클랜드 제도를 지키기 위해서였다. 어떤 서사시도 기대할 수 없는 전쟁이었다.

문학은 사회·역사적 변화에 민감하게 반응하는 기록자다. 국제사회에서 일어나는 일뿐 아니라 그 일에 대한 국가의 복잡하고 유동적인 반응도 새겨 넣는다. 전성기의 제국주의와 그 직후의 포스트 제국주의 단계를 거치는 동안 영국인에게는 자부심과 수치심이 불안정하게 출렁였고, 문학은 이를 반영한다.

러디어드 키플링의 유명한 시 「백인의 짐The White Man's Burden」(1899년)을 살펴보자. 발표 당시에는 무척 사랑받은 시로, 이렇게 시작한다.

백인의 짐을 져라.

네가 낳은 최고의 자식을 보내라.

네 아들에게 타향살이의 의무를 지게 하라,

네가 정복한 사람들의 요구에 복무하도록.

무거운 마구를 걸치고

파닥거리는 야생의 사람들을 시중들도록.

네가 새로 정복한, 시무룩한 부족들,

반은 악마이자 반은 아이인 그들을.

러디어드 키플링Rudyard Kipling(1865~1936)은 영국인이었지만, 「백인의 짐」은 특히 미국 사람들을 위해 쓰였다. (그의 아내가 미국인이었다는 사실을 언급할 만하다.) 이 시에 영감을 준 사건은 미국이 필리핀의 독립운동을 억압하고, 같은 기간에 푸에르토리코와 괌, 쿠바를 장악한 일이었다. 필리핀 진압 작전은 특히 잔인했다. 100만 명의 필리핀인 중 4분의 1이 죽은 것으로 추정된다. 백인의 짐은 늘 붉은 피로 얼룩져 있었다.

이 시는 미국에서 곧바로 대성공을 거두었고, 시의 제목은 유명한 표현이 되었다. 아직도 이따금, 대개는 풍자적인 맥락에서 들을 수 있다. 19세기('영국의 세기')가 끝나갈 때 키플링은 세계 최강대국의 역할이 미국에 넘어가리라 확신했고, 역사는 그의 예상대로였다. 20세기는 미국의 세기가 될 운명이었다. 키플링은 영국이 이 위대한 동맹국의 동반자가 되리라고(하급 동반자일지라도) 기대했다. 두 나라가 자애로운 주인으로 오순도순 세계를 지배하리라고.

키플링은 식민지 인도에서 태어났고, 그가 봄베이(오늘날의 뭄바이)에서 보낸 어린 시절은 소설 『킴Kim』(1901년)에 반영되어 있다. 이 소설에는 그가 '동과 서'의 관계라고 부른 것이 훨씬 동정적인 시각에서 묘사되어 있는 편이다. 「백인의 짐」의 기본적인 생각은 분명하다. 제국은 '반은 악마이자 반은 아이'이며 앞으로도 영원히 그러할 사람들에게 백인의 문명을 가르칠 것이다. 제국의 행위는 본질적으로 자애롭다. 백인의 식민지가 될 만큼 운이 좋은, 그 열등한 인종으로부터 아무런 감사도 기대하지 않고, 국익과는 조금도 상관없이 떠맡은 '짐'이다. 요즘 키플링의 시는 문학의 수치로 여겨진다. 그러나 1899년에는 압도적인 찬사를 받았다. 시대는 달라졌다.

같은 해인 1899년에 제국과 백인의 제국주의를 다룬 또 다른 작품이 출판되었다. 조지프 콘래드Joseph Conrad(1857~1924)의 『어둠의 심연Heart of Darkness』이다. 이 소설은 훨씬 사려 깊고 훨씬 위대한 문학 작품이라는 데 대부분 동의할 것이다. 콘래드는 우크라이나에서 폴란드인 부부의 아들 유제프 테오도르 콘라트 코제니오프스키Józef Teodor Konrad Korzeniowski로 태어났다. 아버지는 조국을 점령한 러시아에 저항하는 투사이자 애국자, 시인이었다. 조국의 독립에 헌신한 사람이었다. 그래서 어린 유제프는 폴란드에서 살 수 없었다. 망명이 그의 운명이었다. 그는 선원의 길로 들어섰고, 1886년에 영국 국민이 되었으며 영국 상선의 선원이 되어 이름을 조지프 콘래드로 바꾸었다. 그리고 30대 중반에 바다를 떠나 문학에 전념했다.

『어둠의 심연』의 씨앗이 된 콘래드의 자전적 경험은 1890년에 낡은 증기선의 선장으로, 콩고 강을 따라 내륙 깊숙이 자리한 교역소까지 갔던 일이다. 클레인Klein이라는 죽어가는 관리인이 운영하는 곳이었다(소설에서 클레인은 '커츠Kurtz'로 개명되었다. 독일어로 '클라인klein'은 '작은'을, '쿠르츠kurz'는 '짧은'을 뜻한다). 콘래드는 그의 시대와 계급이 지닌 인종적 편견에서 완전히 벗어나지 못했지만 품위 있는 사람이었다. 하지만 그는 유럽인들이 두고두고 부끄러워해야 할 식민지 기관에서 일했다. 바로 상콩고Haut-Congo의 벨기에 주식회사였다.

1885년 당시 유럽의 작은 제국주의 국가였던 벨기에는 이른바 콩고자유국을 세웠다. 여기에서 '자유'란 약탈할 자유를 뜻했다. 레오폴트 2세는 벨기에가 '소유'한 수백만 제곱마일의 땅을 돈을 가장 많이 지불하는 상사에 임대했다. 식민지 임차권 구매자는 자기 마음대로 무엇이든 할 수 있었다. 그 결과 현대 최초의 제노사이드genocide라고 불리는 일이 일어났다. 이를 두고 콘래드는 '인류 양심의 역사를 영원히 더럽힌, 가장 비열한 약탈전'이라고 표현했다.

콩고 강 항해는 콘래드에게 깊은 영향을 남겼다. 훗날 그는 '콩고에 가기 전에 나는 단지 동물일 뿐이었다'라고 말했다. 이 경험에서 느낀 '치 떨리는 끔찍함horror'(소설의 키워드)이 진정되고 『어둠의 심연』을 쓰기까지 8년이 걸렸다. 이야기는 단순하다. 말로(콘래드의 많은 소설에서 주인공이자 화자이다)는 템스 강 하구에서 돛의 활대 너머로 해가 질 무렵, 평화롭게 까닥거리는 그의 범선 넬리 호로 몇몇 친구를 초대해 대접하고 있다. 그리고 대화가 잠시 끊기자, 그는 런던을 건너다보며 생각한다. '이곳 또한 지상에서 가장 어두운 장소 중 하나였지.' 그는 고대 브리튼과 그곳을 정복한 로마인들을 생각하고 있다. 모든 제국 뒤에는 범죄가 있다는 것을, 우리는 안다.

말로는 계속해서 자신이 30대 초반에 받은 명령을 떠올린다. 브뤼셀('회칠한 무덤' 같은 도시)에서 아프리카(심장 모양의 '검은' 대륙)의 콩고 강 상류에 있는 벨기에 식민지의 깊숙한 곳까지 가는 임무였다. 그곳에서 코끼리 상아를 모으는 임무를 수행 중인 교역소 관리자 커츠가 미쳐간다는 것이었다. (상아는 당구공과 피아노 건반 같은 것을 만드는 용도로 유럽과 미국에서 수요가 굉장히 많았다.) 이 항해는 말로를 어두운 진실로 데려간다. 자본주의와 인간의 본성, 그 자신에 대한 진실, 그리고 무엇보다도 제국의 본성에 대한 진실로.

귀화한 나라에 충성했던(어떤 의미에서) 콘래드는 벨기에의 제국주의가 영국보다 더 잔인하고 탐욕스럽다고 주장한다. 그러나 '지상의 어두운 장소'에 관한 말로의 언급에는 결국 모든 제국은 본질적으로 같다는 의미가 함축되어 있다. 좋은 제국과 나쁜 제국은 거짓된 구분이다. 제국주의는 모두 나쁘다. 『어둠의 심연』은 아프리카의 가장 어두운 곳에서 자신이 본 것에 마음이 지독히 불편했던 사람이 썼고, 독자의 마음을 지독히 불편하게 하는 소설이다.

대영제국의 '왕관의 보석'은 인도라고 널리 여겨진다. 식민지 인도에 대한 가장 사려 깊고 유려한 소설은 E. M. 포스터의 『인도로 가는 길 A Passage to India』(1924년)이라는 것이 일반적인 의견이다. 포스터는 인도를 여행하다가 이 소설을 착상했다. 그는 인도와 인도 사람들을 사랑했다. 포스터는 키플링 같은 식민지배자의 우월의식이 전혀 없는 사람이었다. 그는 뼛속까지 진보적인 사람이었고, 자유로운 사상을 지닌 블룸즈버리 그룹(제29장 참조)의 일원이었다.

'인도로 가는 길'이라는 이상한 제목을 잠깐 설명할 필요가 있다. 표면적으로 이 제목은 원양 여객선을 타고 영국에서 인도로 가는 여행('길')을 말하는 것처럼 보인다. 소설을 구성하는 큰 서사의 흐름 중 하나는 젊은 영국 여인 아델라가 영국인 관리와 결혼하기 위해 인도로 가는 길을 뒤쫓는다. 아델라가 어느 지역의 동굴(고대의 종교적 의미가 있는 곳)에서 젊은 이슬람교도 의사 아지즈에게 성추행을 당했을 수도, 아닐 수도 있는 그 사건 이후 상황이 크게 틀어진다. 아델라의 순진한 의도는 인도인과 친구가 되는 것이었다. 거의 폭동에 가까운 사건과 재판이 이어지고, 아지즈는 재판에서 무죄 판결을 받는다. 아델라의 '인도로 가는 길'과 예정된 결혼은 수치스러운 파멸로 끝난다. 마라바르 동굴에서 정확히 무슨 일이 있었는지 아무도 모른다. 그것이 식민지 인도라는 '수수께끼와 혼돈'의 일부다.

포스터의 소설 제목은 1871년에 발표된 같은 제목의 월트 휘트먼(제21장 참조) 시와 공명한다. 휘트먼의 시는 제국주의적 상황의 핵심을 건드리는 문제를 제기하며, 포스터의 소설이 탐색하려는 것도 바로 그 문제다. 식민지 소유와 인종적 차이로 뒤얽힌 관계에서 온전한 인간관계를 맺을 수 있을 것인가? 휘트먼은 이렇게 표현한다.

인도로 가는 길!

보라, 영혼이여, 너는 신의 의도를 처음부터 보지 못했는가?

지구가 연결망으로 이어져 연결되고,

인종과, 이웃들은, 서로 결혼하고 맺어지며

건너야 할 대양, 거리는 가까워지고

땅이 함께 융합될 것을.

휘트먼은 동성애자였고, 포스터도 그러했다. 『인도로 가는 길』의 깊숙한 곳에는 영국 남자 교사와 이슬람교도 남자 의사의 관계가 있다. 소설의 암시에 따르면 관능적 관계에 가깝다. 그러나 키플링이 썼듯이 '동은 동이고 서는 서이며, 둘은 서로 만나지 않을 것이다'.

포스터는 소설을 끝내기가 거의 불가능했다. 어떤 결말도 '옳게' 보이지 않았다. 글이 막혀서가 아니었다. 포스터가 부딪힌 벽은, 소설로는 제국의 문제를 본질적으로 '해결'할 수 없다는 사실이었다. 『인도로 가는 길』은 결론을 내리지 못한 채 끝나지만, 훌륭한 예술적 인상을 남긴다. 마지막 장면에서 말을 타고 몬순으로 흠뻑 젖은 인도의 풍경을 가로지르는 두 남자는 결코 함께할 수 없지만 휘트먼의 표현대로 함께 '융합'된다.

그러나 말들이 그걸 원치 않아서 서로에게서 떨어졌고, 땅도 그걸 원치 않아서 바위들을 내밀어 말을 탄 그들이 한 줄로 지나갈 수밖에 없도록 했다. 사원들, 저수지, 감옥, 궁전, 새들, 썩어가는 짐승의 사체들, 방문객의 숙소, 그들이 숲에서 나와 마우를 내려다볼 때 시야에 들어온 모든 것이 원치 않았다. 그들은 그걸 원치 않아서 수백 개의 목소리로 '아니, 아직은 아니야'라고 말했고 하늘은 '아니, 여기는 아니야'라고 말했다.

이 마지막 장면에서 '아직은 아닌' 시간은 사반세기가 지난 1947년 인도 독립과 함께 올 터였다. 그리고 살만 루슈디가 최고의 포스트 식민주의 문학 중 하나인 『한밤의 아이들』(자세한 논의는 제36장 참조)에서 이를 기리게 될 터였다. 『인도로 가는 길』은 반反식민주의 문학이다. 그 소설이 쓰인 시기에서는, 달리 쓸 수 없었다고, 포스터는 암시한다.

제국이라는 주제는 그 자체로 많은 문학에 영감을 주었다. 셰익스피어의 희곡 「템페스트The Tempest」부터 폴 스콧의 '인도 제국 4부작The Raj Quartet', V. S. 나이폴의 소설, 윌리엄 골딩의 『파리 대왕』(백인 중의 백인인 영국의 사립학교 소년들이 '반은 악마이자 반은 아이'로 등장한다)까지. 이후의 장에서 우리는 식민 관계의 반대편에서 제국을 바라보는 관점을 살펴볼 것이다. 그러나 도덕적으로 복잡한 제국의 주요 문제를 콘래드와 포스터의 소설만큼 섬세하게 탐구한 – '해결'하지는 못했을지라도 – 작품은 없었다. 오늘날의 독자도 여전히 자부심과 죄책감, 혼란이 뒤섞인 강렬한 감정으로 이 작품들을 읽고 음미할 수 있다. 하지만 먼저 역사를 반드시 알아야 한다.

CHAPTER 27

불운한 찬가

전쟁 시인들

전쟁과 시는 언제나 떼려야 뗄 수 없는 관계였다. 우리에게 전해지는 최초의 위대한 시 「일리아스」는 서로 싸우는 나라들의 이야기다. 전쟁은 희극이 아닌 셰익스피어의 작품 대부분에 등장한다(희극에서도 더러 전쟁이 벌어진다). '전쟁의 참화'(스페인 화가 고야의 작품명)를 가장 생생하게 묘사한 구절을 셰익스피어의 「줄리어스 시저」에서 찾을 수 있다.

피와 파괴가 너무도 흔해지고
끔찍한 광경이 너무도 익숙해져서
어머니들은 전쟁의 손아귀에
사지가 찢기는 아기들을 보며 웃기만 할 것이다.

그러나 '대전'이라고 불리는, 1914~1918년의 제1차 세계대전만큼 영시가 많이 쓰인 전쟁은 없었다.

제1차 세계대전은 영국 역사상 가장 많은 피를 흘린 전쟁이었다. 1917년 파스상달 전투에서는 몇 달 동안 발이 푹푹 빠지는 진흙탕에서 5마일(약 8킬로미터)의 땅도 빼앗지 못한 채 25만 명이 목숨을 잃었다. 영국의 사립학교에서 (많은 경우 교실에서 곧장) 전선으로 나간 청년 다섯 명 중 한 명은 돌아오지 못했다. 그 대신 각 학교의 '영광의 게시판'에 이름이 올랐다. 이 젊은이들은 '장교 계급'이자 '시를 쓰는 계급'이었다.

영국의 거의 모든 마을에는 눈에 잘 띄는 곳에 기념비가 있다. 이제는 이끼에 덮이고 글자를 읽기 힘들어진 기념비는 제1차 세계대전의 끔찍한 전투에서 꺾여버린, 마을의 젊은 꽃들을 기록한다. 아직 글자를 알아볼 수 있다면 명단 밑에 '그들의 이름이 영원히 기억되리라' 같은 비문이 새겨져 있을 것이다.

제1차 세계대전이 다른 전쟁과 달랐던 점은 전례 없는 규모와 치명적인 무기(특히 기관총과 비행기, 독가스, 탱크) 때문만은 아니었다. 이 전쟁은 국가와 국가 간의 갈등뿐 아니라 각국의 내부 갈등까지 뒤얽혔다는 점에서도 달랐다. 바꿔 말하자면, 양 진영의 많은 병사는 이렇게 묻지 않을 수 없었다. '적은 우리 앞에 있는가, 아니면 뒤에 있는가?' 제1차 세계대전이 탄생시킨 가장 유명한 소설 『서부전선 이상 없다All Quiet on the Western Front』(1929년)에서 독일 작가 에리히 마리아 레마르크가 다루는 질문도 바로 이것이었다. 레마르크는 또 다른 유명한 생존자인 아돌프 히틀러와 거의 1마일(약 1.6킬로미터)도

떨어지지 않은 참호에서 싸우다가 부상을 입었다.

우리가 사랑하는 시인들은 이 끔찍한 4년 동안 진짜 적이 독일 황제(알고 보면 그들의 왕 조지 5세의 사촌)와 무릎 장화를 신은 독일 병사들이 아니라 가장 영특한 젊은이들을 정당한 이유 없이, 의미 없는 살육으로 몰아넣은 길 잃은 영국 사회일지 모른다는 사실을 어떻게 받아들여야 할지 이해하려 애썼다.

그중에서도 가장 분노한 목소리를 낸 시그프리드 서순Siegfried Sassoon(1886~1967)은 독일식 이름을 가졌으나 '여우 사냥'을 좋아하는 철두철미하게 영국적인 남자였다. 그의 짧은 시 「장군The General」은 영국 내부의 갈등을 잘 묘사한다.

'좋은 아침, 좋은 아침!' 장군은
지난주 전선으로 가는 길에 마주친 우리에게 말했다.
이제 그가 미소를 지었던 병사들은 대부분 죽었고,
우리는 그의 참모들을 무능한 돼지들이라 욕하고 있다.
그들이 소총과 배낭을 지고 아라스를 향해 터벅터벅 걷고 있을 때
'노인네 기분이 좋구먼', 해리가 잭에게 투덜거렸었다.

그러나 장군의 공격 작전으로 둘 다 죽었다.

그러면 이 시에서 '적'은 누구인가? 테니슨의 「경기병대의 돌격」(제22장 참조)을 떠올려보자. 그 시에 묘사된 교전에서 장군은 어설픈 작전으로 600명 중 거의 절반을 죽게 했다. 그러나 테니슨

은 지휘관이나 국가를 비난하지 않는다. 대신에 죽음을 향해 러시아군의 화포로 돌진한('이유를 따지는 것은 그들의 일이 아니므로') 병사들의 용기를 아낌없이 칭찬한다. 그들의 죽음은 '영광스러웠다'.

서순의 태도는 테니슨과 다르고, 더 복잡하다. 그가 보는 전쟁에는 그런 '영광'이 없다. 그는 「장군」을 1916년에 쓰고, 1918년에 출판했다. '우리는 왜 싸웠는가?'라는 의문이 여전히 절정에 달한 때였다. 비겁함은 이 논쟁과 관계없었다. 서순은 맹렬한 전사였고 동료들에게 '미친 잭'이라고 불렸지만(역설적이게도 '시그프리드'는 독일어로 '승리의 기쁨'을 뜻한다) 그 자신은 아무리 생각해도 그 전쟁의 의미를 알 수 없었다. 그는 용맹함을 인정받아 무공십자훈장을 받았을 때 머지 강에 메달을 던져버렸다고 한다.

제1차 세계대전에 참전한 영국의 마지막 생존 사병으로서 2009년에 111세의 나이로 세상을 떠난 해리 패치도 서순과 생각이 같았다. 파스샹달 전투 90주년을 맞아 옛 전장을 방문한 패치는 그 전쟁을 '계산되고 묵인된 인간 살육이었다. 한 사람의 목숨도 걸 만한 가치가 없었다'라고 묘사했다. 1918년 11월에 종전될 때까지 제1차 세계대전은 75만 명이 넘는 영국인의 목숨을 앗아갔다. 양 진영 모두에서 900만 명이 넘는 군인이 죽었다고 추정된다.

서순의 시보다 더 나은 시는 그의 친구이자 전우인 윌프레드 오언Wilfred Owen(1893~1918)의 「부질없음Futility」이다. 훈장을 받은 용감한 장교인 오언은 눈 속에 누운, 이제 그가 공식 애도 서한을 가족에게 써야 할 병사의 시체를 보며 생각에 잠긴다.

Move him into the sun –

Gently its touch awoke him once,

At home, whispering of fields unsown.

Always it woke him, even in France,

Until this morning and this snow.

If anything might rouse him now

The kind old sun will know.

Think how it wakes the seeds, –

Woke, once, the clays of a cold star.

Are limbs, so dear-achieved, are sides,

Full-nerved, – still warm, – too hard to stir?

Was it for this the clay grew tall?

– O what made fatuous sunbeams toil

To break earth's sleep at all?

해가 비치는 곳으로 그를 옮기게.

한때 햇빛은 고향에서 그를 어루만지며 깨웠지,

씨 뿌리지 않은 들판에 대해 속삭이며.

햇빛은 늘, 프랑스에서도, 그를 깨웠지,

오늘 아침까지도, 이 눈이 올 때까지도.

무엇이든 지금 그를 깨울 수 있는 것이 있다면

친절한 옛 태양이 알 것이다.

해가 어떻게 씨앗을 깨우는지 생각해보라,
한때 차가운 별의 흙 한 줌을 깨웠음을.
그토록 귀하게 얻은 팔다리가 여전히 신경이 있고,
여전히 따뜻한 옆구리가 너무 굳어버려 움직이지 못하는가?
결국 이것을 위해 그 한 줌의 흙은 자랐는가?
아, 바보 같은 햇살은 무엇 때문에
그리 고되게 대지의 잠을 깨웠던가?

키츠의 영향을 받았음이 뚜렷한 이 시에는 성애적 감정에 가까운 감정적 온기가 있다. 태양은 봄에 대지의 씨앗을 깨우듯, 이 이름 없는 전사를 되살려낼 것인가? 아니다. 그의 죽음은 가치 있었는가? 아니다. 부질없었다. 아무 쓸모가 없었다.

오언은 기법적인 면에서 서순보다 더 실험적이었고, 그의 분노는 더 차분하다. 「부질없음」은 불규칙한 시행과 불완전한 압운(예를 들어 'once' / 'France')으로 능수능란하게 구성된 소네트다. 전체적인 시는 장례식에서 흔히 쓰이는 표현인 '재에서 재로, 흙에서 흙으로'를 미묘하게 상기시킨다. 오언이 일찍 죽지 않았다면 20세기 영시의 경로에 엄청난 영향을 미쳤으리라는 것이 일반적인 의견이다. 그러나 그는 전쟁의 마지막 주에 죽었다. 그의 전사 통지서가 가족에게 배달되었을 때 종전을 선언하는 교회 종소리가 울리기 시작했다.

오언이 이 시를 쓸 무렵 전쟁은 피비린내 나는 교착 상태에 빠져 있었다. 줄줄이 이어지는 참호와 철조망이 서툴게 꿰맨 상처처럼 유럽 곳곳으로 이어졌다. 어느 쪽 군대도 돌파구를 찾지 못했고 매주 수천 명이 죽었다. 이런 피바다를 불러일으킨 것은 동기가 모호한 길거리 범죄였다. 발칸 반도의 사라예보에서 일어난 프란츠 페르디난트 황태자 암살 사건이었다. 여러 나라의 방대한 집합인 오스트리아-헝가리 제국은 거의 즉시 무너졌다. 황위 계승 투쟁이 시작되었고 복잡한 국제적 동맹이 휘말려들었다. 도미노가 쓰러지기 시작했다. 1914년 8월(영국의 찬란한 여름)이 되자 전쟁은 피할 수 없었다.

대부분의 사람은 크리스마스쯤이면 전쟁이 끝날 것이라고 낙관했다. 그 무렵 영국의 분위기는 '맹목적 애국주의jingoism'라는 단어로 요약할 수 있었다(이런 맹목적 애국주의는 1963년 뮤지컬 「오, 얼마나 사랑스러운 전쟁인가Oh, What a Lovely War!」가 훌륭하게 재현했다). 이처럼 맹목적 애국주의가 팽배하던 초기에 쓰인 가장 유명한 시가 루퍼트 브룩Rupert Brooke(1887~1915)의 「병사The Soldier」다.

> 내가 죽는다면, 나에 대해 이렇게만 생각하라.
> 이국의 들판에 영원히 영국을 위한
> 어느 모퉁이가 있다고. 그 비옥한 대지에
> 더 비옥한 한 줌의 흙이 묻힐 테니.
> 그 흙은 영국이 낳고, 만들고, 의식을 불어넣고,
> 한때 사랑할 꽃을 주었고, 배회할 길을 주었던 것,
> 영국의 공기를 마시고, 고향의 강에 씻기고,
> 고향의 햇살로 축복받은, 영국의 몸이다.

> 그리고 생각하라, 모든 악이 씻겨나간 이 심장,
> 영원한 마음의 맥박이, 영국으로부터 받은 생각을
> 그만큼을 어딘가로 돌려준다고.
> 영국의 풍경과 소리를, 영국의 한낮처럼 행복한 꿈을,
> 그리고 친구들에게 들은 웃음을, 그리고 영국이라는 천국 아래,
> 평화로운 마음속 온화함을.

고귀한 감성이다. 그리고 저자에 대해 알면 한층 더 고귀하게 느껴진다. 브룩은 아주 잘생긴 젊은이이자 양성애자였다. 그는 E. M. 포스터와 버지니아 울프를 비롯한 '블룸즈베리들'(제29장 참조)과 가깝게 지냈다. 재능 있는 시인이었지만, 윌프레드 오언에 비하면 기법은 더 전통적이다. 그의 애국주의도 전통적이었다. 그는 제1차 세계대전이 발발하자, 나이가 다소 많은 편인데도 자원입대했고 전쟁 첫해에 적의 총알이 아니라 모기에 물린 상처가 감염되어 사망했다. 그는 정말 '이국의 들판'에, 그리스의 스카이로스 섬에 묻혔다.

브룩의 시는 즉각 전쟁 동원에 이용되었다. 세인트폴 대성당의 신도들에게 큰 소리로 낭송되었다. 전국의 사제들이 이 시에 대해 설교했다. 학생들은 조회에서 이 시를 암송하며, 나이 든 학생들이 이국의 들판에서 영예롭게 죽기 위해 단체로 자원입대하기를 독려했다. 해군성 장관 윈스턴 처칠은 특히 이 시를 좋아했다. 영국의 '국민 신문' 〈타임스〉에 브룩을 열렬히 찬양하는 부고를 쓴 사람도 처칠이었다. 그러나 3년 후, 수많은 죽음이 이어진

뒤 브룩의 애국적인 시는 매우 공허하게 들렸다. 전쟁은 영광스럽지도, 영웅적이지도 않았다. 참전한 많은 남자들이 생각했듯, 부질없었다.

거의 모든 위대한 전쟁 시인은 고위 '장교'에 속했다. 그러나 아주 위대한 전쟁 시인 한 명은 꽤 다른 배경에서 시를 썼다. 아이작 로젠버그Isaac Rosenberg(1890~1918)는 유대인 노동자 계급 출신이었다. 그의 가족은 차르의 유대인 학살을 피해 러시아에서 영국으로 이주한 지 오래되지 않았다. 아이작은 런던의 이스트엔드에서 자랐다. 당시 그곳은 유대인 거주 지역(게토ghetto) 같은 곳이었다. 그는 열네 살 때 학교를 떠나 판화가의 견습생이 되었다. 어린 시절부터 예술과 문학에서 보기 드문 재능을 보였지만, 고질적인 폐질환으로 건강이 좋지 않았다. 그는 체구가 아주 작았다. 그럼에도 불구하고, 분명 군 복무 자격에 미달되는데도 그는 1915년에 자원입대했고 '죽음을 향해 줄을'(병사들의 말처럼) 섰다. 그리고 1918년 4월 백병전에서 사망했다.

로젠버그의 잘 알려진 시 「참호에서 맞는 새벽Break of Day in the Trenches」은 '새벽 찬가aubade'라고 불리는 종류의 시다. 새로 밝는 하루를 맞이하는 건 예로부터 기쁜 일이지만, 1917년 프랑스의 참호에 있던 병사에게는 그렇지 않았다. 새벽은 가장 선호하는 공격 시간이므로, 군 규정상 병사들은 새벽에 '대기해야' 했다.

어둠이 부서져 사라진다.

영원히 변함없는 오랜 드루이드의 시간,

난간의 양귀비를

내 귀에 꽂으려 잡아당길 때

유일하게 살아 있는 것 하나가 내 손을 뛰어넘으니,

나를 비웃는 이상한 쥐.

우스운 쥐야, 그들이 너의 세계적 동정심을 알아차리면

너를 쏠 텐데,

너는 이 영국인의 손을 건드리고

이제 곧, 틀림없이 독일인의 손도 똑같이 건드리겠지,

우리 사이의 고요한 풀밭을

건너는 것이 너의 즐거움이라면.

쥐들은 물론 '사랑스러운 전쟁'의 시간을 보냈다. 양쪽 군대의 시체를 포식하면서.

이번 장에서 우리가 살펴본 네 편의 시는 의심할 여지 없이 훌륭하다. 우리에게 그런 시가 있어서 다행이다. 하지만 이 시들이 정말 세 사람의 목숨만큼 가치가 있을까?

CHAPTER 28

모든 것을 변화시킨 해

1922년과 모더니스트들

문학의 멋진 해들 중에서도 1922년은 가장 으뜸이라고 불릴 만하다. 아주 많은 문학 작품이 생산되었기 때문이다. 그런데 그해가 멋진 이유는 문학 작품의 양이나 다양성 때문이 아니라 1922년(그리고 1922년 전후로 몇 년)의 출판물이 문학이 무엇을 할 수 있는가에 대한 독서 대중의 생각을 바꿔놓았기 때문이다. 시인 W. H. 오든이 나중에 표현했듯이, '기후'가 달라졌다. 새로운 '스타일'이 문학을 지배하기 시작했다. '모더니즘'이었다.

역사적으로 모더니즘의 뿌리는 1890년대와 제21장에서 다룬 '세기말'에서 더듬어 찾을 수 있다. 당시의 작가들은 모두 창조적 비순응, 위계질서의 파괴 같은 것에 관여했던 듯하다. 헨리크 입센, 월트 휘트먼, 조지 버나드 쇼, 오스카 와일드 같은 작가를 생각해보라. 아주 단순하게 말해, 작가들은 자신이 부응해야 할 주요 대상이 문학 자체임을 깨닫게 되었다. 그것이 와일드처럼 감옥에 갇히거나, 토머스 하디처럼 주교의 손에 최신작이 불태워지는 결과로 끝나더라도. 권위는 모더니즘과 편안한 관계인 적이 없었다. 문학은 말을 듣지 않았다. 문학은 자신이 하고 싶은 일을 했다.

이 새로운 문학의 파도가 1890년대에 일어나 에드워드 시대(제1차 세계대전 이전)에 부풀어 올랐다면, 정점에 이른 것은 1922년이었다. 이 파도에 힘을 실어준 많은 영향력과 요소가 있다. 제1차 세계대전이 남긴 상처는 세상을 바라보는 오랜 방식을 무너뜨렸다. 제1차 세계대전이 끝난 1918년에는 그 무엇도 1914년과 동일하게 보이지 않았다. 거대한 대충돌이 일어난 것처럼 전쟁은 세상을 황폐화시켰지만, 새로운 것이 들어설 공간을 만들었다. 라틴어로 '타블라 라사tabula rasa'라고 불리는 것, 곧 백지 상태가 만들어졌다.

그렇다면 위대한 해인 1922년의 혁신에서 선두에 섰다고 할 만한 작품은 무엇일까? 그해에 출판된 제임스 조이스의 소설 『율리시스』와 T. S. 엘리엇의 시 「황무지The Waste Land」가 먼저 떠오른다. 여기에 버지니아 울프의 『댈러웨이 부인Mrs Dalloway』[울프가 '의식의 흐름'(제29장 참조)을 가장 능란하게 구사한 작품이다]을 추가할 수 있다. 울프의 소설은 1925년에 출판되었지만, 1922년에 구상하고 착수했다. 윌프레드 오언의 전쟁시는 사후인 1920년에 발표되었고, 1923년에 노벨상을 받은 W. B. 예이츠의 작품도 이 위대한 해의 성취에 포함시킬 수 있다. 위대한 아일랜드 시인 예이츠는 오랫동안 시를 쓰면서 놀랄 만큼 발전했다는 것이 일반적인 의견이다. 그는 이른바 '켈트의 여명Celtic Twilight'(아일랜드의 신화적 과거)에 대한 열광적인 글을 쓰는 사람에서 현시대 – 특히 1916년에 아일랜드를 뒤흔든 시민 소요* – 를 다루는 모더니스트 시인으로 변모했다. 그의 가장 훌륭한 몇 편의 시는 1922년에 출판된 선집 『후기 시Later Poems』에 실려 있다.

1922년과 그 전후에 발표된 두 편의 걸작을 들여다보기 전에 몇 가지의 일반적 특징을 살펴보자. 전쟁으로 인한 소진과 불안정한 활기는 앞에서 언급했다. 모든 문학 작품은 일종의 기준선 0에서 출발했다. 예를 들어 『댈러웨이 부인』의 배경에는 두 번의 엄청난 대학살이 있다. 그중 하나는 제1차 세계대전이다. 전쟁신경증을 앓는 주인공 셉티머스 스미스는 전쟁의 영향에서 결코 벗어나지 못하고 정신적 고통(요즘은 '외상후스트레스장애'라고 부른다)으로 높은 창문에서 뾰족한 철책으로 몸을 던져 끔찍한 자살을 한다. 셉티머스는 전후의 전쟁 사상자다. 또 다른 대학살은 '스페인 독감'이라고 알려진 범세계적인 유행병으로, 1918년부터 1921년까지 세계를 휩쓸며 전쟁 때보다 더 많은 사람을 죽였다. 댈러웨이 부인도 스페인 독감에 감염되었지만 간신히 살아남아 회복된다.

모더니즘의 또 다른 일반적 특징은 이 작품들이 주류 문학계 밖에서 나왔다는 것이다. 「황무지」와 『율리시스』는 소규모의 '동

---

* 아일랜드의 독립을 주장하며 더블린에서 일어난 부활절 무장봉기. 1주일 만에 영국군에 무자비하게 진압되지만, 훗날 아일랜드 독립의 기폭제가 되었다. 예이츠는 이 봉기를 다룬 시 「1916년 부활절」을 썼다.

인' 그룹이 읽는 '작은 잡지'에 나누어서 소개되었다. 제25장에서 보았듯이, 조이스의 『율리시스』가 완전한 형태로 처음 출판된 곳은 파리였다. 영어권 시장에서는 수십 년간, 조이스의 고국인 아일랜드에서는 50년간 이 작품에 손대는 출판사가 없었다.

모더니즘을 논의할 때는 망명과 어느 곳에도 소속되지 않은 느낌도 빼놓을 수 없다. 획기적인 모더니스트 문학으로 여겨지는 많은 작품은 미국 작가 거트루드 스타인(널리 알려진 모더니스트다)이 '잃어버린 세대lost generation'라고 부른 사람들이 발표했다. 그 어떤 '고국'의 시장에도 뿌리내리지 않은 작가들이었다. 그러나 모더니즘은 '국제적' 문학 운동과 다르다. 국가의 경계를 훌쩍 넘어선 '초국가적' 운동이라고 부르는 것이 더 적절하다. T. S. 엘리엇T. S. Eliot(1888~1965)은 미국인으로 태어나 자라고 (하버드에서) 교육받았다. 「황무지」의 원고를 보면, 출판되지 않은 시의 초기 부분은 보스턴(하버드 근처)을 배경으로 한다. 1922년에 엘리엇은 영국에서 살았지만(훗날 영국 시민이 되었다) 시의 중요한 부분은 신경쇠약으로 스위스에서 요양하는 중에 썼다. 그렇다면 이 시는 미국인이 썼는가, 영국인이 썼는가? 아니면 영국에 사는 미국인이 쓴 시인가?

『율리시스』 역시 '뿌리 없는' 작품이다. 제임스 조이스James Joyce(1882~1941)는 1912년에 소설의 배경인 더블린을 떠나 결코 돌아가지 않았다. 그의 망명은 예술적 결정이었다. 그는 위대한 문학은 '침묵과 망명, 수완으로' 출판되어야 한다고 믿었다. 『율리시스』는 저자가 어떤 의미에서 더블린 밖에 있을지라도, 더블린에 대해 쓸 수밖에 없음을 암시한다. 왜일까? 조이스는 또 다른 작품에서 생생한 이미지로 그 이유를 설명했다. 『젊은 예술가의 초상A Portrait of the Artist as a Young Man』에서 주인공은 아일랜드가 '자기가 낳은 새끼 돼지를 잡아먹는 늙은 암퇘지'라고 단언한다. 그러니까 당신을 키우고 파괴하는 어머니라는 말이다.

D. H. 로렌스의 위대한 작품 『사랑하는 여인들Women in Love』은 1921년에 출판되었다. 이 소설과 1922년에 출판한 소설 『아론의 지팡이Aaron's Rod』 모두 자리에서 '일어나 떠나야' 함을 강력히 주장한다. 로렌스는 위대한 생명의 나무('위그드라실Yggdrasil')가 영국에서는 죽었다고 믿었다. 그는 자신이 광부의 자식으로 태어난 '황무지'를 떠나 다른 곳으로, 인생에서 찾고 싶은 것을 찾으러 갔다. 그는 스스로를 '야생의 순례자'라고 표현했다.

자, 이제 그 이후의 문학을 이전과는 영영 같을 수 없게 만든 1922년의 두 걸작을 살펴보자. 「황무지」는 제목이 선언하는 대로, 황폐한 장소에서 황량한 시간에(엘리엇은 '잔인한 달'이라고 부른다) 시작된다. 이 시가 수행하려는 과업에 대해서는 엘리엇이 몇 달 전에 발표한 에세이 「전통과 개인의 재능Tradition and the Individual Talent」에 설명되어 있다. 이 글에서 엘리엇은 문제를 제시한다. 바로 부서진 문화를 어떻게 고칠 것인가이다. 떨어진 나뭇잎을 단순히 나무에 다시 붙이는 문제가 아니다. 과거('전통')가 남긴 재료를 사용해 새로운 '모던'한 삶의 형태를 찾아야 했다. 그 재료가 손상되고 조각났을지라도. 엘리엇의 시가 '그 모든 것을 다시 조립하는' 과업을 어떻게 다루는지는 '죽은 자의 매장'이라는 부분이 잘 보여준다. 안개 낀 추운 아침에 런던 브리지를 바라보는 부분이다.

관찰자는 '비현실적 도시'라고 말하며 이렇게 덧붙인다. '나는 죽음이 그렇게 많은 사람을 해치웠다고는 생각지 못했다.' 시는 매일 반복되는 일상적인 장면을 묘사한다. 철도역에서 밀려 나온 통근자들이 세계 자본주의라는 거대한 기계를 작동시키기 위해 템스 강을 건너 시티오브런던(세계 금융의 중심지)의 사무실로 걸어간다. 그들은 대부분 사무원으로, 자신의 직종에 맞춰 중절모와 우산, 서류 가방을 갖춘 차림새다. 어둑한 아침의 어두운 물결이다. 그러나 책을 많이 읽는 독자라면 '비현실적 도시'라는 탄성이 보들레르의 『악의 꽃』에 실린 시 「일곱 늙은이The Seven Old Men」와 공명한다는 것을 알아차릴 것이다.

> 비현실적 도시, 꿈으로 가득한 도시,
> 대낮에 유령들이 행인들에게 달라붙는!

엘리엇의 시에서 이 노동자들은 '살아 있는 죽은 자들'이다. 마지막 행은 그 주제를 강렬하게 표현한다. '죽음이 그렇게 많은 사람을 해치웠다고는…….' 이 부분은 단테가 「신곡(지옥편)」에서 지옥을 방문했을 때 죽은 자들의 무리를 보고 놀라며 한 말을 인용한 것이다. 단테는 지옥에 떨어진 사람들의 밀집한 행렬을 보고 '죽음이 그토록 많은 사람을 쓰러뜨렸다는 것을 나는 믿을 수 없었다'라고 말한다. 엘리엇은 단테를 (셰익스피어와 함께) 문학의 거인으로 여겼다. 단테는 독특한 방식으로 문학을 철학의 위상으로 올려놓았고, 그의 「신곡」은 세계문학의 걸작이다. 그러나 엘리엇은 단순히 자신의 독서를 뽐내기 위해 유명 작가를 끼워 넣은 것이 아니다. 그는 이런 종류의 인유引喩를 사용해, 옛 실로 새로운 직물을 짜고 있었다. 이런 방식은 「황무지」 내내 이어진다. 「황무지」는 엘리엇의 시(개인의 재능)이지만, 그 재료는 위대한 문학(전통)이다.

『율리시스』는 제목에서 알 수 있듯, 서양 문학의 명백한 출발점인 호메로스의 서사시와 연결된다. 그러나 겉으로 보기에는 이 두 작품을 나란히 놓는 것이 너무나 잘못된 일인 듯하다. 조이스의 소설은 더블린에 사는 유대인 사무원 레오폴드 블룸의 삶에서 어느 하루(1904년 6월 16일)에 관한('관한'이라는 지나치게 단순화하는 단어를 사용할 수 있다면) 이야기다. 그는 런던 브리지를 줄줄이 건너는 사람들처럼 책상 앞에 앉은, 또 다른 검은 정장의 노예다. 레오폴드 블룸은 사랑하는 여자 몰리와 결혼했지만, 그녀가 뻔뻔하게 외도하는 것을 안다. 여느 날과 다를 바 없는 그날에는 별다른 일이 일어나지 않는다. 트로이가 약탈당하지도, 헬레네가 납치되지도, 위대한 전투가 벌어지지도 않는다. 어떤 차원에서 이 작품은 소설의 오래된 '점잖은' 금기를 깨뜨린다(아일랜드에서 이 소설이 오랫동안 금지된 주요 이유이기도 하다). 이를테면 블룸이 변기에 앉은 모습을 묘사하는 장면 같은 것이다. 욕설이 가끔 사용되고, 성애적 환상이 생생하게 묘사된다. 『율리시스』의 마지막 부분인 '페넬로페'(「오디세이아」에 나오는 언제나 정숙한 아내의 이름을 땄다)는 몰리가 잠에 빠져들 때 몰리의 마음속에서 일어나는 것을 기록한다. 여러 페이지에 걸쳐 이어지는 이 장면에는 구두점이 하나도 없다. 일종의 잠재의식의 흐름이다. 이 소설은 우리의 마음속이야말로 우리가 진짜 사는 곳이라고 주장하며, 소설의 각 단계에서 아무리 평범한 사람이라도 처하게 되는 기이한 상황을 설명할 새로운 방식을 탐구한다.

엘리엇처럼 조이스도 독자에게 요구하는 것이 많다. 「황무지」의 얽히고설킨 인유를 알아차리거나 『율리시스』를 수놓는 언어와 문체의 교묘한 트릭을 헤치며 읽어가려면 박학해야 하거나, 주석이 잘 달린 텍스트를 갖고 있어야 한다. 그러나 이만큼 노력에 크게 보답하는 문학은 없다.

1922년 모더니즘의 위대한 성취 뒤에는 에즈라 파운드라는 아버지 같은 존재가 있었다. 엘리엇이 「황무지」의 헌사에서 '더 위대한 장인Il miglior fabbro'이라고 부른 바로 그 사람이다. 파운드는 「황무지」의 초고를 해체해, 과감하게 새롭고 종잡을 수 없는 형태를 창조했다. 또한 파운드는 모더니즘의 멘토로서 W. B. 예이츠를 그의 초기와 중기에 젖어 있던 '켈트의 여명'에 대한 향수로부터 끌어냈다. 그는 예이츠가 아일랜드의 현 상황에 새롭고 용감한 스타일로 맞서며 아일랜드 시민의 무장봉기와 잔인한 영국의 탄압을 돌아보는 「1916년 부활절Easter, 1916」 같은 시를 쓸 수 있게 했다.

파운드의 시는 이국적인 장소에서 영감을 얻었다. 그는 그림과 텍스트가 하나의 단위로 융합되는 동양의 언어와 문학에 매혹되었다. 중국의 상형문자처럼 언어를 이미지로 '결정화'할 수 있을까? 이런 노력에서 그는 누구보다 성공했다. 그의 시 「지하철역에서In a Station of the Metro」는 원래 파리의 지하철을 길게 묘사한 시였다. 그는 이 묘사를 열일곱 자로 이루어진 일본의 하이쿠만큼이나 짧고 멋진 그림문자 같은 것으로 압축했다. 크리스마스 크래커* 안에 넣을 수 있을 정도로 짧다.

1922년의 독자들에게 제공된 읽을거리는 모더니즘만이 아니었다. 모더니즘 운동은 정점에 이르렀을 때에도 소수 취향의 강력한 표현일 뿐이었다. 압도적인 대중문화는 엘리엇과 파운드, 울프, 예이츠 같은 작가들이 하는 일에 완전히 무관심하거나, 맹렬하게 적대적이었다. 그러나 시간은 나쁜 것과 좋은 것을 가려내는 법이다. 지금 누가 1922년에 계관시인이었던 로버트 브리지스(1913년부터 1930년까지 그 자리를 지켰다)를 기억할까? 「황무지」가 영국과 미국의 작은 잡지에 거의 동시에 발표되었을 때 읽은 독자가 한 명이라면, 브리지스가 1929년에 출판한 시집 『미의 유언The Testament of Beauty』은 그 천 배가 팔렸다. 요즘 브리지스의 시는 문학의 휴지통에 들어가 있다. 「황무지」는 살아남았고 시가 읽히는 한, 후대 독자들의 책장에 꽂혀 있을 것이다.

* 두 사람이 잡아당겨 열면 따닥 소리를 내며 열리는 튜브 모양의 크리스마스 테이블 장식으로, 그 안에 작은 선물이나 농담이 들어 있다.

CHAPTER 29

그녀만의 문학

울프

'1910년 12월 즈음, 인간상이 달라졌다'는 버지니아 울프가 했던 유명한 말이다(진지하게 한 말은 아니다). 그즈음 '빅토리아니즘'이 마침내 막을 내리고 새로운 시대, 모더니즘이 시작되었다. 울프가 콕 집어 말한 순간은 논쟁적인 후기 인상주의 전시회가 런던에서 열렸을 때다. 울프는 분명 포스트 빅토리아 시대의 인물이었다. 시간이 지난 뒤에도 끈질기게 사라지지 않는 빅토리아 시대의 가치와 편견을 불편하게 떠안은 계승자였다.

버지니아 울프Virginia Woolf(1882~1941)는 블룸즈버리 그룹(간단히 말해, 비슷한 생각을 가진 지식인 그룹)이라고 알려진 무리에 둘러싸여 글을 썼다. 블룸즈버리 그룹의 중심인물이었고, 그들의 주요 생각을 인상적으로 표현했다. 울프는 지적으로 뛰어난 독립적인 여성이었다. 그러나 블룸즈버리 그룹이라는 환경이 없었다면, 우리가 아는 울프라는 작가는 없었을 것이다. 우선 '블룸즈베리들 Bloomsberries'(다른 사람들이 그들을 폄하할 때 부른 명칭)은 당대로서는 '여성 문제'에 진보적인 관점을 갖고 있었다. 영국의 여성들은 '인간상이 달라진' 시기인 1910년 이후 8년이 더 지나서야 투표권을 가질 수 있었다. (미국은 조금 더 빨랐다.) 그때조차 모욕적이게도 30세 이상의 여성만 투표할 수 있었다. 30세가 되지 않은 여성들은 그런 책임을 감당하기엔 정서가 지나치게 불안하다고 여겨졌다. 공식적으로, 1910년에 버지니아 울프는 28세였다. 투표지에 기표할 준비가 되지 않은 나이였다. 뭐, 남자들의 세상이 그렇게 생각했다는 말이다.

울프에 대해 진지하게 이야기하려면 두 가지 요소를 고려하지 않을 수 없다. 하나는 앞에서 언급한 대로 1920년대의 블룸즈버리 그룹이다. 다른 하나는 1960년대 중반 '여성운동'의 등장으로 문학에 대한 비평적 사고가 크게 달라진 일이다. 여성운동은 울프를 최고의 작가로 내세웠다. 그런 움직임 덕택에 울프의 책이 놀랍도록 많이 팔렸다. 살아생전 울프의 작품은 수백 권만 팔렸다. 울프가 그 작품들을 찍어낸 회사(호가스 출판사)를 소유하지 않았다면 수백 권도 출판하기 힘들었을 것이다. 이제 울프의 작품은 영어권 세계 어디를 가나 수십만 권씩 팔리고, 연구된다.

이런 변화는 판매를 넘어 훨씬 큰 영향을 미쳤다. 페미니즘 비평은 특히 우리가 울프의 작품을 읽고 평가하는 방식을 변화시켰다. 울프 자신은 문학적 페미니즘의 토대를 이루는 작품을 썼다. 바로 『자기만의 방』(1929년)이다. 이 글에서 울프는 여성이 문학을 창조하려면 자기만의 공간과 돈이 필요하다고 주장한다. 가장을 위해 저녁 식사를 준비하고 아이들을 무사히 재운 뒤 식탁에 앉아 현명하게 창작을 할 수는 없다. (빅토리아 시대에 '개스켈 부인'이라고 불린 엘리자베스 개스켈은 그런 방법으로 소설을 썼다. 그건 그렇고, 지금은 아무도 버지니아 울프를 '울프 부인'이라고 부르지 않는다.) 『자기만의 방』에는 타오르는 분노가 가득하다. 그리고 수천 년간 문학을 불균형하게 만든 부당한 불평등을 바로잡아야 한다는 결단이 가득하다. 여성의 목소리는 더 이상 침묵당할 수 없다. 울프는 이렇게 표현한다.

> 물에 던져진 마녀나 악귀에 씐 여자, 약초를 파는 지혜로운 여자에 대해 읽거나, 아니면 어머니가 있는 아주 뛰어난 남자에 대해 읽을 때조차 나는 재능을 발휘하지 못한 소설가와 억눌린 시인, 말 못하는 무명의 제인 오스틴, 아니면 재능이 안겨준 고통으로 미쳐서 얼굴을 찡그린 채 큰길을 헤매거나 황야에서 머리를 박고 죽은 에밀리 브론테의 흔적을 보고 있다고 생각한다.

'말 못하는 무명의 제인 오스틴'이라는 구절은 토머스 그레이의 「시골 교회 묘지에서 쓴 비가Elegy Written in a Country Churchyard」를 넌지시 암시한다. 그레이는 묘비를 보며 생각에 잠겨 돌아다니다가, 그곳에 묻힌 사람들 중에 얼마나 많은 이가 그처럼 시적 재능을 지녔으나, 그 재능을 꽃피울 사회적 이점과 특권을 누리지 못했는지 생각한다. 맞아, 라고 울프는 생각했다. 하지만 토머스 그레이 같은 작가들은 해낼 수 있었다. 만약 그녀가 '토마시나 그레이'로 태어났다면 특별히 운이 좋지 않는 한, 그녀 역시 '말 못하는 무명의' 존재가 되었을 것이다.

블룸즈버리 그룹의 저명한 인물들 중에는 소설가 E. M. 포스터(제26장 참조)와 미술평론가 로저 프라이, 시인 루퍼트 브룩(제27장 참조), 20세기의 가장 영향력 있는 혁신적인 경제학자 존 메이너드 케인스가 있다. 한 집단 안에서 이처럼 많은 '생각'을 주고받을 수 있는 환경은 거의 없다.

블룸즈버리 그룹의 주요 선동가는 리튼 스트래치였다. 그룹의 근본 원칙을 천명한 사람도 그였다. 자신들은 빅토리아 시대의 사람들이 '아니라고' 말이다(모두 빅토리아 여왕의 긴 통치 기간에 태어나고 자랐지만). 블룸즈버리 그룹에서 '탁월한 빅토리아 시대 사람들'은 조롱하고 거부해야 할 대상일 뿐이었다. '탁월한 빅토리아 시대 사람들'은 스트래치가 동명의 유명한 저서에서 빈정대며 부른 명칭이었다. 그러나 무엇보다도 청산해야 할 대상이었다.

블룸즈베리들은 제1차 세계대전을 빅토리아니즘이 마지막 숨을 거칠게 몰아쉰 순간으로 여겼다. 그토록 많은 사람이 죽은 것은 비극이지만, 그 전쟁은 한 시대를 '닫고' 문학과 사상의 완전한 새 출발을 가능케 했다.

그렇다면 '블룸즈버리'는 무엇을 상징하는가? 그들은 '문명'이라고 대답했을 것이다. '자유주의'도 또 다른 대답이 될 만했다. 그들은 존 스튜어트 밀이 주창했고, 케임브리지 대학교의 철학자

G. E. 무어가 다시 쓴 철학에 동의했다. 다른 사람의 동등한 자유를 훼손하거나 침해하지 않는 한, 무엇이든 자유롭게 할 수 있다는 것이 이들의 기본적인 생각이다. 아름다운 원칙이지만 실행하기는 지독히 어렵다. 불가능하다고 말하는 사람도 있을 것이다.

울프의 삶에는 특권(울프의 자기만의 방은 하인이 늘 청소했다. 이 하인들을 다룬 흥미로운 전기가 2010년에 출간되었다)과 지속적인 정신적 고통이 뒤섞여 있었다. 울프는 저명한 지식인 레슬리 스티븐과 그 못지않게 교양 있는 아내의 딸로 태어났다. 어린 버지니아 스티븐은 런던 중심부의 블룸즈버리 스퀘어를 둘러싼 품위 있는 주택가에서 자랐다. 블룸즈버리 스퀘어는 런던에서 풍경이 아름답기로 손꼽히는 곳이었다. 울프는 비 오는 날의 풍경을 특히 사랑했다. 나무들의 구불구불한 줄기가 '물에 젖은 물개들'처럼 보인다고 표현했다. 블룸즈버리 자체는 런던의 지식 중심지이기도 해서, 지금처럼 많은 대학과 영국박물관이 있었고, 울프가 살던 시절에는 주요 출판사가 모여 있었다.

울프는 대학에 다니지 않았고, 다닐 필요도 없었다. 성인기에 이를 즈음 울프는 보기 드물게 박식했고, 당대의 탁월한 지성들과 잘 알고 지냈다. 손에 펜을 쥘 수 있을 때부터 글을 썼지만, 어린 시절에도 정신적 문제가 있었다. 열세 살 때 처음으로 신경쇠약을 앓았다. 이후 평생 신경쇠약이 재발했고, 마지막에는 치명적이었다.

서른 살에 울프는 사회사상가 레너드 울프(블룸즈버리 회원이었다)와 서로의 편의를 위해 결혼했다. 블룸즈버리 그룹은 그들이 지지한 자유주의의 일환으로 예전에는 금지되었던 인간관계에 관대했다. 구성원들 중 포스터와 케인스는 동성애자였다(당시에는 동성애가 범죄였다). 울프는 나중에 비타 색빌웨스트를 사랑할 운명이었다. 비타는 동료 작가이자 켄트의 시싱허스트에 있는 멋진 시골 저택의 정원을 가꾼 독창적인 정원사였다. 블룸즈버리 그룹은 삶의 모든 것에, 심지어 원예에도 '예술'이 적용될 수 있다고 믿었다.

울프와 색빌웨스트의 관계는 그들처럼 개방적인 각자의 남편에게도 비밀이 아니었다. 울프는 가장 정교하고, 가장 읽기 편한 작품 중 하나인 『올랜도Orlando』로 두 사람의 관계를 기렸다. 이 작품은 수 세기에 걸친 비타 가족의 일대기를 그리는 환상소설로, 주인공의 성별이 시대와 함께 달라진다. 색빌웨스트의 아들 나이젤은 이 소설을 '문학에서 가장 길고 가장 매혹적인 연애편지'라고 불렀다. 그것은 울프가 레너드를 위해 쓴 것이 아니었다.

독립은 울프에게 지극히 중요했다. 인습적인 도덕으로부터든, 사회적 제약으로부터든, 런던 문학계로부터든. 그녀와 남편은 1917년 블룸즈버리 스퀘어와 아주 가까운 곳에 호가스 출판사를 설립했다. 울프는 이제 원하는 대로 글을 쓰고 출판할 수 있었다. 1915년에 장편소설 『출항The Voyage Out』을 처음으로 출간한 뒤 정기적으로 소설을 출간했다. 이 소설들에는 울프의 페미니즘 사상이 미묘하게 스며 있었고, 무엇보다도 '실험적'이었다. 울프는 영국 문학에서 새로운 것들을 시도하고 있었다. 울프의 글쓰기를 말할 때 가장 널리 언급되는 것은 '의식의 흐름'이라고 불리는 기법이다(울프가 그렇게 부르지는 않았다).

1925년의 어느 에세이에서 울프는 이 기법을 다음과 같이 묘사했다.

> 삶은 이륜마차에 줄줄이 매달린 등처럼 대칭적으로 배열되지 않는다. 삶은 빛나는 후광이며, 의식의 처음부터 끝까지 우리를 둘러싼 반투명한 덮개다.

그 '후광'을 포착하는 것이 울프가 소설에서 주로 하는 일이다. 『댈러웨이 부인』의 멋진 시작 부분에서 울프가 그런 후광을 어떻게 포착하는지 주목해보자. 이 소설은 클라리사 댈러웨이의 삶에서 단 하루 동안의 이야기다. 그녀는 보수당 의원의 중년 아내로 그날 저녁 파티를 열 계획이다. 빅벤의 종소리가 울릴 무렵 의사당 근처의 집에서 나와 거실을 장식할 여름꽃을 사러 출발한다. 아름다운 6월의 아침이고 그녀는 길을 건너기 위해 기다린다. 목숨을 잃을 뻔한 독감에서 막 회복한 그녀는 묘한 행복감을 느낀다. 런던의 가장 분주한 대로변에 서 있을 때 이웃 사람이 그녀를 지나쳐 가지만 그녀는 그를 알아채지 못한다.

> 그녀는 더트넬 짐마차가 지나가길 기다리며 보도에 다소 꼿꼿하게 서 있다. 매력적인 여자라고, 스크로프 퍼비스는 생각했다(웨스트민스터에 사는 사람이 이웃 사람을 아는 정도로밖에 그녀를 잘 알지 못했다). 어떤 새 같은 느낌이 있어, 경쾌하고, 쾌활한, 청록색 어치 같아.

쉰이 지나고 병치레를 한 이후로 백발이 되긴 했지만 말이야. 그녀는 거기에 내려앉아, 그를 쳐다보지도 않고, 매우 꼿꼿한 자세로, 길을 건너려고 기다리는 중이다.

웨스트민스터에서 살아왔으니 – 몇 해를 살았나? 스무 해가 넘는군 – 교통이 혼잡한 거리에서나 밤에 깨어 있을 때도 그 특유의 침묵, 엄숙함을 느낀다고 클라리사는 확신한다. 뭐라 설명할 수 없는 일시 멈춤, 빅벤이 울리기 전의 긴장감(그러나 그건 독감 때문에 그녀의 심장이 그런 거라고, 사람들은 말했다). 그것 봐! 울리잖아. 처음에는 예비 종이, 음악처럼. 그리고 그다음에는 되돌릴 수 없는 시종 소리. 묵직한 동그라미들이 공중에서 흩어진다. 우리는 얼마나 바보인지, 빅토리아 가를 건너며, 클라리사는 생각한다.

울프가 아니면 그 누가 혼잡한 길을 건너기 위해 잠깐 기다리는 상황을 이렇게 정교하게 쓸 수 있을까? 물론 이는 클라리사의 머릿속에서 일어나는 일과 잠깐 동안 이웃의 머릿속에서 일어나는 일이다(그러니까 의식의 '흐름들'이다). 마음의 움직임을 따라 서사가 여기저기서 어떻게 도약하는지 보라. 클라리사는 말로 생각하고 있을까? 아니면 이미지로? 아니면 그 둘을 섞은 어떤 것으로? 기억(20년 전에 일어난 일)과 그 순간의 감각 인상(빅벤의 종소리) 사이에는 어떤 상호작용이 일어나는가?

울프의 서사에서는 그다지 큰 사건이 '일어나지' 않는다. 사건이 핵심은 아니다. 댈러웨이 부인의 큰 행사는 특별하지 않다. 지루한 정치인이 모이는 또 다른 파티일 뿐이다. 울프의 가장 위대한 작품 『등대로To the Lighthouse』(1927년)는 해변에서 여름휴가를 즐기는 가족(분명 울프의 소녀 시절, 스티븐 가족이다)을 중심으로 펼쳐진다. 그들은 배를 타고 등대로 갈 계획을 세운다. 그 일은 사실상 일어나지 않는다. 울프의 마지막 소설 『막간Between the Acts』(1941년)은 제목이 암시하는 것처럼 무언가가 일어나길 기다리는 것에 관한 이야기다.

이 마지막 소설은 제2차 세계대전 초기의 몇 달 동안에 썼다. 다음 '막'은 그들 부부(그들에게는 아이가 없었다)에게 재앙이 될지 모른다고 울프는 생각했다. 1941년 봄에는 프랑스를 손쉽게 장악한 독일이 곧 영국을 정복할 것이라는 두려움이 있었다. 울프 부부는 둘 다 좌파였고, 레너드는 유대인이었다. 두 사람은 게슈타포의 살해 명단에서 요주의 인물이었고, 둘 다 신중하게 자살 계획을 세워두었다. 얼마 전에 극심한 신경쇠약을 겪었고, 그 영향이 영원히 이어지지 않을까 두려웠던 버지니아는 1941년 3월 28일 서식스에서 그들이 사는 곳 근처의 강으로 갔다. 그녀는 외투 주머니에 돌을 채웠고 스스로 물에 빠져 죽었다.

영국은 전쟁에서 살아남아 더 많은 문학을 만들었다. 영국 모더니즘의 가장 위대한 여성 소설가는 그러지 못했다.

CHAPTER 30

멋진 신세계

유토피아와 디스토피아

'유토피아utopia'는 고대 그리스어로 '좋은 곳'을 뜻한다. 그러나 만약 당신이 소포클레스나 호메로스 같은 사람과 대화하며 이 단어를 썼다면, 그들은 당신을 이상하게 쳐다볼 것이다. 이 단어를 고안한 사람은 16세기 영국 사람 토머스 모어 경이다. 그는 모든 것이 완벽한 세상을 그린 이야기의 제목으로 이 단어를 만들었다. 그로부터 몇 년 뒤 모어가 헨리 8세의 결혼을 문제 삼은 일로 참수된 사실을 보면, 그가 살았던 영국이 완벽하지 않은 사회였음을 알 수 있다.

문학은 세상을 창조해내는 신 같은 능력이 있다. 그것도 상상력만을 사용해서 말이다. 문학이 창조해낸 세상을 생각할 때 한쪽에는 '사실주의', 반대쪽에는 '판타지'가 있는 일직선상에 정렬해

보면 좋다. 문학 속 세상이 저자가 사는 세상과 가까울수록 '사실주의적' 작품이다. 『오만과 편견』은 제인 오스틴이 살고 글을 썼던 곳과 매우 가까우리라 추측할 만한 세상을 묘사한다. 『야만인 코난Conan the Barbarian』이 상상한 세상은 저자 로버트 E. 하워드가 슈퍼영웅 코난과, 그가 활약하는 '킴메리아'를 상상해낸 1930년대의 초라한 텍사스 오지와는 완전히 다르다.

『야만인 코난』처럼 유토피아는 '판타지' 쪽에 몰려 있는 경우가 많다. 아직까지 완벽한 사회나, 완벽에 가까운 사회가 없었기 때문이다. 아무리 점진적이라 해도 인류가 완벽한 세상을 향해 진보하고 있다고 생각하는 작가들도 있다. 그들의 유토피아는 '예언적'이다. 좋은 예는 H. G. 웰스의 『다가올 세상The Shape of Things to Come』(1933년)이다. 웰스는 19세기 말과 20세기 초의 비약적인 기술 발전으로 '기술 유토피아'가 이루어질 것이라고 믿었다. 많은 과학소설이 이 주제를 다루었다.

우리가 지금보다 더 나은 세상을 실현할 가능성으로부터 점점 멀어지고 있다고 생각하는 작가들도 있다. 19세기에는 도시화와 산업혁명으로 사라져버린 중세 문화를 낭만적으로 표현하며 그리워하는 경향이 있었다. 이처럼 소박했던 옛 시절로 회귀하는 유토피아는 향수를 불러일으킨다. 가장 유명하고 영향력 있는 사례는 윌리엄 모리스의 사회주의적 우화 『존 볼의 꿈A Dream of John Ball』(1888년)이다. 이 소설에서 모리스는 도시화와 산업화로 파괴된 중세 사회의 '유기적' 본성을 찬양한다.

미래를 보든, 과거를 보든 모든 사회는 그들에게 '좋은 곳'이 무엇이거나, 무엇이었거나, 무엇일지에 대한 거창한 구상을 갖고 있다. 고대 그리스에서는 플라톤이 『국가Republic』에서 자신 같은 '철학자 왕'이 통치하며 모든 것이 이성적으로 관리되는 완벽한 도시를 상상했다. 유대교와 기독교가 주류인 사회에서는 성경 속 에덴(과거)과 천국(미래)의 이미지가 문학 속 유토피아에 영감을 주고 영향을 미친다. 고대 로마의 유토피아는 '엘리시움'(완벽한 자연 세계인 '엘리시움 들판')이었다. 이슬람 사회에는 이슬람교의 낙원 잔나가 있다. 바이킹에게는 위대한 영웅들의 무훈을 찬미하는 영웅의 집 발할라가 있다. 공산주의는 마르크스를 따라 먼 미래에 '국가의 소멸'과 완벽한 사회적 평등이 이루어진 상태가 올 것이라고 믿었다.

이런 신념 체계들은 서로 다른 방식으로 작가들이 가상의 세상을, 인류의 '해피엔딩'을 상상하도록 영감을 주었다. 그러나 문학 속 유토피아(모어의 유토피아도)의 큰 문제는 하품이 나올 만큼 지루한 세상이 되기 쉽다는 것이다. 문학은 비판적이거나 회의적이거나, 노골적으로 논쟁적인 관점을 택할 때 가장 읽을 만하다. 이른바 '디스토피아적dystopian' 관점을 취한 작품이 더 흥미 있는 독서를 보장하며 과거와 현재, 미래 사회에 대해 더 도발적으로 사고한다. 문학 속 유명한 디스토피아의 몇 가지 사례를 살펴보면 분명히 알 수 있다. 아직 읽지 않았다면, 분명 찾아 읽어볼 만한 책들이다.

레이 브래드버리의 『화씨 451 Fahrenheit 451』은 제목부터 눈길을 끈다. 화씨 451도는 인쇄된 종이에서 저절로 불꽃이 이는 온도다(문학 자체에 대한 은유라고 생각할 수도 있다). 브래드버리는 1953년에 이 소설을 썼다. 그는 텔레비전이라는 대중매체의 등장에서 영감을 얻었다. 브래드버리는 텔레비전의 부상을 책의 죽음으로 보았다.

브래드버리는 그것을 매우 나쁜 일이라고 여겼다. 그는 책이 사람들로 하여금 생각을 하게 한다고 믿었다. 책은 사람을 자극한다. 텔레비전은 정반대다. 텔레비전은 마취제다. 그리고 불길하게도 텔레비전은 예전의 어떤 독재자도 누리지 못한 권력을 휘두를 수 있다 – '부드러운 전제정치', 보편적인 마인드 컨트롤이다.

『화씨 451』의 주인공은 '소방관fireman'이다. 그의 일은 불을 끄는 것이 아니라 살아남은 책을 무차별적으로 불태우는 것이다. (브래드버리는 분명 1930년대에 벌어진 나치의 분서에서 영감을 얻었을 것이다.) 근무 중이던 주인공은 불을 지르려는 책 더미에서 우연히 책 한 권을 집어 들었고, 그 뒤 그는 독자이자 반역자가 된다. 결국 그는 숲속으로 숨어드는데, 그곳에는 그와 비슷한 이들의 공동체가 있다. 그곳에서 사람들은 위대한 책들을 외워 스스로 살아 있는 책이 된다. 그들의 불꽃은 계속 타오를 것이다. 아마도.

『화씨 451』이 흥미로운 이유는 다른 위대한 디스토피아 문학과 마찬가지로 옳기도 하고 그르기도 하기 때문이다. 텔레비전에 대한 브래드버리의 비관주의는 방향을 잘못 잡았다. 텔레비전은 문화를 빈곤하게는커녕 풍요롭게 했다. 브래드버리의 디스토피아적 경고는 사회가 새로운 기술에 대해 항상 느끼는 양면적인 감정을 잘 보여준다. 이를테면 컴퓨터는 현대의 삶을 더 나은 방향으로 혁신했다고 대부분 말할 것이다. 그러나 「터미네이터The Terminator」 같은 디스토피아적 판타지 영화에서 컴퓨터 '스카이넷'은 인류의 철천지원수로 그려진다. 선사시대에 동굴에서 살았던 원시인도 분명 불에 대해 똑같은 감정이었을 것이다. 속담처럼 불은 '좋은 하인이자 나쁜 주인'이다.

그러나 현대 전제정치의 가장 효과적인 작동 방식에 대한 브래드버리의 분석은 100퍼센트 옳다. 단두대에서 목을 자를 필요도, 스탈린과 히틀러가 했던 것처럼 한 집단의 사람 모두를 절멸('제거')할 필요도 없다. 생각을 통제하는 것만으로 전제정치는 아주 잘 작동할 수 있다.

이번 장의 제목인 '멋진 신세계'는 셰익스피어의 「템페스트」에서 미란다가 페르디난드와 그의 젊은 동료들을 보고 터져 나온 환성에서 따왔다. 미란다는 다른 사람이라곤 늙은 아버지밖에 없는 섬에서 자랐다. 페르디난드처럼 고귀하고 잘생긴 젊은 남자를 보고 그녀는 바깥세상에서는 모든 사람이 잘생기고 젊고 고귀하다고 단정해버린다. 그렇기만 하다면야.

올더스 헉슬리는 미란다의 '멋진 신세계'를 자신의 디스토피아를 위한 제목으로 삼았다. 1932년에 출판된 책이지만, 요즘도 여전히 많이 읽힌다. 이야기의 배경은 지금으로부터 2,000년 후다. 미래의 달력에 따르면, 때는 'AF632'다. AF는 '포드 이후After Ford'를 의미하는 동시에 '프로이트 이후After Freud'를 의미한다. 헨리 포드가 모델 T 자동차를 조립라인에서 대량 생산하듯, 인간이 대량 생산되면 어떻게 될까? 정신의학자 지그문트 프로이트는 대부분의 신경증이 가족 내의 정서적 갈등에서 유래한다고 주장했다. 그렇다면 핵가족을 다른 형태로 대체한다면? 헉슬리는 '체외발생'이라는 아이디어를 생각해냈다. 모델 T 자동차처럼 '부화장'(공장)에서 병 속의 아기들이 생산된다. 흰 실험복을 입은 실험실 기술자들 말고는 부모가 필요하지 않다.

그 결과는 완벽하게 안정된 사회다. 모든 구성원은 각자 배정된 계급에 속해 있고, 모든 사람은 대량 생산된 안정제('소마')가 주는 인공적인 행복 속에서 산다. 정치는 없다. 전쟁도 없다. 종교도 없다. 질병도 없다. 배고픔도 없다. 실업도 없다(헉슬리가 1930년대 대공황 시기에 이 작품을 썼음을 기억하라). 그리고 무엇보다 책이나 문학도 없다.

『멋진 신세계』는 유토피아의 모습을 창조했지만, 아무리 편안할지라도 우리 대다수는 살고 싶지 않은 유토피아다. 야만인 존 새비지John Savage(루소의 '고귀한 야만인'을 연상시키는 이름이다)가 등장한다. 존 새비지는 읽을 것이 셰익스피어 희곡밖에 없는 아메리칸 원주민 보호 구역에서 자랐다. 그는 반란을 일으켰고, 파멸했다. 멋진 신세계는 예전처럼 '행복하게' 지속된다. 고귀한 야만인이나 셰익스피어가 필요하지 않은 세상이다.

브래드버리와 마찬가지로 헉슬리의 예언 역시 옳기도 하고 그르기도 하다. 인류의 역사를 보면, 『멋진 신세계』가 상상한 안정적인 세계국가는 생길 것 같지 않다. 문학 눈금에서 판타지의 범위마저 훌쩍 넘어선 상상이다. 그러나 생물학적 개입 때문에 사회가 우려스러운 방향으로 변화할 수 있다는 예측은 놀랍도록 선견지명이 있다. 인간 유전체 지도와 체외수정(말 그대로 '유리병 속에서' 수정하는 것을 뜻한다)을 비롯한 새로운 생명공학 기술이 등장해서, '병 속의 아기들'이라는 이야기가 아주 설득력 있게 들리게 되었다. 헉슬리가 예견한 것처럼 인간이 인간을 '만들' 날이 아주 가까워졌다. 멋진 신세계는 그 힘으로 인간을 어떻게 만들 것인가?

지난 50년간 가장 많이 논의된 디스토피아는 마거릿 애트우드의 『시녀 이야기The Handmaid's Tale』다. 이 소설의 출판연도는 로널드 레이건이 미국 대통령이었던 1985년이다. 레이건이 '종교적 우파', 즉 기독교 근본주의자들의 지지 덕택에 집권했다고 생각하는 사람들이 있었다. 그것이 바로 애트우드가 페미니즘의 시각에서 본 미래의 디스토피아를 상상하게 된 계기다.

『시녀 이야기』의 배경은 핵전쟁 이후 20세기 후반이다. 기독교 근본주의자들이 미국을 장악해 길리어드 공화국이라고 이름 짓는다. 아프리카계 미국인들('함의 자식들')은 제거되었다. 여성들은 다시 종속적인 위치에 놓인다. 그와 동시에 남성과 여성의 생식력이 재앙에 가깝게 쇠퇴한다. 임신할 수 있는 소수의 여성이 '시녀'로 지명된다. 남성들의 처분에 맡겨진 종축種畜이다. 길리어드의 시녀들에게는 권리도, 사회적 삶도 없고 가축을 부를 때처럼 '누구(주인 이름)의 것'이라는 이름이 붙는다. 주인공의 이름은 오프레드Offred('프레드의 재산')다. 주인공은 남편, 아이와 함께 자유로운 캐나다로 탈출하려다가 붙잡혔다(애트우드는 캐나다 사람이다. 그녀의 애국심이 엿보이는 대목이다). 오프레드는 '사령관'이라고 불리는 유력한 남자에게 배당된다. 소설의 결말은 오프레드의 탈출을 암시하지만, 성공했는지는 알 수 없다.

애트우드의 음울한 예언에 코웃음을 치기란 쉽다. 2009년에는 '함의 아들'이 백악관에 들어갔고, 누구도 감히 미셸 오바마(혹은 힐러리 클린턴)를 남편의 '시녀'라고 부를 만큼 겁이 없거나 멍청하지 않을 것이다. 그러나 애트우드의 디스토피아에는 대단히 사실적으로 느껴지는 부분들이 있다. 예를 들어 미국에서는 여성의 생식권을 통제하려는 종교적 압력이 반복되어왔다. 여성의 생식권은 대체로 1960년대 중반, 애트우드의 세대가 주창하기 시작한 페미니즘 운동으로 얻어낸 것이다. 애트우드가 제기하는 질문은 25년 전만큼이나 오늘날에도 유효하고, 그런 이유로 『시녀 이야기』는 여전히 울림이 있다.

우리 시대에 가장 영향력 있는 디스토피아는 조지 오웰의 『1984』다. 소설의 영향력이 워낙 크다 보니 'Orwellian(오웰적인, 전체주의적인)'이라는 새로운 단어가 영어에 추가되었다. 이 소설은 1948년에 구상되었고, 제목에 쓰인 먼 미래보다는 당대와 더 많이 관련되어 있다고도 말할 수 있다. 제2차 세계대전에서 벗어난 영국은 지치고 가난했다. 끝이 보이지 않았다. 내핍 생활이 영원히 이어질 것만 같았다.

그러나 오웰은 더 큰 목표를 갖고 있었다. 제2차 세계대전은 '전체주의' 국가(독일, 이탈리아, 일본)와 그들의 전능한 독재자에 맞선 싸움이었다. 승리한 연합국은 '민주주의' 국가였다. 그러나 동방의 주요 연합국인 소비에트연방은 전쟁이 끝나기 전의 독일만큼이나 전체주의적인 국가였다. 전쟁이 한창일 때는 문제되지 않았다. 루시퍼가 히틀러에 반대한다면 그와도 동맹을 맺겠다고 처칠이 말하지 않았던가? 하지만 그 이후에는?

오웰은 앞으로 소비에트식 독재와 공존하는 전체주의 열강의 세력 균형으로 이루어진 세상이 다가올 거라고 예언했다. 소설에서 영국은 오세아니아 열강의 한 지방인 '제1공대'다. 오세아니아는 스탈린 같은 독재자(심지어 그 유명한 콧수염까지 비슷하다)의 완전한 지배를 받고 있다. 그는 실제로 존재하는지 아닌지 알 수 없는 '빅브라더'다. 오웰이 지은 원제는 '유럽의 마지막 인간The Last Man in Europe'이었다. 그 마지막 인간은 소설의 주인공 윈스턴 스미스다. 그는 '재교육'을 받은 뒤 제거될 운명이다. 국가는 전능하고 늘, 영원히 그럴 것이다.

『1984』는 괴로운 내핍 생활이 지속되는 미래를 예언한 점에서는 완전히 틀렸다. 소설을 쓴 1948년에 비하면 1984년은 젖과 꿀이 흐르는 땅이었다. 그리고 마지막 전체주의 열강이었던 소비에트연방(소설에서는 '유라시아')은 1989년에 무너졌다. 여기에서도 오웰은 완전히 틀렸다. 그러나 다른 면에서 '오웰적인' 미래는 실제로 일어났다.

오웰이 정확히 예언한 사례 하나를 들어보자. 브래드버리처럼 오웰도 텔레비전의 등장을 흥미롭게 여겼다. 무엇보다도 그는 텔레비전 장치가 우리를 볼 수 있다면 어떠할지 궁금해했다. 양방향 텔레비전은 『1984』에서 '당'이 전체주의적 정책을 집행하는 주요 수단이다. 요즘 세상에서 CCTV가 가장 많은 나라는 어디일까? 아마 짐작될 것이다. 바로 제1공대다. 영국인들은 '오웰적인' 미래에서 살고 있다. 오웰의 예언대로.

CHAPTER 31

트릭 상자

뒤얽힌 서사

소설은 우리에게 즐거움을 주는 것 말고도 많은 일을 할 수 있다. 이를테면 정보를 줄 수 있다. 많은 이들이 과학소설에서 과학 지식을 얻을지 모른다. 『톰 아저씨의 오두막』이 노예제에 대한 미국인들의 사고방식을 바꿔놓았듯, 소설은 우리를 계몽하고 생각을 바꾸게 할 수 있다. 소설은 정당의 중심 사상을 대중에게 알릴 수 있다. 요즘 영국 보수주의의 주요 신념은 1840년대에 벤저민 디즈레일리가 일련의 소설에서 풀어낸 것이다. 또한 방향을 잘 설정한다면 절박한 사회개혁을 이룰 수 있다. 20세기 초에 육가공업의 끔찍한 실태를 다룬 업튼 싱클레어의 소설 『정글The Jungle』(1906년)은 관련 법률의 제정으로 이어졌다. 소설은 독자가 비행기를 기다리거나, 침대 옆 전등을 끄기 전에 시간을 보낼 수 있도록 해주는 것 이상으로 많은 일을 무수히 많은 방식으로 할 수 있다.

빅토리아 시대의 위대한 소설가 앤서니 트롤럽은 그가 쓴 모든 소설(50권 가까이 출판했다)이 무슨 쓸모가 있느냐는 질문에 젊은 여성들에게 그들을 사랑하는 남자의 청혼을 받아들이는 법을 알려준다고 대답했다. 얼핏 듣기에는 경박하게 들리지만, 사실은 그렇지 않다. 우리는 살아가는 데 도움이 되는 것들을 소설에서 배운다. 그리고 가장 원대한 문학은 삶에서 가장 중요한 것을 우리에게 보여줄 수 있다. 이런 종류의 작품을 쓰는 소설가들은 아마 노벨 문학상(제39장 참조)을 받을 것이다.

소설이 할 수 있는 일이 무엇인지는 끝도 없이 늘어놓을 수 있다. 그러나 소설이 하는 가장 흥미로운 일은 소설 자체를 탐구하고, 스스로와 게임을 벌이며, 스스로의 경계와 기교를 시험하는 것이다. 소설은 가장 자의식적이고 유희적인 장르다. 이번 장에서는 내가 '트릭 상자'라고 부르는 것을 살펴본다. 소설에 관한 소설이라고 불릴 만한 작품들이다.

이런 작품을 요즘 생겨난 현상으로 생각하기 쉽다. 대체로 그렇긴 하다. 그러나 그 사례는 소설이 주류 문학 형식이 된 18세기까지 거슬러 올라간다. 비평가들은 로렌스 스턴이 쓴 종류의 소설을 '자기 지시적self-reflexive'이라고 부른다. 작가가 마치 스스로에게 '대체 내가 지금 뭘 하고 있는 거야?'라고 끊임없이 묻는 것처럼 보인다.

로렌스 스턴의 위대한 작품 『신사 트리스트럼 섄디의 생애와 의견The Life and Opinions of Tristram Shandy, Gentleman』(1759년에 처음 출판되었다)은 뭐라고 딱 잘라 말하기 힘들지만, 일단 읽기 시작하면 빨려들지 않을 수 없다. 스턴의 소설은 끊임없이 스스로를 조롱하며, 독자가 씨름하도록 난제를 제시한다. 그 목록의 맨 위에 자리한 문제는 어떻게 말술을 됫병에 넣을 것인가이다.

스턴이 『신사 트리스트럼 섄디의 생애와 의견』을 쓸 때는 소설novel이 정말 새로운novel 장르였다. 소설은 (요즘 소설의 전위적 실험이 일어나는 곳이라고 할 만한) 포스트모더니즘에 이르는 기나긴 여정을 막 시작한 참이었다. 그러나 스턴은 소설을 쓰려는 어떤 시도에서든 따라올 수밖에 없는 근본적인 문제를 예상했다. 바로 어떻게 모두 다 넣을 것인가였다. 해낼 수 없는 일이다. 소설의 주인공이자 화자인 트리스트럼(스턴 자신의 희극적 버전)은 자신의 인생 이야기를 들려주려 한다. 현명하게도 인생의 시작점에서 이야기를 시작하기로 마음먹는다. 그러나 어떻게 지금의 자신이 되었는지를 설명하려면 더 깊이 파고들어야 한다는 사실을 발견한다. 어린 시절을 지나, 세례식(왜 '트리스트럼'이라는 이상한 이름을 지었는가? 이 문제에 대해 기나긴 여담이 펼쳐진다)을 지나, 출생을 지나, 정자와 난자가 만나는 잉태의 순간까지. 이 시작점까지 되돌아갔을 즈음, 그는 소설의 대부분을 이미 다 써버렸다는 것을 깨달았다. 뭐, 그런 식이다. 그는 첫 번째 장애물에 걸려 넘어지고 말았다. 트리스트럼은 아쉬워하며, 이렇게 결론을 내린다.

이제 나는 열두 달 전 이 무렵보다 한 살 더 나이를 먹었고, 당신도 알다시피, 제3권의 거의 중반에 이르렀는데(소설은 원래 열두 권으로 출판되었다) 내 인생의 첫날 이상 나아가지 못했으므로, 그 말인즉슨 내가 처음 쓰기 시작했을 때보다 이제 써야 할 삶이 364일 더 있다는 것이다.

달리 말해 트리스트럼은 자신이 기록할 수 있는 것보다 364배 빠른 속도로 살고 있다. 그는 결코 삶을 따라잡지 못할 것이다.

스턴이 그토록 재치 있게 다룬 이 문제(이제 막 여정을 시작하려는 소설에는 여행 가방보다 열 배 많은 옷이 필요한데, 어떻게 그 모든 짐을 다 넣을 수 있는가)는 아직까지도 풀리지 않았다. 스턴 자신은 이 문제를 풀려고 하지 않았다. 그는 이 불가능성을 재미있게 갖고 놀며, 독자를 즐겁게 했을 뿐이다. 더 고귀한 예술적 야심을 지닌 소설가들은 '어떻게 여행 가방에 전부 넣을 것인가'라는 문제를 해결하기 위해 선택과 상징, 축약, 구성, 재현을 설계할 것이다. 이 모든 것이 합쳐져 소설의 기술이 된다. 더 적절하게는 소설의 책략이라고 부를 수 있다. 그리고 그것이 바로 스턴이 소설에서 다루는 것이다.

이번 장의 제목은 '트릭 상자'다. 소설가가 독자를 즐겁게 해주고 독자의 뇌를 자극하기 위해 제공하는 소설적 장치 몇 가지를 선별해 살펴보자. 우리는 또 다른 기본적 문제에서 출발할 수 있다. 서사는 '이야기하는 사람', 즉 화자를 가정한다. 화자는 누구인가? 저자인가? 그렇게 보일 때도 있고, 분명 그렇지 않을 때도 있다. 확실하지 않을 때도 있다. 이를테면 제인 에어는 샬럿 브론테가 아니지만, 전기적·심리적 측면에서 저자와 주인공은 분명 관련되어 있다.

제임스 그레이엄 밸러드의 『크래시Crash』(1973년) 같은 현대 소설은 어떠한가? 주인공의 이름은 제임스 밸러드인데, 자동차 사고와 그 사고가 인간의 몸에 남기는 불쾌한 효과에 아주 불길한 관심을 가진 사람이다. 이것은 저자가 털어놓는 일종의 고백인가? 아니다. 저자는 독자와 '함께'가 아니라 독자를 '상대로' 매우 정교한 문학 게임을 하고 있다. 두 친구가 체스 게임을 하며 겨루는 것과 비슷하다.

밸러드의 가장 유명한 소설(오스카상을 받은 스티븐 스필버그의 영화 덕분에 유명해졌다)은 『태양의 제국Empire of the Sun』(1984년)이다. 제2차 세계대전이 발발할 때 상하이에서 부모와 떨어져, 수용소에 갇히게 된 어린 소년의 이야기다. 이 수용소에서 겪은 끔찍한 경험이 남은 평생 동안 그의 성격을 형성한다('망가뜨린다'가 더 적절한가?). 주인공의 이름은 '제임스'이고, 저자의 자서전에 따르면 제임스의 경험은 제임스 밸러드의 경험과 정확히 맞아떨어진다. 그러면 이것은 소설인가? '소설 속 제임스=저자 제임스'인 상황인가? 그렇기도 하고 아니기도 하다. 그 문제를 풀어볼 생각도 하지 말라고 소설은 넌지시 말한다. 그냥 받아들여라.

브렛 이스턴 엘리스는 자신의 소설 『달의 공원Lunar Park』(2005년)에서 한 걸음 더 나아간다. 브렛 이스턴 엘리스라는 이름의 주인공(공교롭게도 대단히 타락한 사내다)이 저자 브렛 이스턴 엘리스의 전작이자 악명 높은 소설 『아메리칸 사이코American Psycho』의 연쇄 성범죄자이자 살인범에게 쫓긴다. (이해되는가? 나도 이해되지 않았다.)

엘리스는 한층 더 정교한 책략을 구사하는데, (소설 속) 엘리스를 (허구적 등장인물인) 영화배우 제인 데니스와 결혼하게 한다. 저자 엘리스는 제인 데니스를 위해 진짜 같은, 장난기라곤 전혀 없는 웹사이트를 만들어 많은 독자를 속였다. 마틴 에이미스도 자신의 소설 『돈 혹은 한 남자의 자살 노트Money: A Suicide Note』(1984년)에서 같은 트릭을, 그만큼 영리하게 쓴다. 소설의 주인공[존 셀프John Self(자신이라는 뜻이다)라고 불린다]은 마틴 에이미스와 친구가 되는데, 마틴은 셀프가 계속 지금처럼 산다면 끝이 아주 안 좋을 것이라고 친구로서 경고한다. 아마도 자살일 것이다.

수년간 개를 소설의 화자로 삼은 몇몇 작가가 있었다. 줄리언 반스는 한술 더 떠서 소설(그렇게 불린다) 『10½장으로 쓴 세계 역사A History Of The World in 10½ Chapters』(1989년)에서 첫 장의 화자로 노아의 방주에 사는 나무좀을 골랐다. 갈수록 엉뚱해진다.

요즘 소설가들은 소설이라는 기계를 다루는 전문 기계공이다. 기계를 분해하고 다양한 방식으로 다시 조립하길 좋아한다. 가끔은 다시 조립하는 일을 독자의 몫으로 남긴다. 예를 들어 신빅토리아주의 소설*이지만 '새로운 물결'의 소설이기도 한 존 파울즈의 『프랑스 중위의 여자The French Lieutenant's Woman』(1969년)는 독자에게 세 가지의 엔딩을 제시한다. 이탈로 칼비노는 『어느 겨울밤 한 여행자가If on a Winter's Night a Traveller』(1980년)에서 서로 다른 열 가지의 시작을 제시하며, 독자가 얼마나 기민한지 시험한다. 그

* 빅토리아 시대 이후의 작가들이 빅토리아 시대를 배경으로 쓴 소설.

가 이야기꾼으로서 기민한 만큼 독자도 기민한가? 『어느 겨울밤 한 여행자가』는 이렇게 시작한다. '여러분은 이제 곧 이탈로 칼비노의 새로운 소설 『어느 겨울밤 한 여행자가』를 읽기 시작할 겁니다. 긴장을 푸세요.' 여기에서 장난은 독자가 긴장을 풀 수 '없다'는 것이다. 칼비노는 포스트모더니즘 비평가들이 '낯설게 하기'라고 부르는 기법을 독자에게 사용했다. 독자는 긴장을 풀고 소설을 즐길 수 없다.

칼비노는 첫 장에서 '여러분'이 책을 읽기에 이상적인 자세에 대해 고민한다. 소설은 이렇게 조언한다. '옛날 사람들은 독서대 앞에 서서 읽곤' 했지만 이번에는 소파와 쿠션을 사용하면 어떨까요? 담배와 커피 주전자도 가까이에 준비해두고요. 여러분은 그것들이 필요할 겁니다. 이제 '여러분'은 자신이 이 읽기 극장의 관객이 아니라 배우라는 생각이 들기 시작한다. 소설은 주요 등장인물 중 한 명이 독자에게 '이제 침대 옆 전등을 끄고 잠자리에 드세요'라고 말하는 것으로 끝난다. 더 이상 계속할 의미가 없다. '잠깐', 독자(그러니까 여러분)는 생각한다. '내가 『어느 겨울밤 한 여행자가』를 거의 다 읽었네.' 그러나 칼비노는 소설을 끝냈는가? 아니다. 어떤 의미에서 그는 시작하지도 않았다.

미국 작가 폴 오스터는 칼비노의 책략과 비슷한 종류의 대가다. 그를 유명하게 만든 소설 『유리의 도시City of Glass』(1985년)는 뉴욕을 배경으로 한 '형이상학적 탐정소설'이다. 이야기는 한밤중에 걸려온 전화와 함께 시작된다. '그 일은 잘못 걸려온 전화 한 통으로 시작되었다. 한밤중에 세 번 울린 전화. 수화기 건너편의 목소리는 그가 아닌 다른 사람을 찾았다.' 그가 아닌 다른 사람은 '오스터 탐정사무소의 폴 오스터'라는 것을 우리는 알게 된다. 전화를 받은 사람은 서른다섯 살의 작가 대니얼 퀸이다. 자신도 설명할 수 없는 이유로 퀸은 폴 오스터인 척 행세하며 사건을 맡는다. 소설은 점점 더 교묘해진다.

소설 애호가가 교묘한 '트릭'을 쓰는 소설을 읽을 때 느끼는 즐거움은 무대에 오른 마술사가 '자, 불가능한 트릭을 보여드리겠습니다'라고 말한 뒤 그 트릭을 성공적으로 해내는, 이를테면 모자 하나에서 토끼 열두 마리를 꺼내거나 조수를 반으로 자르는 공연을 보았을 때의 즐거움과 같다. 그러나 가끔 이런 트릭에는 더 깊은 의미가 있다. 포스트모더니즘의 고전(용어가 뒤섞였다)으로 꼽히는 토머스 핀천의 『중력의 무지개Gravity's Rainbow』(1973년)는 제2차 세계대전이 끝나기 몇 달 전의 런던을 사실주의적으로 묘사하며 시작한다. 묘사는 생생하고 정확하다. 한 가지만 빼고. 1944년 말 실제로 런던에 떨어진 V2 로켓이 주인공인 미국 병사 슬로스롭이 성적 흥분을 느끼는 곳마다 떨어지는 듯 보인다는 것이다. 슬로스롭이 로켓의 표적을 통제하고 있다. 물론 이것은 '망상증'이다. 세상의 모든 것이 당신을 해치기 위한 음모라고 생각하는 정신장애다. 핀천은 망상증에 관심이 많다. 단순하게 말하자면, 망상증이 이 소설의 '주제'로 드러난다.

핀천과 같은 미국 작가 도널드 바셀미가 벌이는 게임은 보다 단순하다. 그의 단편소설 중 많은 작품은 〈매드〉*에서 끄집어낸

---

* 1952년부터 발행된 미국의 최장수 풍자만화잡지.

것 같다고 해도 과언이 아니다. 그런 단편소설 중 한 편에서는 전설적인 고릴라 킹콩이 어느 미국 대학의 '예술사 부교수'로 임명된다. 바셀미의 가장 유명한 작품은 「백설공주Snow White」다. 바셀미는 백설공주 이야기(원래는 독일의 이야기이지만, 월트 디즈니 버전이 가장 유명하다)를 가져다가 아름다운 아가씨 백설공주를 매우 아가씨답지 않은 존재로 바꿔버린다. 웃음이 터질 만큼 재미있지만, 동시에 문학에 대한 우리의 통념을 흔들어 부숴버린다. 다른 소설가 중에는 자신의 소설을 말 그대로 흔들어 부숴버린 사람들도 있다. 예를 들어 B. S. 존슨의 『불운한 사람The Unfortunates』(1969년)은 제본을 하지 않고 낱장을 넣은 상자 형태로 출판되어서 독자들이 원하는 순서로 이야기를 조립할 수 있다. 말 그대로 트릭 상자인 셈이다. 사서들을 혼란스럽게 만드는 소설이다. 독자들도.

이처럼 트릭을 쓰는 소설들은 매우 영리하고, 독자들도 영리해야 한다. 지난 300년간의 소설 독자들을 들여다보면, 그들이 어떻게 게임에 참여하는지 알 수 있다. 소설이 주는 즐거움이 많고, 트릭도 적지 않은 즐거움이다. 로렌스 스턴이 옳았다.

CHAPTER 32

페이지 밖으로

스크린과 무대 위의 문학

알다시피 '문학'이란 말 그대로 문자 형태로 우리에게 주어진 무엇인가를 뜻한다. 즉 글로 쓰거나 인쇄된 뒤 우리 눈을 통해 들어와 뇌에 의해 해석되는 것이다. 그러나 특히 요즘 들어, 자주, 문학은 다른 형태로, 다른 수단과 다른 감각기관으로 '전달'된다.

또 다른 심리 게임을 해보자. H. G. 웰스의 타임머신을 빌려 호메로스를 오늘날로 데려온다면, 호메로스는 브래드 피트 주연의 흥미진진한 2004년 영화 「트로이Troy」를 어떻게 생각할까? 영화의 제목과 크레딧이 확인해주듯, 이 영화는 그의 서사시 「일리아스」를 '바탕'으로 한 서사시적 영화다. 호메로스가 이 영화에서 어느 모로 보나 '자기 것'이라 느낄 것은 무엇일까? 그리고 영화의 어떤 요소가 '호메로스답다'고 할 수 있을까?

호메로스를 데려오는 길에 19세기에 들러 『오만과 편견』의 저자인 제인 오스틴도 데려온다면(영화 「빌과 테드의 엑설런트 어드벤처Bill & Ted's Excellent Adventure」와 조금 비슷해지지만, 어쨌든 계속해보자), 그녀는 영화와 텔레비전 드라마로 각색된 많은 작품을 어떻게 생각할까? 살아 있을 때 몇백 권밖에 팔리지 않은 작가인 오스틴은 죽은 뒤 2세기가 지나 수천만 명의 관객을 만났다는 사실에 기뻐할까? 아니면 그런 각색을 침해로 여기며 '내 소설들을 가만히 두세요, 여러분!'이라고 화를 낼까? 그리고 타임머신의 주인 H. G. 웰스는 1890년대에 자신이 시간 여행에 대해 쓴 짧은 이야기에서 영감을 얻은 세 편의 영화(그리고 무수히 많은 파생 상품)를 본다면 어떻게 생각할까? '예상한 미래가 당도했도다'라고 말할까? 아니면 '내 말은 그게 아니었어'라고 말할까?

'각색'은 문학이 원래 창작된 매체(대체로 인쇄물)가 아닌 다른 기술로 재활용될 때 일어나는 일이다. 요즘 영국에서는 각색을 뜻하는 단어로 '버저닝versioning'을 사용하기도 한다. 문학의 역사에서 각색은 풍요롭다. 앞의 장들을 되돌아보면 성경은 말과 수레라는 교통수단을 사용해 길거리 극장의 신비극으로 각색되었다고 말할 수 있다. 디킨스는 연극으로 각색된 10여 종의 「올리버 트위스트」가 자신의 종이책 소설과 각축을 벌인다는 사실 때문에 미칠 것 같았다. 그는 연극 제작자로부터 한 푼도 받지 못했다. '디킨스 선생, 저희는 그냥 선생의 소설을 각색했을 뿐입니다'라고 연극계의 해적들은 답했을지 모른다. 그랜드 오페라는 고전 문학을 문학적 소비와는 완전히 다른 형태의 소비를 위해 각색했다. 예를 들어 도니제티의 「람메르무어의 루치아Lucia di Lammermoor」(월터 스콧 경의 『래머무어의 신부The Bride of Lammermoor』를 토대로 했다)와 「오텔로Otello」(셰익스피어의 「오셀로」를 토대로 했다)가 있다.

이외에도 끝없이 늘어놓을 수 있다. 각색은 20세기로 들어서는 무렵에 대규모의 사업이 되기 시작했다. 가장 효율적인 각색 기계가 등장했기 때문이다. 바로 활동사진, 영화였다. 이른바 딜런 토머스의 표현대로 '걷어차는 꿈dream that kicks'이다. 처음부터 영화는 어마어마한 양의 문학을 집어삼킨 뒤 수백만의 영화 팬을 위해 뱉어냈다. 많은 사례 중 하나를 꼽자면 브램 스토커의 소설 『드라큘라Dracula』다. 1897년 위대한 배우 헨리 어빙의 무대감독이었던 스토커는 피를 빨아 먹는 뱀파이어와 트란실바니아에 대한 고딕 로맨스를 쓰기로 결심했다. 그는 트란실바니아에 가본 적이 없지만, 그곳에 대한 흥미로운 책 몇 권을 읽은 적이 있었다. 뱀파이어는 민담에서 꽤 흔했고, 저렴한 고딕 로맨스들이 이미 나와 있었다. 스토커의 소설 『드라큘라』는 1930년에 영화 「노스페라투Nosferatu」로 각색되기 전까지는 그다지 성공적이지 않았다. 그 뒤 100편이 넘는 드라큘라 영화가 만들어졌다(벨라 루고시와 크리스토퍼 리가 피를 빨아 먹는 뱀파이어 백작을 연기한 배우 중 가장 유명하다). 드라큘라는 하나의 '브랜드'가 되었고 뱀파이어 로맨스는 장르가 되었다. 스토커의 소설이 없었다면 스테프니 메이어의 『트와일라잇Twilight』 시리즈도, 마찬가지로 큰 인기를 얻은 텔레비전 시리즈 「뱀파이어 다이어리The Vampire Diaries」도 나오지 않았을 것이다. 각색 버전은 그것을 탄생시킨 문학 텍스트를 작아 보이게도 한다(그렇다고 요즘 스토커의 소설이 잘 팔리지 않는다는 말은 아니다. 전혀 아니다). 『드라큘라』 같은 한 편의 소설이 다국적 산업이 될 수도 있다.

일반적으로 문학 작품을 각색하는 동기는 세 가지다. 첫째는 '좋은 것'을 이용하려는 동기다. 시류에 올라타 돈을 벌려는 동기라고 할 수 있다. 많은 텔레비전 시리즈는 예술적 포부가 아니라 이윤 추구를 위해 주로 만들어진다. 한 세기 전으로 거슬러 올라가면 디킨스 소설을 각색한 해적 극작가들의 동기도 비슷했다. 두 번째 동기는 새로운 미디어 시장이나 새로운 독자층을 발견하고 이용하려는 것이다. 앤서니 트롤럽은 자신의 소설을 1만 권만 팔아도 다행이라고 생각했다. 그러나 그의 소설이 드라마로 각색되었을 때, 영국에서만 500만 명이 넘는 시청자를 만났다. 인쇄된 문학이 그만큼 많은 독자를 만나는 경우는 아주 드물다. J. K. 롤링은 수백만 권을 판다. '해리 포터' 영화는 수억 명이 본다. 각색은 문학에 무한한 기회를 창출한다.

세 번째는 원래 텍스트에서 가려지거나 부족한 부분을 탐험하거나 발전시키려는 동기다. 제임스 페니모어 쿠퍼의 『모히칸족의 최후』는 1826년에 처음 출판된 이래로 미국의 고전이 되었다. 그러나 대니얼 데이 루이스가 호크아이를 연기한 1992년 영화(영화 각색으로는 열 번째)는 아메리칸 선주민 '국가'의 절멸이 실제로 무엇을 뜻했는지 훨씬 더 섬세하게 표현한다. 소설 『모히칸족의 최후』는 각색과 영화(이 경우에는 뛰어난 영화)를 통해 창조된 또 다른 차원 덕택에 더 정교해지고 풍요로워졌다. 영화는 쿠퍼의 소설을 더 깊이 있게 읽어보고 싶도록 만들었다.

현대에 가장 널리 각색되는 '고전' 소설가 제인 오스틴의 사례도 살펴볼 만하다. 오스틴의 소설 『맨스필드 파크』는 어느 시골 저택과 그곳을 소유한 귀족들을 중심으로 전개된다. 저택 자체가 영국과, 여러 세대에 걸친 영국의 영속성을 상징한다. 그러나 그 저택을 유지하는 돈은 어디에서 오는가? 오스틴은 말하지 않지만, 우리는 토머스 버트럼 경이 서인도제도에 있는 가문의 사탕수수 농장 일을 해결하려고 떠나는 모습을 본다. 페트리샤 로제마 감독의 1999년 영화는 맨스필드 파크의 재산이 노예노동과 착취에서 나왔을 가능성을 강조했다. 프랑스 소설가 발자크는 '모든 거대한 재산 뒤에는 범죄가 있다'라고 말했다. 우아하고, 세련되고, 전형적인 '영국적' 맨스필드 파크 뒤에는 인류에 대한 범죄가 있다고 주장할 수 있으며, 로제마의 영화는 바로 그 점을 드러냈다. 논쟁적인 주장이지만, 여기에서도 영화는 우리가 원작에 더 정교하게 반응하도록 하고, 우리를 계몽한다. (잠깐, 오스틴이 윈체스터 대성당의 무덤에서 뒤척이는 소리가 들리지 않는가?)

오스틴 소설을 각색한 판타지 작품 두 편을 더 살펴보자. 2008년 텔레비전 시리즈 「오만과 편견 다시 쓰기Lost in Austen」에서 젊은 주인공 아만다 프라이스는 어쩌다 보니 『오만과 편견』의 세상 속으로 들어가 엘리자베스와 다시의 관계에 낭만적이고 희극적으로 얽히게 된다. 시청자 모두 『오만과 편견』을 읽었을 것이라고 확신하는 이 텔레비전 시리즈는 친근하고 유머러스한 분위기로(아마 오스틴도 좋아할 만하게) 각색되었다.

「오만과 편견 다시 쓰기」가 벌이는 문학적 게임은 인터넷 팬픽에서 끌어온 것이다. '펨벌리 공화국The Republic of Pemberley' 웹사이트에는 '제이나이트'(오스틴 팬들)에게 그들이 사랑하는 소설의 서사를 보충하거나, 원래 서사와 다르게 써보도록 하는 항목이 있다(이를테면 다시 부부의 결혼 생활은 어땠을까?). 그러나 「오만과 편견 다시 쓰기」의 기저에 깔린 질문은 더 진지하다. 여러 세기 전에 쓰인 소설이 요즘 우리의 삶(특히 애정 생활)에 어떤 의미가 있는가? 황당무계하고 대단히 발랄한 1995년 영화 「클루리스Clueless」의 밑바닥에도 같은 질문이 놓여 있다. 에마 우드하우스를 캘리포니아 남부에 사는 세련된 '밸리 걸'의 딜레마에 포개놓은 코미디 영화는 오스틴의 소설에서 무엇이 '보편적이고 영원한지' 묻는다.

문학 작품의 각색에서 주요 질문은 각색이 원작에 좋은가(앞서 언급한 사례들이 그렇다고 여겨지는 것처럼), 나쁜가이다. 1939년에 사무엘 골드윈 영화사는 『폭풍의 언덕』을 각색해 엄청나게 인기 있는 할리우드 영화로 만들었다. 이 영화에서는 당시 최고 수준의 연기자로 여겨진 위대한 연극배우 로렌스 올리비에가 히스클리프 역을 맡았다. 그러나 영화는 브론테의 이야기에서 많은 부분을 뭉텅이로 잘라냈고 해피엔딩을 덧붙였다. 물론 영화 덕택에 많은 사람이 원작을 다시 찾아 읽었지만, 한 번도 원작을 읽은 적이 없고 이후로도 읽지 않을 더 많은 사람에게 이런 각색은 위대한 문학의 격을 떨어뜨리는 일이 아닌가? 해가 되는 일이 아닌가? '충실성'은 사랑에서만큼이나 예술에서도 힘든 일이라 할 만하다.

같은 해인 1939년 MGM사는 대대적인 광고와 함께 영화 「바람과 함께 사라지다Gone with the Wind」(수백만 명의 팬에게는 'GWTW'라고 불린다)를 선보였다. 이 영화는 역대 최고의 영화로 자주 뽑힌다. 상업적인 면에서 이 영화는 과거에도, 현재에도 대히트작에 속한다. 영화의 원작은 그보다 3년 전에 출판된 마거릿 미첼의 소설이다. 이 은둔하는 여성이 쓴 유일한 소설로, 낭만적인 뒷이야기가 있다. 미첼은 1900년에 조지아 주 애틀랜타에서 여러 세대를 이어 살아온 집안에서 태어나 자랐다. 동네에는 남부가 대패했던 남북전쟁을 기억할 만큼 나이 든 사람들이 있었다. 그리고 이른바 '재건'의 어두운 여파를 기억할 만한 주민은 훨씬 더 많았다.

마거릿은 젊은 기자였다. 직장에서 발목을 다쳐 침대에 누워 있는 동안 '남북전쟁 소설'을 쓰기 시작했다. 필요한 자료는 남편이 가져다주었고 마거릿은 몇 달 사이에, 두 발로 다시 서기 전에 소설을 마무리했다. 일단 발목이 회복되자 마거릿은 원고를 6년 동안 찬장에서 묵혔다. 1935년 마거릿이 한 출판업자에게 지역을 안내하는 일을 맡지 않았다면, 아마 그곳에 그대로 있었을 것이다. 이 출판업자는 새로운 자료를 찾아다니고 있었고, 마거릿이 지나가는 말로 자기가 쓴 소설을 언급하자 그녀를 설득해 그 낡은 원고를 읽어보았다. 『바람과 함께 사라지다』는 즉시 출판이 수락되었고, 대대적인 광고와 함께 빠른 시일 내에 출간되었다. 이후 승승장구하는 베스트셀러가 되어 '100만 미국인의 선택은 틀릴 수 없다. 『바람과 함께 사라지다』를 읽어라'라는 문구 아래 팔려나갔다. 2년간 베스트셀러 목록의 정상을 지켰으며 퓰리처상을 받았다. 미첼은 5만 달러를 받고 MGM사에 영화 판권을 팔았고, 소설은 데이비드 O. 셀즈닉에 의해 새로운 테크니컬러 기법으로 영화화되었다. 비비언 리와 클라크 게이블이 주연을 맡았다.

『바람과 함께 사라지다』는 여전히 아주 인기 있는 소설이지만, 이 소설을 읽은 사람이 한 명이라면 영화만 본 사람은 100명쯤 될 것이다. 영화는 소설에 '충실'한가? 아니다. MGM사는 미첼이 쓴 플롯의 주요 윤곽은 그대로 유지했지만 쿠 클럭스 클랜Ku Klux Klan, KKK에 대한 호의적인 언급은 누그러뜨렸고, 주인공 레트 버틀러가 감히 백인 여성을 모욕한 해방 노예를 살해하는 이야기는 뺐다. 그들은 매우 날이 선 소설의 '칼날'을 제거했다. 이 주목할 만한 원작을 존중하는 사람들에게는 중요한 문제다.

각색에 대해 정당하게 제기할 만한 반대 의견이 하나 더 있다. 많은 소설가와 달리 제인 오스틴은 주인공들의 시각적 이미지를 명료하게 그리지 않는다. 이를테면 우리가 에마 우드하우스에 대해 아는 것이라곤 녹갈색 눈을 가졌다는 정도다. 이는 오스틴에게 기법적 판단이었다. 오스틴은 독자가 등장인물의 이미지를 직접 구성하게 한다. 그러나 1996년 영화 「에마」를 보고 나면, 소설을 읽을 때마다 귀네스 팰트로의 얼굴이 겹칠 것이다. 매우 근사한 얼굴이지만, 오스틴이 원했던 바는 아니다.

이탈리아 속담을 반복하자면, 번역은 '반역'이다Traduttore, traditore. 각색은 번역보다 훨씬 더 가짜일 수밖에 없는가? 아니면 원작에 대한 우리의 이해를 보충하는 하나의 해석인가? 아니면 원작을 다시 읽어보라는 초대인가? 물론 이 중 하나이거나 모두일 수도 있다. 그러나 흥미로운 대목은 기술의 손을 잡은 각색이 어디로 향하고 있는가이다. 머지않은 미래에 새로운 기술 덕택에 우리의 감각기관(코, 눈, 귀, 손)을 사용하여 문학의 흥미로운 가상 세계로 들어갈 수 있을 것처럼 보인다. 그렇게 된다면 어떤 일이 벌어질까? 단지 관객으로서가 아니라 배우로서 말 그대로 '오스틴의 세상에서 길을 잃는다면'? 흥미진진할 것이다. 하지만 그것이 오스틴을 기쁘게만 할지는 여전히 의심스럽다.

CHAPTER 33

부조리한 존재

카프카, 카뮈, 베케트, 핀터

문학에서 가장 매혹적인 첫 문장의 목록을 만든다면, 다음 문장이 분명 10위 안에 들어갈 것이다.

> 어느 날 아침 불편한 꿈에서 깨어난 그레고르 잠자는 자신이 침대에서 거대한 벌레로 변신해 있다는 것을 깨달았다.

프란츠 카프카Franz Kafka(1883~1924)의 단편소설 「변신The Metamorphosis」의 첫 문장이다. 카프카는 이 문장이든, 그가 쓴 무엇이든 우리가 읽든지 말든지 신경 쓰지 않았을 것이다. 그는 친구이자 유언 집행자인 막스 브로트에게 자신이 죽은 뒤 자신의 원고를 '되도록이면 읽지 말고' 태워버리라고 지시했다. 카프카는 마흔 살에 결핵으로 때 이른 죽음을 맞았다. 고맙게도 브로트는 카프카의 지시를 따르지 않았다. 카프카는 카프카의 의도와 상관없이 우리에게 말을 건다.

카프카에게 인간의 조건은 비극이나 우울을 넘어선다. '부조리'하다. 그는 인류 전체가 '신이 언짢은 날들' 중 어느 하루에 만들어진 산물이라고 믿었다. 우리 삶을 이해할 '의미'라고는 없다. 역설적이게도 그러한 의미 없음 덕택에 우리는 『심판The Trial』(아무것도 처리하지 않는 법적 '처리' 절차에 대한) 같은 카프카의 소설이나 「변신」 같은 이야기에서 우리 마음대로 무슨 의미든 읽어낼 수 있다. 예컨대 그레고르 잠자가 바퀴벌레로 변신한 것을 반유대주의에 대한 알레고리로 읽는 비평가도 있다. 이른바 '해충' 같은 인종의 잔인한 절멸에 대한 음울한 예언으로 보는 것이다. (카프카는 유대인이었고, 아돌프 히틀러보다 나이가 조금 더 많았다.) 작가는 다가올 일을 다른 사람들보다 먼저 예견하곤 한다. 1915년에 출판된 「변신」에는 제1차 세계대전 뒤인 1918년 오스트리아-헝가리 제국 붕괴의 전조가 드리워져 있다고 할 수도 있다. 카프카는 프라하를 중심으로 한 보헤미아 지역에서 동료 시민들과 함께 방대한 오스트리아-헝가리 제국에 속해 있었다. 그런데 어느 날 일어났더니 갑자기 그들의 정체성이 증발해버린 것이다. 「변신」을 경박한 사업가인 아버지와 카프카의 불편한 관계를 드러낸다는 관점에서 읽는 사람도 있다. 프란츠가 아버지에게 자신의 작품을 불안해하며 건넬 때마다 작품은 읽히지 않은 채로 돌아왔다. 아버지는 아들을 경멸했다.

그러나 우리가 어떤 '의미'를 끄집어내든 카프카의 우주에는 그런 것들을 떠받칠 더 중요하거나 더 근원적인 의미가 없기 때문에, 그런 '의미들'은 하나같이 무너지게 마련이다. 그래도 부조리 문학에는 여전히 임무가 있다. 문학도 다른 모든 것처럼 의미가 없다고 주장하는 것이다. 카프카의 추종자인 극작가 사뮈엘 베케트는 이를 잘 표현했다. 작가는 '표현 수단도, 표현 재료도, 표현 능력도, 표현할 욕망도 없고 표현할 의미도 없다'는 것이다.

이 구절을 마음속에 새기면서 카프카의 마지막이자 가장 훌륭한 소설 『성The Castle』의 첫 단락을 살펴보자.

> K.가 도착한 때는 늦은 저녁이었다. 마을은 깊은 눈에 덮여 있었다. 안개와 어둠에 에워싸여 있어서 성이 있는 언덕은 보이지 않았고, 큰 성이 있을 듯한 희미한 불빛조차 보이지 않았다. K.는 국도와 마을을 연결하는 나무다리에 오랫동안 서서 텅 빈 듯한 허공을 올려다보았다.

모든 것이 수수께끼로 전율한다. 'K.'는 이름이지만 이름이 아니다('카프카Kafka'인가?). 시간은 해질녘, 낮과 밤 사이, 낮도 아니고 밤도 아닌 시간이다. K.는 외부와 마을 사이의 공간에 걸린 다리에 서 있다. 안개와 어둠, 눈이 성을 뒤덮는다. K. 앞에 '허공' 말고 다른 것이 있는가? 우리는 그가 어디에서 왔는지도, 왜 왔는지도 모른다. 그는 성에 결코 도착하지 못할 것이다. 그는 성이 그곳에 있는지도 확신할 수 없지만, 그곳으로 가고 있다.

독일어로 글을 쓴 카프카는 완전히 이름 없는 작가로 평생을 살았다. 그는 고향 도시 프라하의 국영보험사에서 허약한 건강이 허락하는 한 오래 일했다. (그는 일을 잘했다고 한다.) 법률을 공부했지만, 직업은 관료였다. 여자들과 가족과의 관계를 힘들어했다. 그는 재능이 완전히 꽃피기 전에 죽었고, 사후 수십 년간 독일어권 문학사의 희미한 각주일 뿐이었다.

그가 죽고 시간이 꽤 흐른 1930년대가 되어서야 그의 작품이 영어로 번역되기 시작했다(『성』이 가장 먼저 번역되었다). 그의 작품은 몇몇 작가에게 영감을 주었지만, 대부분의 독자를 어리둥절하게 만들었다. 그가 영향력 있는 주요 작가로 부활한 것은 제2차 세계대전 이후 프라하도, 런던도, 뉴욕도 아닌 파리에서였다.

1940년대 프랑스 실존주의자들의 무신론 세계에서 카프카는 아버지 같은 존재가 되었다. 1960년대 '카프카 혁명'의 기폭제가 된 것은 바로 실존주의 철학이었다. 그 무렵 모든 사람은 세상이 오웰적이거나 아니면 카프카적이거나, 어쩌면 둘 다라는 것을 깨달았다. 카프카는 더 이상 독자를 어리둥절하게 하지 않았고, 세상을 설명해주었다. 그의 시간이 왔다.

알베르 카뮈는 유명한 에세이 「시지프 신화」의 첫 명제로 '진정으로 심각한 철학적 문제가 단 하나 있고 그것은 자살이다'라고 쓴다. 이 문장에는 카프카의 쓸쓸한 아포리즘이 메아리친다. '이해의 시작을 드러내는 첫 번째 신호는 죽고 싶다는 소망이다.' 삶이 무의미한데 왜 죽고 싶지 않겠는가? 카뮈의 에세이가 그리는 인간의 조건은 다시 떨어질 뿐인 바위를 언덕 높이 굴려 올리는 일을 영원히 해야 하는 시지포스라는 신화적 형상으로 표현된다. 아무 의미가 없다. 시지포스 같은 사람의 운명 앞에서는 두 가지 반응만 가능하다. 자살 아니면 반항. 카뮈는 이 에세이에 부록으로 '프란츠 카프카의 작품에 나타난 희망과 부조리'라는 긴 해설을 달아서, 자신에게 영향을 준 이 작가를 기렸다.

카프카의 영향은 카뮈의 걸작 『이방인』에 뚜렷이 나타난다. 나치 점령기의 검열 제도 아래서 쓰이고 출판된 이 소설의 배경은 명목상으로 식민 모국 프랑스에 속한 알제이다. 이야기는 쓸쓸하게 시작한다. '오늘 엄마가 죽었다. 어쩌면 어제였는지도. 잘 모르겠다.' 프랑스계 알제리인 주인공 뫼르소는 신경 쓰지 않는다. 그는 아무것도 신경 쓰지 않는다. '자신의 감정을 알아차리는 버릇을 잃어버렸다'고 고백한다. 그는 아무런 이유 없이 한 아랍인을 쏜다. 그의 해명은 그날 날씨가 몹시 더웠다는 것뿐이다. 그렇다고 그가 자기 목숨을 구하기 위해 애써 해명했다는 말이 아니다. 그는 단두대로 가지만, 그것조차 신경 쓰지 않는다. 처형을 구경하는 군중이 야유하기를 바란다.

카프카가 소설 장르의 규칙에 어떤 과감한 일을 행했는지 가장 분명하게 알아본 사람은 철학계에서 카뮈의 동료인 장 폴 사르트르였다. 사르트르가 자신의 소설 『구토Nausea』(1938년)에서 여담으로 쓴 것처럼, 소설이라는 장르는 인생이 말이 되지 않는다는 걸 잘 알면서도 말이 된다고 상상한다. 이런 '나쁜 믿음'이 소설의 '비밀스러운 힘'이다. 소설은 '가짜 의미를 세상으로 분비하는 기계'라고 사르트르는 말했다. 소설은 필요한 것이지만, 본질적으로 부정직하다. 우리가 고안해낸 '가짜 의미' 말고 삶에서 우리가 갖고 있는 것이 무엇인가?

부조리가 영미권에 침투하기까지는 오랜 시간이 걸렸다. 그 순간은 1955년 8월 사뮈엘 베케트의 연극 「고도를 기다리며」가 런던의 한 클럽 극장에서 영어로 처음 공연되었을 때다. 베케트는 아일랜드인이었고, 프랑스에 오래 거주했으며, 영어와 프랑스어를 모두 구사했고, 제2차 세계대전 이후 프랑스의 지적 문화를 지배한 실존주의에 젖어 있었다.

「고도를 기다리며」는 두 부랑자 에스트라공과 블라디미르가 길가에 있는 장면으로 시작한다. 우리는 그들이 누구인지, 어디에 있는지 모른다. 두 사람은 연극 내내 끊임없이 말하지만, 아무 일도 '일어나지' 않는다. 알고 보니, 두 부랑자는 아무것도 하지 않음으로써 사실 무언가를 하고 있다. 그들은 '고도'라고 불리는 수수께끼 같은 사람, 또는 존재를 기다리고 있다. 고도는 '신'인가? 연극이 끝나갈 즈음, 한 소년이 무대에 올라 등장인물들에게 고도는 오늘 오지 않을 거라고 말한다. 에스트라공은 블라디미르에게 자리에서 일어나야 할지 묻고, 블라디미르는 '그래, 가자'라고 대답한다. 그러나 희곡의 마지막 지문은 '그들은 움직이지 않는다'이다.

「고도를 기다리며」가 1950년대 중반 영국의 연극과 문화에 미친 영향은 아무리 과장해도 지나치지 않다. 지방의 한 극단에서 상연한 이 연극의 배우에게 그것은 아마 가장 중요한 영향이었을 것이다. 해럴드 핀터는 베케트 연극에서 연기를 하다가 그의 추종자가 되어 글을 쓰기 시작했다. 베케트처럼 그도 노벨상을 받기에 이른다.

핀터의 획기적인 연극은 「관리인The Caretaker」(1960년)이다. 사건의 배경은 초라한 하숙집이다. 등장인물은 셋인데, 두 명의 형제와 이방인('맥 데이비스'라는 부랑자)이다. 형제 중 한 명인 애스턴은 '치료적' 전기경련요법 때문에 뇌가 망가졌다. 이 작은 공동체는 무언가를 하려고 한다. 정원 헛간을 짓고, 이런저런 집수리를 하려고 생각한다. 그러나 그들은 싸우는 것 말고 아무것도 하지 않는다. 맥은 끊임없이 근처의 정부 기관에서 서류를 받으려 한다. 그러나 그는 결코 그 서류를 받지 않는다. 그들 중 누구도 계획을 실행하지 않는다. 에스트라공과 블라디미르가 길을 가지 않는 것과 마찬가지다. 「관리인」의 대화는 베케트를 떠올리게 하지만, 핀터는 또한 침묵을 독특하게 사용한다. 대화가 중단되는 순간마다 살짝 위압적인 분위기가 쌓여간다. 핀터는 관객을 '기다리게 놓아두며' 사로잡는 재주가 있다.

극작가들 중에 말이 가장 많은 톰 스토파드는 베케트의 희극적 요소에 창조적으로 반응하며, 재치를 불꽃놀이처럼 터뜨리는 사람이다. 스토파드의 첫 번째 주요 연극은 「로젠크란츠와 길덴스턴은 죽었다Rosencrantz and Guildenstern Are Dead」(1967년)이다. 사건은 「햄릿」에서 눈에 띄지 않는 두 인물을 중심으로 기가 막히게 재기 넘치는 대화와 함께 전개된다. 이 두 인물은 블라디미르와 에스트라공처럼 움직이지 않는다. 그들은 움직일 수 없다. 그들은 부차적 인물일 뿐이다. 그들이 할 수 있는 것이라곤 재잘거리는 일밖에 없고, 그들은 쉬지 않고 재잘거린다.

「로젠크란츠와 길덴스턴은 죽었다」와 스토파드의 이후 작품에서 보이는 장난기는 어떤 면에서 이탈리아의 위대한 극작가 루이지 피란델로와 그의 「작가를 찾는 6인의 등장인물Six Characters in Search of an Author」 같은 연극을 떠올리게 한다. 스토파드에게 유희적인 극과 심리 게임은 사르트르가 소설이라고 부른 것, '가짜 의미를 세상으로 분비하는 기계'였다. 그러나 스토파드 연극은 구토나 위압적인 느낌을 유발하지 않고 무척 재미있다. 부조리에는 재미있는 면도 있다.

문학은 언제 어디에서나 다양하다. 모든 문학에 들어맞는 단 하나의 그릇은 없다. 부조리극은 혁명적이지만 아방가르드(또는 '전위적')였고, 유럽에서 발생했다. 작가는 드물고 관객은 적은 환경에서 탄생했다. 이 무렵 영국의 극문학에는 극도로 사실적인 새로운 스타일이 있었다. 부조리하지 않고 성난 연극이었는데 처음부터 대규모의 관객, 특히 젊은 관객을 끌어당겼다. 영국의 연극계에서 이 새로운 물결을 일으킨 연극은 존 오스본의 「성난 얼굴로 돌아보라Look Back in Anger」였다. 이 연극은 「고도를 기다리며」가 상연되고 1년 뒤인 1956년에 처음으로 상연되었지만, 매우 다른 방향으로 관객들에게 접근했다.

오스본 연극의 주인공 지미 포터는 시지포스 같은 형상이 아니라 1950년대의 영국 사회를 소리 높여 비판한 '앵그리 영 맨angry young man'(오스본을 비롯해 그와 비슷한 극을 쓰는 작가들도 이렇게 불렸다)이었다. 그들은 바위를 밀어 올리는 게 아니라 집어던지고 있었다. 당시는 영국이 산산이 무너져 내리는 역사적 시기였다. 대영제국은 마지막 숨을 괴롭게 몰아쉬고 있었다. 수에즈 운하를 두고 이집트와 벌인 식민지 전쟁은 굴욕적인 최후의 순간이었다. 영국의 계급 제도는 국가의 생명력을 조이는 속박이었다. 뭐, 그렇다고 오스본의 연극은 주장한다. 등장인물 중 한 명이 표현한 대로, 군주제는 썩어가는 입속의 금니였다.

「성난 얼굴로 돌아보라」에서 주인공 지미는 비좁은 다락에서 앨리슨과 함께 산다. 앨리슨은 1947년 인도가 독립하기 전에 식민지 행정관으로 일했던 대령의 딸이다. 지미는 분노의 화신이다. 대학 교육을 받았지만, 근사한 대학은 아니었다(이른바 '옥스브리지'가 아니다). 그는 눈에 띄게 노동계급적 삶의 방식을 지향하지만, 사실 정치에 관심은 없다. 그는 분노를 있는 그대로 앨리슨에게 쏟아낸다. 그는 앨리슨을 사랑하는 동시에 앨리슨의 계급적 배경 때문에 그녀를 경멸한다. 성난 폭언으로 생생하게 표현되는 지미의 분노는 혁명의 연료처럼 느껴진다. 하지만 어떤 종류의 혁명인가? 연극비평가 케네스 타이넌은 「성난 얼굴로 돌아보라」를 '전후 청년 세대를 있는 그대로' 보여주는 '작은 기적'이라고 불렀다. 이 연극은 1960년대 청년 혁명(섹스, 마약, 로큰롤)의 길을 열었다.

미국에서는 부조리 문학이 결코 확고히 뿌리내리지 못했지만, 미국의 연극에는 늘 많은 분노가 있었다. 아서 밀러 같은 극작가는 「세일즈맨의 죽음Death of a Salesman」(1949년)에서 헨리크 입센의 사례를 따라 자본주의 체제에서 중산층적 삶의 핵심에 자리한 위선을 공격했다. 테네시 윌리엄스와 에드워드 올비는 각각 「욕망이라는 이름의 전차A Streetcar Named Desire」(1947년)와 「누가 버지니아 울프를 두려워하랴Who's Afraid of Virginia Woolf?」(1962년)에서 마찬가지로 결혼을 냉소적으로 그렸다. 미국의 위대한 '표현주의' 극작가 유진 오닐은 자신의 사후에 상연하도록 「밤으로의 긴 여로Long Day's Journey into Night」를 남겼다(1956년에 처음 상연되었다). 이 연극은 가족을 다른 종류의 지옥으로 묘사했다. 미국의 연극계는 '의미 없음'을 자신들만의 방식으로 말하는 방법을 찾아냈다고 할 수 있다.

20세기의 문학에는 놀라운 일이 무수히 많다. 그중에서도 유럽의 변방에서, 자기 글이 읽히길 바라지 않은, 하찮은 사무원이 죽은 지 한참 뒤에 세계문학의 거인으로 떠올랐다는 것은 정말 놀라운 일이다. 물론 프란츠 카프카가 알았다면 우리의 경탄 어린 관심을 일축하며, 그런 우리를 경멸할 것이다.

CHAPTER 34

우울과 신경쇠약의 시

로웰, 플라스, 라킨, 휴스

1800년 10월의 이른 아침, 시인 윌리엄 워즈워스는 자신이 무척 좋아하는 레이크 디스트릭트의 황야와 언덕으로 산책을 나갔다. 밤새 폭풍우가 몰아쳤지만 이제는 해가 빛나고 있었다. 새로운 하루였고, 새로운 세기였다. 서른 살인 워즈워스는 삶의 한창때였다. 산토끼가 아직 추위에 시들지 않은 초원을 달려가며, 간밤에 생긴 물웅덩이에서 반짝이는 무지갯빛 물보라를 일으켜 시인을 기쁘게 했다. 보이지 않는 곳에서 종다리의 지저귐이 들렸다. 워즈워스는 그 자신이 '기쁨'이라 부르는 것으로 충만함을 느꼈다. '어린아이처럼 행복'했다.

살아 있다는 것은 좋은 일이다. 그러나 그때 워즈워스는 곧잘 그랬듯이 우울(그는 '어둑한 슬픔'이라고 부른다) 속으로 가라앉는다. 이렇게 느닷없이 기분이 달라진 이유는 무엇인가? 동시대의 시인들과, 그들의 안타까운 최후가 떠올랐기 때문이다. 그는 말한다.

> We Poets in our youth begin in gladness;
> But thereof come in the end despondency and madness.
> 우리 시인들은 젊은 시절에 기쁨으로 시작하나
> 그로 인해 결국 실망과 광기가 찾아온다.

워즈워스는 가까운 친구 콜리지(뛰어난 재능에도 불구하고 약에 빠져 시를 몇 줄 이상 쓸 수 없었다)와 10대 시절에 비범한 재능을 드러냈지만 위작을 썼음이 밝혀진 뒤* 폭로되어 자살한 토머스 채터턴, 술 때문에 때 이른 죽음을 맞은 로버트 번스를 떠올리고 있었다. 모든 시인 앞에는 이런 암울한 운명이 기다리고 있는가? 그것이 재능을 위해 치러야 할 대가인가?

워즈워스의 시는 시에서 중요한 문제를 제기하기에 이른다. 가장 위대한 시들은 '기쁨'(워즈워스는 운을 맞추기 편하도록 'joy' 대신 'gladness'를 썼다)과 평정 속에서 구상되고 쓰이는가? 아니면 절망, 심지어 광기 속에서 쓰이는가?

빠르고 간단하게 대답하기가 쉽지 않은 문제다. 답은 어디를 보느냐에 따라 다르다. 예를 들어 우리 시대에 가장 많이 암송되

---

* 낭만주의 운동의 선도자로 여겨지는 토머스 채터턴(1752~1770)은 의고체 중세 영어로 시를 써서, 15세기 브리스틀 수도사(실제로는 그가 창조한 허구적 인물)인 토머스 롤리와 그 친구들이 쓴 시인 것처럼 위장했으나 위작임이 밝혀졌다.

는 시는 유럽연합 인구 5억 명이 부르는 공식 찬가 「환희의 송가 Ode to Joy」다. 실러의 시에 베토벤이 곡을 붙인 이 노래를 독일어에서 (다소 어색하게) 번역하면 다음과 같다.

오, 친구들, 이런 소리는 이제 그만!
더 즐거운 노래를,
더 환희로 가득한 노래를 부르자!
환희, 신성의 밝은 불꽃,
엘리시온의 딸,
우리는 불꽃의 영감으로
그대의 신전을 걸어간다.
그대의 마법 같은 힘이
관습으로 나뉜 모든 것을 다시 결합하고,
그대의 온화한 날갯짓 아래
모든 사람은 형제가 된다.

덜 즐거운 사람이라면 가장 위대한 시는 활기찬 정신보다 침울한 정신에서 나온다고 생각하는 경향이 있을 것이다. T. S. 엘리엇의 「황무지」(제28장 참조)를 생각해보라. 티레시아스는 삶의 방관자이며 결코 죽지 않고 영원히 늙어갈 운명이다. 그는 성별 구분이 사라질 만큼 오래 살았다(그는 남녀 양성이다. 남자이기도 하고 여자이기도 하다). 그는 모든 것을, 그 모든 황량한 상태를 보았고 그것을 보고, 보고, 또 볼 운명이다. 엘리엇이 그린 시인의 이미지에는 그다지

기쁨이 없다. 삶도 그렇다고, 시는 암시한다. 그러나 대부분의 사람은 (엘리엇이 또 다른 시에서 쓴 대로) 아주 많은 현실을 감당할 수 없다. 그 현실을 정면으로 마주하는 것이 시인의 의무다.

정신분석학자 지그문트 프로이트는 위대한 예술은 심리적 '정상성'(그런 것이 있다면)이 아니라 신경증에서 탄생한다고 생각했다. 굴 껍데기 안에서 진주를 만들어내는 성가신 티끌에 비유할 수 있다. 이런 믿음은 지난 반세기 동안 많은 시인에게 영감을 주었고, 그들은 워즈워스가 '실망과 광기'라고 부른 것에서 탈출하기보다는 그 진주층을 파고들어 핵심에 놓인 작은 창조적 티끌을 탐색하려 했다.

이처럼 붕괴(소설가 F. 스콧 피츠제럴드는 '무너져 내림crack-up'이라고 불렀다)를 탐험하는 시인들은 '완벽한 예술가일수록, 자신 안에서 고통받는 사람과 창조하는 사람이 완전히 분리된다'라고 엘리엇이 제시한 시의 황금률을 의식적으로 위반했다. 「황무지」의 저자는 시는 비개성impersonality이라는 필터를 거쳐 전달되어야 한다고 믿었다. W. B. 예이츠도 비슷한 말을 했다. 시인은 가면, 곧 '페르소나'(시인이 가장한 개성) 뒤에서 시를 써야 한다고. 시인은 시 바깥에 자신을 두어야 한다. 아니면 '또 다른 자아alter ego'가 되어야 한다. 시(특히 현대시)에서 가장 기본적인 오해는 시의 화자가 시인이라고 가정해버리는 것이다. 이는 또한 가장 흔한 오해이다.

'고통받는 남자(또는 여자)', 즉 시인 자신은 20세기 후반에 신경쇠약의 상태를 탐구한 시인들이 강박적으로 다루는 주제다. 이런 시에는 페르소나가 없다. 로버트 로웰Robert Lowell(1917~1977)은

이 흥미롭고, 새롭고, 위험한 분야의 개척자로 여겨진다. 그가 쓴 최고의 시 중 하나는 「푸르름 속에서 깨어나기Waking in the Blue」(새벽을 노래하는 시다)다. 뉴잉글랜드 정신병원의 폐쇄병동에서 시인 자신(티레시아스 같은 형상이나 시인의 페르소나가 아니라 시인 로버트 로웰 자신인)의 하루가 시작되는 시간을 묘사한다. 시는 야간 간호사로 일하는 보스턴 대학 학생에서 시작된다. 그는 대학 교재를 공부하고 있었고, 이제 퇴근 전 병동 순찰에 나서려 한다. 그는 I. A. 리처즈의 『의미의 의미The Meaning of Meaning』를 읽으며 졸고 있었다. 리처즈는 엘리엇처럼 시의 절대적 비개성을 권장했던 비평가다. 「푸르름 속에서 깨어나기」에서 로웰이 지극히 개인적인 목소리를 낸다는 점을 생각하면 역설적인 설정이다. 이미 잠이 깬 채로 병동의 푸른 유리창을 통해 밝아오는 새벽을 지켜보는 사람은 바로 그 자신이다. 병원은 햇빛을 막고, 환자들이 유리를 깨어 자해하지 못하도록 유리창에 푸른 칠을 했다. 로웰은 병동의 동료 환자들을 둘러본다. 시는 이렇게 끝난다.

우리는 모두 오래된 사람들,
각자 잠긴 면도날을 쥐고 있다.

면도날이 잠겨 있는 까닭은 환자 중 그 누구도 열린 면도날로 자살하지 않으리라고 믿을 수 없기 때문이다.

로웰의 또 다른 시는 단순하게 「남자와 아내Man and Wife」다. 눈에 띄게 잘생기고 굉장히 불안정한 남자였던 로웰은 결혼을 세

번 했고, 모두 엉망으로 깨졌다. 시는 아침에 침대에 누워 있는 부부의 모습으로 시작된다. 떠오르는 해가 눈부시게 붉은빛으로 그들을 비춘다(이 시도 새벽의 노래다). 부부는 고요하다. 강력한 진정제인 밀타운을 먹었기 때문이다. 우리는 그들이 낭만적인 밤을 함께 보낸 즐거운 부부가 아니라 고통스러운 이별 직전의 부부임을 알게 된다. 이 시에서 빨강은 분노, 폭력, 증오의 색이다. 두 사람을 함께 있게 하는 것은 약밖에 없다.

로웰은 보스턴 대학(「푸르름 속에서 깨어나기」에서 야간 간호사가 다니는)에서 인상적인 문예 창작 수업을 가르쳤다. 그의 유명한 제자 중에는 시인 실비아 플라스Sylvia Plath(1932~1963)가 있다. 플라스의 시는 로웰이 '인생 연구'라고 부른 것을 로웰 자신보다 더 극단적으로 밀고 나간다. 특히 그녀에게 깊은 상처를 남긴 남편과 이별한 뒤 자살하기 직전까지 쓴 비범한 시들이 그러하다. 죽기 몇 달 전에 쓴 「레이디 라자로Lady Lazarus」는 전형적인 플라스의 시로, 이렇게 시작한다.

> 나는 그 일을 다시 해냈다.
> 10년에 한 번씩
> 나는 그 일을 어떻게든 해낸다.

여기에서 '그 일'이란 자살 시도를 말한다. 성경에서 라자로는 예수가 죽음으로부터 다시 살려낸 남자다. 이 시를 썼을 때 플라스는 서른 살이었고, 그때까지 자살을 세 번 시도했다고 말한다. 네 번째 시도는 성공할 터였다. '인생' 연구보다는 '죽음' 연구인 이 시는 시인의 사후에 출판되었다. 이 시를 읽으면서 영혼까지 스산해지지 않기란 불가능하다.

플라스는 미국인이지만, 시인 테드 휴스와 결혼한 뒤 영국에서 살며 글을 썼다. 미국과 영국 모두 플라스를 자국의 시인이라고 주장한다. 영국 시의 전통에는 테니슨부터 하디를 거쳐 도도히 흐르는 폭넓은 우울의 흐름이 있다. 이 흐름은 로웰과 플라스의 작품에 나타난 극단(워즈워스가 말한 '광기')보다는 순하고, 워즈워스가 '실망'이라고 부른 것에 더 적합하다. 현대 영국 시에서 실망을 가장 잘 표현한 시인은 필립 라킨Philip Larkin(1922~1985)이라는 것이 일반적인 의견이다. 라킨의 영국적 침울함은 그의 시 「도커리와 아들Dockery and Son」에 유려하게 표현되어 있다. 「도커리와 아들」은 서사가 있는 시다. 중년에 이른 라킨은 자신이 다닌 옥스퍼드 대학을 다시 찾는다. 예전에 자신과 동기였던 도커리에 대한 이야기를 듣게 되는데, 그 아들이 지금 그곳에서 공부한다는 것이다. 라킨은 결혼을 한 적이 없고 자식도 없다. 그런 것은 그에게 삶의 '증식'이 아니라 '희석'을 뜻했으리라고 그는 쓸쓸하게 말한다. 시는 삶의 무의미함에 대한 격조 높은 우울한 명상으로 끝난다. 삶은 처음에는 지루하고, 그 뒤에는 두려우며, 결국 우리가 무엇을 하든 삶은 지나간다. 그리고 우리는 삶의 의미가 대체 무엇인지 조금도 알지 못한 채 죽는다.

라킨의 (이른바) '붕괴'는 지극히 라킨다운 반전으로 일어났다. 죽기 오래전에 그는 시 쓰기를 아예 그만두었다. 그를 바라보는 수많은 이들에게는 슬픈 일이었다. 왜 시를 포기했느냐는 질문에 그는 이렇게 답했다. '제가 포기한 게 아닙니다. 시가 나를 포기했어요.' 이런 것은 창조적 정신의 자살이라고 해두자.

워즈워스로 돌아가서, 그는 자신의 시 끝부분에서 시인에게는 무엇보다도 '꿋꿋함toughness'이 필요하다고 결론 내린다. 워즈워스는 이를 '결의와 독립resolution and independence'(시의 제목이다)이라고 부른다. 이처럼 영국과 미국의 시에는 '나는 살아남을 거야'라는 도전적인 흐름이 있다. 상황이 최악임을 알아도 무너지지 않는 작가들이 있었다. 딜런 토머스의 표현대로 '좋은 밤 속으로 순순히 가지' 않고 한 걸음 한 걸음 투쟁하며 자신의 길을 가는 시인들이다.

요크셔 사람인 테드 휴스Ted Hughes(1930~1998)는 이 꿋꿋한 현대 시인들 중에서도 가장 꿋꿋하다. 그는 '시의 가장 깊숙한 정신은…… 기록된 모든 사례에서, 기본적으로 고통의 목소리'라고 인정한다. 그러나 그것이 항복이나 묵종의 목소리여서는 안 되며, 심지어 그 고통에 너무 많은 관심을 기울여서도 안 된다고 믿었다. 『까마귀Crow』라는 단순한 제목의 시집은 그의 철학을 생생하게 보여준다. 까마귀는 사랑스럽지 않은 새다(키츠와 셸리, 하디, 워즈워스에게 영감을 준 종다리도, 개똥지빠귀도, 밤꾀꼬리도 아니다). 영국에서 까마귀는 맹금류다. 짐승의 사체, 썩어가는 것들을 먹고 살지만 꿋꿋하게 생존하며 공격적이다(영국에서는 자동차가 우르릉대며 지나가는 고속도로변의 쓰레기 더미에서 까마귀가 먹이를 찾는 모습을 흔히 볼 수 있다). 누구든 종다리보다 까마귀의 생존 확률이 더 높다고 예측할 것이다.

'고통의 목소리'와, 시에서 이 목소리를 어떻게 사용해야 하는지에 대해 이야기할 때 언급할 만한 시인이 여럿 있다. 예를 들어 로웰의 친구였던 존 베리먼과 제자였던 앤 섹스턴이다. 두 사람 모두 자살했으며, 자살 신호를 분명히 보내는 시를 썼다. 휴스의 시풍에 더 가까운 시인으로는 톰 건이 있다. 그가 쓴 시들 중에는 역사상 모든 터프가이에게 감사를 전하는 시도 있다. 알렉산드로스 대왕부터 군인과 운동선수, 심지어 영국 시인 스티븐 스펜더의 시 「부모님은 내가 거친 아이들을 가까이하지 못하게 했다My Parents Kept Me from Children Who Were Rough」에서 어린 시절 스펜더가 피해 다닌 거친 아이들에 이르기까지. 건의 시는 전체적으로 수동성에 대한 거부이자, 그가 필립 라킨 같은 시인의 작품에서 패배감이라고 여겼던 것에 대한 거부였다(누군가는 그의 모든 시가 그렇다고 주장할지도 모른다). 한편 라킨은 라킨대로 휴스와 건을 한 쌍의 허세남이라고, '강한 남자'를 선망하는 남자들이라고 여겼다. 그는 사적인 대화와 편지에서 이들을 경멸했다. 휴스를 '인크레더블 헐크'와 '테드 휴즈Ted Huge'라는 별명으로 불렀고 그의 격정적인 시들을 재미있게 패러디하기도 했다. 그러나 라킨과 휴스가 세상을 떠난 뒤 드러난 자료에 따르면 두 사람은 서로의 작품을 읽고, 가끔은 창조적으로 활용했다.

그렇다면 시에는 철학자들이 '변증법'이라고 부르는 것이 있다고 할 만하다. 상반되는 힘, 매우 다른 신념으로 구성된 두 시풍이 충돌하고 결합한다. 한 편에는 내가 붕괴의 전문가라고 부르는 시인이 있다. 로웰과 플라스, 라킨 같은 작가다. 자기 안으로 깊이 파고들어 내면의 고통을 채굴하는 시인들이다. 다른 편에 있는 시인들은 행동하고, 외부 세상과 톰 건이 '투쟁 관계'라 부른 것을 맺는 것이 적합하다고 믿었다. 양편 모두에 열얼하고 강렬한 시들이 있다. 그러나 붕괴의 전문가들에게는 기쁨이 거의 없다는 말을 덧붙여야겠다.

CHAPTER 35

색깔 있는 문화

문학과 인종

인종은 화를 자극하는 주제다. 문학에서도, 문학에 대한 논의에서도 우리를 불편한 지점으로 데려간다. 셰익스피어의 샤일록 묘사는 반유대주의적인가? 아니면, 사실은 인종적 편견의 희생자에 대한 연민을 표현하는가? 연민이라고 여기는 사람은 이런 대사를 인용할 것이다.

> 내가 유대인이라는 것이오. 유대인은 눈이 없소? 유대인은 손, 장기, 개성, 감각, 애정, 열정이 없소? 우리는 기독교인과 같은 음식을 먹고, 같은 무기에 상처를 입고, 같은 질병에 걸리며, 같은 방법으로 낫고, 같은 겨울과 여름에 추위와 더위를 느끼지 않소? 당신이 우리를 바늘로 찌르면, 우리는 피를 흘리지 않소?

「베니스의 상인」이 본질적으로 반유대주의적이라고 생각하는 사람은 극의 결말에서 샤일록이 재산 절반을 몰수당할 위협에 놓이며, 그의 딸은 기독교인과 결혼하게 되고, 그가 재산을 모두 잃는 고통을 당하지 않으려면 기독교로 개종할 수밖에 없다는 사실을 언급한다. 베니스의 유대인이 '살 1파운드pound of flesh'(관용어구가 되었다)를 꺼내기 위해 기독교인의 가슴에 칼을 꽂으려는 장면을 보면 대개 이 작품이 반유대주의적이라는 쪽으로 기울게 된다. 그러나 셰익스피어를 대신해 변명하자면, 그는 대부분의 당대인들보다 편견이 더 심하지 않았고, 아마 많은 사람보다 편견이 덜했을 것이다. 그렇더라도 우리를 불편하게 만드는 장면이긴 하다.

디킨스의 『올리버 트위스트』에 등장하는 유대인 페이긴은 디킨스가 역겨운 인종적 스테레오타입에 영합했음을 보여준다. 변명의 여지가 없다. 나중에 그는 페이긴에 대해 쓴 것을 후회하며 소설을 재인쇄할 때 수정했다. 또한 말년에 쓴 소설에 성자 같은 유대인(『우리 모두의 친구』에 등장하는 리아)을 넣어서 잘못을 만회하려 했다. 그러나 페이긴은 많은 독자에게 용서할 수 없는 인물로 남았고, 감상적인 영화들과 「올리버!Oliver!」 같은 뮤지컬에서도 그렇게 그려진다.

지난 몇 년간 가장 분노에 찬 논쟁 중 하나는 죽은 시인 T. S. 엘리엇을 둘러싼 것이다. 비평가(변호사이기도 하다) 앤서니 줄리어스의 논쟁적인 책이 공격의 선봉에 섰다. 줄리어스는 엘리엇의 초기 강연(나중에 비공개 처리되었다)에서 언급한 내용과 시 몇 줄을 증거로 제시하면서 그가 반유대주의적이었다고 주장했다. 반대편에 선 많은 논평가는 줄리어스의 자료가 결정적 증거가 될 수 없다고 주장한다. 엘리엇은 비난받는 만큼이나 열렬하게 옹호되었다. 그러나 이 논쟁으로 일어난 흙먼지는 아직도 가라앉지 않았고, 앞으로도 절대 가라앉지 않을 것이다.

이 모든 문제를 생각할 때 유용한 출발점은 문학이 인종을 공개적으로 논의하고, 인종과 관련된 가장 생생한 문제에 대해 논쟁하고 다툴 수 있는 많지 않은 공간 중 하나임을 인정하는 것이다. 문학은 사회가 태도를 가다듬는 장소다. 우리 대부분은 개인적 의견이나 감수성과는 별개로, 이런 논쟁으로 심기가 어떻게 불편해지는지와는 별개로 이러한 점을 긍정적으로 여길 것이다.

다른 분야의 담론이 감히 발을 내딛을 수 없는 곳으로 들어간 문학의 일례로 필립 로스의 소설 『휴먼 스테인The Human Stain』(2000년)이 있다. 주인공은 유명 대학의 고전학 교수로, 나이가 지긋하고 명성이 높다. 그는 유대인이다. 그는 수업 시간에 무심코 '말실수를 해서' 아프리카계 미국 학생 두 명에게 모욕감을 주었고 대학 위원회는 그에게 '감수성 훈련' 과정에 출석하라고 지시한다. 그는 자신의 신념에 따라 거절하고 사임한다. 결국 그는 유대인이 아니라 아프리카계 미국인이었음이 드러난다. 자신의 진짜 정체성을 감추었던 이유는 당시 고등교육기관에서 성공하려면 그렇게 할 수밖에 없었기 때문이다. 그 길을 선택하지 않으면, 그의 다른 재능을 좇아 흑인 권투 선수가 되는 길밖에 없었다. 그는 백인 고전학자의 길을 택했다. 소설은 넓은 관점에서 세상에는 '오직한 가지 인종, 곧 인류밖에' 없다는 주장을 펼친다. 그리고 또 다른 주장도 한다. 정치적 올바름을 명목으로 인종에 대해 말하기를 금기시하는 분위기를 무시해야 한다는 주장이다. 소설가로서 로스는 금지에 호의적인 사람이 아니다.

미국 문학과 유럽 문학이 인종을 다루는 방식에는 큰 차이가 있다. 미국은 사실상 밑바닥부터 노예노동으로 지어진 사회다. 아프리카에서 자신의 의지에 반해 수입되어온 사람들(이른바 '중간 항로'에서 살아남은 사람들)의 노동력으로. 이제 노예무역은 인류가 같은 인류에게 저지른 거대한 범죄로 여겨진다. 토니 모리슨은 소설 『빌러비드Beloved』(1987년)의 맨 앞에 다음과 같은 제사題詞를 달았다.

6,000만 명, 그리고 그 이상

대단히 불편한 감정을 일으키는 구절이다. 일반적으로 이 구절은 홀로코스트에서 학살된 ('고작') 600만 명의 유대인에 넌지시 빗대어 미국이 무시하기로 선택한 더 큰 홀로코스트가 있었음을 암시한다고 여겨진다. 『빌러비드』의 서사는 노예제 시대에 죽은 유령을 중심으로 전개된다. 결코 쫓아낼 수 없고 결코 무시해서도 안 되는 유령이다.

노예제 철폐를 위해 피비린내 나는 남북전쟁이 있었다. 에이브러햄 링컨은 『톰 아저씨의 오두막』의 저자 해리엇 비처 스토를 만났을 때, 그 위대한 전쟁을 시작한 작은 여성과 악수하고 싶다고 말했다. 겸손한 스토는 그 전쟁은 사실 용감한 노예제 폐지론자들이 시작했으며, 기억해야 할 책이 있다면 『톰 아저씨의 오두막』보다 7년 앞서 1845년에 출판된 자서전 『미국 노예, 프레더릭 더글러스의 삶에 관한 이야기Narrative of the Life of Frederick Douglass, an American Slave』라고 대답했다. 더글러스는 북부로 탈출해 자유를 얻은 뒤, 자신의 삶과 상당한 문해력을 노예제 폐지 운동에 바쳤다. 의도적으로 담담한 어조로 쓰인 그의 첫 단락은 지금도 여전히 강렬하게 와닿는다.

> 나의 아버지는 백인이었다. 부모에 대해 내가 들은 모든 이야기에 따르면 그렇다고 여겨진다. 내 주인이 내 아버지라고 수군대는 의견도 있었다. 그러나 그 의견이 맞는지에 대해서, 나는 아무것도 모른다. 내게는 알 방도가 없었다. 어머니와는 내가 아기였을 때 떨어졌다. 내가 도망쳐 나온 메릴랜드에서는 아주 어린 나이에 아이를 어머니와 떨어뜨리는 것이 보편적인 관례다.

영국 문학에서 인종에 대한 관심은 영국이 손에 넣어 수 세기 동안 쥐고 있다가 잃어버린 제국(제26장 참조)과 관련되어 있다. '변화의 바람'에 대영제국이 날아가버린 1950년대 이래로 인종에 대한 논의는 '포스트 식민주의적' 맥락에서 이루어졌고, 근본적으로 달라졌다. 지구상의 그 어느 곳보다 다문화적인 환경에서 글을 쓰는 영국 작가들은 영국의 제국주의적 기획 자체를 회의적 시각에서, 때로는 죄책감을 느끼며 검토했다. 다문화주의는 살만 루슈디, 모니카 알리, 제이디 스미스 같은 작가와 더불어 최근의 영국 문학에서 가장 풍요로운 광맥이라고 할 만한 것을 열었다. 나이지리아 소설가 벤 오크리(부커상 수상자), 서인도제도 출신의 소설가 윌슨 해리스, 그리고 시인 데릭 월컷(노벨상 수상자)이 새로운 관심을 받고 있다.

또 다른 서인도제도 출신의 영국 작가 V. S. 나이폴은 노벨 문학상 수락 연설에서 자신과 같은 포스트 식민 시대 작가들의 복잡성을 언급했다. 그의 할아버지 세대는 인도(당시에는 영국령이었다)에서 주로 사무직인 '계약노동자'로 트리니다드에 들어왔다. 나이폴은 '트리니다드 섬에서 절멸된 원주민들의 유골 위에서', 아프리카 출신 흑인 노예의 자손들과 함께 자랐다. 아주 영특했던 그는 장학금을 받고 옥스퍼드 대학에 입학했고, 그가 '흉내 내는 사람mimic man'이라고 부른 존재로서 영국을 자신의 '집'으로 삼았다. 영국인이지만 영국인이 아니고, 인도인이지만 인도인이 아니고, 트리니다드인이지만 트리니다드인이 아니었다.

영국인들은 포스트 식민 시대를 살고 있다. 하지만 식민적 '소유권'은 완전히 철폐되었는가? 모든 사람이 그렇다고 동의하지는 않을 것이다. 많은 사람이 가장 위대한 나이지리아 소설가로 꼽는 치누아 아체베Chinua Achebe(1930~2013)의 세례명은 빅토리아 여왕의 남편 이름을 딴 앨버트 아체베였다. 그가 처음 발표했으며 여전히 세계적으로 가장 유명한 소설은 『모든 것이 산산이 부서지다Things Fall Apart』(이 제목은 아일랜드 시인 W. B. 예이츠의 시에서 인용한 것이다)이다. 이 소설은 1958년 영국에서 처음 출판되었다. 이후 그의 작품도 모두 영국이나 미국에서 초판이 출판되었다. 만년에 아체베의 주요 일자리는 미국의 대학이었다. 가장 저명한 포스트 식민 시대의 시인 데릭 월컷도 경력의 대부분 동안 미국의 유명 대학에 고용되어 있었다. 이런 뿌리에서, 이렇게 월급을 받는 작가들의 소설(또는 시)이 진정 독립적일 수 있을까? 아니면 이들의 뒤편에는 여전히 식민의 족쇄가 쩔꺼덕거리고 있는가?

미국은 인종과 관련된 주제에서 가장 흥미로운 문학이 전개되는 곳이다. 대표적인 작품은 랠프 왈도 엘리슨의 『보이지 않는 인간Invisible Man』(1952년)이다. 그와 같은 아프리카계 미국 작가인 제임스 볼드윈, 리처드 라이트와 달리 엘리슨은 사실주의가 아닌 알레고리를 사용했다. 그의 소설은 기법 면에서 유희적이지만, 내용 면에서는 지독하게 진지하다. 그는 처음에 짧은 소설을 계획했고, 『보이지 않는 인간』의 핵심 요소가 담긴 「배틀 로열A Battle Royal」이라는 단편을 1947년에 발표했다. 이 단편에서는 야유하는 백인 남자들의 오락거리로 흑인 남자들이 발가벗겨지고 눈가리개를 한 채 가짜 상금을 받기 위해 서로 싸우게 된다. 나중에 출판된 장편소설은 또 다른 기막힌 비유를 중심으로 전개된다. '나는 보이지 않는 인간…… 내가 보이지 않는 이유는 사람들이 나를 보려 하지 않기 때문이다.' 미국은 의도적인 눈가림으로 인종 문제를 '해결'했다고, 소설은 주장한다.

『보이지 않는 인간』은 재즈 소설이다. 엘리슨은 아프리카계 미국인들의 이 위대한 예술 형식이 지닌 즉흥적 자유를 사랑했다. 그것은 아프리카계 미국인들이 가질 수 있는 많지 않은 자유였다. 루이 암스트롱의 「(왓 디드 아이 두 투 비 소) 블랙 앤 블루? (What Did I Do to Be So) Black and Blue?」가 주제가처럼 소설을 맴돈다. 노래 가사는 이렇게 한탄한다.

> 나는 하얗지 (……) 내면에서는 (……) 그러나, 그건 소용이 없어 왜냐하면 (……) 숨길 수 없으니까 (……) 내 얼굴에 있는 것을.

가장 위대한 아프리카계 미국 소설가(많은 사람이 '미국인 소설가'라고 간단히 말하겠지만)인 토니 모리슨 또한 미국에서 유래한 독창적 예술이라고 일컬어지는 재즈에서 영감을 얻었다. 1992년에 낸 소설 『재즈Jazz』에 대해서 모리슨은 이렇게 설명한다.

> 재즈와 비슷한 구조는 제게 부차적인 것이 아닙니다. 그것이 이 책의 '존재 이유'입니다. (……) 저는 제 자신을 재즈 뮤지션과 같다고 여깁니다.

엘리슨이 사랑했던 재즈는 '전통적인' 뉴올리언스 재즈(그러니까 루이 암스트롱)였다. 그는 스윙과 '모던' 재즈를 '너무 하얗다'며 싫어했다. 모리슨에게 큰 영향을 준 재즈는 1960년대에 오넷 콜먼이 개척한, 극도로 즉흥적이며 포스트모던적인 프리 재즈였다.

누군가는, 대체로 영국에서는(적어도 영국 문학에서는) 일종의 '융합'이 일어났다고 말할지 모른다. 그러니까 인종적 차이가 사라졌다고 말이다. 토니 모리슨은 성난 차이를 유지하길 고집했다.

그런 노여움이 가장 뜨겁게 표현된 작품은 모리슨의 초기 소설 『타르 베이비Tar Baby』(1981년)다. 이 소설에서 한 인물은 이렇게 결론 내린다. '백인과 흑인은 함께 앉아 식사하거나 어떤 개인적인 일도 함께해서는 안 된다.' 그 무렵 어느 학회에서 모리슨은 이렇게 솔직히 말했다. '내 삶에서 단 한순간도 내가 미국인이라고 느껴본 적이 없다. 단 한순간도.' 나중에, 특히 1993년에 노벨 문학상을 받은 이후 모리슨은 인종에 대한 논평이 부드러워졌지만, 자신을 '아프리카계 미국인'이 아니라 '미국인'으로 여긴다고 말하는 지점까지는 결코 이르지 못했다. 모리슨의 모든 작품에는 인종 차이에 대한 성난 인식이 타오른다.

대부분의 미국 정치인과 사실상 대부분의 시민은 개화된 인종 색맹 상태를 만들려고 애쓴다. 국가에 너무 많은 고통을 일으키고, 역사적으로 너무 많은 피를 흘리게 한 인종 차이를 넘어서자는 것이다. 그러나 미국 문학과, 미국 문학의 간판 작가인 모리슨은 그런 말에 넘어가지 않으려 한다. 그들은 흑인의 정체성을 창조적으로 탐색하기 위해 인종 차이를 이용했고, 여전히 이용한다. 인종 문제 위에 고고하게 떠서 그것을 잊어버리기보다는 그 속으로 뛰어든다.

문학계의 소수민족 거주지에 해당하는 '사설'탐정소설 장르에서는 요즘 아프리카계 미국인의 정체성이 뚜렷한 인물을 볼 수 있다. 월터 모슬리는 『푸른 드레스를 입은 악마Deveil in a Blue Dress』(1990년)로 시작한 소설 시리즈에서 흑인 주인공 이지 롤린스의 활동을 연대기로 보여주는데, 그 배경으로 로스앤젤레스의 인종 관계사가 연대순으로 등장한다. 체스터 하임즈는 1950년대와 1960년대의 『할렘 사이클Harlem Cycle』 시리즈(그가 감옥에 있을 때 쓰기 시작해서 파리에 망명 중일 때 마무리했다)에서 같은 방법을 썼다. 아프리카계 미국 과학소설가 새뮤얼 R. 딜레이니는 과학소설 장르에 새로운 색깔을 불어넣었다. 그리고 아프리카계 미국인들이 활약하는 블루스와, 더 최근에는 랩에 휘트먼풍의 자유시(제21장 참조) 같은 느낌이 강하다고 주장하는 사람들이 있다(나도 그중 한 명이다). 간단히 말해, 융합을 통해 색깔을 지우기란 불가능했다. 그리고 미국 문학은 그 많은 색깔 덕택에 더 건강하다.

요약하자면, 인종과 사회, 역사의 복잡한 관계에서 문학의 역할은 무엇인가? 간단한 대답은 없다. 그러나 우리는 아서 밀러의 연극 「세일즈맨의 죽음」에 등장하는 진심 어린 외침을 빌려올 수 있다. '관심을 기울여야 한다.' 인종에 관한 한, 문학은 관심을 기울이고 있으며 우리는 그 점에 고마워할 수 있다. 그러나 그런 관심이 우리에게 늘 편안한 독서를 제공하지는 않는다.

CHAPTER 36

마술적 사실주의

보르헤스, 그라스, 루슈디, 마르케스

'마술적 사실주의'라는 용어는 1980년대부터 통용되었다. 갑자기 모든 사람이 최신 문학에 대해 대화할 때면 잘 알고 있는 것처럼 이 용어를 사용했다. 그런데 이 이상한 용어는 무슨 뜻인가? '마술적 사실주의'는 언뜻 모순어법 같다. 오랫동안 함께할 수 없다고 여겼던 두 요소를 억지로 쑤셔 넣은 듯하다. 소설은 '허구'(결코 일어나지 않았으므로)이지만 '진실'이기도 하다. 즉 '사실적'이다. 많은 영국 소설은 디포에서 출발해 '위대한 전통'(제인 오스틴, 조지 엘리엇, 조지프 콘래드, D. H. 로렌스)이라고 불리는 것을 거쳐, 그레이엄 그린과 에벌린 워를 지나, 이언 매큐언과 A. S. 바이어트에 이르기까지 문학적 사실주의로 기우는 경향이 있다. 미국 문학도 '있는 그대로' 삶을 제시하라는 어니스트 헤밍웨이를 따르는 것이 큰 흐름이다. 물론 J. R. R. 톨킨과 머빈 피크 같은 판타지 작가가 있지만, 그들은 꽤 분리된 구역에 머물렀다. 머빈 피크의 고멘가스트 성은 에벌린 워의 브라이즈헤드나 포스터의 하워즈 엔드의 시골 저택과 매우 다른 구조다. 마술적 사실주의는 새로운 문학적 혼종이었다.

사실 마술적 사실주의의 여러 형태는 1980년대 이전에 거의 반세기 동안 있어왔다. 이 아이디어를 문학과 미술의 가장자리에서 실험적인 방식으로 갖고 놀았던 많은 작품이 있다. 그러나 마술적 사실주의가 영향력 있는 문학 장르로 떠오른 것은 20세기가 끝나갈 무렵이었다.

그 이유로 세 가지를 생각해볼 수 있다. 하나는 남아메리카의 히스패닉 문학에 새롭고 흥미로운 일이 벌어지고 있음을 유럽과 미국에서 인식했다는 것이다. 호르헤 루이스 보르헤스, 가브리엘 가르시아 마르케스, 카를로스 푸엔테스, 마리오 바르가스 요사 같은 작가의 작품이 번역되어 전 세계에 영향을 미치면서 1960년대와 1970년대에 '라틴아메리카 붐'이라고 불리는 현상이 일어났다. 귄터 그라스와 살만 루슈디 같은 작가도 유럽에서 많은 독자를 양산해냈다. 마술적 사실주의 붐의 분명한 전조는 그라스의 소설 『양철북The Tin Drum』(1959년)이었고, 루슈디의 『한밤의 아이들Midnight's Children』(1981년)이 출판되자 마술적 사실주의는 주류이자, 국경 없는 문학 스타일이 되었다. 마술적 사실주의가 당대의 스타일로 자리매김하는 데 도움을 준 요소는 이런 서사가 터무니없는 비현실성('마술적' 요소)을 지녔을지라도 사실 이 형식을 통해 의미 있는 정치적 개입을 할 수 있었다는 점이다. 그러니까 작가들은 문학만이 아니라 정치와 지정학적 정세의 참가자가 될 수 있었다. 아무도 지키지 않는 옆문으로 공공 경기장의 무대에 오른 셈이었다.

앞서 언급한 두 작가, 푸엔테스와 바르가스 요사가 대단히 활동적이고 논쟁적인 정치인이었다는 것은 우연이 아니다(바르가스 요사는 페루의 대통령이 될 뻔했다). 또한 살만 루슈디의 소설 때문에 두 국가가 외교관계를 단절할 수밖에 없었던 것도, 그라스가 소설을 쓰지 않을 때는 독일 전후 세대의 대변자로서 그의 표현에 따르면, 자주 '수프에 침을 뱉을' 수밖에 없었던 것도 우연이 아니다.

장 폴 사르트르는 영향력 있는 선언문 『문학이란 무엇인가What is Literature?』(1947년)에서 작가는 현실에 '참여'해야 한다고 말했다. 사르트르는 소련에서 '사회적 사실주의'라고 부르는 문학 형식으로 그런 사명을 이룰 수 있다고 보았다. 역설적이게도, 마술적 사실주의가 창조한 현대의 동화 같은 이야기들이 그런 사명을 더 잘해냈다.

아르헨티나의 호르헤 루이스 보르헤스Jorge Luis Borges(1899~1986)가 1960년대에 처음으로 마술적 사실주의 작가로서 세계적 명성을 얻었다. 그가 영국과 미국에 많은 친구를 둔 열렬한 친영파라는 것도 명성을 얻는 데 도움이 되었다. 그의 간결한 단편을 모아서 1962년에 작품집 『미로Labyrinths』*가 출간되었다. 제목이 의미심

---

* 제임스 어비와 도널드 예이츠가 엮은 보르헤스의 작품집으로, 영어로만 출판된 판본이다.

장하다. 우리는 크레타 섬의 미로에 갇힌 테세우스처럼 허구 속에서 우리 자신을 '잃고' 우리를 밖으로 인도해줄 실 같은 것을 찾고 있다. 이 단편소설들이 번역하기 쉬웠다는 점 또한 보르헤스가 명성을 얻는 데 도움이 되었다.

보르헤스는 평범한 인간 조건과 일상적인 인물들에 초현실적인 상상을 융합하는 방법을 썼다. 그의 가장 유명한 작품은 「기억의 천재 푸네스Funes the Memorious」(1942년)다. 젊은 농장 일꾼 이레네오 푸네스는 낙마 사고 이후 자신에게 일어나는 모든 일과 예전에 일어났던 모든 일을 기억할 수 있고, 아무것도 잊을 수 없다는 사실을 깨닫는다. 그는 '세상이 생겨난 이래로 모든 사람이 가졌던 기억을 합한 것보다 더 많은 기억을 나 자신 속에' 갖게 되었다고 말한다. 그는 어두운 방에 틀어박혀, 기억과 홀로 남았고, 얼마 뒤 죽는다.

이 이야기는 기이한 아이디어에서 출발하지만, 또 다른 면에서는 현실적이다. 초기억자라는 존재가 있다. 전문 용어로는 '과잉기억증후군hyperthymesia' 또는 '비범한 자전적 기억highly superior autobiographical memory, HSAM'이라고 불린다. 2006년에 심리학자들이 이 증상을 임상적으로 처음 기술하고 명명했다. 보르헤스도 기억력이 뛰어났고, 말년에는 실명했다. 언어적 감수성이 조금이라도 있는 사람의 귀에는 '기억의 천재memorious'(스페인어로는 'memorioso')가 'HSAM'보다는 더 낫게 들린다.

1960년대에 보르헤스의 작품이 널리 읽히기 시작했을 무렵에는 환상과 사실을 기이하게 조합한 이런 형식을 무엇이라고 불러야 할지 아무도 몰랐다. 그러나 그의 작품들이 왠지 모르게 다르고 흥미진진한 것으로 인식되기는 했다. 앤젤라 카터의 작품도 그러했다. 카터는 제2차 세계대전 이후 황량해진 영국과 『이상한 나라의 앨리스』를 섞어 『매직 토이숍Magic Toyshop』(1967년) 같은 작품을 쓴 마술적 사실주의의 선구자였다. 독자들은 이런 책들을 어떻게 이해해야 할지 몰랐지만, 그들이 가진 힘에 반응했다.

보르헤스는 정치적인 작가가 아니었지만, 이후의 마술적 사실주의 작가들을 위한 도구를 창조했다. 살만 루슈디는 그에게 유명세를 안겨준 소설 『한밤의 아이들』에서 보르헤스의 장치를 열심히 빌려다 썼다. 『한밤의 아이들』은 1981년에 부커상을 받았고 세계적인 베스트셀러가 되었다. 이 소설은 1947년 8월 15일에서 (말 그대로) 출발한다. 인도가 독립하고 파키스탄과 분리된 날이다. 자정이 다가올 무렵 네루 총리가 라디오 방송으로 전국에 이 사실을 발표했다. 역사적으로 중요한 대전환의 사건이었다. 그 시간에 태어난 아이들은 그때까지와는 다른 인도인이 될 터였다. 루슈디의 소설은 이 중대한 순간에 태어난 아이들이 '오버마인드'(정신 공동체)에 연결되어 정신감응을 한다고 상상한다. 루슈디가 솔직하게 인정하듯, 이 장치는 과학소설에서 빌려왔다. 존 윈덤의 『미드위치의 뻐꾸기들The Midwich Cuckoos』(1957년)이 떠오른다. (과학소설은 루슈디가 훔쳐다 쓰길 좋아하는 도구 상자다.) 그러나 『한밤의 아이들』의 배경은 미드위치(환상 속 마을인 브리가둔* 만큼이

* 1940년대에 초연된(이후 영화로도 각색되었다) 브로드웨이 뮤지컬 「브리가둔」에 등장하는 신비로운 마을로, 100년마다 단 하루만 세상에 나타난다.

나 '비현실적인' 마을)가 아니다. 매우 현실적인 장소, 반세기가 조금 지나면 강대국이 될 식민지 국가가 배경이다. 루슈디는 1947년 인도에서 태어났지만, 아쉽게도 그 신비한 시간에 태어나지는 않았다. 『한밤의 아이들』은 모든 훌륭한 마술적 사실주의 작품이 그러하듯, 환상의 중심에 강력한 정치적 함의를 품고 있다. 루슈디는 당시 인도 총리였던 인디라 간디에게 명예훼손으로 고소당했고, 그 뒤 본문이 수정되었다.

흥미롭게도 작가로서 루슈디의 출발점 중 하나는 문학의 토대인 어린이문학이었다. 그는 L. 프랭크 바움의 『오즈의 마법사 The Wonderful Wizard of Oz』의 영화 버전을 설명하는 짧은 책을 쓰기도 했다. 그는 어린 시절부터 이 영화를 사랑했다. 영화 「오즈의 마법사」는 1930년대 대공황기에 캔자스의 찢어지게 가난한 농장을 배경으로 한 거친 흑백 화면으로 시작한다. 아주 '현실적인 세계'다. 토네이도로 정신을 잃고 쓰러진 뒤, 도로시와 그녀의 작은 개 토토는 천연색 동화 나라에서 깨어난다. 그곳에는 마녀와 말하는 허수아비, 양철 나무꾼, 겁 많은 사자가 산다. 이때 도로시는 영원히 기억되는 대사를 말한다. '토토, 우리가 더 이상 캔자스에 있는 게 아닌가 봐.' 그곳은 마법의 세계다. 영화에서도 원작 소설처럼 마법과 사실주의가 함께 흐른다.

루슈디의 작품 중 가장 논쟁적이고 도발적인 『악마의 시 The Satanic Verses』(1988년)는 납치당한 여객기 이야기로 시작한다. 인도에서 출발한 여객기가 잉글랜드 상공에서 폭발한다. 승객인 두 사람, 지브릴 파리슈타와 살라딘 참차(한 명은 힌두교와 관련되어 있고, 다른 한 명은 이슬람교도다)가 2만 9,002피트 상공에서 지상으로 낙하한다. 소설의 첫 구절은 '다시 태어나려면…… 우선 죽어야 한다'이다. 그들은 죽지 않는다. 1066년에 또 다른 외국인 정복자 윌리엄이 그랬던 것처럼, 그들은 헤이스팅스 해변에 착륙한다. 그들에게는 즉시 '불법 이민자'라는 딱지가 붙는다(대처 여사 - 소설에서는 토처 여사Mrs Torture - 는 그들 같은 이민자에게 강경 노선을 선포했다). 소설이 진전되면서 그들은 대천사 지브릴(성경의 가브리엘)과 사탄의 특성을 띠게 된다. 테러리스트의 공격이라는 사실적 소재가 마법의 묘약처럼 신화, 역사, 종교와 뒤섞인다. 한마디로 그것이 이 작품의 '마법'이다. 이란의 최고지도자 아야톨라 호메이니는 간디 여사처럼 귀찮게 명예훼손으로 루슈디를 고소하지 않았다. 그는 마술적 사실주의를 조금도 좋아하지 않았다. 1989년에 그는 루슈디에게 '파트와fatwa'를 내렸다. 진정으로 충실한 이슬람교도라면 신성모독을 저지른 이 소설가를 암살해야 한다는 판결이었다.

권터 그라스는 다른 장소에서 출발해 비슷한 종착지에 이른다. 그는 1927년에 태어났고 나치 시대에 성장했다. 작가의 길을 걷기 시작했을 때 그는 1945년 이후 독일 소설은 기준선 0의 새로운 밑바닥에서 출발해야 한다는 것을 당연하게 여겼다. '과거는 극복되어야 한다'라고 그라스는 말했다. 하지만 과거 없이, 작가는 무엇을 할 것인가? 아우슈비츠 이후 시를 쓰는 것은 불가능하다고, 독일 철학자 테오도르 아도르노는 선언했다. 소설 쓰기도 불가능하다고 주장할 수 있을 것이다. 적어도 독일의 작가에게는. 전후 독일의 소설가는 문학 전통이 제공하는 다양한 오케스트라 악기를 불러낼 수 없었다. 1933년과 1945년 사이에 일어난 그 모든 일을 훌쩍 뛰어넘어, 어떻게 괴테와 실러, 토마스 만에게 다시 손을 뻗을 수 있겠는가? 모든 작가는 오케스트라가 아니라 양철북이라고, 그라스는 선언했다. 그러나 소설 『양철북』이 묘사하는 것처럼, 양철북에도 마술적인 힘이 있다. 아도르노의 암울한 예언에도 불구하고 그라스는 위대한 소설을, 위대한 마술적 사실주의를 만들려고 애를 썼다. 1999년에 노벨상을 받았을 때 그라스는 자신을 위대한 작가가 아니라 문학의 쥐라고 소개했다. 쥐는 어떤 상황에서도 살아남는다. 세계대전에서도.

그라스는 억압적인 시대의 영향 때문에 마술적 사실주의 작품을 썼다. 마술적 사실주의 양식은 억압이나 검열 속에서 작품을 써야 하는 작가에게도 유용하다. 억압이나 검열이 심한 곳에서 사실주의(있는 그대로 말하기)는 매우 위험할 수 있다. 1998년에 노벨 문학상을 받은 주제 사라마구가 적절한 사례다.

주제 사라마구José Saramago(1922~2010)는 유럽에서 가장 오랫동안, 1974년까지 지속된 포르투갈의 파시스트 독재정권 아래서 생애 대부분을 보낸 마르크스주의자였다. 독재정권이 전복된 뒤에도 그는 여전히 박해받았고 망명 중에 삶을 마감했다. 하려는 말을 그대로 표현하지 않는 알레고리는 그가 좋아하는 문학 양식이었다. 마술적 사실주의는 아니지만, 차이가 없을 만큼 비슷하다. 사라마구의 훌륭한 작품 『동굴The Cave』(2000년)은 거대한 중앙 빌딩에 지배당하는 이름 없는 국가를 상상한다. 더없이 성장한 자본주의의 미래 이미지다. 이 건물의 지하에는 플라톤이 묘사한 동굴이 있다. 사슬에 묶인 관찰자들이 벽에 투사된 진짜 세계의 그림자밖에 볼 수 없는 이 동굴은 인간 조건을 상징한다. 벽에 투사된 신뢰할 수 없는, 깜박이는 이미지가 우리가 볼 수 있는 전부다. 사라마구는 그 동굴이 소설가가 작업해야 하는 장소라고 여겼다.

앞에서 본 것처럼 마술적 사실주의의 가장 강력한 에너지는 중앙아메리카와 남아메리카 국가에서 만들어졌다. 이 집단의 선두에는 보르헤스와 함께 가브리엘 가르시아 마르케스가 있다. 그의 소설 『백년의 고독One Hundred Years of Solitude』(1967년)은 『한밤의 아이들』과 더불어 이 장르에서 논쟁의 여지가 없는 걸작으로 여겨진다. 『백년의 고독』은 역사적 시간과 공간을 일관성 없이 오가며, 종잡을 수 없게 변화하는 서사를 펼친다.

『백년의 고독』의 배경은 가상의 작은 콜롬비아 마을 마콘도이다. 『한밤의 아이들』이 인도, 『양철북』이 독일, 『동굴』이 포르투갈에 관한 이야기이듯 이 소설은 마르케스의 고국 콜롬비아에 관한 이야기다. 마콘도는 온통 콜롬비아를 품고 있다. 그것은 '거울의 도시'다. 깜박이며 이어지는 장면들 속에서 우리는 콜롬비아 역사의 주요 순간이 스쳐가는 것을 본다. 내전, 정치적 갈등, 철도와 산업화, 미국과의 억압적 관계 등 모든 것이 단 하나의 반짝이는 문학적 사물로 결정화된다. 『백년의 고독』은 문학이 할 수 있는 최대한 정치에 관여하지만, 여전히 빼어난 기교를 뽐낸다.

마술적 사실주의는 20세기가 끝나가는 몇십 년 동안 환하게 타올랐다. 이제는 전성기를 지난 듯 보이지만, 위대한 문학의 시대로 역사에 기록될 것이다.

CHAPTER 37

문자 공화국

국경 없는 문학

문학은 21세기 들어 진정으로 세계적인 문학이 되었다고 말할 수 있다. 그런데 '세계문학'이라는 용어는 무엇을 뜻할까? 이번 장에서 살펴보듯 많은 것을 뜻한다.

세계에서 가장 작고, 가장 고립된 문학 공동체인 아이슬란드의 소설을 예로 들어보자. 최초의 바이킹 주민이 황량한 바위투성이의 얼어붙은 섬에 도착한 때는 9세기였다. 이후 200년을 문학 역사가들은 '사가 시대Saga Age'('사가Saga'라는 단어는 아이슬란드 사람들이 과거에 썼고, 요즘도 여전히 쓰는 옛 스칸디나비아어로 '전해오는 이야기'를 뜻한다)라고 부른다. 사가는 놀랍도록 풍요로운 13세기의 영웅 시가로, 서로 격렬하게 싸울 때가 많았던 씨족들이 싸우지 않고 나라를 세운 이야기를 그린다.

초서가 등장하기 100년 전, 스칸디나비아 문학은 세계문학의 찬란한 빛이었다. 그러나 고작 수천 명만 이 문학을 알았고, 그 작은 국가의 집단 기억 속에 저장되어 세대에서 세대로 소중하게 낭송되며 전해졌다. 1955년에는 아이슬란드 소설가 할도르 락스네스가 노벨 문학상을 받았다(노벨상 위원회는 이처럼 작은 국가의 작가가 수상하기는 처음이라고 언급했다). 그의 노벨 문학상 수상에 크게 기여한 것은 1934년의 걸작 『독립한 민중Independent People』(아이슬란드를 비판적으로 묘사했다고 느껴진다)이었다. 이 소설은 사가 시대 이래로 '30대'째 농사를 지으며 근근이 살아온 집안에서 태어난 비아르튀르의 이야기다. 비아르튀르는 아이슬란드 시에 푹 빠져서 양을 몰고 호젓한 언덕을 걸어가며 혼자 시를 암송한다. 그러나 20세기에 이르러 춥고 외진, 이 작은 땅에 바깥세상이 갑자기 관심을 갖게 되면서 그의 생활 방식이 달라진다.

비아르튀르의 이야기는 그가 사랑하는 여느 사가만큼 비극적이고, 영웅적이고, 구슬프다. 락스네스는 노벨상 수락 연설에서 자신의 소설이 흙집에서 옛 스칸디나비아어로 시를 읊던 시인들의 이야기와 아기의 탯줄처럼 연결되어 있음을 설명하려 애썼다. 이제 그의 작품은 세계 곳곳의 독자 수백만 명에게 번역본으로 읽히며, 노벨 문학상을 받은 덕택에 '세계문학'이 되었다. 그의 이야기에서 우리는 어떤 결론을 끌어낼 수 있는가? 문학은 위대하거나 인기 있다면, 심지어 락스네스의 문학처럼 고국의 토양에 깊이 뿌리내리고 있어도 더 이상 국경의 제약을 받지 않게 되었다는 것이다. 문학은 국경을 뛰어넘을 수 있다.

다음은 세계에서 가장 큰 문학 공동체인 중국의 사례를 살펴보자. 중국은 광활한 영토와 14억 인구, 수천 년의 역사를 가졌지만 책을 아주 많이 읽은 서양인들조차 위대한 중국 작가의 이름을 대여섯 명 이상 떠올리기 힘들다.

2012년 노벨 문학상은 중국 작가 모옌莫言이 받았다. 모옌의 주요 작품으로 꼽히는 『티엔탕 마을 마늘종 노래天堂蒜薹之歌』는 1989년 6월 톈안먼天安門 시위가 벌어지기 몇 달 전에 처음 출판되었는데 즉시 출판이 금지되었다. 모옌은 중국 당국과 여러 차례 불편한 관계였다. '모옌'은 자신이 직접 고른 필명으로, '말하지 말라'를 뜻한다. 『티엔탕 마을 마늘종 노래』의 배경은 1955년 모옌이 농부의 집안에서 태어나고 자란 외진 지역이다. 수천 년간 농사를 지어온 한 마을의 이야기다. 그들은 중국공산당 관료들로부터 마늘만 심으라는 지시를 받는다. 말도 안 되는 소리다. 한마디로 구린 명령이었다. 마을 사람들은 봉기하고 잔혹하게 진압된다. 마늘이어야만 한다고, 당은 명령한다.

모옌의 다른 책처럼 이 소설은 세계적인 베스트셀러가 되었다. 필명과 달리 모옌은 말을 한다. 자신의 동포들에게만이 아니라 전 세계에. 모옌의 예에서 우리는 어떤 결론을 끌어낼 수 있는가? 락스네스의 사례보다 더 복잡하다. 세계는 갑자기 중국 문학에 관심을 갖기 시작했다. 중국이 놀랄 만큼 짧은 시간에 21세기의 초강대국이 되었기 때문이다. 나폴레옹은 중국에 대해 이렇게 말했다고 널리 알려져 있다. '중국을 건드리지 말라. 용이 깨어나면 세계를 뒤흔들 것이다.' 이제 용이 깨어났다. 중국은 잠에서 깨어났고, 더 이상 무시할 수 없는 존재가 되었다. 중국 문학도 그렇다. 세계화는 지정학적 흐름일 뿐 아니라 태도이기도 하다. 그리고 문학은 그런 태도의 일부다.

세 번째 사례는 무라카미 하루키村上春樹다. 이 뛰어난 일본 소설가는 많은 소설을 출간했고, 수십 개의 언어로 옮겨지며 세계적으로 판매와 평판 모두에서 성공을 거두었다. 그의 소설은 보기 드물게 잘 '여행'한다. 하루키는 일본에서보다 일본 밖에서 더 많은 독자를 거느리고 있다. 지금까지 출간된 작품 중 대표작은 2010년에 완결된 3부작 소설 『1Q84』이다. 독자들은 마지막 권을 애타게 기다렸다. 도쿄에서는 초판본을 사려고 몰려든 군중이 몇 시간씩 줄을 섰다.

『1Q84』의 플롯은 사람을 아주 어리둥절하게 만든다고 말할 수밖에 없다. 마술적 사실주의(제36장 참조) 형식에 닌자와 암살, 야쿠자, 대체 세상, 혼란스러운 타임 슬립이 들어가 있다. 그런데 놀라운 점은 하루키가 머리를 싸매고 그의 작품을 탐독하고 싶어 하는 세계 곳곳의 독서 대중을 대상으로 자신이 글을 쓰고 있음을 스스로 잘 알고 있다는 사실이다. 그가 '1Q84'라는 제목을 선택한 이유는 '1984'의 일본어 발음과 비슷해서였다고 한다. 조지 오웰을 넌지시 가리키는 말이다. 어쩌면 오웰에게 경의를 표했다고도 할 수 있다. 소설에 인용된 제사는 1930년대에 해럴드 알렌이 작곡한 미국 대중가요 「그건 종이달일 뿐이야It's only a paper moon」의 가사 중 일부다. 다른 곳에서는 러시아 소설가 도스토옙스키로부터 영감을 얻었다고 말한다. 하루키는 전 세계의 독자가 자신의 글을 읽고, 자신이 전 세계의 독자를 위해 글을 쓴다는 사실을 알고 있다. 그는 곳곳에서 영향력을 흡수해 자신의 것으로 만든다.

세계적인 작가가 될 만큼 운이 좋다면 다국적기업에 견줄 만한 수입을 올릴 수 있다. 예를 들어 J. K. 롤링은 2013년 영국에서 서른 번째로 부유한 사람이었다(한 푼도 물려받지 않고 자신이 모두 벌었다는 점에서, 부유한 이들 사이에서 보기 드문 사람이기도 하다). 롤링은 코카콜라 회사만큼 돈이 많지는 않지만 『해리 포터』는 코카콜라를 마시는 곳만큼 많은 곳에서 읽힌다.

물론 예외도 있지만, '국경 없는' 세계화는 이제 문학을 추동하는 역동적인 힘이다. 어떻게 이런 일이 일어났을까? 몇백 년에 걸친 통신의 성장과 국제 무역, 특정 '세계어들'의 지배 덕택이다. 말하자면 길지만 알아두면 유용한 이야기다. 문학 작품을 역사적 세상의 맥락에 갖다놓고, 그 세상의 경계를 그리는 데 도움이 되기 때문이다.

문학의 역사에서 대부분의 시대는 한곳에서 다른 곳으로 가려면 걷거나, 말이나 배를 타야 했다. 문학은 그런 조건을 반영한다. 우리보다 몇백 년은 더 오래된 문학을 읽는 독자로서 우리가 부딪히는 문제는 그 문학의 지평이 지금보다 아주 좁았다는 사실에 적응하는 일이다. 이를테면 셰익스피어는 자신의 연극이 런던 밖이나, 아주 멀게는 영국의 시골 지방에서 상연되리라고 결코 기대하지 않았다. 그러나 이제 전 세계의 문학 애호가 수십억 명이 그의 연극을 즐기고 연구한다.

문학의 지평이 급격히 확장되기 시작한 것은 19세기로, 대중매체 덕택에 한 국가 안에서 사람들끼리 접촉하기가 더 쉬워지고, 19세기 말쯤 되자 국제적으로 서로 연결되기 시작하면서부터다. 영국에서는 19세기 초, 타르 포장도로 덕택에 W. H. 스미스가 야간 승합마차를 사용한 특별 위탁 배송으로 전국에 신문을 배급할 수 있었다. 잡지 형태의 문학이 조간신문과 함께 운송되었다. 19세기 중반, 스미스는 신문과 잡지의 빠른 배송에서 거의 독점적인 지위를 확보했다. 그 무렵 스미스 매장은 신문 외에 다른 상품을 판매했고 1860년부터는 유료 대출 도서관도 함께 운영했다. 독자는 유스턴 역의 스미스 매장에서 디킨스의 소설을 빌려서, 에든버러까지 가는 열 시간 동안 기차에서 읽다가 에든버러에 도착해서는 웨이벌리 역의 스미스 매장에 반납할 수 있었다.

1840년부터 영국 전역에서 실시된 1페니 우편제*(이 제도를 만든 사람들 중에는 우편총국에서 일한 소설가 앤서니 트롤럽도 있었다) 덕택에 대도시들은 몇 시간마다 소식을 주고받을 수 있었다. 오늘날의 이메일만큼이나 빨랐다. 사회에서 가장 문해력이 높은 집단인 작가들은 이 새롭고 신나는 통신 제도를 십분 활용했다. 트롤럽은 전보 체계를 도입하는 데도 중요한 역할을 했다. 증기기관이 발명되자 이동 시간이 급격히 줄어들었다. 의미심장하게도 트롤럽은 그의 최고 소설 『바체스터의 탑Barchester Towers』(1857년)의 일부를 기차를 타고 (아마도 우체국 업무로) 영국 전역을 돌아다니는 동안 썼고,

---

* 롤런드 힐이 제안한 우편 제도 개혁안에 따라 실시되었는데, 세계 최초의 선불용 접착식 우표인 페니 블랙을 발행해 선불 우편의 시대를 열었고 우편 요금을 낮추었으며 우편 제도의 효율성을 높였다.

또 다른 소설 『지금 우리가 사는 법The Way We Live Now』(1875년) – 의미 있는 제목이다 – 을 미국과 오스트레일리아, 뉴질랜드로 가는 증기선에서 썼다.

이 모든 발전의 영향으로 시장이 국제화되었고, 국내 시장의 효율성은 높아졌다. 뉴욕과 샌프란시스코를 연결하는 철도가 완공되자 새로운 책들(많은 책이 유럽에서 증기선으로 운송되었다)이 며칠 만에 미국 대륙을 횡단할 수 있게 되었다.

1912년 굴리엘모 마르코니는 자신의 라디오 회사가 세계적인 통신망의 토대를 놓았을 때, 방송에서 「한여름 밤의 꿈」에 등장하는 요정 퍽의 대사를 인용했다. '40분 만에 지구를 허리띠로 한 바퀴 감겠어요.' 셰익스피어는 이제, 진정한 세계적 작가가 되었다. 이 새로운 국제주의는 국제저작권협정(제11장 참조)으로 공고해졌다.

모든 작가가 새로운 독서 대중에게 다가간 것은 아니지만 많은 작가가 그러했다. 20세기 후반과 21세기 초반에도 통신 체계는 끊임없이 진화한다. 인터넷(제40장 참조)은 끊임없이 변화하는 문학 레고랜드마냥 우리의 가상 통신 도구를 해마다 재조립하고 있다. 작가들은 원한다면 지구촌을 위해 글을 쓸 수 있다.

이 모든 것이 '멋진 신세계'처럼 들린다. 그런데 까다로운 문제가 하나 있다. 언어다. 대중음악은 언어의 장벽을 넘을 수 있고, 가사 속 단어가 무슨 뜻인지 모르거나 신경 쓰지 않는 청중에게도 사랑받을 수 있다. 문학은 그럴 수 없다. 단어를 걷어내면 아무것도 없다. 예로부터 문학은 국경에서, 언어가 달라지는 경계에서 멈추었다. 아주 적은 수의 외국 문학만 번역의 장벽을 넘을 수 있다.

번역(말 그대로 '너머로 전달하기'를 뜻한다)은 성가신 일인데다 비효율적인 경우가 많다. 20세기에 가장 중요한 작가가 누구냐고 물으면 분명 카프카라는 이름이 나올 것이다. 그러나 카프카 소설(미완성 소설인 『성』)의 첫 영어 번역본은 그가 죽은 지 10년이 지나서야 나왔다. 카프카의 주요 작품은 더 오래 기다려야 했고, 아직도 세계의 몇몇 중요한 언어로 옮겨지지 않았다. 번역의 비효율성은 시간차의 문제만이 아니다. 번역자가 아무리 능숙하더라도, 번역본 덕택에 저자의 수입과 명성이 크게 늘어날지라도 번역은 본질적으로 완벽하지 않다. 작가이자 언어학자인 앤서니 버지스는 '번역은 언어만의 문제가 아니라 문화 전체를 전달하는 문제다'라고 썼다. 그리고 미국 시인 로버트 프로스트의 말로 자주 인용되는 현명한 논평도 있다. '시는 번역하면 사라져버리는 것이다.'

물론 독자가 숨 가쁘게 책장을 넘기며 재미있게 읽는 대중문학에서는 번역의 섬세함이 덜 중요하다. 스티그 라르손의 2005년 세계적인 베스트셀러 『여자를 증오한 남자들The Girl with the Dragon Tattoo』의 뒤를 이은, 이른바 '스칸디 누아르'는 번역이 단조로워도 살아남는다. 대단히 인기 있는 스칸디나비아 스릴러 드라마들이 거슬리는 자막에도 잘 살아남듯이. 흥미진진함은 섬세한 문장과 아무런 관계가 없다. 기능적인 문장으로도 잘 읽힌다.

슬프게도, 어떤 의미에서, 번역의 문제는 세계문학에서 점점 줄어들고 있다. 언어학자들에 따르면 2주마다 언어 하나가 '죽는다'. 그럴 때마다 그 언어로 이미 쓰인 문학과, 더 가슴 아프게는 앞으로 쓰일 문학이 함께 죽는다. 현대에 이르러 영어는 그 언어를 사용하는 나라가 가지는 힘과 함께했고 '세계어'가 되었다. 2,000년 전 라틴어만큼이나 지배적이다. 19세기는 '영국의 세기'였고, 20세기는 '미국의 세기'였다. 조지 버나드 쇼의 표현대로 '하나의 공통 언어'로 분리된 두 열강이 세계를 지배했다. 21세기는 아마 달라질 것이다.

어느 시기에나 문학은 워낙 다양해서 한 가지의 일반화에 결코 들어맞지 않는다. 작은 세상에서 살며 글을 쓰고 싶어 한 주요 작가도 아주 많다. 예를 들어 필립 라킨(제34장 참조)은 영국 밖으로 한 번도 나가지 않았다. 그는 자신이 분명 '먼지'를 좋아하지 않을 거라고 농담했고, 그의 시에는 그런 고립성이 드러나 있다. 1978년에 노벨상을 받은 아이작 바셰비스 싱어는 자신이 사는 뉴욕의 몇천 명밖에 되지 않는 작은 공동체를 위해 이디시어로 소설을 썼다. 밀턴의 표현대로 '수는 적더라도 적합한 청중'이었다.

문학에서 언제나 그랬듯이 작은 세상들도 번성한다. 그러나 전 지구적 세상은 우주처럼 엄청난 속도로 팽창하고 있다. 그것은 새롭고, 흥미진진하며, 좋든 나쁘든 멈출 수 없다.

CHAPTER 38

은밀한 취미

베스트셀러와 돈벌이 상품

요즘 우리가 쉽게 구할 수 있는 '위대한' 문학은 아무리 야심 차고 성실한 사람도 평생 다 읽어낼 수 없을 만큼 많아졌다. 게다가 해마다 그 덩어리가 더 커진다. 문학은 아무도 정상에 다다를 수 없는 산이다. 운이 좋다면 최대한 신중하게 고른 길을 따라 산기슭의 작은 봉우리까지는 완주할 수 있지만, 우리 위에 우뚝 솟은 정상은 갈수록 높아진다. 이 책에서 언급한 작가들 중 한 명만 생각해보면, 우리 중 아무리 책을 많이 읽는 사람이라도 평생 동안 셰익스피어의 희곡 서른아홉 편을 모두 읽지는 않을 것이다 (나 역시 『페리클레스』는 읽다 말다 했으므로 유죄다). 또는 제인 오스틴의 소설을 전부 읽거나, 테니슨이나 도스토옙스키가 발표한 모든 글을 다 읽지는 않을 것이다. 마트 진열대에 놓인 모든 상품을 우리의 쇼핑 카트에 넣을 수 없듯, 모든 문학을(심지어 문학의 큰 견본조차) 읽을 수는 없다.

그런데 우리의 시간을 두고 경쟁하는 훨씬 더 큰 덩어리가 있다. 별로 위대하지 않은 문학이다. 미국의 (저명한) 과학소설가 시어도어 스터전에 따르면 '(과학소설) 90퍼센트는 쓰레기다. 하지만 따지고 보면 무엇이든 90퍼센트는 쓰레기인 법이다'. 영국국립도서관과 미국의회도서관 서고에 '문학'으로 분류된 책은 200만 권에 가깝다. 글을 읽는 사람들은 평균적으로 성인기에 600권의 책을 읽는다. 솔직히 말해 우리 대부분이 읽는 600권 중 많은 부분은 스터전이 '쓰레기'라고 부르며 무시할 만한 것이다. 사람들이 시간을 보내고 있는 공항 대합실을 둘러보면, 그들이 읽는 책의 저자가 귀스타브 플로베르나 버지니아 울프보다는 댄 브라운과 질리 쿠퍼가 더 많을 것이다. (그리고 그 책이 그들 생애의 마지막 책이 될지 모른다고, 원초적 공포가 그들에게 속삭인다…….)

2012년 부커상과 코스타상(제39장 참조)은 역사소설 『튜더스, 앤 불린의 몰락Bring Up the Bodies』을 쓴 힐러리 맨틀에게 돌아갔다. 이 소설은 6개월도 지나지 않아 100만 권 가까이 팔렸다. 이전 50년간 이 문학상을 받은 작가들 중에 그런 상업적 성공을 누린 사람은 없었다. 하지만 E. L. 제임스가 같은 기간에 '봉크버스터bonkbuster'*(그렇게 냉소적으로 불렸다) 『그레이의 50가지 그림자Fifty Shades of Grey』를 수천만 권 팔았다는 사실과 비교해보자. 당연히 제

* blockbuster(블록버스터)와 bonk(성교하다)를 합친 말로, 불쾌하게 생생한 섹스 장면이 많이 등장하는 대중 연애소설을 일컫는다.

임스의 소설은 큰 문학상을 받지 않았고, 대체로 무시당했다. 물론 제임스는 은행까지 가는 길에 내내 환호성을 질렀다(그녀는 주방 개조에 수백만 파운드를 쓰겠다고, 다소 유쾌하게 고백하기도 했다).

이러한 판매량의 차이를 두 가지로 해석할 수 있다. 청교도적 태도를 지닌 비평가들은 이런 상황을 존슨 박사가 '평범한 독자'라고 불렀던 사람들이 돌이킬 수 없을 만큼 문화적으로 타락했다는 증거로 본다(사실 존슨 박사는 그들을 경멸하지 '않았다'). 더 현실적인 관점에서 보는 사람은 '쓰레기'를 찾는 대중의 지칠 줄 모르는 욕구를 건강하게 여긴다. 특히 큰 그림을 본다면 말이다. 이를테면 E. L. 제임스의 책은 매우 '존경할 만한' 펭귄북스 계열 출판사를 합병한 대기업 랜덤하우스의 임프린트에서 발행된다. 1935년 앨런 레인이 양질의 페이퍼백 사업의 기초를 닦은 이래로 펭귄 출판사는 많은 독자에게 '고급' 문학을 공급하는 주요 채널이었다. 레인은 최고의 현대 소설을 울워스 체인점(1달러 숍 같은 저가 잡화점)에서 판매하는 염가도서와 같은 가격으로 시장에 내놓는 데 헌신했다. 그는 최고의 문학을 최저가로 제공하고 싶었다.

출판사는 '저급'한 문학을 팔아 '고급'한 문학의 비용을 메운다. 이른바 '돈벌이 상품potboiler'이 빵(아니, 스튜라고 해야 하나?)을 식탁에 올려놓는다. 이런 체제는 불가해한 방식으로 작동할 수 있다. 1929년 T. S. 엘리엇이 주축이 되어 창립한 페이버앤페이버는 영어권에서 가장 높이 평가받는 시를 출판하는 곳이다. 시인으로서 이 출판사에서 시집을 출간한다는 것은 대단한 성취를 뜻한다. 최근 몇십 년간 페이버의 재정 상태는 아주 굳건했다. 무엇 때문에? T. S. 엘리엇의 「황무지」나 테드 휴스와 필립 라킨의 시집 덕분인가? 아니다. 엘리엇의 긴 우화시 『주머니쥐 할아버지가 들려주는 지혜로운 고양이 이야기Old Possum's Book of Practical Cats』를 앤드류 로이드 웨버가 각색한 장수 뮤지컬 「캣츠Cats」의 부차권*에서 얻는 수익이 아주 크기 때문이다. T. S. 엘리엇이 출판한 어떤 것이든 '저급'하다고(말도 안 되지만, '쓰레기'라고) 말하는 사람은 없을 것이다. 그러나 『주머니쥐 할아버지가 들려주는 지혜로운 고양이 이야기』가 그를 20세기의 가장 중요한 시인으로 만들어준 시집은 아니라는 것이 일반적인 의견이다.

우리가 편견 없는 태도를 갖는다면 '고급'(또는 '고전'이나 '정전', '양질의') 문학이 아닌 것을 '쓰레기'보다는 '대중적'이라고 부르는 편이 더 합리적이다. '대중적popular'은 '사람들의' 것이라는 뜻이다. 그러니까 교회나 대학, 정부 같은 제도의 것이 아니다. 15세기의 신비극(제6장 참조)은 대중적이었다. 당시 라틴어 성경은 '제도적'이었다. 우리에게는 여전히 제도가 처방한 문학, 학교와 대학에서 공부해야 하는 문학이 있다.

소설은 '특히' 대중적인 장르다. 소설이 사람들의 가려운 곳을 긁어줄 때 사람들은 '무조건적' 구매에 나선다. 소설 장르의 초창기부터 이런 현상을 볼 수 있다. 새뮤얼 리처드슨이 호색적인 고용주에게 시달리는 예쁜 하녀의 연대기 『파멜라』(1740년)를 출판했을 때, 특히 당대 여성 독자들 사이에서 '광적인 열광'이 일어

---

* 원저작물의 출판권 이외의 권리.

났다. 월터 스콧이 어느 소설을 발표했을 때는 구매자들이 서점을 에워싼 채 책의 갈색 포장지를 찢고 길에서 바로 읽기 시작했다고 한다. 이러한 '독자 오픈런'은 『해리 포터』 시리즈 일곱 권의 출판에 이르기까지 무수히 많았다. 『해리 포터』 시리즈는 각 권이 나올 때마다 구매자들이 마법사 차림으로 밤새 서점 밖에 줄을 서 있어서 흡사 국경일 같았다. 독자들이 그렇게 열광하는 이유는 책이 〈타임스 문예 부록〉에서 좋은 평을 받았거나 A 레벨* 교육과정에 올라서가 아니다.

'베스트셀러'라는 말은 상당히 최근에 생긴 용어(기록된 첫 용례는 1912년이다)이고, 베스트셀러 목록도 마찬가지다. 이런 종류의 목록이 처음 등장한 것은 1895년 미국에서였다. '베스트셀러주의'에 대해 영국인들 사이에서 맴도는 불안은 그것이 달갑지 않은 '미국화'의 일부라는 것이다. 그러니까 베스트셀러는 '미국적인 책 부류'로 여겨진다. 미국이 보기에는 좋지만, 나머지 세상이 보기에는 그렇지 않은 책이다. 영국 출판업계는 1975년까지 어떤 형태든 권위 있는 베스트셀러 목록의 도입을 단호히 거부했다. 책은 그랜드내셔널 경마대회의 말들과 달리, 서로 '경쟁'하는 게 아니라고 생각했다. 나아가 베스트셀러주의는 책의 질과 다양성을 떨어뜨린다. 지적 독자들이 내려야 하는 '판별'(저것이 아니라 이것, 어쩌면 이것 다음에 저것)을 방해한다. 뭐, 그렇다고들 한다.

이 문제는 베스트셀러가 '느닷없이 나오는' 경우가 잦다는

---

* 영국에서 대개 17~18세의 학생들이 거치는 대학입학자격시험 준비 과정과 그 시험을 일컫는 말이다.

사실 때문에 더 복잡해진다. 예를 들어 『그레이의 50가지 그림자』는 처음에 오스트레일리아의 한 독서 모임을 위한 팬픽 작품으로 온라인에서 쓰였다. 작가는 출판계에서 '인지도'가 전혀 없었다. 출판사는 베스트셀러의 예측 불허 요소를 최소화하기 위해 세 가지 전략을 개발했다(이것도 주로 미국의 상황이다). 그 세 가지는 '장르'와 '프랜차이즈화하기', '따라 하기'다.

제17장에서 언급했듯이, 우리는 서점에 가서 자유롭게 책을 구경하며 돌아다닐 수 있다. 하지만 서점은 비슷한 매력을 지닌 책을 '장르' 서가(과학소설과 공포소설, 또는 로맨스, 또는 범죄와 미스터리)에 모아서 우리가 흥미롭게 여길 만한 종류의 책으로 우리를 유인할 것이다. '프랜차이즈화하기'는 조금 다르게 작동한다. 독자는 '브랜드 충성도'라는 것을 쌓는다. 스티븐 킹의 전작을 즐겁게 읽었기 때문에 '스티븐 킹의 최신작'(그의 최신작 표지에는 늘 제목보다 그의 이름이 더 크게 찍혀 있다)을 산다. '따라 하기'는 단순히 '선두를 따라가는' 방식이다. 예컨대 『그레이의 50가지 그림자』가 인기를 끌자 엇비슷한 표지, 제목, 주제의 작품과 패러디가 정말 쓰나미처럼 쏟아졌다. (내가 좋아하는 것은 『얼 그레이의 50가지 수치Fifty Shames of Earl Grey』다.)

베스트셀러 목록은 판매 기록일 뿐 아니라 일종의 '군중 행동'을 부추겨서 판매를 자극한다. 우리가 베스트셀러를 읽는 이유는 다른 사람도 다 읽기 때문이다. 일단 군중이 움직이면 평소에 작동하는 선택과 '선별'(무엇을 읽을지 신중하게 생각하는 태도)의 메커니즘이 멈추고 만다. 댄 브라운의 『다빈치 코드The Da Vinci Code』는

2005년에 출판되었을 때 거의 한결같이 부정적인 평가를 받았다. 그런데도 2년 동안 그 어떤 소설보다도 잘 팔렸다. 언제나처럼, 몰려드는 군중은 발로 그들의 한 표를 행사한다. 그리고 지갑으로.

대부분의 베스트셀러는 빨리 왔다가 빨리 사라진다. 대체로 '오늘의 책들'이다. 올해의 베스트셀러 목록에는 지난해와는 다른 책들이 있다. 그러나 몇 권은 장수를 누리기도 한다. 여러 해에, 더러는 몇 세기에 걸쳐 잘 팔리는 책들의 이력을 살펴보면 대중문학 시스템에 대해 많은 것을 배울 수 있다. 『레 미제라블Les Misérables』이 좋은 예다. 빅토르 위고는 1862년에 프랑스의 끝없는 정치적 격변을 배경으로 '죄수 24601'이 형사 자베르와 벌이는 서사시적 투쟁의 이야기를 발표했다. 프랑스어와 다른 10개 언어로 동시 출간했다. 세계적인 사업으로서 『레 미제라블』은 출간 즉시 어마어마한 성공을 거두었다. 위고의 소설은 1861년부터 1865년까지 벌어진 미국 남북전쟁에서 북군과 남군 모두 가장 많이 읽은 책이었다고 한다. 이후 몇십 년간 연극으로 각색되어 세계 곳곳의 무대에서 줄곧 상연되었다. 그리고 자그마치 열두 차례나 영화로 제작되었다. 1985년에는 런던의 바비칸 센터에서 소박한 뮤지컬이 공연되었다. 비록 좋지 않은 평을 받았지만 급속도로 인기를 끌었고, 결국 공식 웹사이트에서 '세계 최장수 뮤지컬'이라고 불리는 공연이 되었다. 42개국에서 22개 언어로, 6,500만 명 이상이 이 뮤지컬을 관람했다. 2013년 로스앤젤레스에서 열린 오스카상 시상식에서는 (1985년 뮤지컬의) 최신 영화 버전이 영예롭게 세 개의 상을 받았다.

빅토르 위고의 『레 미제라블』을 대중적이지 않다고 말할 사람은 없다. 마찬가지로, 솔직히, '위대한 문학'이라고 부르지도 않을 것이다. 『레 미제라블』은 조지 오웰이 말한 '좋으면서 나쁜 책'이다. 이 원작 소설의 모든 각색 작품은 다양한 방식과 다양한 정도의 충실성으로 원작의 핵심 요소를 유지한다. 그러니까 죄수와 간수 간의 기나긴 싸움, 그리고 원작 소설에 담긴 사회적 메시지, 곧 위고가 범죄를 유발하는 '사회적 질식' 상태라고 부른 것(장 발장의 경우 굶주리는 가족을 위해 빵 한 덩이를 훔친 일)에 대한 묘사는 유지한다.

『레 미제라블』이 온갖 다양한 표현으로 각색된 오랜 과정을 원작을 갉아 먹는 착취로 보아야 할까? 나는 그렇게 생각하지 않는다. 오히려 위대한 대중소설이라면 끊임없이 변화하는 문학과 문화의 환경에 따라 유동하는 액체처럼 진화하고 변화할 수 있다고 생각한다. 대중문학의 몇몇 작품은 그럴 수 있지만, 대부분은 그러지 못한다. 아마 『다빈치 코드』나 『그레이의 50가지 그림자』의 뮤지컬 버전이 2120년에 오스카상을 하나라도 받을 일은 없을 것이다.

그렇다면 시는 어떠한가? 우리는 무의식적으로 시를 항상 소수의 관심사라고 여기곤 한다. '작은 잡지'와 얇은 시집, 고도로 훈련된 엘리트 독자에 제한되어 있다고. '베스트셀러 시집'은 '점보 새우'처럼 모순어법이라고 주장할지도 모른다. 그러나 넓은 관점에서 보면 요즘만큼 시가 대중적이었던 때는 없었다. 우리는 한 주를 보내면서 많은 시간 동안 시를 듣는다. 우리는 이전 세대가 경험해보지 못한 방식으로 '시 속에서' 산다. 어째서?

시 형식의 역사에서 가장 영향력 있는 시집은 아마 콜리지와 워즈워스의 『서정 민요집』일 것이다. '서정'과 '민요'라는 두 단어의 어원을 분석해보면 도움이 된다. '서정적lyrical'이라는 단어는 고대 악기 리라lyre(기타의 선조)까지 거슬러 올라간다(호메로스는 리라 반주에 맞춰 서사시를 낭송했다고 일반적으로 여겨진다). '민요ballad'의 어원은 댄스까지 거슬러 올라간다('발레'가 그러하듯). 그렇다면 밥 딜런이 기타를 연주하며 부르는 것은 무엇인가? 마이클 잭슨이나 비욘세의 춤과 뮤직비디오는? 세대마다 다시 녹음되는 콜 포터의 발라드는? 1802년 콜리지와 워즈워스가 발표한 얇은 시집 못지않게 요즘의 대중음악에도 '문학'이 있다고 여기는 것은 편협하지 않은 비평가들이 보기에 지나친 과장이 아니다. 달리 말해, 열심히 보면 쓰레기 속에서 진주를 발견할 것이다.

CHAPTER 39

누가 최고인가

문학상과 축제, 독서 모임

최고의 문학적 성취에 주는 상은 언제나 있었다. 고대에는 월계관이 있었고, (운 좋은) 현대 작가는 '사상 최대의' 선불금을 받는다. '계관시인'으로 지명되는 것도 일종의 상이다. 테니슨은 영국의 계관시인으로 42년을 재임하는 동안(제22장 참조) 시 영역에서 확고한 권위를 다졌고, 귀족 작위를 받았으며, 1892년에 사망하자 여왕과 국가가 감사의 표시로 제공한 (사실상의) 국장 혜택도 누렸다.

그러나 체계적으로 조직된 문학상 제도 – 심사위원단이 이것 또는 저것이 최고의 소설 또는 시집, 희곡이라고 발표하거나 평생에 걸친 문학적 업적으로 인정해주는 – 는 20세기와 우리 시대의 현상이다. 그런 상이 처음 생긴 곳은 프랑스로, 1903년에 공쿠르상이 수여되었고, 영국과 미국은 각각 1919년과 1921년에 그 뒤를 이었다. 이후로 문학상은 폭발적으로 증가했다. 냉소적인 사람들은 소문난 크리스마스 파티의 선물처럼 모두 하나씩 받아야 하는 상 같다고 말한다. 요즘에는 이런저런 나라에 수백 개의 문학상이 있어서 작가들이 직접 경쟁할 수 있다(보통 출판사가 대신 참가한다). 그리고 해마다 더 많은 상이 새로 생긴다.

그중에는 혼란스럽도록 많은 부문상도 있다. 그해 최고에서 두 번째로 우수한 소설에 주는 상(이름도 재치 있게 앙코르상이다), 최고의 탐정소설에 주는 상(장르의 창시자 에드거 앨런 포의 이름을 따서 에드거상이다), 최고의 역사소설에 주는 상(마찬가지로, 장르 창시자의 이름을 따서 월터 스콧상이다), 최고의 여성 소설에 주는 상(여성소설상으로, 예전에는 오렌지상으로 불리다가 2013년부터는 베일리즈상이라고도 불린다), 종류에 관계없이 최고의 문학에 주는 상(올해의 코스타 도서상*), 최고의 시집에 주는 상(T. S. 엘리엇상) 등이 있다. 많은 상금을 주는 상도 있고 '명예'만 수여하는 상이 있는가 하면, 불명예(특히 〈리터러리 리뷰Literary Review〉가 선정하는 '소설 분야의 나쁜 섹스'상)를 수여하는 상도 있다. 가장 많은 상금은 미국 맥아더 재단의 천재 지원금으로, 이 상을 받는 운 좋은 작가는 천재라는 이유만으로 마음대로 쓸 수 있는 50만 달러를 받는다. 이 모든 상의 한 가지 공통점은 대체 어떤 특성을 가진 작품에 상을 주거나, 어떤 기준으로 판단하는지를 아주 자세히 명시하지 않는다는 점이다. 심사위원과 위원회는 무엇이 가장 가치 있는

* '휘트브레드 도서상'이라고 불린 이 상은 2021년을 마지막으로 중단되었다.

작품인지 결정하는 재량권을 지닌다.

주요 문학상 몇 가지를 살펴보기 전에 중요한 질문을 던져보자. 이런 일이 왜 일어났는가? 왜 지금, 왜 우리는 그런 상이 필요한가? 많은 대답이 떠오른다. 가장 설득력 있는 대답은 우리가 꼭 '이겨야' 하는 경쟁 시대에 산다는 것이다. 모든 사람이 경마를 좋아한다고들 한다. 문학상 제도는 승자와 패자라는 흥미진진한 요소를 문학에 들여왔다. 문학을 일종의 스포츠 경기장이나 검투 경기장처럼 만들었다.

지난 20년간 베팅업체들은 누가 영국의 부커상과 미국의 퓰리처상을 받을지를 놓고 확률을 제시하고 베팅하기 시작했다. 큰 상들은 시상식에서 발표되는데, 이런 시상식이 해가 지날수록 오스카상 시상식을 닮아간다. 레드카펫만 없을 뿐이다. 어쩌면 그것도 조만간에 생길지 모르겠다.

오늘날 우리가 이처럼 상에 집착하는 이유는 어쩌면 조급함 때문일 것이다. 조지 오웰이 언급했듯, 어떤 문학 작품이 좋은지 아닌지 판단하는 진정한 심판관은 시간이다. 문학 작품이 처음 나왔을 때 우리는 그 작품이 얼마나 좋은지 나쁜지 잘 판단하지 못한다. 서평가도 마찬가지다. 서평가는 며칠 만에 '권위적인' 판단을 내려야 하는 경우가 무척 많다. 조준할 새도 없이 총을 쏘아야 한다. 이런 사격은 가끔 과녁을 심하게 빗나간다. 어느 서평가는 『버드나무에 부는 바람The Wind in the Willows』이 출간된 초기에 두더지의 동면 습관을 동물학적으로 부정확하게 그렸다고 투덜거렸다. 사실 부정확한 편이긴 하다. 셰익스피어 시대의 많은 사람은 셰익스피어를 비판하는 벤 존슨의 편을 들었을 것이다. 안목 있는 독자는 디킨스가 '저급'하다고 믿었다. 디킨스 대신 새커리의 작품을 읽어야 한다고, 그게 훨씬 더 나은 문학이라고 말이다. '『폭풍의 언덕』은 어때?'라고 묻는다면, 신경도 쓰지 말라고 했을 것이다. 이런 예는 끝도 없이 들 수 있다. 몇십 년이 흐르자 안개 속에서 승자와 패자가 드러났다. 이 책들은 우리의 '정전'이 되었고, 수업 시간에도 다루어진다. 시간은 제 할 일을 했다. 그러나 독자는 위대한 동시대 작가가 누구인지 '지금' 알고 싶어 한다. 역사의 심판을 듣기 위해 100년 뒤까지 살아 있지 않을 테니. 문학상은 그런 욕구를 채워준다.

상이 이렇게 많아진 세 번째 이유는 '이정표'를 세우기 위해서다. 문학상은 갈수록 아찔하게 쌓여가는 문학 작품 속에서 길을 더 잘 찾을 수 있도록 독자에게 방향을 더러 제시해준다. 우리는 안내가 절실하다. 어디에서 그런 안내를 찾을까? 베스트셀러 목록에서? 이번 주 신문에서 모든 서평가가 극찬하는 책에서? 지하철역 광고판을 현란하게 장식한 책에서? 친구가 '꼭 봐야 해'라고 말했지만, 제목이 가물가물한 그 책에서? 문학 전반을 차분하게 조사한 전문가 집단이 신중하게 뽑은 문학상은 가장 믿을 만한 이정표를 제공한다.

출판업계 입장에서는 문학상이 사랑스럽다. 이유는 상당히 뻔하다. 문학상은 출판업계의 골칫거리인 고질적인 불확실성을 제거해준다. 어림잡아 출판사가 만드는 책 네 권에서 손해를 입을 때, 한 권이 수익을 내고, 운이 좋다면 나머지 네 권의 손실까지

만회한다고 한다. 수상자의 메달을 목에 걸면, 그 책(또는 그 저자가 쓰는 후속작)이 성공할 확률이 높아진다. 그리고 항상 상을 받아야만 하는 건 아니다. 최종 후보 명단이나, 심지어 1차 후보 명단에만 올라도 책의 '위상'을 높일 수 있다.

그렇다면 최고의 문학상은 어떤 상들인가? 우선 역사상 최초로 1901년에 제정된 '노벨 문학상'을 꼽을 수 있다. 노벨 문학상은 각기 다른 분야에서 뛰어난 업적에 수여하는 다섯 개의 상 중 하나다. 알프레드 노벨은 스웨덴의 발명가로, 안정적으로 사용할 수 있는 최초의 고성능 폭약인 다이너마이트를 발명했다. 다이너마이트는 건설업과 광업에서 무척 유용했지만 흉측한 전쟁 무기이기도 했다. 노벨은 막대한 재산 대부분으로 자신의 이름을 단 상을 해마다 수여해달라는 유언을 남겼다. 이를 도덕적 보상 행위로 보는 사람도 있다. 매년 스웨덴 학술원에서 (익명의) 전문가의 조언을 받아 노벨 문학상을 선정한다.

스칸디나비아에는 위대한 작가들이 있다(예를 들어 헨리크 입센, 아우구스트 스트린드베리이, 크누트 함순 등이다). 그러나 노벨상의 그물은 처음부터 전 세계로, 문학이라고 합당하게 불릴 만한 모든 것 위로 넓게 던져졌다. 유럽의 가장자리에 위치한 스칸디나비아는 객관적이고 사심 없는 판단을 내리기에 이상적인 곳이었다. 노벨 문학상의 부인할 수 없는 성과 중 하나는 문학에 대한 감각을 '탈지역화'한 것이다. 문학이 어느 한 나라가 아니라 세계에 속한 것으로 알게 만든 것이다. 노벨 문학상은 평생의 성취에 주어지며, 유일한 기준은 '이상적인 방향으로 가장 탁월한 작품'을 쓴 작가가 받아야 한다는 것이다.

노벨상 위원회는 늘 자신들이 국제정치에 영향을 미친다고 여겼다. 보리스 파스테르나크와 알렉산드르 솔제니친을 노벨 문학상 수상자로 선정할 때, 노벨상 위원회는 소련이 이들 작가가 상을 받으러 오게 놔두지 않으리라는 것을 잘 알고 있었다. 누가 노벨 문학상을 받아야 하는가를 둘러싼 논쟁은 해마다 어김없이 반복된다. 그런 논쟁과 더불어 (근거가 의심스러운) 노벨상 괴담도 떠돈다. 조지프 콘래드는 『비밀 요원 The Secret Agent』의 악당들이 다이너마이트를 사용한다고 설정했기 때문에 노벨상을 못 받았나? 그레이엄 그린은 『영국이 나를 낳았다 England Made Me』에서 스웨덴 사람인 '안전성냥의 제왕' 이바르 크뤼게르를 불쾌하게 묘사해서 못 받았나? 영국 태생의 W. H. 오든(1971년 노벨 문학상 후보 목록에서 선두 주자로 널리 보도되었다)은 좋지 못한 시기에, 그러니까 잔인한 베트남 전쟁 시기에 미국 시민권자가 아니었다면 노벨상을 받았을까? 작가들에게는 해마다 이런 가십성 상상이 노벨상 발표에 묘미를 더한다. 그리고 어찌 보면 이런 상상은 분명 세계의 주요 문학상인 노벨상이 지닌 중요성에 대한 존경의 표시다.

1903년에 창설된 프랑스의 '공쿠르상'은 문학비평의 관점에서 보면 '가장 순수한' 상이다. 공쿠르상은 프랑스의 저명한 지식인 에드몽 드 공쿠르의 기부금으로 만들어졌고, 그의 고귀한 문학적 이상을 기린다. 문학계에서 오랫동안 활동한, 탁월한 심사위원 열 명이 한 달에 한 번씩 (프랑스인답게) 레스토랑에서 만나 그해에 특히 가치 있는 책을 선정한다. 양질의 문학을 선정하는 것이 전부다. 상금은 어이없게도 10유로인데, 이 상에는 돈이 중요하지 않다는 점을 강조하기 위해서다. 하지만 말도 안 된다. 심사위원들의 점심값만 해도 어마어마할 텐데.

'문학계의 오스카상'이라고 불리는 미국의 '전미도서상'은 대공황 시기였던 1936년에 침체된 출판계에 대한 관심을 자극하고 판매를 촉진하기 위해 출판사와 미국서점협회의 주도로 출발했다. 세월이 흐르면서 거의 대형 서점의 분야별 서가만큼 많은 종류의 상으로 분화했다. 2012년에는 E. L. 제임스의 『그레이의 50가지 그림자』를 위해 특별상을 만들기까지 했다. 부문상이 너무 많아서 전미도서상의 영향력이 약화된다고 주장할 수도 있다. 오스카상처럼, 봉투가 끝도 없이 열리는 동안 하품이 나오게 마련이다.

매년 10월에 열리는 '부커상의 밤'에서는 하품이 나오지 않는다. 이제 세계 최고의 소설상으로 인정받는 이 상은 1969년에 '영국의 공쿠르상'으로 출발했다. 그러나 프랑스의 공쿠르상과 달리 이 상은 상업계의 포옹을 기쁘게 받아들여서 꽤 많은 액수의 상금(그리고 인지도에 따라오는 대량 판매의 확실한 보증)을 제공한다. 원래 후원자인 부커 맥커넬은 서인도제도의 사탕수수 재배에 이해관계가 걸려 있었다. 부커상을 받은 존 버거는 수상 연설에서 '식민지를 착취하는' 후원자들을 비난했고 상금의 절반을 흑인 인권을 위해 투쟁하는 블랙팬서 운동에 기부했다. 부커상은 얼마 전부터 한 헤지펀드의 후원으로 상금을 수여해오고 있다. 그래서 이름을 맨부커상으로 다시 지었다. 앵글로색슨다운 실용주의 덕택에 이상의 관리자들은 자본주의와 거래하는 데 아무런 거리낌이 없다.

오랫동안 복무한 열 명의 공쿠르상 심사위원은 모두 문학계 인사다. 다섯 명의 부커상 심사위원은 1년만 복무하며 '현실계' 인사다. 가끔은 연예계 인사도 포함되어 논란을 불러일으킨다. 서적상들은 문학상만 좋아하는 게 아니라 시상식 전후에 관심을 끌 만한 논란도 좋아한다. 부커상 관리자들은 심사위원 명단과 1차 후보 명단, 최종 후보 명단 발표를 영리하게 계획한다. 이 모든 것이 연회의 밤과 텔레비전 보도, 긴장되는 분위기, 그리고 대개는 격렬한 논쟁으로 정점에 이른다. 이 과정에서 많은 소설이 구매되고 읽힌다. 오늘날의 문학상 문화는 과연 좋은 것인가? 대부분은 그렇다고 대답할 것이다. 문학이 읽히도록 한다면 말이다. 그러나 이 모든 일은 빠르게 변화하는 문학 환경의 일부이다.

20세기의 또 다른 변화는 갈수록 증가하는 책과 문학 축제다. 제2차 세계대전 이후 시작된 문학 축제는 크든 작든 책을 좋아하는 사람들을 한자리에 모은다. 특유의 점잖은 방식으로 열리는 문학 축제는 문학계의 대중 콘서트가 되었다. '한자리에 모인' 팬들은 독자를 직접 만나러 온 저자에게나, 이제는 유서 깊은 문화가 된 '도서 판매 천막'에서 무엇이 팔리는지 세심하게 살피는 출판사에 취향을 드러낼 수 있다. 마음이 만나는 자리라고 할 수 있다.

훨씬 더 최근에 일어난 변화는 지역 독서 모임의 폭발적인 성장이다. 마음이 맞는 애서가들이 모여 자신들이 선택한 책을 읽고 토론한다. 이런 독서 모임은 지나치게 교육적이거나 자기계발적이지 않다. 회비도, 규칙도 없다. 읽을 만한 가치가 있다고 여겨지는 문학에 대해 비평적 관점을 공유하고, 활발한 토론을 벌일 뿐이다. 이곳도 마음이 만나는 자리이다. 문학에 관한 한 마음의 만남은 늘 좋은 일이다.

독서 모임은 문학에 대해 말하는 방식을 변화시켰고, 생산자와 소비자 사이에 새로운 소통의 길을 열었다. 요즘 많은 출판사는 소설책과 시집을 제작할 때 독서 모임을 위해 저자의 해설 인터뷰와 질문지를 넣는다. 이런 독서 모임의 분위기는 민주적이다. 하향식 지시는 없다. 오히려 상향식에 가깝다. 도서 선정은 〈뉴욕 리뷰 오브 북스〉나 〈런던 리뷰 오브 북스〉, 〈르몽드〉에 안목 있는 서평이 실린 책보다는 '오프라 북클럽 추천도서'에서 고른 책일 가능성이 높다. 독서 모임은 흥미진진하고 즐겁게 책을 읽도록 도와준다. 그런 재미가 없다면 문학 자체가 소멸할 것이다.

CHAPTER 40

살아 있는 동안… 그리고 그 너머의 문학

인쇄된 '책', 곧 종이와 활자, 잉크, 두꺼운 표지로 이루어진 물리적 사물이 우리 곁에 함께한 지 500년이 넘었다. 종이책은 문학에 굉장히 큰 기여를 했다. 문학을 저렴한(가끔은 아름다운) 형태로 포장해 대중 교양을 키울 수 있도록 했다. 이보다 더 오래 유지되거나, 더 도움을 준 발명품은 거의 없다.

하지만 종이책의 전성기는 지난 듯하다. 티핑 포인트는 비교적 최근인 2010년대에 나타났다. 아마존에서 전자책, 즉 알고리즘과 픽셀로 이루어진 디지털 사물의 판매가 전통적인 종이책 판매를 넘어서기 시작했다. 요즘 휴대용 태블릿용으로 팔리는 전자책은 소름 끼칠 만큼 '진짜' 책과 닮았다. 구텐베르크가 만든 것 같은 초기 인쇄본이 옛 필사본과 똑같이 생겼던 것처럼 말이다.

하지만 물론 전자책은 '진짜' 종이책처럼 작동하지 않는다. 말 없이 가는 마차(그러니까 자동차)와 말이 끄는 마차가 다르듯, 전자책과 종이책도 다르다.

전자책에서 우리는 글자 크기를 바꾸고, 엄지(검지 대신)를 사용해 번개 같은 속도로 책장을 넘기며 본문을 검색하고, 일부를 발췌해 다운로드할 수 있다. 간단히 말해, 전자책으로 우리는 훨씬 더 많은 것을 할 수 있다. 물론 욕조에 떨어뜨려서는 안 된다. 전자책은 여전히 진화하고 있다. 500년이 지나기 전에 전자책의 다음 형태가 나올 것이다. 도서 앱들은 이미 새로운 형태와 새로운 읽기 방식을 창조하고 있다. 앞으로 문학은 어떤 형태를 취하게 될까? 어떤 전달 매체를 사용할까? 요즘 도로에서 말이 끄는 마차를 보기 힘든 것만큼이나 미래의 도서관에서 우리는 종이책을 보기 힘들어질까?

이런 질문에 대답하기 위해 문학(어떻게 우리에게 전달되든)의 미래를 좌우할 세 가지의 기본 조건에서 출발해보자. 첫째, 우리가 접할 수 있는 문학이 훨씬 많아질 것이다. 둘째, 문학은 기존과 다른, 다양한 방식으로 우리에게 올 것이다(청각, 시각, '가상' 형태로). 셋째, 새로운 포장으로 우리에게 올 것이다.

첫째, 문학의 '범람'은 이미 시작되었고 계속 확장되고 있다. 인터넷에 연결된 어떤 종류의 화면이든 '프로젝트 구텐베르크 Project Gutenberg' 같은 새로운 (종종 무료인) 전자도서관을 통해 25만 권의 문학 작품에 접근할 수 있다. 종이책 형태로는 비행기 격납고를 가득 채울 만한 양의 책을 손안에 쥐고 있는 셈이다. 이런 전자도서관이 제공하는 책은 점점 늘어나고 있다. 즉시 열어볼 수 있고, 개인의 독서 취향에 맞게 바꿀 수도 있다.

이처럼 정신을 압도하는 풍요 때문에 아주 새로운 문제들이 생긴다. 무엇이든 대개 귀하고, 부족하고, 구하기 힘든 문화 환경에서 자란 사람들이 여전히 살아 있다(나도 그중 한 명이다). 예전에는 신간 소설을 읽고 싶으면, 돈을 아껴 책값을 모으거나 동네 공공도서관의 대기자 명단에 이름을 써넣어야 했다. 성가신 일이었다. 하지만 어떤 면에서는 일이 더 단순했다. 우리에게는 선택지가 더 적었다.

이제는 비교적 적은 액수의 돈과, 스크린을 두어 번 누르면 거의 모든 신간과 거의 무한한 중고책을 얻을 수 있다. 인터넷에 들어가면 검색엔진(영국 소설 속 집사와 이름이 같은 '지브스Jeeves'라는 적절한 이름의 검색엔진도 있다)이 새로운 시든 오래된 시든, 당신이 원하는 시를 찾아줄 것이다. 키워드만 두어 개(방랑+외로운+구름)만 입력하면 된다.

한 사람의 일생 동안, 이를테면 내 일생 동안 결핍이 선택의 과잉으로 대체되었다. 그러니 이 알라딘의 전자 동굴에서 우리는 어디에서부터 출발해야 하는가? 무엇보다도 우리가 쓸 수 있는 제한된 (삶의) 시간을 어디에 투자해야 하는가? 통계에 따르면 요즘은 학교에 다니는 동안 50권 정도의 문학 작품을 접하고, 대학에서 문학을 공부하는 사람은 300여 권을 더 접한다. 대부분의 사람은 아마 성인기에 1,000권 이상을 읽지 않을 것이다. 그게 최대치다.

어떤 문학은 선택의 여지 없이 읽어야 한다(예를 들어 시험 범위로 정해진 책들이다). 그러나 대체로 무엇을 읽을지 선택하는 일은 전적으로 우리 자신에게 달렸다. 요즘 세상을 살아가는 독자들은 범람하는 대홍수 속에서 노를 젓는 사람이다. 셰익스피어 시대에는 그처럼 책을 좋아하는 사람이 구할 수 있는 책이 2,000권쯤이었다고 추정된다. 말 그대로 '책 좀 읽은' 사람이 되는 일이 가능했다. 그러나 미래에는 '책 좀 읽었다'라고 표현할 만한 사람이 아무도 없을 것이다.

많은 사람이 따르는 독서 전략 중 하나는 오래된 인기 도서에 의존하는 것이다. '유력한 용의자'를 선택하는 전략이다. 달리 말해 정전과 고전, 최신 베스트셀러에다 믿을 만한 친구와 조언자들의 입소문으로 추천한 책을 간간이 더하는 방법이다. 이런 전략은 '시류를 따르는 노 젓기'라고 부를 수 있다.

다른 전략으로 '장바구니' 전략이라고 부를 만한 것이 있다. 자신의 구체적인 욕구와 관심, 취향을 정하고 자신에게 가장 잘 맞는 문학 식단을 만들어 책을 고르는 방식이다. 윌리엄 깁슨('사이버펑크' 과학소설 장르의 개척자)은 문학에 관한 한 우리는 '치즈 속의 구더기들'이라고 말한 적이 있다. 어떤 구더기도 치즈를 통째로 먹어 치울 수는 없고, 어떤 구더기도 다른 구더기와 똑같은 터널을 파지는 않는다.

'과잉을 관리하는' 문제는 우리가 손안에 쥔 장치가 단지 텍스트 전달 기능만 가진 것이 아니라는 사실 때문에 더 복잡해진다. 이 장치는 페이지 위에 찍힌 단어들만이 아니라 음악과 영화, 오페라, 텔레비전, 그리고 가장 음험한 게임까지 제공한다. 이런 상황에서 화소로 인쇄된 단어들이 어떻게 경쟁할 수 있겠는가? 어떻게 우리는 좋아하는 음악을 들을 뿐 아니라 신간 소설(비교적 높지 않은 가격에, 같은 휴대용 장치에서 읽을 수 있는)까지 읽을 시간을 만들까?

어쨌든 요즘 우리는 시간을 영리하게 사용하고 투자하는 방법을 배워야 한다. 미래에는 돈이 아니라 시간이 부족해질 테니까. 일을 하는 평범한 사람은 평균적으로 한 주에 얼마나 많은 시간을, 느슨하게 정의한 문화 활동에 쓸까? 열 시간 정도라고 추정된다. 힐러리 맨틀(앞에서도 언급했다)이나 조너선 프랜즌의 신간 소설 한 권을 읽으려면 시간이 얼마나 걸릴까? 대략 열 시간이다.

지금 문학계는 전환기, 곧 '다리'를 건너는 순간에 와 있다. 요즘 우리가 붙들고 있는 전자 '가짜 책'은 비평가 마셜 매클루언이 '백미러 보기rear-mirrorism'라고 부른 것의 예를 보여준다. 무슨 말인가 하면, 우리는 항상 옛것의 관점에서 새것을 본다는 것이다. 우리는 미래에 대해 불안해하거나, 어떻게 다루어야 할지 확실히 알지 못하기 때문에 과거에 매달린다.

주의 깊게 살핀다면 새것 속에서 과거의 파편을 보게 되는 경우가 많다. 왜 연극에는 사운드트랙이 없는데 영화에는 사운드트랙이 있는지 궁금해한 적이 있는가? 케네스 브래너가 영화에서 헨리 5세를 연기할 때는 웅장한 음악이 울렸다(패트릭 도일이 작곡하고 사이먼 래틀이 지휘했다). 그러나 그가 무대 위에서 같은 배역을 연기할 때는 음악이 없었다. 그 이유는 30년 동안 사람들이 유일하게 볼 수 있었던 영화인 무성영화에는 오케스트라 연주나, 적어도 피아노 반주가 함께했기 때문이다. '발성영화talkies'가 등장한 뒤에도 음악은 계속 남았다. 왜 우리 책에는 그렇게 큰 여백이 있을까? 왜 책장의 네 모서리에 바싹 붙여 본문을 인쇄하지 않는가? 왜냐하면 초기 필사본에서는 여백에 논평과 주석을 달기 위한 공간을 남겼기 때문이다. 요즘도 여백이 있지만, 그 자리에 메모를 하는 사람은 거의 없고, 그랬다가는 도서관에서 화를 낼 것이다. 이것이 '백미러 보기'의 완벽한 사례다.

하지만 새로운 전자책의 여백에는 주석과 논평이 번성할 것이다. 『폭풍의 언덕』에 나오는 요크셔의 황무지는 대체 어떤 모습인가? 독자들이 그 이미지를 불러올 수 있다면 이해하는 데 도움이 될 것이다. 이제 문학은 세계적 현상이니, 잉글랜드 북부의 황량한 지역에 가본 적이 없고, 아마 앞으로도 가볼 일이 없는 독자들에게는 특히 유익할 것이다.

새로운 기술은 분명 '그래픽' 소설과 '시'(아무리 느슨하게 정의되더라도)의 생산과 소비를 촉진할 것이다. 이제까지 문학은 압도적으로 문자에 의존했다. 사실상 페이지 위에 찍힌 말들이었다. 아쉽게도 이런 점 때문에 (스크린과 게임기를 통해) 시청각적으로 풍요롭고 점점 '인터넷'에 의존하는 문화에 익숙한 독자(특히 젊은 독자)는 문학에 매력을 느끼기 힘들다. 흰 바탕에 검은색 글자로 찍힌 이야기는 그리 흥미진진하지 않다. 그래픽 노블은 흥미진진하고, 대중음악에 붙인 시도 그러하다. 월가 점령 운동 때 젊은 운동가들이 쓴 가이 포크스 가면은 앨런 무어의 그래픽 노블 『브이 포 벤데타V for Vendetta』에서 영감을 얻었다. 이 작품은 2006년에 영화로 제작되어 인기를 끌었다. 가면은 그래픽 노블에 그림을 그린 일러스트레이터 데이비드 로이드의 디자인을 고스란히 모방했다. 관련 장르인 만화책처럼 그래픽 소설은 영화로 쉽게 각색되며, 그 효과로 광범위한 독자층이 생긴다. 전통적으로 상형문자 체계를 갖고 있는 일본과 중국의 경제성장은 이런 변화를 더욱 촉진할 것이다.

독자가 수동적으로 소비하는 것이 아니라 협업해야 하는 상호작용적 문학이 이미 등장했다. 우리는 올더스 헉슬리가 『멋진 신세계』에서 '촉감영화feelies'(제30장 참조) – 다감각적으로 경험되는 서사와 시, 연극 – 라고 부른 것이 미래에 등장하리라 기대할 수 있다. 그러니까 느끼고, 냄새 맡고, 듣고, 볼 수 있다는 말이다. '독자'라고 불리던 사람들이 '참가자'가 될 것이다. 누군가는 '생체공학적 문학'이 헉슬리가 예언한 것보다 훨씬 빨리 등장할 거라고 확신할지 모른다. 우리는 '온몸'을 쓰는 독자가 될 것이다.

'새로운 포장'은 문학을 개조할 세 번째 큰 '기후' 변화다. 이 방향으로 향하는 가장 흥미로운 움직임 중 하나는 인터넷 '팬픽'의 폭발적 성장으로 뚜렷이 드러난다. 팬픽(팬픽션)은 이름에서 알 수 있듯 좋아하는 소설의 이야기가 더 많이 전개되거나, 그 소설로부터 더 많은 것을 원하는 팬들이 창조한다. 팬픽은 문학 작품이 석상처럼 '고정된' 것이 아니라는 전제에서 출발한다. 저자와 독자의 오랜 구분이 사라진다.

팬픽은 현재 내용이나 저작권을 거의 규제하지 않는 인터넷에서 번창한다. 많은 양의 팬픽이 생산되고 있으며, 인쇄된 소설보다 훨씬 많다. 팬픽은 고전소설을 중심으로 왕성하게 성장하고 있다. 내가 글을 쓰는 현재, 제인 오스틴에 '집착하는' 팬들을 위한 '펨벌리 공화국' 웹사이트에는 팬들이 오스틴의 소설 여섯 편에 이어지는 후속편을 쓸 수 있는 '상아 조각Bits of Ivory' 항목이 추가되었다. 팬픽은 저작권이 만료된 작품에만 국한하지 않는다. 『반지의 제왕』 같은 작품의 완전히 다른 버전도 만들어졌다. 많은 팬픽은 글이 형편없는 편이지만, 몇몇은 출판된 여느 소설만큼이나 훌륭하다.

이제는 원래 팬픽으로 쓰인 소설이 베스트셀러가 되거나 다른 방식으로 성공하는 사례도 없지 않다. 장르로서 팬픽은 작은 집단이, 그 작은 집단 안에서 돌려보기 위해 만들어낸 자료다. 의뢰를 받지도, 돈을 받지도, '비평'의 대상이 되지도, 구매되지도 않는다. 일반적인 의미의 '출판'도 되지 않는다. 팬픽션이 주요 독자로 삼는 사람들 중 많은 이도 팬픽션을 쓴다. 모두가 함께 쓰는 파티인 셈이다. 팬픽은 상품이 아니다. 상업적이지도, 전문적이지도 않다. 시장에서 거래되지도 않는다. 많은 면에서 팬픽은 인쇄된 말보다는 문학적 대화('책에 관해 말하기')에 더 가깝다. 또한 문학이 활자화 이전의 기원으로 되돌아간다고도 볼 수 있다. 「오디세이아」나 「베오울프」, 「길가메시」의 이야기를 처음 들은 사람들은 돈을 지불했을까? 그렇지 않았을 것이다. 그들은 문학적 재미에 동참했을까? 심지어 개선점을 제안하기까지 했을까? 아마 그랬을 것이다.

앞에서 살펴보았던 구술 문학의 흥미로운 특징은 유동성이다. 구술 문학은 대화처럼 유연하고 달라질 수 있다. 그때그때 이야기를 들려주는 사람이 누구든 그 사람의 개성이 입혀진다. 어떤 환경에 있든 그 위로 물처럼 흐른다.

이런 특성이 실제로 무엇을 뜻하는지는 수천 년간 우리에게 전해진 구술 서사 형식 중 하나에서 볼 수 있다. 바로 농담이다. 내가 당신에게 농담을 하고 당신이 그 농담을 좋아한다면, 당신은 그 농담을 다른 사람에게 전달할 것이다. 그러나 당신이 말하는 농담은 내가 처음에 말한 것과 똑같지 않을 것이다. 당신은 소소한 변화를 주어 그 농담을 당신 것으로 만들 것이다. 어떤 부분을 자세히 설명하거나, 어떤 세부 사항은 생략하거나. 농담은 더 나아질 수도 있고, 그렇지 않을 수도 있다. 그러나 당신이 그 농담을 말할 때는 당신의 일부가 그 속에 실린다. 내가 말한 농담에 내 일부가 실려 있는 것과 같다. 그렇게 농담이 세 번째 사람에게 전해지면, 그 농담에는 당신과 나의 일부가 함께 실려 있다. 팬픽도 이와 무척 비슷하다. 문학은 본래 가졌던 유동성을 회복하고 있다. 신나는 일이다.

변화는 피할 수 없다. 예언자인 척하고(항상 위험한 일이지만) 한마디 하자면 문학과, 문학을 업으로 삼는 사람과 문학 참여자들의 미래에 일어날 수 있는 가장 좋은 일은 문학이 지닌 '유대감'을 회복하는 것이다. 이 책은 전체적으로 보았을 때 어떻게 문학이 공동의 것인지를 탐색한다. 문학은 우리보다 더 위대한 마음과 나누는 대화이자, 우리가 어떻게 살아야 하는지에 대한, 재미의 옷을 걸친 생각들이자, 세상이 어디로 가고 있으며 어디로 가야 하는지에 대한 논쟁이다. 문학이 있어서 가능했던 이런 마음의 만남은 지금 우리 존재의 핵심을 이룬다. 일이 잘된다면 이런 마음의 만남은 더 강렬해지고, 더 친밀해지고, 더 활기차질 것이다.

미래에 일어날 만한 최악의 일은 무엇인가? 독자들이 늪에 빠져든다면, 그들이 지식으로 처리할 수 없는 많은 정보 아래에 파묻힌다면 무척 나쁜 상황이 될 것이다. 그래도 나는 희망을 놓지 않는다. 거기에는 그만한 이유가 있다. 인간 정신의 놀랍도록 창조적인 산물인 문학은 어떤 새로운 형태로든, 어떻게 상황에 적응하든 영원히 우리 삶의 일부가 되어 삶을 풍요롭게 할 것이다. 우리의 삶이라고 말했지만, 당신의 삶이라고 해야겠다. 당신과 당신 아이들의 삶을 풍요롭게 할 것이다.

| 옮긴이의 말 |

이 책은 문자 시대 이전의 신화와 고대 메소포타미아의 서사시 「길가메시」부터 중세의 길거리 연극인 신비극을 거쳐 근대 소설의 탄생과 최근의 전자책에 이르기까지 문학의 역사를 아우른다. 문학과 역사라는 무거운 추를 양쪽에 달아맨 듯한 제목에도 책장이 경쾌하게 넘어가는 이유는 오랫동안 문학을 연구하고 가르쳐온 저자의 노련한 입담 때문일 것이다. 저자인 존 서덜랜드는 유니버시티 칼리지 런던에서 수십 년간 문학을 연구하고 가르쳐온 학자이자 〈가디언〉에 문학과 대중문화를 비롯해 다양한 주제의 글을 쓰는 칼럼니스트이자 에세이스트이다. 노학자의 깊이와 연륜에 여유와 유머까지 더해져 수천 년에 달하는 문학의 시간을 따라 걸으면서도 고단함이 느껴지지 않는 책이다.

그러나 저자도 인정했듯 문학의 역사를 쓰는 일은 불가능한 과업에 가깝다. 그의 표현대로 문학은 아무도 정상에 다다를 수 없는 산이고, 운이 좋다면 최대한 신중하게 고른 경로로 기껏해야 산기슭의 작은 봉우리까지 오를 수 있을 뿐이다. 게다가 문학은 언어와 떼려야 뗄 수 없는 관계이다. 그러니 평생 문학을 읽고 문학에 대해 글을 써왔다 해도 그가 읽을 수 있는 범위는 모국어(그의 경우에는 영어)로 쓰이거나 번역된 문학에 한정될 수밖에 없다. 그러다 보니 책의 초점이 서구 문학, 그중에서도 특히 영미 문학에 있다. 그래도 대부분의 작품은 우리에게 낯설지 않거나(적어도 제목만이라도) 이미 우리말로 번역되어 있다. 어림잡아 이 책에서 언급되는 작품 중 85~90퍼센트는 이미 한국어로 번역되어 있는 듯하다. 이처럼 세계문학의 이른바 '정전'이 형성되는 과정 또한 문학의 역사에서 다룰 만한 흥미로운 주제일 것 같다(저자는 이 문제를 직접 다루진 않지만 '영향력 있는 문학은 영향력 있는 국가에서 나온다'라는 말로 세계문학의 불균형을 꼬집는다).

물론 각 시대별 주요 작품을 소개하는 것이 이 책의 목적은 아니다. 문학은 작가의 창조력으로 빚어낸 산물이기도 하지만, 한편으로는 문학의 생산 조건과 동떨어져 있을 수 없다. 그러니 문학의 역사를 기술하려면 문학 생산에 직접 관여하는 언어와 매체의 변화뿐 아니라 그런 변화와 직간접적으로 연결된 기술과 종교, 사상, 정치, 경제, 법의 변화도 다룰 수밖에 없다. 또한 문학 시장의 수요와 공급을 좌우하는 독자와 독서 양상, 출판계의 변화도 살펴야 하고, 그런 변화에 영향을 미친 크고 작은 사회적 요인들도 다루어야 한다. 게다가 구체적인 형태로 작품을 빚어낸 작가 한 사람 한 사람의 이야기도 빼놓을 수 없다. 저자는 이 모든 것을 40개의 장으로 간결하면서도 깊이 있게 구성했다.

또한 이 책의 곳곳에는 문학의 역사와 관련해 생각해볼 만한 질문들도 제시되어 있다. '문학이란 무엇인가?', '우리는 왜 문학을 읽는가?', '소설은 사회를 변화시킬 수 있는가?' 같은 진지하고 포괄적인 질문도 있고 더 세부적인 질문도 있다. 우리는 왜 더 이상 서사시를 쓰지 않는가? 참혹한 사건과 비극적 사건은 어떻게 다른가? 종이에 인쇄된 문학을 읽을 때와 무대 위에서 상연되는 문학을 관람할 때 우리는 어떻게 다르게 반응하는가? 수백 년 전에 쓰인 소설이 요즘 우리 삶에 무슨 의미가 있는가? 현대의 도서관에 파피루스 두루마리가 없는 것처럼 미래의 도서관에는 종이책이 없을까? 문학상은 왜 있는가? 또는 '만약'을 가정하는 질문을 던지기도 한다. 「일리아스」의 배경이 된 그리스와 트로이의 전쟁에서 만약 트로이가 승리했다면 세계사와 문학의 역사는 어떻게 달라졌을까? 만약 브론테 자매가 제인 오스틴만큼 살았다면(제인 오스틴도 오래 살았던 편은 결코 아니지만) 어떤 작품을 남겼을까? 유력한 후보였으나 끝내 노벨상을 받지 못한 W. H. 오든은 베트남 전쟁 시기에 미국 시민권자가 아니었더라면 노벨상을 받았을까? 물론 이 모든 질문에 답이 함께 제시되지는 않는다(정답이 하나일 수만도 없을 것이다). 그러나 이 질문들에 이런저런 답을 생각하는 과정 속에서 문학을 바라보는 시야가 넓어질 듯하다.

물론 문학의 역사를 다루려면, 그 역사의 결정체인 작품 자체도 들여다보지 않을 수 없다. 문학 작품은 기본적으로 문자로 이루어지며, 이 문자를 종이 위에 어떻게 배열하느냐에 따라 작품의 효과도 달라진다. 그러므로 이 책에는 문학 작품의 발췌문이 꽤 자주 등장한다. 발췌문을 번역하면서 원문을 병기할 필요가 있다고 여겨지는 곳에는 독자의 이해를 돕기 위해 원문을 함께 실었으며, 각 작품의 전체 맥락에서 벗어나지 않으면서도 이 책의 문맥에 맞는 번역을 위해 기존의 번역서를 참고하되 본문의 흐름에 맞게 옮겼음을 밝힌다.

저자는 과학소설가 윌리엄 깁슨의 말을 빌려 문학에 관한 한 우리는 치즈 속의 구더기들이라고 표현한다. '어떤 구더기도 치즈를 통째로 먹어 치울 수는 없고, 어떤 구더기도 다른 구더기와 똑같은 터널을 파지는 않는다'는 점에서 그렇다는 것이다. 이 책은 끝없이 변화하고 팽창하는 문학이라는 치즈를 더 넓은 시야에서 볼 수 있도록 안내한다. 문학이라는 치즈의 기원과 생성, 변화 과정을 이해한다면 이 거대한 치즈 속에서 자신의 길을 찾는 데 도움이 될 것이다.

| 찾아보기 |

『10½장으로 쓴 세계 역사(A History Of The World in 10½ Chapters)』 295
「1666년 7월 10일 우리 집이 불타버린 것에 대한 시(Verses upon the Burning of Our House July 10th, 1666)」 217~8
「1916년 부활절(Easter, 1916)」 270
『1984(Nineteen Eighty-Four)』 288~9, 350
『1Q84』 350~1
「A. H. H.를 추모하며(In Memoriam A. H. H.)」 210~1, 213~4
W. H. 스미스(W. H. Smith) 352

| ㄱ |

『가르강튀아와 팡타그뤼엘(Gargantua and Pantagruel)』 115, 116~7
「가윈 경과 녹색 기사(Sir Gawain and the Green Knight)」 19~20, 46~7
간디, 인디라(Gandhi, Indira) 343
「감찰관(The Inspector-General)」 238
건, 톰(Gunn, Thom) 326~7
『걸리버 여행기(Gulliver's Travels)』 130~1, 143
검열(censorship) 54, 90, 112~3, 121, 194, 234~43, 312, 345
게이블, 클라크(Gable, Clark) 306
「결의와 독립(resolution and independence)」 318~9, 325
「경기병대의 돌격(The Charge of the Light Brigade)」 212~3, 255~6
고골, 니콜라이(Gogol, Nikolai) 238
「고도를 기다리며(Waiting for Godot)」 241, 313~4
골딩, 윌리엄(Golding, William) 190~1, 252
공쿠르, 에드몽 드(Goncourt, Edmond de) 370
공쿠르상(Prix Goncourt) 365~6, 370~1, 372
「관리인(The Caretaker)」 314
괴테, 요한 볼프강 폰(Goethe, Johann Wolfgang von) 345
교회 출석(Church Going) 84
구텐베르크, 요하네스(Gutenberg, Johannes) 109~10
『구토(Nausea)』 312~3
『국가(The Republic)』 283
「국가의 탄생(Birth of a Nation)」(영화) 34
「국왕 목가(Idylls of the King)」 212
『국외자(The Outsider)』 237, 312
그라스, 귄터(Grass, Günter) 240, 339~40, 344~5
그래픽 노블(graphic novels) 166~7, 379~80
그레이, 토머스(Gray, Thomas) 274~5
『그레이의 50가지 그림자(Fifty Shades of Grey)』 357~8, 361, 371
그리피스, D. W.(Griffith, D. W.) 34

그린, 그레이엄(Greene, Graham) 338, 370
「기억의 천재 푸네스(Funes the Memorious)」 341
「길가메시(Gilgamesh)」 27~8, 33, 381
깁슨, 윌리엄(Gibson, William) 337

| ㄴ |

「나는 생각에 잠겨, 맨해튼 거리를 산책했네(Manhattan Streets I Saunter'd, Pondering)」 203
나이폴, V. S.(Naipaul, V. S.) 252, 333
나폴레옹(Napoleon) 349
「남자와 아내(Man and Wife)」 322~3
낭만주의(Romanti cism) 143~4, 148, 149~51, 158~9, 189, 210
네루, 자와할랄(Nehru, Jawaharlal) 342
「노래와 소네트(Songs and Sonnets)」(존 던) 88
노벨 문학상(Nobel Prize in Literature) 33, 239, 264, 291, 314, 333, 336, 345, 348~9, 355, 369~70
노벨, 알프레드(Nobel, Alfred) 369
『노생거 사원(Northanger Abbey)』 158~9, 168
「노스페라투(Nosferatu)」(영화) 301
『녹음 아래에서(Under the Greenwood Tree)』 231
『누가 버지니아 울프를 두려워하랴(Who's Afraid of Virginia Woolf?)』 317
「늙은 수부의 노래(The Rime of the Ancyent Marinere)」 148
「니벨룽겐의 노래(Nibelungenlied)」 33
니콜슨, 나이젤(Nicolson, Nigel) 277

| ㄷ |

『다가올 세상(The Shape of Things to Come)』 282
『다빈치 코드(The Da Vinci Code)』 361~2, 363
다윈, 찰스(Darwin, Charles) 230~1
단테(Dante) 268~9
「닫힌 방(Huis Clos)」 237~8
달, 로알드(Dahl, Roald) 193
『달의 공원(Lunar Park)』 294~5
『댈러웨이 부인(Mrs Dalloway)』 264~5, 278~80
더글러스, 앨프레드 경(Douglas, Lord Alfred) 200
더글러스, 프레더릭(Douglass, Frederick) 332
『더버빌 가의 테스(Tess of the d'Urbervilles)』 228, 231~2
「덕(Virtue)」(존 던) 93~4
던, 존(Donne, John) 85~94
『데이비드 코퍼필드(David Copperfield)』 171, 172~3
「데저트 아일랜드 디스크(Desert Island Discs)」 9~10
「데카메론(The Decameron)」 51, 115~6
『도리언 그레이의 초상(The Picture of Dorian Gray)』 196, 197~8, 199
도스토옙스키, 표도르(Dostoevsky, Fyodor) 238, 350
도일, 패트릭(Doyle, Patrick) 378
「도커리와 아들(Dockery and Son)」 324
『독립한 민중(Independent People)』 348
「돈 조반니(Don Giovanni)」 145
「돈 주앙(Don Juan)」 144~5
『돈 혹은 한 남자의 자살 노트(Money: A Suicide Note)』 295
『돈키호테(Don Quixote)』 115, 117~8, 234
『돔비와 아들(Dombey and Son)』 171, 175~6
『동굴(The Cave)』 345~6
『동물 농장(Animal Farm)』 208, 242
드 퀸시, 토머스(De Quincey, Thomas) 148~9
드라이든, 존(Dryden, John) 51, 54, 143, 209
『드라큘라(Dracula)』 301~2
『등대로(To the Lighthouse)』 280
디즈니, 월트(Disney, Walt) 298

디즈레일리, 벤저민(Disraeli, Benjamin) 290
디킨스, 찰스(Dickens, Charles) 14, 15, 113, 161, 170~8, 190, 194, 210, 219, 223, 225, 226, 229, 241, 300, 329, 352
디포, 대니얼(Defoe, Daniel) 122, 123~9, 234~5, 240, 338
딜런, 밥(Dylan, Bob) 166, 364
딜레이니, 새뮤얼 R.(Delany, Samuel R.) 337

| ㄹ |

라르손, 스티그(Larsson, Stieg) 354
라블레, 프랑수아(Rabelais, François) 115, 116~7
『라셀라스(Rasselas)』 135~6
라킨, 필립(Larkin, Philip) 207, 324~5, 326~7, 355, 359
락스네스, 할도르(Laxness, Halldór) 348, 349
「람메르무어의 루치아(Lucia di Lammermoor)」(오페라) 301
『래머무어의 신부(The Bride of Lammermoor)』 301
『레 미제라블(Les Misérables)』 362~3
「레딩 감옥의 노래(The Ballad of Reading Gaol)」 200~1
레마르크, 에리히 마리아(Remarque, Erich Maria) 254~5
레오폴트 2세(Leopold II, 벨기에 왕) 248
「레이디 라자로(Lady Lazarus)」 323~4
레인, 앨런(Lane, Allen) 358
로렌스, D. H.(Lawrence, D. H.) 119~20, 161, 190, 237, 242~3, 267, 338
『로빈슨 크루소(Robinson Crusoe)』 9, 10, 122, 123~31
로스, 필립(Roth, Philip) 220, 330~1
로웰, 로버트(Lowell, Robert) 221, 321~3, 324, 326
로이드, 데이비드(Lloyd, David) 380
로젠버그, 아이작(Rosenberg, Isaac) 261~2
「로젠크란츠와 길덴스턴은 죽었다(Rosencrantz and Guildenstern Are Dead)」 314~5
「롤랑의 노래(La Chanson de Roland)」 33
롤리, 월터 경(Raleigh, Sir Walter) 96
롤링, J. K.(Rowling, J. K.) 194~5, 302, 351, 360
루고시, 벨라(Lugosi, Bela) 301
루소, 장 자크(Rousseau, Jean-Jacques) 189, 286
루슈디, 살만(Rushdie, Salman) 235, 252, 332~3, 339~40, 342~4
루이스, C. S.(Lewis, C. S.) 13~4
루카스, 조지(Lucas, George) 34
루터, 마르틴(Luther, Martin) 79, 80
리, 비비언(Leigh, Vivien) 306
리비스, F. R.(Leavis, F. R.) 161
「리어 왕(King Lear)」 40~1, 43, 72, 73~4, 225
「리처드 2세(Richard II)」 66, 71
「리처드 3세(Richard III)」 56, 66, 70
리처드슨, 새뮤얼(Richardson, Samuel) 123, 163, 359~60
리처즈, I. A.(Richards, I. A.) 322
링컨, 에이브러햄(Lincoln, Abraham, 미국 대통령) 219, 331~2

| ㅁ |

『마담 보바리(Madame Bovary)』 236~7, 241
마르케스, 가브리엘 가르시아(Márquez, Gabriel García) 339, 346
마르코니, 굴리엘모(Marconi, Guglielmo) 353
「마리아나(Mariana)」 210
『마지막 음유시인의 노래(The Lay of the Last Minstrel)』 208
『마틴 처즐위트(Martin Chuzzlewit)』 176, 219
「마하바라타(Mahabharata)」 33
『막간(Between the Acts)』 280
만, 토마스(Mann, Thomas) 345
「말괄량이 길들이기(The Taming of the Shrew)」 70~1
말로, 크리스토퍼(Marlowe, Christopher) 31, 68

『매직 토이숍(Magic Toyshop)』 342
매큐언, 이언(McEwan, Ian) 338
매클루언, 마셜(McLuhan, Marshall) 378
「맥베스(Macbeth)」 70, 72~3
맥켈런, 이언(McKellen, Ian) 56
맨부커상(Man Booker Prize) 371~2
『맨스필드 파크(Mansfield Park)』 156, 157~8, 303
맨틀, 힐러리(Mantel, Hilary) 357, 378
맬러머드, 버나드(Malamud, Bernard) 220
머독, 아이리스(Murdoch, Iris) 165
『멋진 신세계(Brave New World)』 286~7, 353, 380
메리 1세(Mary I, 영국 여왕) 65, 81
메이어, 스테프니(Meyer, Stephenie) 166~7, 301
멜빌, 허먼(Melville, Herman) 34, 218
「명상 17(Meditation XVII)」(존 던) 87~8
모더니즘(modernism) 202, 204, 214, 221, 263~4, 265~6, 270, 271, 272
『모든 것이 산산이 부서지다(Things Fall Apart)』 333~4
「모르그 가의 살인(The Murders in the Rue Morgue)」 220
『모리스(Maurice)』 242
모리스, 윌리엄(Morris, William) 282
모리슨, 토니(Morrison, Toni) 165, 331, 335~6
『모비 딕(Moby-Dick)』 34, 218
모슬리, 월터(Mosley, Walter) 336~7
모어, 토머스 경(More, Sir Thomas) 281, 283
모옌(莫言) 349~50
모차르트, 볼프강(Mozart, Wolfgang) 145
『모히칸족의 최후(The Last of the Mohicans)』 220, 302
무라카미 하루키(村上春樹) 350~1
무어, G. E.(Moore, G. E.) 276~7
무어, 앨런(Moore, Alan) 379~80
『무지개(The Rainbow)』 242
『문학이란 무엇인가(What is Literature?)』 340
『미국 노예, 프레더릭 더글러스의 삶에 관한 이야기(Narrative of the Life of Frederick Douglass, an American Slave)』 332
『미드위치의 뻐꾸기들(The Midwich Cuckoos)』 342~3
『미들마치(Middlemarch)』 226
『미로(Labyrinths)』 340~1
『미의 유언(The Testament of Beauty)』 271
미첼, 마거릿(Mitchell, Margaret) 305~6
밀, 존 스튜어트(Mill, John Stuart) 207, 275~6
밀러, 아서(Miller, Arthur) 316, 337
밀턴, 존(Milton, John) 32~3, 99~104, 166, 235, 355

| ㅂ |

『바람과 함께 사라지다(Gone with the Wind)』 305~6
바르가스 요사, 마리오(Vargas Llosa, Mario) 339, 340
바셀미, 도널드(Barthelme, Donald) 297~8
바움, L. 프랭크(Baum, L. Frank) 343
바이런, 경(Byron, Lord) 144~5, 150, 1967, 209~10
바이어트, A. S.(Byatt, A. S.) 165, 338
『바체스터의 탑(Barchester Towers)』 352
반스, 줄리언(Barnes, Julian) 295
『반지의 제왕(The Lord of the Rings)』 191, 193, 381
발자크, 오노레 드(Balzac, Honoré de) 303
『밤으로의 긴 여로(Long Day's Journey into Night)』 317
『백년의 고독(One Hundred Years of Solitude)』 346
「백인의 짐(The White Man's Burden)」 245~7
밸러드, 제임스 그레이엄(Ballard, James Graham) 294
「뱀파이어 다이어리(The Vampire Diaries)」(텔레비전 시리즈) 301
버거, 존(Berger, John) 371

『버드나무에 부는 바람(The Wind in the Willows)』 367
버지스, 앤서니(Burgess, Anthony) 354
버클리, 비숍(Berkeley, Bishop) 136
번스, 로버트(Burns, Robert) 145~6, 319
번역(translation) 306~7, 348, 354
번연, 존(Bunyan, John) 115, 118~20, 234
「벚꽃 동산(The Cherry Orchard)」 238~9
「베니스의 상인(The Merchant of Venice)」 71, 329
베르길리우스(Virgil) 99~100
베리먼, 존(Berryman, John) 216, 326
「베오울프(Beowulf)」 28~30, 33, 34~5, 47~8, 188, 381
베케트, 사뮈엘(Beckett, Samuel) 241, 310, 313~4
베토벤, 루트비히 판(Beethoven, Ludwig van) 320
벤, 애프러(Behn, Aphra) 115, 120~2, 128, 216
벨로, 솔(Bellow, Saul) 33, 34
「벼룩(The Flea)」 89~90
「변신(The Metamorphosis)」 308~9
「병사(The Soldier)」 259~61
보들레르, 샤를(Baudelaire, Charles) 201~4, 236~7, 268
보르헤스, 호르헤 루이스(Borges, Jorge Luis) 339~43
보부아르, 시몬 드(Beauvoir, Simone de) 237
보스웰, 제임스(Boswell, James) 134, 136
보에티우스(Boethius) 49, 53
보위, 데이비드(Bowie, David) 166
『보이지 않는 인간(Invisible Man)』 334~5
보카치오, 조반니(Boccaccio, Giovanni) 50, 115~7
볼테르(Voltaire) 235~6
「부질없음(Futility)」 256~8
부커상(Booker Prize) 333, 342, 357, 367, 371~2
『분노의 포도(The Grapes of Wrath)』 222~3
『불운한 사람(The Unfortunates)』 298
브라운, 댄(Brown, Dan) 357, 361~2
브라운, 패니(Brawne, Fanny) 141~2
「브라이트 스타(Bright Star)」(영화) 141
브래너, 케네스(Branagh, Kenneth) 378
브래드버리, 레이(Bradbury, Ray) 283~5, 289
브래드스트리트, 앤(Bradstreet, Anne) 215~8
브레히트, 베르톨트(Brecht, Bertolt) 240
브로트, 막스(Brod, Max) 308~9
브론테, 브랜웰(Brontë, Branwell) 179~87
브론테, 샬럿(Brontë, Charlotte) 153, 164, 179~87, 190, 293
브론테, 앤(Brontë, Anne) 179~87
브론테, 에밀리(Brontë, Emily) 179~87, 274, 304
브론테, 패트릭(Brontë, Patrick) 179~87
브룩, 루퍼트(Brooke, Rupert) 259~61, 275
브리지스, 로버트(Bridges, Robert) 214, 271
『브이 포 벤데타(V for Vendetta)』 379~80
블레이크, 윌리엄(Blake, William) 101, 150~1
『비밀 요원(The Secret Agent)』 370
비욘세(Beyoncé) 364
빅토리아(Victoria, 영국 여왕) 149, 210~4, 333
「빌과 테드의 엑설런트 어드벤처(Bill & Ted's Excellent Adventure)」 300
『빌러비드(Beloved)』 331
『빌레트(Villette)』 185
「빛나는 별이여, 나 또한 그대처럼 한결같다면(Bright star, would I were steadfast as thou art)」(시) 141~2

| ㅅ |

사라마구, 주제(Saramago, José) 345~6
『사랑하는 여인들(Women in Love)』 267
사르트르, 장 폴(Sartre, Jean-Paul) 237~8, 312~3, 315, 340
사실주의(realism) 125~6, 281~2, 334, 338~9, 345
사우디, 로버트(Southey, Robert) 150, 192, 209~10

『사일러스 마너(Silas Marner)』 119
『사자와 마녀와 옷장(The Lion, the Witch and the Wardrobe)』 12~4
새커리, 윌리엄 메이크피스(Thackeray, William Makepeace) 10, 186~7, 368
색빌웨스트, 비타(Sackville-West, Vita) 277
샐린저, J. D.(Salinger, J. D.) 224
「서곡(The Prelude)」 149, 189
『서부전선 이상 없다(All Quiet on the Western Front)』 254
서순, 시그프리드(Sassoon, Siegfried) 255~6, 258
『서정 민요집(Lyrical Ballads)』 147~8, 364
「서푼짜리 오페라(The Threepenny Opera)」 240
「서풍에 바치는 송가(Ode to the West Wind)」 150
『성(The Castle)』 310~1
「성난 얼굴로 돌아보라(Look Back in Anger)」 316
세르반테스, 미겔 데(Cervantes, Miguel de) 115, 117~8, 119, 234
「세일즈맨의 죽음(Death of a Salesman)」 316, 337
섹스턴, 앤(Sexton, Anne) 326
셀즈닉, 데이비드 O.(Selznick, David O.) 305~6
셰익스피어, 윌리엄(Shakespeare, William) 10, 40, 57, 59, 64~74, 76, 84, 97, 121, 225~6, 241, 253, 351, 356, 367~8
셰익스피어, 햄닛(Shakespeare, Hamnet) 66~7, 72, 225
셸리, 퍼시(Shelley, Percy) 142~3, 149~50, 325
소설의 출현(novel, rise of) 51, 114~5, 119~20, 122, 123~4, 125~6, 131
소포클레스(Sophocles) 36~44, 281
솔제니친, 알렉산드르(Solzhenitsyn, Alexander) 235, 239, 370
「송가 : 불멸성의 자취(Ode: Intimations of Immortality)」 189~90
쇼, 조지 버나드(Shaw, George Bernard) 215, 241, 263, 355
쇼월터, 일레인(Showalter, Elaine) 163
수스, 닥터(Seuss, Dr) 193~4
『순수와 경험의 노래(Songs of Innocence and Experience)』 150
슈라이버, 라이오넬(Shriver, Lionel) 191
스미스, 제이디(Smith, Zadie) 333
스위프트, 조너선(Swift, Jonathan) 129~31, 143
스콧, 월터(Scott, Walter) 145, 146~7, 150, 151, 183, 208, 210, 219, 301, 360, 366
스콧, 폴(Scott, Paul) 252
「스타워즈(Star Wars)」(영화) 34
스타인, 거트루드(Stein, Gertrude) 237, 266
스타인벡, 존(Steinbeck, John) 222~3
스탈린, 요지프(Stalin, Josef) 239, 285
스터전, 시어도어(Sturgeon, Theodore) 357
스턴, 로렌스(Sterne, Laurence) 123, 291~3, 298
스토, 해리엇 비처(Stowe, Harriet Beecher) 219, 331~2
스토커, 브램(Stoker, Bram) 301~2
스토파드, 톰(Stoppard, Tom) 314~5
스튜어트, 찰스 에드워드(Stuart, Charles Edward) 146~7
스트래치, 리튼(Strachey, Lytton) 275
스트린드베리이, 아우구스트(Strindberg, August) 369
스펜더, 스티븐(Spender, Stephen) 326
스펜서, 에드먼드(Spenser, Edmund) 47, 95~9
스필버그, 스티븐(Spielberg, Steven) 294
「시골 교회 묘지에서 쓴 비가(Elegy Written in a Country Churchyard)」 274~5
『시녀 이야기(The Handmaid's Tale)』 287~8
시드니, 필립 경(Sidney, Sir Philip) 144, 145
「시지프 신화(The Myth of Sisyphus)」 311~2
『시학(Poetics)』 40~4, 55~6, 100
「신곡(La Divina Commedia)」 33, 268

신비극(mystery plays) 55~63, 100, 300, 359
『신사 트리스트럼 섄디의 생애와 의견(The Life and Opinions of Tristram Shandy, Gentleman)』 291~3
『실낙원(Paradise Lost)』 32~3, 99~104, 166
실러, 요한(Schiller, Johann) 320, 345
「심연으로부터(De Profundis)」 201
『심판(The Trial)』 309
「심판의 계시(The Vision of Judgment)」(바이런) 209
「심판의 상상(A Vision of Judgement)」(사우디) 209
싱어, 아이작 바셰비스(Singer, Isaac Bashevis) 355
싱클레어, 업튼(Sinclair, Upton) 290

| ㅇ |

「아, 네가 지금 내 무덤을 파는 거니?(Ah, Are You Digging on My Grave?)」 227~8
『아그네스 그레이(Agnes Grey)』 182, 186
아널드, 매슈(Arnold, Matthew) 199
아누이, 장(Anouilh, Jean) 42
아도르노, 테오도르(Adorno, Theodor) 344~5
『아들과 연인(Sons and Lovers)』 190
『아레오파기티카(Areopagitica)』 235
『아론의 지팡이(Aaron's Rod)』 267
아리스토텔레스(Aristotle) 40~4, 55~6, 100
『아메리칸 사이코(American Psycho)』 294
아우구스투스(Augustus, 황제) 133
아우구스투스인(Augustans) 90, 133
「아이네이스(Aeneid)」 33, 99
아이스킬로스(Aeschylus) 36
「아이언맨(Iron Man)」(영화) 20
아체베, 치누아(Achebe, Chinua) 333~4
아흐마토바, 안나(Akhmatova, Anna) 239
『악의 꽃(Les Fleurs du mal)』 236~7, 268
「안토니와 클레오파트라(Antony and Cleopatra)」 71
알두스 마누티우스(Aldus Manutius) 109
알렌, 해럴드(Arlen, Harold) 350
알리, 모니카(Ali, Monica) 333
『암 병동(Cancer Ward)』 239
암스트롱, 루이(Armstrong, Louis) 335
『애덤 비드(Adam Bede)』 164~5
애트우드, 마거릿(Atwood, Margaret) 165, 287~8
앨버트(Albert, 빅토리아 여왕의 남편) 211, 333
『야만인 코난(Conan the Barbarian)』 282
『양철북(The Tin Drum)』 339, 345, 346
『어느 겨울밤 한 여행자가(If on a Winter's Night a Traveller)』 295~6
『어느 영국인 아편 중독자의 고백(Confessions of an English Opium Eater)』 148
『어둠의 심연(Heart of Darkness)』 247~9
『어려운 시절(Hard Times)』 175
어빙, 헨리(Irving, Henry) 301
언어(languages) 353~5
『얼 그레이의 50가지 수치(Fifty Shames of Earl Grey)』 361
『에마(Emma)』 14, 119, 156~60, 306
「에마(Emma)」(영화) 306
에머슨, 랠프 왈도(Emerson, Ralph Waldo) 218
『에밀(Émile)』 189
에우리피데스(Euripides) 36
에이미스, 마틴(Amis, Martin) 295
에제, 콘스탄틴(Héger, Constantin) 185
엘리스, 브렛 이스턴(Ellis, Bret Easton) 294~5
엘리슨, 랠프 왈도(Ellison, Ralph Waldo) 334~5
엘리엇 T. S.(Eliot, T. S.) 91, 94, 103, 221, 264~71, 320~2, 329~30, 358~9, 366
엘리엇, 조지(Eliot, George) 119, 161, 164~5, 225~6, 338
엘리자베스 1세(Elizabeth I, 여왕) 65~6, 70, 95~7
「엘시드의 노래(El Cantar de Mio Cid)」 33

『여자를 증오한 남자들(The Girl with the Dragon Tattoo)』 354
『영국 시인전(Lives of the Most Eminent English Poets)』 137, 138~9
『영국이 나를 낳았다(England Made Me)』 370
『영어 사전(A Dictionary of the English Language)』 137~8
예이츠, W. B.(Yeats, W. B.) 264~5, 270, 271, 321, 333
옙투셴코, 예브게니(Yevtushenko, Yevgeny) 239
「오, 얼마나 사랑스러운 전쟁인가(Oh, What a Lovely War!)」(뮤지컬) 259
오닐, 유진(O'Neill, Eugene) 317
오든, W. H.(Auden, W. H.) 263, 370
「오디세이아(Odyssey)」 21, 31~3, 99, 381
『오래된 골동품 상점(The Old Curiosity Shop)』 171~3
『오루노코(Oroonoko)』 115, 121~2
『오만과 편견(Pride and Prejudice)』 143, 154, 188, 282, 300, 303
「오만과 편견 다시 쓰기(Lost in Austen)」(텔레비전 시리즈) 303~4
오스본, 존(Osborne, John) 315~6
오스터, 폴(Auster, Paul) 296~7
오스틴, 제인(Austen, Jane) 10, 14, 119, 143, 152~61, 164, 180, 274, 300~7, 338, 356, 381
오스틴, 카산드라(Austen, Cassandra) 153~4
오스틴, 헨리(Austen, Henry) 154
오언, 윌프레드(Owen, Wilfred) 256~9, 260, 264
오웰, 조지(Orwell, George) 131, 208, 210, 242, 288~9, 350, 363, 367
「오이디푸스 왕(Oedipus Rex)」 37~44, 100
「오즈의 마법사(The Wizard of Oz)」(영화) 343
『오즈의 마법사(The Wonderful Wizard of Oz)』 343
오츠, 조이스 캐롤(Oates, Joyce Carol) 165
오크리, 벤(Okri, Ben) 333
「오텔로(Otello)」(오페라) 301
『올랜도(Orlando)』 277
『올리버 트위스트(Oliver Twist)』 172, 174, 177, 190, 300, 329
올리비에, 로렌스(Olivier, Laurence) 69, 304
올비, 에드워드(Albee, Edward) 316~7
와일드, 오스카(Wilde, Oscar) 166, 171, 196~201, 205, 263~4
『와일드펠 홀의 거주자(The Tenant of Wildfell Hall)』 182, 187
「(왓 디드 아이 두 투 비 소) 블랙 앤 블루?[(What Did I Do to Be So) Black and Blue?]」(노래) 335
「요정 여왕(The Faerie Queene)」 95~9
「욕망이라는 이름의 전차(A Streetcar Named Desire)」 316~7
『우리 모두의 친구(Our Mutual Friend)』 173~4, 226, 329
「우스 루지아다스(Os Lusíadas)」 33
울프, 버지니아(Woolf, Virginia) 122, 164, 260, 264, 271, 272~80, 357
워, 에벌린(Waugh, Evelyn) 338~9
「워렌 부인의 직업(Mrs Warren's Profession)」 241
워즈워스, 윌리엄(Wordsworth, William) 103, 142, 147~8, 149~51, 189~90, 318~9, 324, 325, 364
월컷, 데릭(Walcott, Derek) 333, 334
월튼, 아이작(Walton, Izaak) 86, 93
웨버, 앤드류 로이드(Webber, Andrew Lloyd) 359
『웨이벌리(Waverley)』 146~7
웨인, 존(Wayne, John) 34
웰스, H. G.(Wells, H. G.) 282, 299~300
위고, 빅토르(Hugo, Victor) 362~3
『위대한 유산(Great Expectations)』 172~3
윈덤, 존(Wyndham, John) 342
윌리엄스, 윌리엄 카를로스(Williams, William Carlos) 224

윌리엄스, 테네시(Williams, Tennessee) 316~7
윌슨, 에드먼드(Wilson, Edmund) 207
「유령(Ghosts)」 241
『유리의 도시(City of Glass)』 296~7
유클리드(Euclid) 15
『유토피아(Utopia)』 281~3
『율리시스(Ulysses)』 237, 265~70
『이름 없는 주드(Jude the Obscure)』 190, 241~2
『이방인(L'Étranger)』 237~8
『이상한 나라의 앨리스(Alice's Adventures in Wonderland)』 191~2, 342
『이성과 감성(Sense and Sensibility)』 154~5, 156, 157
이솝(Aesop) 15
이스트우드, 클린트(Eastwood, Clint) 34
「인간의 헛된 욕망(The Vanity of Human Wishes)」 136
〈인덱스 온 센서십(Index on Censorship)〉 243
'인도 제국 4부작(The Raj Quartet)' 252
『인도로 가는 길(A Passage to India)』 249~52
「인도로 가는 길(Passage to India)」(시) 250~1
인터넷(internet) 106, 303~4, 353, 375~6, 379~81
「일리아스(Iliad)」 21, 31~2, 50, 207, 253, 299
입센, 헨리크(Ibsen, Henrik) 241, 263, 316, 369

| ㅈ |

『자기만의 방(A Room of One's Own)』 164, 273~4
「자에는 자로(Measure for Measure)」 71~2
『작가를 찾는 6인의 등장인물(Six Characters in Search of an Author)』 315
『작은 도릿(Little Dorrit)』 173, 174
「장군(The General)」 255~6
『재즈(Jazz)』 335
잭슨, 마이클(Jackson, Michael) 364
전미도서상(National Book Awards) 371
전자책(e-books) 106, 111, 113, 167, 169, 374~5, 379
『전쟁과 평화(War and Peace)』 152
「전통과 개인의 재능(Tradition and the Individual Talent)」 267~8
『젊은 예술가의 초상(A Portrait of the Artist as a Young Man)』 267
『정글(The Jungle)』 290
'정복자' 윌리엄(William the Conqueror) 48
정전(canon) 75, 139, 359, 368, 377
「제2목자극(Second Shepherds' Play)」 59~63
『제인 에어(Jane Eyre)』 153, 157, 182~6, 190, 293
제임스 1세(James I, 왕) 70, 75~84
제임스, E. L.(James, E. L.) 357~8
제임스, 헨리(James, Henry) 122, 161, 221, 241
조이스, 제임스(Joyce, James) 237, 264~71
조지 2세(George II, 영국 왕) 147
조지 3세(George III, 영국 왕) 209
조지 5세(George V, 영국 왕) 255
『존 볼의 꿈(A Dream of John Ball)』 282
존슨, B. S.(Johnson, B. S.) 298
존슨, 벤(Jonson, Ben) 66, 368
존슨, 새뮤얼(Johnson, Samuel) 74, 90, 91, 132~40, 225, 226~7, 358
졸라, 에밀(Zola, Émile) 223, 237
『종의 기원(On the Origin of Species)』 230~1
주네, 장(Genet, Jean) 237
『주머니쥐 할아버지가 들려주는 지혜로운 고양이 이야기(Old Possum's Book of Practical Cats)』 359
「죽음이여, 오만하지 말라(Death Be Not Proud)」 86~7
「줄리어스 시저(Julius Caesar)」 66, 71, 253
줄리어스, 앤서니(Julius, Anthony) 329~30
『중력의 무지개(Gravity's Rainbow)』 297
「쥐에게(To a Mouse)」 145~6

『지금 우리가 사는 법(The Way We Live Now)』 353
『지나간 일들의 기억(Remembrance of Things Past)』 204~5
「지하철역에서(In a Station of the Metro)」 270~1
「진지함의 중요성(The Importance of Being Earnest)」 197~200
「질병 속에서 하느님, 나의 하느님께 드리는 찬송(Hymn to God, My God, in my Sickness)」 91~3

| ㅊ |

찰스 1세(Charles I, 영국 왕) 101, 120
찰스 2세(Charles II, 영국 왕) 99, 120~1
「참호에서 맞는 새벽(Break of Day in the Trenches)」 261~2
채터턴, 토머스(Chatterton, Thomas) 319
『채털리 부인의 연인(Lady Chatterley's Lover)』 238, 243
챈들러, 레이먼드(Chandler, Raymond) 224
처칠, 윈스턴(Churchill, Winston) 260, 288~9
『천로역정(The Pilgrim's Progress)』 115, 118~20, 234
『철학의 위안(The Consolation of Philosophy)』 49
체호프, 안톤(Chekhov, Anton) 238~9
초서, 제프리(Chaucer, Geoffrey) 45~54, 97, 108~10, 115, 225~6
『출구는 없다(No Exit)』 237
『출항(The Voyage Out)』 277

| ㅋ |

『카라마조프 가의 형제들(The Brothers Karamazov)』 238
카를 5세(Charles V, 신성로마제국 황제) 80, 81
카뮈, 알베르트(Camus, Albert) 237~8, 311~2
카터, 앤젤라(Carter, Angela) 342
카프카, 프란츠(Kafka, Franz) 308~17, 354
칼비노, 이탈로(Calvino, Italo) 295~6
『캉디드(Candide)』 235~6
캐럴, 루이스(Carroll, Lewis) 13, 191~2
캐머런, 제임스(Cameron, James) 22
캑스턴, 윌리엄(Caxton, William) 109~10, 113
「캔터베리 이야기(The Canterbury Tales)」 46~54, 108, 110
「캣츠(Cats)」(뮤지컬) 359
커모드, 프랭크(Kermode, Frank) 18
『케빈에 대하여(We Need to Talk About Kevin)』 191
케인스, 존 메이너드(Keynes, John Maynard) 275, 277
「코리올라누스(Coriolanus)」 71, 143
콘래드, 조지프(Conrad, Joseph) 119~20, 161, 247~9, 252, 338, 370
콘웰, 퍼트리샤(Cornwell, Patricia) 167
콜리지, 새뮤얼 테일러(Coleridge, Samuel Taylor) 56, 142, 147, 148~9, 150, 319, 364
콜린스, 윌키(Collins, Wilkie) 173
콜먼, 오넷(Coleman, Ornette) 335
「쿠블라 칸(Kubla Khan)」 149
쿠퍼, 제임스 페니모어(Cooper, James Fenimore) 220, 302
쿠퍼, 질리(Cooper, Jilly) 357
『크래시(Crash)』 294
크롬웰, 올리버(Cromwell, Oliver) 120~1
크뤼게르, 이바르(Kreugar, Ivar) 370
『크리스마스 캐럴(A Christmas Carol)』 177~8
크리스티, 애거사(Christie, Agatha) 167
『클라리사(Clarissa)』 163
클레어, 존(Clare, John) 206
「클루리스(Clueless)」(영화) 304
클린턴, 힐러리(Clinton, Hillary) 288
키츠, 존(Keats, John) 23, 141~3, 148, 150, 210, 258, 325
키플링, 러디어드(Kipling, Rudyard) 245~7, 251
『킴(Kim)』 247

킹 제임스 성경(The King James Bible) 75~84
킹, 스티븐(King, Stephen) 361

|ㅌ|

『타르 베이비(Tar Baby)』 336
타이넌, 케네스(Tynan, Kenneth) 316
「타이타닉(Titanic)」(영화) 22
『타임머신(The Time Machine)』 299~300
『태양의 제국(Empire of the Sun)』 294
「태양의 제국(Empire of the Sun)」(영화) 294
「터미네이터(The Terminator)」(영화) 285
테니슨, 앨프레드 경(Tennyson, Lord Alfred) 199, 210~4, 255~6, 324, 356, 365
「템페스트(The Tempest)」 252, 285
토머스, 딜런(Thomas, Dylan) 325
톨스토이, 레프(Tolstoy, Leo) 152
톨킨, J. R. R.(Tolkien, J. R. R.) 191, 193, 339
『톰 아저씨의 오두막(Uncle Tom's Cabin)』 219, 290, 331~2
『톰 존스의 일대기(The History of Tom Jones)』 119, 163
「트로이(Troy)」(영화) 299
「트로일러스와 크리세이드(Troilus and Criseyde)」 49~51
트롤럽, 앤서니(Trollope, Anthony) 291, 302, 352~3
『트와일라잇(Twilight)』 시리즈 301
트웨인, 마크(Twain, Mark) 191~3, 223
『티엔탕 마을 마늘종 노래(The Garlic Ballads)』 349~50
틴들, 윌리엄(Tyndale, William) 79~84

|ㅍ|

『파리 대왕(Lord of the Flies)』 191, 252
『파멜라(Pamela)』 163, 359~60
파스테르나크, 보리스(Pasternak, Boris) 239, 370
파운드, 에즈라(Pound, Ezra) 206, 220~2, 270~1
파울즈, 존(Fowles, John) 295
파이, 헨리(Pye, Henry) 209
패치, 해리(Patch, Harry) 256
팬픽(fanfic) 361, 380~1, 382
『페리클레스(Pericles)』 356
페이버앤페이버(Faber & Faber) 358~9
페이터, 월터(Pater, Walter) 198, 199
페이퍼백(paperbacks) 168~9, 358
페트라르카, 프란체스코(Petrarch, Francesco) 50
펭귄(Penguin, 출판사) 243, 358
포, 에드거 앨런(Poe, Edgar Allan) 220, 366
포스터, E. M.(Forster, E. M.) 242, 249~52, 260, 275~7
포스터, 존(Forster, John) 174
포스트모더니즘(post-modernism) 221, 292, 297, 335
포크너, 윌리엄(Faulkner, William) 220
포터, 캐서린 앤(Porter, Katherine Anne) 220
포터, 콜(Porter, Cole) 364
『폭스의 순교자 열전(Foxe's Book of Martyrs)』 80
『폭풍의 언덕(Wuthering Heights)』 180~1, 185, 186, 368, 379
「폭풍의 언덕(Wuthering Heights)」(영화) 304
「푸르름 속에서 깨어나기(Waking in the Blue)」 322~3
『푸른 드레스를 입은 악마(Devil in a Blue Dress)』 336~7
푸엔테스, 카를로스(Fuentes, Carlos) 339, 340
풀먼, 필립(Pullman, Philip) 193
퓰리처상(Pulitzer Prize) 305, 367
프라이, 로저(Fry, Roger) 275
프란츠 페르디난트(Franz Ferdinand, 황태자) 259
『프랑스 중위의 여자(The French Lieutenant's Woman)』 295
『프랑켄슈타인(Frankenstein)』 143
프래쳇, 테리(Pratchett, Terry) 193
프랜즌, 조너선(Franzen, Jonathan) 378

프로스트, 로버트(Frost, Robert) 354
프로이트, 지그문트(Freud, Sigmund) 285~6, 321
프루스트, 마르셀(Proust, Marcel) 204~5
플라스, 실비아(Plath, Sylvia) 221, 323~4, 326
플라톤(Plato) 15, 234, 283, 345~6
플로베르, 귀스타브(Flaubert, Gustave) 236~7, 243, 357
피란델로, 루이지(Pirandello, Luigi) 315
피츠제럴드, F. 스콧(Fitzgerald, F. Scott) 321
피크, 머빈(Peake, Mervyn) 339
『픽윅 클럽 여행기(The Pickwick Papers)』 171, 172, 219, 226
핀천, 토머스(Pynchon, Thomas) 297
핀터, 해럴드(Pinter, Harold) 313~4
필딩, 헨리(Fielding, Henry) 123, 163
필록테테스(Philoctetes) 207

| ㅎ |

하디, 토머스(Hardy, Thomas) 24~5, 190, 225~33, 241~2, 264, 324, 325
하워드, 로버트 E.(Howard, Robert E.) 282
하임즈, 체스터(Himes, Chester) 337
「한 쌍의 수렴(The Convergence of the Twain)」 24~5, 232
『한밤의 아이들(Midnight's Children)』 252, 339, 342~3, 346
「한여름 밤의 꿈(A Midsummer Night's Dream)」 353
함순, 크누트(Hamsun, Knut) 369
『해리 포터와 죽음의 성물(Harry Potter and the Deathly Hallows)』 195
『해리 포터와 철학자의 돌(Harry Potter and the Philosopher's Stone)』 195
해리스, 윌슨(Harris, Wilson) 333
핼럼, 아서(Hallam, Arthur) 210~1
「햄릿(Hamlet)」 66~9, 72, 135, 138~40, 188
허버트, 조지(Herbert, George) 93~4
『허영의 시장(Vanity Fair)』 10
『허클베리 핀(Huckleberry Finn)』 191~3, 223
헉슬리, 올더스(Huxley, Aldous) 285~7, 380
헌트, 리(Hunt, Leigh) 150
「헛소동(Much Ado About Nothing)」 70, 71~2
헤밍웨이, 어니스트(Hemingway, Ernest) 223~4, 237, 338~9
「헨리 5세(Henry V)」 66
「헨리 5세(Henry V)」(영화) 378
「헨리 6세(Henry VI)」 66
「헨리 8세(Henry VIII)」 66, 281
헨리 8세(Henry VIII, 왕) 79~84
『현대 생활의 화가(The Painter of Modern Life)』 201~2
「호랑이(The Tyger)」 150
호메로스(Homer) 21~2, 31~2, 99~100, 299
호메이니, 아야톨라(Khomeini, Ayatollah) 344
『호밀밭의 파수꾼(The Catcher in the Rye)』 224
호손, 너새니얼(Hawthorne, Nathaniel) 218
홉킨스, 제라드 맨리(Hopkins, Gerard Manley) 213~4
『화씨 451(Fahrenheit 451)』 283~5
「환희의 송가(Ode to Joy)」 320
「황무지(The Waste Land)」 264~71, 320~1, 359
『황폐한 집(Bleak House)』 172, 176~7
『후기 시(Later Poems)』(예이츠) 265
휘트먼, 월트(Whitman, Walt) 203~4, 218~9, 250~1, 263, 337
『휴먼 스테인(The Human Stain)』 330~1
휴스, 테드(Hughes, Ted) 212, 324, 325~6, 359
히틀러, 아돌프(Hitler, Adolf) 254, 285, 309
「히페리온(Hyperion)」 23

문학의 역사

초판 1쇄 발행 | 2023년 8월 30일
초판 2쇄 발행 | 2023년 11월 10일

지은이 | 존 서덜랜드
옮긴이 | 강경이
펴낸이 | 박남숙

펴낸곳 | 소소의책
출판등록 | 2017년 5월 10일 제2017-000117호
주소 | 03961 서울특별시 마포구 방울내로9길 24 301호(망원동)
전화 | 02-324-7488
팩스 | 02-324-7489
이메일 | sosopub@sosokorea.com

ISBN 979-11-88941-97-1 03800
책값은 뒤표지에 있습니다.

• 이 책 내용의 일부 또는 전부를 재사용하려면 반드시 (주)소소의 동의를 얻어야 합니다.
• 잘못 만들어진 책은 구입하신 서점에서 교환해드립니다.